青春志

孙淑杰　著

天津出版传媒集团

天津人民出版社

图书在版编目（CIP）数据

青春志 / 孙淑杰著.-- 天津：天津人民出版社，
2023.1

ISBN 978-7-201-18907-9

Ⅰ.①青… Ⅱ.①孙… Ⅲ.①长篇小说－中国－当代
Ⅳ.①I247.5

中国版本图书馆 CIP 数据核字(2022)第 196820 号

青春志
QINGCHUN ZHI

出　　版　天津人民出版社
出 版 人　刘　庆
地　　址　天津和平区西康路 35 号康岳大厦
邮政编码　300051
邮购电话　（022）23332469
电子信箱　reader@tjrmcbs.com

责任编辑　苏　晨
装帧设计　青年作家网

印　　刷　三河市嵩川印刷有限公司
经　　销　新华书店
开　　本　710 毫米×1000 毫米　1/16
印　　张　21.25
字　　数　330 千字
版次印次　2023 年 1 月第 1 版　 2023 年 1 月第 1 次印刷
定　　价　68.00 元

目　录

第一章　一九七五年　　　　　1

第二章　一九七六年　　　　　20

第三章　一九七七年　　　　　42

第四章　一九七八年　　　　　67

第五章　一九七九年　　　　　95

第六章　一九八〇年　　　　　120

第七章　一九八一年　　　　　151

第八章　一九八二年　　　　　179

第九章　一九八三年　　　　　204

第十章　一九八四年　　　　　236

第十一章　一九八五年　　　　267

第十二章　一九八六年　　　　300

第一章　一九七五年

20世纪60年代初，黑龙江省同全国许多地方一样，自然灾害严重。而孟福先的妻子李秀云又紧追慢赶地生出了两个丫头片子，三女儿孟美和四女儿孟亚。孟美的前面已经有两个姐姐，分别是孟兰和孟焱。再后来，孟亚又多了两个弟弟，孟涛和孟波。

前三个女儿接连出生时，孟福先和李秀云还耐着性子，把三个孩子的大名和小名统一起来，小名分别就叫小兰、小焱和小美。到了孟亚这儿，他们连"小亚"都懒得叫了，干脆就叫"四儿"，"四"的后面带儿化音，这样叫上口省力。孟亚上小学的时候，班上的留级生郭立刚小名也叫"四儿"，当然他是家中男孩子排行下来第四，北方的乡下通常都是男孩子才叫"二儿""三儿""四儿"。

虽然李秀云连生了四个丫头是自然而然的事情，但孟家发生的一件大事却不够自然，用李秀云的话是"惊天冤案"。1962年，国家实行"精兵简政"政策，李秀云被孟福先辞退了。李秀云在卫生院干了若干年清洁工，她很可能是全国最早的一批下岗女工，体验到了人生的失落和生活的艰辛，她觉得自己比窦娥还冤。国家的大政方针是宏观的，具体由谁来落实，又落实到了谁的头上，总会有人欢喜有人忧，但由此造就出李秀云和孟福先这样一对冤家，也许称得上人间奇迹了。

当时的幸福公社卫生院不过二十来名员工，上级也只下达了这么一个精简指标，却像天上掉铁饼一样砸到了李秀云的头上。"谁砸了我的饭碗，谁就是我的敌人，我就跟他不共戴天！"在未来的几十年家庭生活中，李秀云经常咬牙切齿地重复着这句话，而这个"敌人"正是要跟她熬到白发满头、牙齿落光的人——她的丈夫孟福先，时任幸福公社卫生院院长。

1975年，二十岁的老大孟兰已经高中毕业，在公社的家属队里跟着一帮"老娘儿们"学种地，"老娘儿们"是老二孟焱说的，孟兰说话不会这样粗鲁直白。老二孟焱十八岁，也高中毕业了，还没有找到正经事儿做，每天在家里蹬机器打草绳，蹬得两腮充血双眼冒火。孟美上高一，孟亚上初一，孟涛上小学三年级，孟波虚岁才六岁，还没上学。两到三年就生出一个血肉之躯，十月怀胎虽然是自然天成的事情，但二十年里接连不断地怀孕与哺育，李秀云的身体就算是一座金山银矿，也被这六个子女渐渐蚕食和瓜分得所剩无几了，到了后来，真是有点儿生不动了。

六个孩子中，前三个各差两岁，中间两个差三岁，到了小儿子孟波这儿，他跟哥哥孟涛差了五岁，体质也是六个孩子中相对最差的一个，仅次于孟涛，一根细豆芽似的。一天天为着一家老小的吃穿洗涮，李秀云忙得像一台超负荷运转的机器，精神世界浓烟滚滚，时刻处于坍塌崩溃的边缘，而小儿子孟波更是给李秀云火上浇油。

乡下的孩子一般都是八岁上小学，但孟家四个姐妹都是提前一岁上学，用孟福先的话说："早点儿读书，早点儿毕业，早点儿找工作挣钱。"李秀云心疼孩子太小，但看孟兰读书成绩很好，后面的孟焱、孟美和孟亚就都提前上学了。孟福先是干部，一家八口吃的是供应粮，但他们毕竟生活在公社一级，离县城远着呢，而佳木斯市这座孩子们眼中天堂一般的城市，更是远到天上去了，做梦都梦不到。

在乡下生活，孩子们的世界如此之小，十三岁的孟亚知道自己的家虽然不在城市里，但她也知道还有更乡下的地方，四哥黄永财就是这种地方的，他是姑姑的儿子。姑姑家在大隋家大队，纯粹的农村和地道的农业户口，离幸福公社有十二里远的距离。幸福公社下面还管着七八个大队，全公社只有一所高中，四哥如果想继续读高中，就只能每天往返，早上徒步过来，晚上徒步回去，一天往返二十四里远，中午就在大舅也就是孟福先家里蹭顿饭吃。

中午放了学，赶回来吃饭的有四张嘴，孟美、孟亚从中学回来，孟涛从小学回来，还有黄永财，跟孟美和孟亚是一路的，虽然他走得快，但放学的路上他总是不离孟美前后。再加上家里的李秀云、孟焱和孟波，一共是七张嘴，相当于一群饥饿的"大胃蝗虫"。孟兰早上带了两块大饼子，说中午不回家吃饭了。孟福先被公社安排下乡去大队"蹲点儿"，他现在是公社干部，离开卫生院有几年了。

厨房是进入房屋的第一个场所。几个人一进来，一双双眼睛透过厨房里淡淡的热气，像饥饿的狼群在寻找着猎物。黄永财像往日一样跟在孟美身后，见李秀云正在锅前忙着，便怯怯地叫了声"大舅母"，脚却不停，直接朝里屋去了。李秀云照旧不理会他，就像没看见这个人一样。

南炕上已经摆了桌子，一碗萝卜咸菜，一碗大酱，几根不见绿叶只剩葱白的大葱。李秀云端过来一大盆杂粮稀饭，那是玉米经过机器加工，去掉了米皮和米脐后的颗粒，开锅后要用慢火煮一个多小时才能熟。孟美在锅里拣了一盘大饼子，又从锅里盛了两盘菜，白菜炖土豆。

黄永财照旧贴着墙坐在炕沿儿上，刀条一样的瘦脸上，小眼睛盯着一个地方眨巴眨巴的，一声也不响。等到孟美叫了一句"四哥吃饭了"，他便往前挪了一下，坐到桌子前拿起碗筷吃饭，照旧一声不吭。孟美坐在黄永财对面的炕沿儿上，孟亚和孟涛上炕盘腿，几个人吃得稀里哗啦。孟美冲孟淼叫了一声"二姐，吃饭了"，孟淼也不回应，仍然黑着脸手忙脚乱地蹬机器打草绳。

李秀云还在厨房里忙着刷锅，孟波跳着脚在李秀云的身边闹："我饿了，饿了，饿了，我要吃饭。"李秀云吼了他一声："吃饭上桌，再闹我把你踢到外头去。"

孟波依旧跳脚吵个不停："我饿了，快饿死了，我要吃饭。"孟美走进厨房，抱起孟波进了里屋，把他放到了炕上："来，吃饭。"

孟波又敲筷子又推碗说："白菜土豆不好吃，玉米面儿大饼子不好吃。我要吃鸡蛋，我要吃油煎鸡蛋。"

孟美掰了一小块儿大饼子往孟波嘴里送："老弟，吃吧，好吃。妈今天给大饼子放白糖了，甜的。"

孟波张开嘴，把那块大饼子嚼了几下，"扑"地一口吐出来，一口大饼子碎渣喷得桌上桌下到处都是："你骗人！没放糖，一点儿都不甜，苦的！苦的！"接着大哭起来："我要吃鸡蛋！我要吃鸡蛋！"

孟美被小弟喷了一身，又被哭闹的弟弟踹到了，她一点火气都没有，继续柔声哄弟弟。孟亚却没三姐孟美性子这么好，她用脚踢了一下孟波："不吃就一边去，别在这儿烦人了！"

黄永财眨巴着小眼睛开口说话了："小波不闹，咱家的大碴子粥可好吃了。过几天让咱家你大姑夫上山给你捡野鸭蛋吃。你大姑夫还有老洋炮，说不准哪天还能打到狍子呢。"

孟涛用手往炕沿儿推弟弟："你去！去找妈要鸡蛋吃要鸭蛋吃，别在这儿碍事儿！"

孟波没出生之前，孟涛是家里的"老儿子""小拉渣儿"，虽然也没得到过专宠，但多少还是会占些便宜的。自从孟波出生，孟涛从小儿子升格为大儿子，心里的落差就大了，孟波属于"老弱病残"中的"弱"，理所当然会受到一些特殊关照。孟亚记得，爸爸孟福先有一次下乡回来，带回一个比鸡蛋大不了多少的国光苹果，直接塞到孟波手里了，其他人一口都没尝着。

四个女儿中孟亚最小，也是孟福先偶尔挂在嘴上的"老闺女"，她觉得自己在父母眼中只有精神上的优越，没有物质上的优待，但心里还是有点儿被宠的感觉，这种感觉是很舒服的。但孟涛不这么认为，他更在乎物质上的享受，不满意孟波在家里这么被宠着，自己却没多吃过一口好吃的。

孟波坐在炕沿儿上哭，李秀云从厨房进来，把孟波从炕沿儿掠到地上，在他的屁股上拍了两巴掌："让你吃鸡蛋，我打你个小混蛋！一天天白吃白喝的，有你吃的就不错了。"

孟波被掠下来的时候带着惯性，又被妈妈拍了两巴掌，小身子轻轻地站不稳，整个人向后倒去，后脑勺恰好砸在孟焱的左脚上。孟焱一时没有收住脚，孟波的脑袋就与草绳机的铁脚踏撞到了一起，发出了嘭的一声响。

一家人吓坏了，吃饭的不吃了，干活儿的不干了，全都围拢过来，孟波拼命地哭嚎。孟美倒还清醒，对黄永财说："四哥你要是吃饱了，就先上学去吧。"黄永财便逃一样地奔出了门。

孟焱对李秀云说："你就给他做个鸡蛋吧。这个闹腾！"李秀云冲孟焱发起了脾气："几岁的孩子，体格又不好，都瘦成一把骨头了，比个小鸡崽儿也重不了多少。这样一摔一磕一上火，又得掉二两秤。你的眼睛就是不灵光，怎么不扶他一把？"

孟焱没好气地说："我就知道你会怨我，我也知道我是个白吃白喝的，不拿我撒气拿谁撒气？"孟美说："二姐，妈没说你，妈说四哥呢。"

李秀云给孟波揉着后脑勺，发现没破皮没出血，只是肿了一个小包，也就放下心来，拉着孟波去了厨房。孟波见母亲从一个小木柜里拿出了一个鸡蛋，他就不闹了。李秀云说："只能煮着吃，不吃就拉倒，家里没有几滴油，要下个月十五号才能领新油呢。"孟波不敢再闹了，静静地守在大锅旁，等着小小的鸡蛋快点儿熟。

孟美姐弟三个都赶着上学去了，孟焱坐上炕沿儿，吃着几个人吃剩的菜饭。李秀云也坐过来吃饭，她用鸡蛋拌了点酱油，给孟波当菜拌饭吃。

李秀云跟孟焱的话还没说尽："我也没说你白吃白喝，工作这么不好找，你在家打草绳也是有事儿做，这也是正经事儿。"

孟焱生气地说："打草绳，打草绳，还不如去开拖拉机呢。"

李秀云说："开拖拉机，想开就能开上的？能摸摸拖拉机都算你命好呢。"

孟焱说："学学学，学了红医班，又学农机班，学来学去，毕了业在家里打草绳。我同学王丽华，一毕业就去造纸厂坐办公室了。"

孟焱上高中的时候，城里的孩子上山下乡了，乡下的孩子也要长点儿本事，于是就分了红医班、农机班等，要求学生除了学习文化课外，还要有个一技之长。孟焱最初报的是红医班，学些打针用药之类的基础知识，可一件事彻底打击了她学医的信心。为了教孩子打针，孟福先从卫生院带回一个注射器和几支注射用的蒸馏水，用自己的屁股给孟兰和孟焱当试验品。孟福先事先讲了肌肉注射的基本要领，还拿着注射器进行了简单示范，告诉她俩下手时要用寸劲儿，动作快但幅度要小，不能像扎锥子似的往下慢用力。

孟兰默记着爸爸的指教，一针下去便一举成功，可到了孟焱这儿，当针尖碰到孟福先的皮肉时，却被强有力地反弹回来，针头从根部折成了四十五度角。孟福先说孟焱："真够笨的。"孟焱把折弯了针头的注射器举在半空中，一家人笑成了一团。孟福先给了孟焱三次机会，最后一次孟焱终于把七号针头扎进了孟福先的屁股，扎得孟福先直咧嘴，旁边的孟亚早被吓得捂住了眼睛。李秀云说孟焱不是学医的料儿，已经紧张得红头涨脸的孟焱完全认可妈妈的观点，说了句："我就是出大力的命，拿不了绣花针。"便走到墙角喘粗气去了。

李秀云说："王丽华有个好爸爸呀，你爸爸只是个小干部，没本事给你们安排工作，他的本事就是让我辞职回家。"李秀云下岗这事儿，是她一辈子的心结。

一听妈妈又扯起了这个话茬儿，孟焱便不再接话了，放下碗筷重新坐到草绳机前，机器顿时又叽里喤啷响了起来。

"孟亚——"刚走到教室门口，孟亚就被一个声音叫住了，回头一看，是班主任林凤娇，此时 "当、当、当、当"的钟声已经响彻校园。

学校是个四合院结构，那口黑得发亮的金属大钟挂在老师办公室那一排房子的前面，其他三面都是教室。负责敲钟的是年近花甲的薛老头，脸色同那口大钟一样又黑又亮，身材也像那口黑又亮的大钟一样短而结实。脑门至头顶同样光而亮，只剩下头顶左右和后脑处长着细细的花白发丝，像野草一样朝各个方向胡乱发散，像是经年没有清洗梳理过。薛老头长年穿着一成不变的黑旧衣裤，肥肥的裤裆裤腿，只见裤裆不见屁股。走路时八字脚向外甩，不慌不忙的，敲钟时锤起锤落，同样不愠不火，"当、当、当、当"，不多不少，每次都是十六响。薛老头终日待在老师办公室那排房子最边上的一个小屋子里，从小屋到树下挂着的那口黑钟，他工作的范围直径距离不超过六米，而生活的空间就是那间几平方米的小房子了。据说薛老头是个"老右派"，也是个大才子，他无儿无女，赵大昌他们平时提到他时就骂"老杂种"（老砸钟）。

林凤娇的名字与她的身材和容貌背道而驰，她身高足有一米七，生得肩宽背厚浓眉大眼，那张脸就像锅里贴的玉米面大饼子呈椭圆形，鼻孔有点儿向上，下巴有点儿向前。人长得不黑不白，但绝对是个"赤红面子"，特别是她一生气的时候，面孔就会迅速血色上涌，那颜色和温度似乎可以把一个作业本瞬间烧成灰烬。林凤娇走路时腰板硬硬的，缺少女孩子那种弱柳扶风、婀娜多姿的韵味，还不如教数学的董老师，三十六七岁生过孩子的中年妇女，倒是女人味儿十足，说话声音细细的，至少比林凤娇洪钟一样的嗓子高三个音阶。当然，董老师虽然女人味儿十足，她丈夫又是幸福中学的蔡校长，但这些尚未开化的初中生，特别是赵大昌、刘志军之流，就像满身黏糊糊带着腥臊味儿的初生牛犊，与老师们对着干闹到天翻地覆，才是他们最大的乐趣。

林凤娇对孟亚说："你去供销社帮我买两块香皂。"

"现在去供销社买香皂？两块？"孟亚睁大眼睛看了林凤娇一眼，又扭头看了一眼教室，刚才还十分喧哗热闹的操场此时已经没有了人影，学生们都进教室上课了，老师们的身影也一个接一个地消失在一间间教室门口。

孟亚心里非常不情愿，闭紧了嘴，脸上就显出了淡淡的冷漠。

林凤娇从身上掏出一个小钱包，仔细数出了一块五角钱，说："对，两块香皂。你去供销社找刘姐，我给她打过电话了。"林凤娇还告诉了孟亚香皂的品牌，又说："明天下午学校开大会，你晚上回家写个发言稿，明天上台发言。"

孟亚接过钱，快速地跑出了校园。一路上，孟亚的心情很复杂，有点儿生气，又有点儿兴奋。去供销社一个来回，要二三十分钟，这堂语文课基本上就浪费掉了。孟亚对林凤娇在上课时间让她帮着办私事很生气，她林凤娇凭什么呢？她徐春霞凭什么呢？

从小学一年级到五年级，孟亚都是班上的正班长，可到了初一，却降了一级变成副班长了，正班长是徐春霞，张家大队的农家子女。这个村姑一点儿也不漂亮，人瘦瘦的，只是皮肤较白，小小的脸盘儿，两颊上总有一小片浮云般的红润，说话的声音也细细小小，总像有痰在嗓子眼儿里卡着，时不时地咳一下。徐春霞学习成绩算不上优异，当正班长是因为与班主任林凤娇"沾亲带故"。孟亚听同桌张灿说，林凤娇之所以对徐春霞好，是因为徐春霞的表哥是林凤娇的对象。

林凤娇是大岭子村人，她的父母都在那里的乡下居住务农，她对象现在正在部队服役，两个人也是中学时萌生恋情的，那个军人高大英俊。后来又传出消息说，那个高大英俊的军人在部队提干了，身份是军官了，而且还有机会继续提升，可以说前途无量。林凤娇现在明显有了危机感，据说军官似乎好几个月都不跟她通信了。当然，这些信息不一定是徐春霞散布出来的，因为班上张家大队的同学还有好几个，都有可能知道点儿小道消息。

而一想到要帮林凤娇买香皂，这正是孟亚兴奋的原因。香皂！味道多么清香啊！多么好闻啊！孟亚什么时候闻过香皂的味道呢。李秀云当然舍不得花钱去买这种奢侈品，一家八口能吃饱饭就不错了。孟兰姐妹几个虽然是女孩子，可也没能力没胆量买香皂用，孟亚关于香皂的记忆来自张灿。

张灿有一个在邮电局工作的爸爸　一天到晚奔波于大街小巷。那一身邮电局的绿色工作服和装信的绿色大口袋，在人们的眼中就是吉祥物，可以从遥远的地方给人们带来好消息，甚至是一些好东西，比如有的人家亲戚从山东寄来一小包花生米。郭立刚他家在山东就有亲戚，孟亚吃过他带给她的两粒生的花生米，嚼在嘴里的新鲜味儿浸透了五脏六腑。孟亚家里是收不到任何消息和东西的，虽然掐着指头数也有亲戚十来家，但几乎都不存在写信和寄东西的可能性，那些亲戚都生活在乡下。孟亚对张灿她爸那身工作服和工作袋没有兴趣，最吸引她的是那辆绿色自行车，那是邮局配给邮递员的交通工具，两个轮子一转起来，带着人在大街上嗖嗖地飞，那可是世界上最惬意的事情啊！邮递员是个好职业，更重要的是，张灿的妈妈也在邮电局上班，用李秀云的话说："人家可是双职工，双份儿收入。"可想而知，张灿衣服上的香皂味儿，是多么令人羡慕又嫉妒啊！

孟亚一路小跑进了供销社，很快就找到了日用品柜台，刘姐笑盈盈地接待了她。两块雪梅牌的香皂一接到手，那种清新的香味儿立刻飘进了孟亚的鼻孔，她乐颠颠地跑出了供销社，一出门就迫不及待地把香皂放到鼻子底下，深一下浅一下地使劲儿地闻。真香啊！真香啊！

香皂的包装纸细腻光滑，上面印着花草图案，真精致，真好看啊！孟亚回学校的路上，把香皂藏进薄棉袄的右侧袖管儿里，她希望衣服上能存些香味儿，跟张灿衣服上一样的味道。

孟亚跑回校园的时候，对雪梅牌香皂的留恋感减弱了一些，耽误了一堂语文课的惋惜之情渐渐占了上风，但很快就被班级里的喧哗声冲淡了，隔着门她就听到了里面的吵闹。

教室的中央有一个七八十厘米高的铁炉子，里面生着煤火，炉子上接着一根炉筒子，先直上后折成九十度角平行延伸，一直通到窗外。炉火不是很旺，上面放着几个半个拳头大小、半生不熟的土豆，这就是某几个学生的中午饭了。路途远的学生，有的早上从家里带些简单的饭菜，有的干脆就带一两个生土豆放在教室的炉子上慢慢烤熟，北丰生产大队来的李成德就经常如此，这个班级上说话最少成绩最好的乡下男生，经常这样糊弄自己的肚子，可他反倒生得壮壮实实的。

孟亚第一眼看到的是赵大昌，他正站在课桌的过道里，肆意地挥舞着两只手臂，两眼兴奋地放射着光芒，厚厚的大嘴唇一张一合，露出一排大白牙。刘志军和另外几个学生也跟着拍手哄闹："绿军装！大盖帽！绿军装！大盖帽！绿军装！大盖帽……"四十多人的班级乱成了一锅粥。

而此时的林凤娇，正站在讲台旁，满脸通红、表情又怒又羞，对着赵大昌几个人大声训斥，但她的话没有收到任何效果。孟亚发现，不管是闹事的，还是安静的，班上四十几个学生的目光都集中在林凤娇的身上，目光里都无一例外地带着或多或少的惊喜和好奇。

班主任林凤娇今天确实不寻常，她竟然披着一件军大衣来上课，那是草绿色的，更重要的是，军大衣崭新崭新的，就像昨天刚刚裁剪缝制完工一样。其实在林凤娇安排孟亚帮她买香皂的时候，林凤娇身上就已经披了这件军大衣，只是孟亚当时没得及多看多想。

正是这件绿色军大衣惹了祸。在此之前，班上的同学早已谣传他们的班主任正在遭遇婚变风波，赵大昌、刘志军他们认为，那个能文能武才貌双全的年轻军官，一定不会再喜欢这个男人味儿十足的乡下语文老师了，这副压死牛的大身板子和那张玉米面大饼子脸，哪里配得上高大帅气、年轻有为的军官啊！

赵大昌他们甚至认为，林凤娇根本就不应该跟军官谈恋爱，更不应该这样死缠着人家。可今天她竟然厚颜无耻地穿着人家的军大衣，跑到教室里炫耀假装幸福。赵大昌等人完全不能容忍班主任没有被甩的事实，无法容忍他们的期待和盼望落空。那是崭新的绿色军大衣啊，那是男人才应该有的荣耀啊，怎么可以穿在这样一个乡村大丫头身上呢！

说来也是的，北方的三月份虽然乍暖还寒，但也不是每天非穿厚棉衣不可的，那天下午的气温，穿一件薄棉袄再加一件外罩就足够了。林凤娇穿军大衣的目的当然不仅仅是御寒，因为她不是穿在身上而是披在身上的，两只胳膊没有放进袖筒里，更不要说系前胸处的扣子了。也许是为了粉碎流言蜚语，也许是为了释放幸福，或者两者兼而有之，总之林凤娇披着她心上人的军大衣来上课了。

赵大昌几个人的胡闹以及班级的混乱，让林凤娇进退两难，她既不能把军大衣脱下来，因为这样做等于向全班学生认输，可她又不敢把情况上报，让学校领导来处理赵大昌这个捣乱分子，如果这样做她的面子就丢大了。林凤娇就这样十分尴尬地强撑着，艰难地熬着分分秒秒。

孟亚说不出自己此时此刻是何种心情，刚进教室的门，她还没有立刻弄明白事情的起因，便走到了讲台旁，把两块香皂放到林凤娇面前的讲台上。今天恰好正班长徐春霞没来上课，不知道是生病了，还是也被林凤娇安排办什么事去了。

平时班级里赵大昌他们闹事，基本上都是徐春霞站出来说话的，虽然她说了也是白说，但今天正班长不在，孟亚知道自己是要做个样子的，更何况管人的感觉也是挺好的。小学一年级到五年级这段不算短的岁月，天天早上只有自己有权力在黑板上写满生字，拿着小教鞭对下面的同学指指点点，那种感觉就像站在屋顶看地面，居高临下，心里舒坦着呢。

孟亚便走向赵大昌几个人，叫他们闭嘴坐下来，不要再扰乱课堂秩序，还有那么多同学等着上课呢。事实上也是的，张灿用厌恶的眼神扫荡着赵大昌几个人说："你们再闹，这堂课就没法上了。"

赵大昌和刘志军的父亲是铁路工人，张灿的家庭背景可以跟他们拼一拼，赵大昌平日里不太敢欺负她。再看中段靠墙的位置，同坐一桌的李成德和程立远两个人都埋头看书，只是不知道是不是真的看进去了。而原本坐在赵大昌前面座位的孙小燕已经吓跑了，与第一排座位的一个女同学挤坐在了一起。

孟亚的话没起作用，赵大昌他们反而闹得更凶了，原因是大家几乎同时闻到了飘过来的那股淡淡的清香味儿，有一个女生小声说："香皂！香皂！"赵大昌像受到了提醒，大声喊道："香皂！洗脸！香皂，香皂！军官洗脸！"班级里立刻掀起一阵哄堂大笑，像开了锅的开水一样冷却不下来。

孟亚对赵大昌的话虽然不起作用，但对坐在最后一排的郭立刚却效果非凡。郭立刚立刻从座位上站起来，两步就蹿到赵大昌的背后，两只手同时抓住了赵大昌的双肩，使劲往下一摁："让你坐下！闭嘴！俺们要听课！"

赵大昌没有防备有人从背后袭击，一下子被压到了座位上，但他立即像弹簧一样跳起来，转身就击过来一记重拳："光腚郭，敢动我！"便与郭立刚扭打起来，教室里顿时一片惊呼声，随之是几十个学生鸟兽一样散开，稀里哗啦一片响声之间，课桌板凳东倒西歪，书本文具满地都是。

"光腚郭"是对郭立刚极大的羞辱，但也是有出处的事实。虽然和郭立刚家是邻居，但孟亚看不上这个舌头有点儿大的大个子，他和赵大昌一样都是留级生，要说优点也有，就是跑得快。虽然生来就有点儿罗圈腿，可一撒开双腿人就像要飞起来似的，跑得"嗖嗖"的。有一次全校开运动会，郭立刚报名参加了一百米和四百米，正常情况下只要他参赛，肯定都是第一名。可那天跑四百米时，郭立刚因为没穿裤衩，只穿了条松松垮垮的旧衬裤，跑过三百米的时候，他的裤子掉了一半儿。这可是件天大的开心事儿，全场欢呼雀跃掌声雷动一片沸腾。郭立刚在大家异样的兴奋中发现了自己的洋相，可他舍不得第一的奖品，一边跑一边提裤子，耽搁了一些时间落到了第二。

好在下课铃声及时响起，教室里渐渐安静下来，林凤娇也趁机解脱了，她说了句："放学后，赵大昌和郭立刚到我办公室来。"然后便装作一身正气实则狼狈不堪地逃出了教室。

第二节课是数学课，董老师的课。赵大昌和郭立打架的兴味未尽，两个人几句言语之后又打了起来。董老师用黑板擦背面把讲台拍得啪啪响，细着嗓子高调门地吼了几句，但依然没有效果。董老师摔了黑板擦："你们这是罢课了，我还不想讲了呢，这课不上了，让校领导来收拾你们。真是太猖狂了！"说完气愤地踢门走了。

下午的两节主课，就这样白白浪费掉了。孟亚原本因为耽误课程对班主任林凤娇有些怨气，现在一想即使没去买香皂，这两节课也是上不成的，而她既享受到了香皂的味道，又受到了林凤娇安慰似的回报，有了明天在全校大会上发言的待遇，她心里变得自在了许多。如果有徐春霞在，上台发言这样抛头露面的好事儿是不会落到自己头上的。

放学回家的路上，孟亚和张灿两个人一直没有离开香皂这个话题，由此也延伸到了班主任林凤娇的婚事上。张灿说："听说他们要过门缝儿了。""啥是过门缝儿？""好像是男方给女方家送彩礼，结婚的事儿就正式定下来了，也许林老师很快就结婚了吧？"

一想到林凤娇真的会跟那个军官结婚，两个人心里都有点儿不舒服，好像委屈了那个英武男人似的，虽然她们两个根本不认识他，而且谁跟谁结婚，谁跟谁毁婚，都跟她们两个正上初一的小毛丫头没有任何关系。

孟亚今天比往日早放学回到了家，家里有妈妈李秀云、弟弟孟波，二姐孟焱仍旧在屋子里打草绳。孟波站在一旁看孟焱干活，嘴里啃着一块紫皮萝卜，这萝卜也是去年秋天储存到现在，早没了萝卜的清脆感和新鲜味儿。大姐孟兰、三姐孟美和大弟弟孟涛还没有回来。

李秀云见了孟亚，问了句提前回来的原因，没听四女儿说完，就下起了命令："帮我烧火，我要蒸菜包子。"不用问，是玉米面菜包子。家里平日里以吃粗粮为主，全家人十天八天吃不上一顿大米干饭或者白面馒头。

孟亚说："明天下午学校开大会，我要代表班级上台发言。"

李秀云问："你班几个人上台发言？"

孟亚说："就我一个的了。"她开口解释徐春霞没上学的事儿，李秀云才不想听这些，打断道："摇风轮，先把锅烧开了。锅烧开了，再去院子里剁鸭食。"

孟亚皱起了眉头。摇风轮，摇风轮，家里的风轮又小又旧，摇着摇着风轮上的胶皮带就会掉下来，再套上去时会弄一手的油污。煤的质量也不好，炕和锅台也不知是不是搭得不科学，灶膛经常往外倒烟，孟福先已经拆过一次灶台了，可还是不行。

家里摇风轮的活儿，如果孟福先在家，基本上就是他的，特别是早上。每天早上都是他第一个起床，先把炉子和灶膛里的煤渣煤灰清理出来，然后生炉子烧灶膛，用杂草木柈儿先把火烧起来，再加煤上去，一点点儿把煤也烘烤着了。这是个脏活儿，要被煤灰浸着呛着，而用多少杂草木柈儿经济省钱，火烧到什么程度再加多少煤块煤粉，加之前还要把煤掺些水，这样才易燃，这些也算得上是个技术活儿。火生好了，孟福先就摇风轮，先把一大锅水烧开，把暖瓶灌满，剩下的给孩子们早晨洗漱用，也给李秀云做早饭用。

如果孟福先不在家，早晨生炉子烧灶膛的活儿就是李秀云自己干了，或者临时安排孟焱和孟美帮手，孟兰以前有过煤气中毒的经历，煤烟味儿重了就犯头晕恶心。剩下几个小的，早晨是指望不上的，做晚饭的时候倒还可以。

李秀云说着孟亚："摇风轮多轻省，坐着动动胳膊就行了。让你干别的，你更偷懒耍滑了，四个姐妹中数你最懒，你爸总嫌你不爱干活儿，说是我惯的，今天你回来得早，就勤快勤快。"

剁鸭食鸡食是孟亚最讨厌的活儿了，特别是冬天，白菜冻了几个月了，脏兮兮烂叽叽凉冰冰的，掺着雪花或者冰碴儿，一刀一刀切散剁碎，看着都让人恶心想吐，两只手冻得跟胡萝卜似的红彤彤。李秀云说鸭子长着直肠子，大扁嘴会吃食，一会儿一杆儿屎，拉得快饿得也快，两只鸭子三只鸡，每天都要消耗掉一大盆白菜拌糠料。北方冬季时间长，有六七个月山上田里是不生长庄稼的。现在作食料用的大白菜是去年秋冬时买的，糠皮子是从饲料厂买的，都不是白给白捡的。李秀云不敢养大鹅，鹅胃口大，产蛋期又短，不划算。想吃鸡鸭下的蛋，得先花钱把它们的吃饭问题解决了，它们也是李秀云要考虑的五张嘴。

孟亚闭紧嘴巴，脸上现出了不情愿的表情，"哗啦哗啦"地摇着风轮。

菜包子一个个放进了锅里的屉布子上，很快满锅了，一大片金色山包包在热雾中时隐时现。孟亚继续摇风轮，直到锅盖周围呼呼冒了白气。李秀云说："行了，剁鸭食去吧。"

孟亚知道今天是躲不过去了，只得出了光线暗下来的厨房，走去院子里剁鸭食。等她剁完了三棵大白菜，又按照妈妈的新指令，把鸭食也拌好了，端到院子大门旁边的鸡鸭栏里。

晚饭就是吃菜包子了，纯萝卜馅儿的，放点儿葱调味儿，没有一丁点儿肉，每人喝一两碗土豆丝粉面子汤。单纯的土豆丝汤太清淡了，放些生粉进去勾一下芡，汤水变得稠一些，口感会好一点儿，似乎丰富了汤的内容，提升了汤的质量。

孟福先没在家，一家七口围着桌子吃饭。孟亚一下午经历的事情太多了，表达欲望强烈："我下午没上课……"

孟美睁大了一双杏眼："你逃课了？"

孟亚说："不是的了。我去供销社买香皂……俺们班上的学生跟林老师吵架……把董老师也气跑了……"

孟焱听不下去了："你不是班上的语文课代表吗？说话咋就语无伦次、逻辑混乱、前言不搭后语、前不着村儿后不着店儿……"

孟亚反攻二姐孟焱。孟兰说："你刚才不是说买香皂吧？"

孟亚说："就是买香皂的了，雪梅牌儿的香皂……"她兴奋地说了好半天，间或被七嘴八舌地提问，一顿饭快吃了一半儿，总算把事情叙述得差不多了。

孟兰说："我还不喜欢香皂那股味儿呢，跟煤烟味儿差不多。"

这怎么可能呢，孟亚根本接受不了，想要再说些什么，被孟美插了话说："四儿，你刚才说明天下午的大会，你要上台发言？"

孟亚骄傲地说："就是的了。"

孟美说："我也代表俺班发言。"

李秀云一听就乐了："你们学校也就十来个班吧，咱家就出了两个上台发言的。这可有点儿显眼。"

孟涛就说一句："光荣，光荣，非常光荣。"

孟焱说："不知道是光荣，还是丢人现眼。四儿，这回可不能忘词儿啊！"

孟亚上小学的时候，学校组织文艺宣传队，孟美和孟亚都是文艺宣传队员，有一次她被临时安排报幕的时候，上台只用说一句话："下一个节目，表演唱《我是公社小社员》。"可她上了台突然面对台下黑压压的一片人，大脑顿时一片空白，完全忘记该说什么了，结果在台上傻杵了一阵儿，哑巴一样返身回了后台。不久，她就被退出了文艺宣传队。孟美经常拿这件事儿取笑她，可孟亚心里不服气。

孟波吃了半个菜包子，又嫌不好吃了，吵着让妈妈给煮咸鸭蛋。李秀云说："鸡鸭才开张没几天，没下几个蛋，你差不多天天要吃。好不容易攒了一些腌上了，到清明节才能咸，再腌半个月才好吃。不许闹啊，再闹我打你屁股。"

孟波说："那我大姑夫啥时候来？我要吃野鸭蛋。"

李秀云从鼻子里哼了一声："从我认识他到现在，二十几年了，他也就拿过来一次野鸭蛋，五个，小得跟眼珠儿似的，当摆设看还行，吃还不够塞牙缝儿的。要不是大四儿在咱家吃饭，他能出这个血？这么多年，见过他家几粒米、几棵菜？"

孟亚说："我也在我大姑家住过吃过饭啊！"

李秀云说："你住过几次？不就那一次吗？还给虱子咬得睡不着觉，他们家，埋汰死了，你非要去。"

那次去大姑家是孟美带着孟亚去的，有四哥黄永财带路保驾，夏天里走了十二里路。孟亚一路上又累又怕，黄永财说白天没有狼，天黑前能赶到家就行。当天晚上，孟亚被腿上的奇痒弄醒，用手一摸，就摸到一个圆鼓鼓的虱子，可能已经吸饱了血快胀死了。回到家后，李秀云吩咐孟美把两个人的衣服喷了几遍敌敌畏药水，洗过之后又在院子里的晾衣绳上暴晒了好几天。孟美对李秀云说："再也不敢去了，虱子太多了。"孟亚说："不是多，是大。"

孟焱对李秀云说："我大姑家四个儿子，两个闺女，跟咱家正好相反，那几张嘴，更能吃。"

李秀云说："当初你大姑可美着呢，她连着生了四个儿子，我却连着生了四个丫头，你奶奶经常用那句话敲打我说，看看俺闺女，可真是有本事。

这话听得我憋气，可也没办法，谁让我确实生了一堆丫头片子呢。"

孟美说："妈你也别老记着那些话，搁在心里不舒服。你也别老拿话敲打我四哥，像报复似的。"

李秀云说："我报复他还让他在这儿吃中午饭？学习成绩那么差还来读中学，不是白白糟蹋时间和粮食？"

孟焱说："我大姑四个儿子，前三个都没读到多少书，没有文化，指望大四儿能有点儿出息。"

李秀云说："就你大姑夫那样的睁眼瞎，舌头那么大，话都说不清楚，有几毛钱就知道喝酒，穷喝穷喝的，他能教育出好孩子来？大四儿要是能出息，那猪都能上树。"

孟美说："看我四哥这学习成绩，是真没啥出息了，将来也就能看个书读个报啥的。"

孟焱说："大四儿懒，不爱干活儿，他也不是真想靠读书出息，是不想到田里干活儿吧。"

李秀云说："你大姑都说了，他还偷你大姑夫的酒喝呢。一说话就'咱家、咱家'的，谁跟他是一家？看见他我就烦，你姑和你那几个叔，个个都是势利眼。"李秀云越说越生气，几个孩子都不敢再往下说什么了。

到了晚上，天完全黑下来了，李秀云让孟美点上了煤油灯。姐妹四人各自洗漱完了，李秀云也帮着两个儿子洗了脚，该睡觉的睡觉，就让两个儿子上南炕铺好被褥躺下。她又进了厨房，做今天收尾的活儿，也为明天的早饭做些准备。孟波躺在炕上闹，让李秀云上炕陪他睡觉。

孟美把饭桌放在北炕上，和孟亚各自写自己的发言稿。孟兰和孟焱凑到桌前，每人手里拿着一本书，孟兰看的是小说《林海雪原》，孟焱看的是一本手抄本《梅花党》。家里的几个孩子由于年龄和性格的差异，课余时间看的杂书也有所不同，孟兰和孟美喜欢看《青春之歌》《林海雪原》《野火春风斗古城》之类的传统书籍，而孟焱更喜欢看《梅花党》《一只绣花鞋》这种地下流传的禁书，大多是手抄本。

孟亚看杂书的劲头儿差一些，什么都看一点儿，她更倾向于跟两个弟弟看小人书，像《红旗谱》《向秀丽》等等。一本小人书可以翻来覆去看很多遍，里面人物的动作和表情都清晰可见，有意思的地方经常被拿来说笑。

这些大书小书多半来自公社的造纸厂。造纸厂有一个大水池子，足有一百平方米大小，每天都泛着污浊发暗的水波。随着机器轰轰隆隆的响声，大量的废书旧纸被粉碎被吞噬了，无论是呕心沥血的传世之作，还是人云亦云的政治文字，都化作了混沌不清的纸浆，最后变成了一张张一米见方的窗户纸。孟焱的性格开朗一些，有时候会带着孟美去造纸厂，在废书堆里翻出几本书，厚着脸皮跟人家要了带回家。后来孟焱的同学王丽华毕业后去了造纸厂上班，孟焱去要书就更方便些，公社里的老百姓没有多少人喜欢看书，这些废旧的书籍就没有成为稀罕物或者抢手货。

李秀云见孟兰和孟焱在煤油灯下看书，就说："累了一天了，早点儿睡，别看那些没用的东西。"

孟焱说："知道。知道。"她第一句"知道"是给自己说的，第二句"知道"是替孟兰说的，孟兰早就陷到小说里去了。

煤油灯闪着红黄色的小火苗，油捻子冒出一小缕黑烟，直升到空中，左拐一下右拐一下散开来。不到一个小时的工夫，油灯前的几个人，鼻孔都黑了一层。

在李秀云的再次催促下，孟兰和孟焱睡觉去了。孟亚打着哈欠，一脸的疲惫和无奈，她不时伸长脖子，目光在三姐孟美的脸上和她笔下的草稿上逗留。孟美已经写了一页多了，可孟亚还没写到半页纸。

孟亚搜肠刮肚实在是想不出什么词儿了，便收了草稿睡觉去了。孟美见孟亚睡了，她坐久了觉得冷，也钻进了被窝，把煤油灯挪到枕头边的炕沿上，继续在纸上奋笔疾书。

第二天下午开批判大会，姐妹两个先后上台，戴着同样的蓝色长围巾，李秀兰新给她们买的，连站立的姿势都是一样的，没想到发言内容竟然有一部分雷同。

放学回到家，孟美指责孟亚抄袭了她的稿子，孟亚虽然心虚但嘴上却不肯承诺，两个人吵了起来。李秀云一气之下，让孟美去替换孟焱打草绳儿，让孟亚去剁鸭食。结果孟亚生气甩门，重重地撞上李秀云的额头。李秀云顿时怒火万丈，顺手从炕上拿过扫炕的笤帚要去揍她，孟亚见状兔子似的一溜烟儿蹿出了家门。

孟亚并没有走远，她进了自家的菜园子。冬天里菜地没有一株绿色，只堆了小山一样高的稻草，那是准备打草绳用的。孟亚把稻草弄出一个窝儿，钻进去把自己隐蔽好了，虽然又冻又饿，她也只能忍着，她得把妈妈的火头儿避过去。一小时过去了，天地漆黑一片，孟亚侧耳听着家里的声音，她知道晚饭已经吃完了，自己的肚子咕咕咕拼命叫，空着的胃像猫抓过一样难受。

又过了一会儿，孟亚听到了院子里剁鸭食的"当当"声，随后是三姐孟美的声音："妈，你歇会儿吧，我来剁。"李秀云说："四儿可能去她同学张灿家了，让你二姐过去找找。"就听到二姐孟焱应承的声音："我一会儿就去。"

几分钟之后，孟亚听到有脚步走近，然后是"窸窸窣窣"的声音，有人在拨拉她前面的稻草。孟亚一下子紧张起来，却发现是二姐孟焱。

"你怎么知道我在这儿？"

孟焱一屁股跟四妹坐进了一个窝里："我是谁？我天天看《梅花党》《一只绣花鞋》《无头女骑士》，你这点儿小伎俩，比那些午夜凶杀、野地幽灵简单多了。"

孟亚浑身打了个冷战，说："你别吓唬我，我害怕。"

孟焱说："胆小鬼。回家吃饭吧，妈不生气了。"

孟亚说："你知道我在这儿，咋才过来找我？我都快冻死的了，快饿死的了。"

孟焱说："也应该让你吃点儿苦头，奸懒馋滑你占全了，剁鸭食的活儿又给你躲过去了。"

天气逐渐变暖，在孩子们的盼望中，端午节终于来了。端午节早上，孟焱和孟美五点多钟就爬起来了，把孟亚也从被窝里硬拽了出来，因为头天晚上孟亚说了，早上死活都要把她弄起床，她想跟她们跑得远远的，去山边采野花采艾蒿。孟亚睁开眼睛的时候，感觉右手攥着什么东西，定睛一看是一枚鸡蛋，然后又看到还在睡觉的两个弟弟每个人手里也攥着一枚鸡蛋。原来是爸爸孟福先给他们三个塞到手里的，妈妈李秀云一大早就煮了几十枚鸡蛋鸭蛋。孟亚心里一阵兴奋，顿时清醒了许多。民间习俗说，端午节这天采艾蒿一定要早起，采到带露水的艾草最能驱邪气除晦气。

姐妹三人出了家门就朝几公里外的山边奔去了，孟焱和孟美轻车熟路，一往无前地疾步飞奔。孟亚困意未消，迷迷糊糊地跟在她俩后面跑，一路上遇到好多也赶去山边采艾草的老老少少。艾蒿虽然不少，但有些人已经赶在她们前面掠走了很多，孟焱和孟美就不能停留一个地方，她们两个东找一会儿西采一把，手上的艾草逐渐多了起来。

寒冬终于褪色，山坡已被充盈的绿色覆盖。孟亚发现远处有鲜花在风中摇曳，便急切地奔了过去，跑到近前才发现，眼前似乎是一片沼泽地，一块块凸起的草筏子之间泛着肮脏的水光。孟亚犹豫了一下，不甘心就这么放弃，她试着踩过两块草筏子，摘到了一枝金黄色的野百合。百合花散发出芬芳的气味儿，花瓣儿上挂着晶莹的露珠。

一花在手，看到前面还有好几枝花，孟亚的贪念被激发了，她还想再多采两枝，结果脚下一滑，掉进了草筏子间的水洼里，冰冷的河水立刻淹没了她的双膝。孟焱和孟美听到妹妹的呼叫声，紧张地跑过来，费了好大劲儿才把孟亚从沼泽地里拖出来，两个人的裤子也被弄湿了。

回到家里，几个人又忙着把艾蒿间隔着插到房檐草里，再挂上几个手叠的小纸葫芦，绿绿的艾草和红红的纸葫芦相互映衬，孟家的小院子顿时有了生机和节日的气氛。房间里那束盛开的野花更是芳香四溢，一家人的心情也随之欢快起来。

李秀云忙着做早饭，瞥见三个女儿裤子湿了，认为是早晨露水大，只是叫她们换了裤子，也没过问详情。

高兴啊！过节了，有好东西吃了！李秀云先端上桌一小盆鸡蛋和鸭蛋，孩子们一片欢呼。李秀云说："以前过节煮得少，你们都说没吃够，今天管够，谁想吃几个就吃几个。吃完早饭让你爸把那只不爱下蛋的老母鸡杀了，晚上给你们做大米饭炖小鸡。"孩子们又发出一片欢呼声。

早饭吃过不久，美味的鸡蛋鸭蛋还在胃里蠕动着，孟涛却开始说不舒服，他叫嚷着肚子痛。紧接着孟亚也开始难受了，竟然一下子呕吐起来，吐得稀里哗啦地，早晨的一顿饱餐白吃了，一点儿也没剩下。

李秀云慌了，说："怎么一下子两个孩子都犯病了，是不是食物中毒了？送孩子去公社卫生院吧？"

一听李秀云说要去医院，孟福先的脸色就不好看了，说："你慌啥？你家趁啥？动不动就上医院。不过是小孩儿贪吃，早晨吃多了消化不良，捏捏脊就好了。症状再不缓解，我给他们针灸。"

一听说针灸，孟亚就嗷地叫了一声，好像针真的扎到了身上一样："我不要针灸！"

　　孟福先让孟涛和孟亚趴在炕上，他给孟涛捏脊，吩咐李秀云给孟亚捏脊。以前孩子们一有个小毛病特别是感冒发烧或者消化不良的时候，孟福先总是用这套老办法。

　　到了中午，孟涛的毛病基本好了，孟亚却像真得了一场病。李秀云有些后悔地说："都怨我！以前对孩子太苛刻了，今天想他们好好解解馋，没承想两个孩子撑出病来了。"

　　孟焱说："四儿鸡蛋吃得不多，她可能是早上采艾蒿的时候给冷水激着了，也受点儿惊吓。"李秀云听了，责怪孟焱和孟美没早点儿说。

　　晚饭李秀云信守承诺，焖了大米干饭，炖了小半锅鸡肉炖土豆。孟亚眼巴巴地望着，当然李秀云会给她留出来一份来，另外七张嘴风卷残云般地把饭菜一扫而光。

　　看着桌子上空空的盆碗和一堆堆再也哑不出任何油水的鸡骨头，孟兰舔着嘴唇一脸惋惜地说："要是天天有大米干饭和鸡肉炖土豆吃，那该多好啊！"

第二章　一九七六年

从十四岁至二十一岁，毫无疑问，孟兰四姐妹正经历着女孩子生命中本该最灿烂的青春时代。从生命的角度看，她们就是春天土壤里的四粒种子，渴望温暖的空气、明媚的阳光、滋润的雨露、人性的关怀——发芽，吐叶，散枝，开花，然后便是硕果累累。可是，每个人的命运与所处的时代紧密相连，社会的发展与个人的成长息息相关，加之性格与个性的不同，每个人的经历与际遇也有所不同。

孟家的孩子们啊，你们的幸福在哪里？未来是什么它又在何方？

春节前夕，孟福先带回来一个消息，说孟焱很快就可以工作了。有活儿干有钱赚，对全家人来说都是值得高兴的好事儿，可李秀云却跟孟福先吵起来了："一个女孩子还不到二十岁，你让她去公社烧锅炉？老爷们儿都不愿意干的活儿，这也叫工作？你就这点儿本事，专捡别人不稀罕的剩破烂儿？"

孟美也睁圆了一双明亮的大眼睛，吐着舌头说："哎呀妈呀，烧锅炉啊？我二姐能抡动铁锹吗？一天到晚还不跟灰驴子似的。"

孟福先瞪了李秀云一眼，没好气地说："我就这点儿本事，你有本事你给孩子找工作。"

李秀云一下子就跳了起来："我有本事？工作都被你这个缺心眼儿的'包青天'给辞掉了，我还能有什么本事？好好的工作给弄没了，现在又没能耐给孩子找好工作，你傻透了，蠢到家了，坏到顶了！"

孟福先也不让步："工作工作，一吵架就提工作，那是国家政策，能怪我吗？这都十几年了，你还是没完没了的。"

李秀云说："你不死我不死，这辈子就不会完，不会了。"

孟福先说："你就该是个家庭妇女，出口不逊，张口就骂人……""你就该是个家庭妇女"这句话，立刻把李秀云变成了一个泼妇："你们老孟家老少三辈儿，没一个好东西！"

孟福先忍不住了，朝李秀云跨过来，一副打人的架势。孟美、孟亚和孟涛早都在心惊胆战中做好了准备，三个人迅速隔在了父母之间，推这个拉那个，场面乱成一团。

正在这时，孟焱上厕所回来了，一看五个人的表情和架势，她的情绪一下子就火上房了，涨红着脸脱口一句："一见面就吵，一在家就吵，不是天天忙吗？累吗？有打架的时间和劲头，要不歇会儿，要不干点活儿。"

孟亚说："爸妈是为了你才打起来的了。爸给你找了工作，要你去烧锅炉的了，妈说那活儿老爷们儿都不愿意干的了。"

孟焱不假思索地说："烧锅炉也是活儿，也是人干的。我爸要不是公社干部，这活儿我也捞不着。只要有活儿干，掏大粪都行，只求你们不要因为我吵架。"

见孟焱是这种态度，孟福先和李秀云这场箭在弦上的恶战也就偃旗息鼓了。孟福先气愤未平，仍然噘着嘴，黑脸铁面，去院子里劈起了木柈子。

这时，孟兰回来了，帽子头巾把头脸捂得只剩下一双大眼睛，长长的睫毛上挂着雪白的霜花。孟美叫了句"大姐"，赶紧把炉子上的水壶拿起来，给孟兰准备洗脸的热水。

东北的冬天没有其他农活儿的时候，还得积粪沤肥以备改良土质或者庄稼给养。沤肥说白了就是捡粪，猪马牛的粪便，还有人的粪便。家里冬天也是要清理茅厕的，这些脏活儿、力气活儿当然都是孟福先在做，但因为是孟兰要完成拣粪任务，自然就有了替女儿干活儿的意思，孟福先心里就隐下了情绪。

其实孟福先的不满从孟兰一上高中时就开始了。按照孟福先的思路，孟兰在家中排行老大，当时"读书无用论"思潮泛滥，读书再多也没什么用，不能当饭吃、当水喝，不如早点儿离开学校，找份工作多少能挣点儿钱，就算在家照顾妹妹弟弟，对这个大家庭也是个分担。可孟兰死活不肯弃读，为了防备孟福先拿走自己的书包，孟兰心生一计，每天放学回来都躲着家人，把书包藏到谁也找不到的地方。当然实际上也没有谁找，孟福先也不是南霸天，不会做出赶尽杀绝的事儿来，但他的态度在孟兰心里多少也结了疙瘩。

孟兰的性格比较内向，本来话就少，有事喜欢闷在心里，但脸上又会表现出不高兴。不高兴却又不发作，也就让人拿她没什么好办法，说也不是，不说也不是，时间长久了，家里人也就习惯了，互不招惹。所以孟兰长到二十二岁，很少与父母和妹妹弟弟们发生争执。三十多年过后，进入花甲之年的孟兰性格完全变了，不仅话多了，而且喜欢附和别人的话，完全没有了独思独处的风格。也是若干年后，几个妹妹弟弟才从孟兰口中得知，当年李秀云生孟涛的时候，是孟兰深更半夜跑出去叫的"接生婆"，一个十岁的女孩子也真是难为她了。

孟亚也渐渐明白了，十几、二十多岁时的大姐孟兰，之所以有那种内敛沉默的性格，除了先天因素，与她后天对这个家庭所承担的也有直接关系。除了孟焱，孟兰几乎照顾了孟美往下的所有妹妹弟弟，她用自己稚嫩的肩膀和心智，尽最大努力帮着母亲分担繁重的家务，可以说她是这个家庭的第二个母亲。李秀云和孟兰母女间最刻骨铭心的，莫过于孟兰照顾八个月大的孟涛时，不小心把他的头磕破了这件事。当时，孟兰搂着头破血流号啕大叫的弟弟，吓得浑身发抖泪流两行，嘴里机械地重复着："这可咋整？这可咋整？妈会打死我的！妈会打死我的！"好不容易哄好了孟涛，孟兰瞅准机会溜进了家门，把弟弟放到了炕上，眨眼间人就跑得不见了。孟涛再一次的哭声惊动了李秀云，她感觉不对劲儿，就屋里屋外到处找人，结果在黑暗杂乱的仓房里发现了大女儿。孟兰哭得两眼像烂桃一样，手里拿着一根绳子，当时只有十岁的她认为自己犯了死罪，孟涛是老孟家的命根子，与其被妈妈打死，不如自己死了算了。

家里阴沉沉的气氛，孟兰一进门就感觉到了，她一声不吭，脸上像挂了一层霜，摘下帽子围巾脱了棉衣，进厨房拿过炉子上的水壶往盆子里续水，然后拆开两条几乎长过臀部的大辫子，一声不响地洗起乌黑的头发。

孟兰拆辫子的过程中，李秀云看了大女儿一眼，想说一句"吃完饭再洗不行吗"，话到嘴边儿又咽了回去。李秀云深知大女儿的性格，不说话，不吵架，不高兴就是一副脸子给你看，你说长道短的，她也很少理会。

就说孟兰这两条大辫子，也是孟福先对大女儿不满的又一件事，当然这种不满意还涉及一个人，孟焱。孟家四个女儿中，孟兰和孟焱的头发又黑又直，"小拉渣儿"孟波的头发也是直的，不过细得像黄毛儿，直头发遗传的是孟福先的基因。而孟美、孟亚和孟涛三个人，头发都是天然的卷曲，遗传的是李秀云的基因。孟兰孟焱两姐妹都喜欢长发，那个年代不流行披肩发，人人都是编两条大长辫子，在腰背和屁股蛋子后面晃来荡去的。这么长的头发，梳头编辫子用的时间就多，洗头发用水和肥皂也多，耗时费力花钱，孟福先当然不高兴。

为了剪不剪辫子的问题，孟兰上高一、孟焱上初二的时候，孟福先就专门跟两个女儿谈判过，当时她们两人的辫子刚长到腰际。孟兰板着脸子一声不吭，孟焱却跟父亲顶撞起来，说："留个辫子也要管，这点儿人生乐趣也要剥夺，那活着还有什么意思？"孟福先实在弄不明白辫子里能有什么乐趣，还跟人生莫名其妙地联系在了一起。

更重要的是，孟福先刚跟李秀云吵了几嘴，心里正不痛快，哪里容得下二女儿这样跟他说话，一下子就火冒三丈："照你这么说，没留头发的，没梳辫子的，人生就没乐趣儿了？就都不活了？"孟焱说："没乐趣。不留辫子，不如死了。"孟焱说这种气话，不过是想告诉孟福先，她不想剪掉辫子的决心有多大，但在孟福先听来，这丫头无疑是在诅咒没头发短头发的人，包括他这个当爸爸的。孟福先气不打一处来，拿起扫炕的笤帚就往孟焱身上轮。孟焱偏要跟爸爸赌这口气，她不跑也不叫，退到炕上的墙角处，任凭一阵又一阵的笤帚疙瘩左右上身，她又气又痛两颊发紫泪花闪烁，却就是不服软，还一遍一遍地从牙缝里挤出同一句话来："我就是不剪，打死也不剪。"直到李秀云把孟福先手中的笤帚抢下来。

事后李秀云骂孟焱："你个犟眼子，简直就是一头倔驴！你就算不跑，服个软儿也行啊，也能少挨几笤帚疙瘩。"孟焱不服气："我就不信他能打死我？"李秀云说："你就是个犟眼子，这事儿要是放在小四儿身上，人家好汉不吃眼前亏，早就蹿得连烟儿都看不见了。"孟焱说："她是胆小鬼！软骨头！"孟亚确实胆小，冬天的晚上去厕所拉屎撒尿，从来都得有人陪着。

孟兰洗过头发，一言不发地吃完饭，然后坐在北炕上倚着墙，继续看第二遍《林海雪原》。孟焱也像受了感染似的，也拿过她第二遍看了一半儿的《一双绣花鞋》，两姐妹很快进入到书中的情节。孟兰的眼神渐渐迷离起来，白净的两颊泛起了红润，而孟焱则面孔绷得紧紧的，目光里不时闪过一丝或探究或紧张的神色。

李秀云收拾好厨房的活儿，拿进来一大堆报纸，让孟美把桌子摆放好，说要糊棚，孟兰和孟焱只得放下手里的书，一家人顿时七手八脚忙活起来。快过年了，家里的四壁和棚顶贴的都是陈年的旧报纸，早发黄发霉了。废报纸是孟福先从公社拿回来的，不然就得花钱去买糊墙纸，当然两种墙纸的效果肯定是不同的。

孟家这几个孩子都有一个共同爱好，或者说穷人家孩子的爱好，不知道是谁先发明了这种游戏——"找字游戏"。这种游戏简单方便，晚上睡觉前大家都躺在炕上时，两只眼睛自然要向上看，一下子就望到了棚顶。四面的墙壁也是糊了报纸的，看起来会稍稍费点儿劲儿，要转着头看，但也没有多大的难度。当然大家更喜欢棚顶，因为面积开阔，目光直接。

这种游戏可以两个人玩儿，也可以多人玩儿，一个人首先提出一个目标字，然后再说细节，比如说《人民日报》的"报"，这个"报"字被另一张报纸压住了三分之一，你们找吧，范围包括棚顶和墙壁。这个字说出来容易，找起来还是得用点儿时间的，因为《人民日报》《工人日报》《解放军报》的报头都有"报"字，四个墙壁和一个棚顶的面积有上百张报纸，找一个被另一张报纸压住一个边儿的"报"字，多少得费些力气。况且，在煤油灯又昏又暗的光线下，更增加了寻找的难度。

孟家其实是装了电灯的，但那是给逢年过节准备的，平时几乎不用，就连孟波都不敢以哭闹的方式跟爸妈提这个要求。家里一般是两年重新糊一次棚和墙，两年的时间七百多个日夜，孩子们几乎把墙上棚顶的每张报纸都看了无数遍，看了又看寻了又寻，已经没有多少游戏的空间了。

现在要换新报纸了，大家自然也是比较兴奋的，只是糊墙糊棚是个大活儿，不那么容易完成。李秀云一声令下，三个女儿也只好听命，协助李秀云刷糨糊，或者在爸妈之间做运输，孟福先负责糊墙。忙了两个多小时，基本告一段落。

崭新的白报纸覆盖了发黄的旧报纸，屋子里顿时清洁明亮了许多。干活儿的过程中，孟焱的话最多，她给大家讲手抄本《无头女骑士》，直到后来孟亚尖叫起来，她还不情愿结束，说："这是侦探小说，是开发智力的，越看越聪明，越看胆子越大。四儿，这本书我看完了借给你看，过几天我要还给同学的，好几个人等着看呢。"

孟亚捂着耳朵："我不听。我不听。"

孟焱说："就你这胆儿，你将来能干啥呀？你真得锻炼锻炼，以后晚上撒尿别老让我陪着。"

孟亚马上说："妈，我要撒尿。"

李秀云说："是真的吗？"

孟亚说："是真的了，我憋不住的了。"

孟焱坏笑着说："我看你是吓出尿来了。"

李秀云说："小焱，陪四儿撒尿去。"

孟焱说："外面那么冷，我陪她多少次了？让小美陪她去。"

孟美说："今天我不陪她，我都让你的鬼故事给吓住了，还是你去吧，'能请神儿，就能送神儿。'四儿的尿是你给引出来的。"

孟兰说："四儿，我陪你去吧。"

站在冰天雪地里，孟兰不停地跺着脚，孟亚越着急尿得越慢，她怕孟兰等得不耐烦，就没话找话说："大姐，你胆子真大。"

孟兰抬头看着满天的星斗，似乎在探寻着什么，半晌说了一句："没有鬼。有鬼我杀了它。"

孟亚说："大姐，那你啥都不怕吗？"她本来想问"你不怕鬼，那你怕死人吗？"可"死人"这个概念先把她自己吓住了，这样漆黑寒冷北风呼啸的夜晚，逼得人想到"鬼"和"死亡"，身体早已抖成了一团。

过了半晌，孟兰说了句："我怕咱妈再生孩子。我怕你们长不大。"

晚上躺在炕上，姐弟几个又开始了"找字游戏"。一番热闹之后，困意渐渐袭来，说话的声音越来越少了。

孟亚自打记事起，就给自己养成了一个习惯，也是胆子小带来的习惯，她从来都不是全家人在夜里最后一个说话的人，如果她说了话后再没有人接话了，她一定得找个理由，让别人直接在她的话后面再说一句，就像对她构成了一种保护或安全屏障似的。

这场黑夜里孟焱讲的恐怖故事和七嘴八舌的闲聊，偏偏又是孟亚说完话后再没人接话了，她在黑夜中等待着，黑暗和沉寂像一块巨大冰冷的石头，压迫着她，她感觉自己像被沉入了海底……

孟亚开始奋力解救自己，含含糊糊地唤了一声"妈"，李秀云漫不经心的一声应答，跨过几米宽的时空，从南炕飘到了北炕，进入了孟亚痉挛的耳膜，她立即感觉解下了千斤枷锁似的，心底生出一缕温暖和一丝光明，渐渐入睡了。

春节过后不久，孟焱就上班烧锅炉去了，到了公社才知道，还有一个人跟她一起烧锅炉，竟然是她的同学陈丽美，两个人一见面就大笑起来。陈丽美确实美，近一米七的个头，身材好容貌更好，面孔白白的，像精致的瓷瓶似的，小水泡眼亮亮的，当然这是孟焱对陈丽美的溢美之词，也可能是跟自己比较之后的"相对论"。陈丽美并不在意孟焱称赞她有多美多白，这个心眼大性格好的公社干部女儿，一点儿都不嫌弃烧锅炉。

孟焱说："人家都说烧锅炉是个粗活儿脏活儿，老爷们都不愿意干，我呢，天生一副苦命相儿，干也就干了，你咋能干这活儿呢？"

陈丽美嘻嘻笑了，小水泡眼闪过一道亮光："谁让咱俩是好朋友呢，我可早都知道跟你一块烧锅炉了，就是想来陪你的。"

孟焱"呸"了一声说："陪我一起往火炕里跳？往锅炉里钻？你早知道了，咋不去我家告诉我一声呢？"

陈丽美说："我前些日子没在家，去大庆了，去我姨家了。"

"去你姨家干啥？"陈丽美捂着嘴"哧哧"笑了："我姨给我介绍对象，大庆的。"

"没成啊？"

"成我还能回来呀？"

孟焱说："听说大庆的生活可好了，那里出石油，油比金子还贵。"

陈丽美说："大庆可是比咱们这儿强多了，我在我姨家待了差不多一个月，三天就能吃上一顿肉。要是能在大庆生活，一辈子吃穿不愁了。"

孟焱说："是你没看上人家，还是人家没看上你啊？"

陈丽美又"哧哧"地笑了："你猜。你不是福尔摩斯吗？"

孟焱说："那你给我三次机会，我猜猜。"

陈丽美说："你不觉得三次机会多了点儿吗？"

孟焱说："你看不上他是一次，他看不上你是一次，你们两个谁都没看上谁又是一次，三次机会好像是多了点儿。"

陈丽美说："如果你这样猜，给你四次机会你也猜不着。我告诉你，那个男的除了工作好，其他的都不行，个头才到我这儿……"陈丽美用右手平着自己的肩膀，"而且长得可丑了……"

孟焱说："那应该是我猜对了，你看不上他嘛。"

陈丽美说："我还没说完呢。他也没看上我，准确地说，是他怕我。他跟我姨说，我个子高长得又好，他除了工作好一点儿之外，两个人的条件差得太远了，他不敢跟我谈恋爱，怕结了婚也养不住我。"

孟焱笑了："还有这种理由啊，大庆挺有意思的。"两个人嬉笑了一阵，就开始正式工作了。

上午还紧一阵慢一阵地东聊西扯，下午快下班的时候，两个人一句话也没有了，除了牙齿和眼仁是白的，从头到脚整个人就像被煤粉裹了一层。

晚上回到家，全家人被孟焱煤矿工人一般的模样吓了一跳，特别是孟焱的那双眼睛，本来眼睛就大，双眼皮和内外眼角处全都是煤尘，而且眼边儿红红的，像一丝丝的小火苗。李秀云心疼了，眼圈儿立时红了。

孟美说："哎呀妈呀，你这副模样儿，要是二叔和老叔看见了，可能会有亲切感呢。"

连孟兰都插话了，说孟美："你都联想到哪儿去了？二叔和老叔当年是读的煤矿大学，他们是坐办公室的，不是烧锅炉的。要不，小焱你跟我一起去家属队干活儿吧，怎么也好过烧锅炉。"

孟福先一听不高兴了："家属队不是咱家开的，你想去就能去？年轻人吃点儿苦有啥不好？'穷人的孩子早当家'。人家城里的孩子还上山下乡，接受再教育呢。"

孟亚说："现在很多人都要返城的了，俺班孙小燕说，她很快就跟他爸妈回佳木斯市里去了。"

李秀云抹着眼泪说："读了十来年书，到头来去烧锅炉……"

李秀云的话似乎给了孟福先一个讲理的机会："你们主意正嘛，当年想让她们两个早点儿停学，兴许还有机会轮到好一点儿的工作，你们谁听过我的话？"

李秀云才不甘心给孟福先抓住理，她开始借题发挥了："我不是听了你的话吗？你第一天通知我下岗，我第二天就成'锅台转儿'了。孩子辛辛苦苦读了十来年书，要知识有知识，要文化有文化，可就是找不到一份像样儿的工作。我当年工作干得好好的，你一句话就把我撵回家了。这十几年日子过得有多苦，有多难？不都是你给我们带来的福气？"

李秀云连珠炮般的抢白让孟福气透不过气来："你当着孩子的面儿，净说这些没道理的话，你把孩子都教坏了。"

空气中充满了火药味儿，一场战争即将爆发，愤怒的、担心的、惊恐的，各人有各人的情绪和动向。

一直未吭声的孟焱，突然间变戏法似的拎出了一个布袋子，那是李秀云平日里用布做的三角兜之一，摊开在大家眼前的是六个大小不一的烤土豆，土豆的糊香味儿立刻钻进了鼻孔，孟亚和两个弟弟一声欢呼围住了孟焱。孟焱瞪了一眼说："都不许动，我给你们分，谁抢就不给谁。"三个人立马不敢动了。

孟焱把最大的一个留在一边，剩下五个小的给五姐弟每人分了一个。孟美问："你的呢？"

孟亚说："这个大的肯定就是二姐的了。人家烤的土豆，当然有功的了。"

孟焱说："就你小心眼儿，我吃过了。这个大的给爸妈分的。"

李秀云说："土豆是你从家里拿的？"

孟焱说："是陈丽美从她家里拿的。"

李秀云说："你同学心眼儿真好，陈丽美也去烧锅炉了？"

孟焱说："陈大美人现在也跟我一起烧锅炉呢，这下你们可以心理平衡了吧？"

吃着陈丽美家的用公社锅炉烤出来的土豆，李秀云与孟福先之间的战斗被孟焱用四两拨千斤的办法破解了。

开学的第一天，孟亚发现徐春霞又缺课了。还有一个重大的变化，班主任林凤娇的肚子微微鼓了起来。去年的那场风波过后，林凤娇结婚了，丈夫正是那个一身戎装的青年才俊。赵大昌他们接受不了这一事实，也不相信传言是真的，他们依旧多次在林凤娇的课堂上故意捣乱。

林凤娇有军人丈夫作为坚强后盾，对赵大昌他们除了严厉训斥之外，气愤至极的时候还拎了赵大昌的耳朵，两个人的面孔都跟猴屁股似的。林凤娇对赵大昌也有一招"撒手锏"，赵大昌虽然混作乱闹，但经常是作过闹过之后会按照要求写检讨书，虽然写的检讨书只管一次不会一劳永逸，但他怕学校开除他，只要林凤娇一提到"开除"两个字，他就会稍稍收敛几天。

孟亚看着林凤娇的肚子，猜想徐春霞是不是买东西去了，都说怀孩子的人嘴馋，北方民间有"害口"以及"酸儿辣女"的说法。正这样想着，林凤娇安排一个新来的同学坐到徐春霞的位置上去了，然后对全班同学说："徐春霞不能来上学了，她得了肺病，死了。"

班上顿时一片哗然。没有几个人真正喜欢徐春霞，她死亡的消息一经公开，同学们意外和吃惊的感觉大于悲痛或惋惜。

林凤娇安排了一名男生王小兵当班长。开学换了新课本，任课的老师也有所调整，数理化这三门课学起来很吃力，孟亚有了头痛的感觉。当然，头痛的不止她一个人。

七十年代中期的幸福中学，就教师的整体水平和教学质量而言，还是相当不错的。老师们是有水平的，但学生们的学习态度和学习能力却大相径庭，加上教学风气并不是一日就可以改观的，对于这些十几岁的孩子们来说，他们的头脑里还没有多少学习重要的意识。

当然极个别的人还是有的，李成德和程立远就是这样的，天知道这两个人的脑子是怎么长的，至少孟亚在主观上还没有认识到好好学习的重要性。

班上的课堂秩序总是乱糟糟的，没有几个人真正有心思学习，还有物理课的难度在加大，让孟亚无所适从。而这个时候，青春期的生理问题也开始困扰孟亚这样的初中女生了。

1976年夏季的一天，放学后刚回到家的孟亚突然想上厕所，蹲下时无意间发现有一两滴血落了下去。十四岁的孟亚根本不知道什么是初潮，她想不明白这是怎么一回事，也根本没有多想，懵头懵脑地把自己擦干净了，便跑回了家。进了家门没多久，又有了想小便的感觉，就又跑了出去，又发生了第一次上厕所时的情况。如此反复，孟亚连续上了三次厕所，心里的感觉真是莫名其妙。

孟亚这样慌慌张张一次又一次地跑厕所，早被在屋里给孟涛和孟波补衣服的李秀云和孟美看了个透，两个人看着一脸无知的孟亚，发出会心的笑声。孟美说："你是不是有情况了？还不知道是咋回事儿呢？"

孟亚怔怔地看着妈妈和三姐："啊？"

李秀云放下手里的针线活，打开炕柜的小门，从里面拿出一个小包裹解开，递给孟亚一个长长的布带，布条两头连着细布绳。

李秀云说:"四儿你来月经了。小美,你帮四儿把卫生纸垫上。"

孟亚一下子傻了似的:"月经?月经?"

孟亚接过妈妈递过来的卫生带,那是用布做的,李秀云的手工。照理说,孟亚对月经带并不陌生,毕竟家里这么多女性,但那些隐私的东西是很难见到大天的,最应该在清洗后置于阳光下晾晒消毒的月经带,却被挂在最隐蔽的地方慢慢阴干,这个过程中会滋生很多细菌,从健康角度讲这样做是极不科学极不卫生的。

孟亚认为来月经是一件很丑的事,班上的女同学们也都是这么认为的,所以她们相互间谁都不知道谁有了初潮谁还没有,这绝对是个天大的秘密。

初潮来过,女孩子的经期在最初的年月里通常是不稳定的,加上她们没有经验,往往在没有准备的时候,月经突然来临了,这是最糟糕的事情。孟亚的第二次月经就是这样的。

正上课的时候,孟亚突然感觉身体下面不对劲儿,人一下子就变得坐立不安了,她怕再坐下去的话,下课的时候恐怕就没法站起来了,可还有十几分钟才到下课时间,这可真是急死人了。

几分钟过去了,孟亚如坐针毡感觉像熬了一个世纪似的,她犹豫中带着冲动,冲动中夹杂着犹豫,就这样思想反复斗争了好几个回合,终于一下子站了起来,快一脚慢一脚地奔出了教室。好在教物理的王文义老师名如其人,挺斯文的一个人,没有阻拦也没有询问,甚至都没有看她一眼,任凭孟亚无组织无纪律地蹿出了教室。

孟亚书包里没有准备卫生带和卫生纸,冲出教室前她撕了两张作业纸,在厕所里用手把它们搓皱了,一直等到下课的铃声响了,她才敢混在跑到教室外的同学们当中。

张灿走过来了,用探究的目光看着孟亚,看得她心里一阵阵发虚。

张灿说:"咱俩去玩单杠吧?"

孟亚说:"不去。"

张灿说:"你平时不是最喜欢玩单杠的吗?"

孟亚说:"不去,那么多人抢。"

孟亚说这话的时候就想起了上个月的那件事,张灿在单杠上翻腾的时候,后面的衣襟被风吹空飘了起来,露出了背上的胸罩布带,那个胸罩带是极不正规的，宽度不一而且还露着毛边儿和线头，似乎就是用一条布在前胸后背绕了一围而已。

束胸也是女生间的一大秘密，甚至都不会跟母亲说这件事。同时发现张灿秘密的不止孟亚一个人，可后来这件事被班上的女同学传开之后，张灿却怀疑是孟亚传播的小道消息。为了这件小事，原本要好的两个人，心中都对对方产生了很大的不满，目前的关系可以说是面和心不和了。

这次张灿这样硬拖着孟亚玩单杠，孟亚就猜到了张灿心中的小算盘，她一定是想报上次的仇。很显然，张灿不想轻易放弃这次机会，她硬拉着孟亚往单杠那里走，孟亚坚决反抗，张灿便装作跟孟亚玩耍似的，用手在孟亚的身上抓来抓去的，三下两下就拍到了她的屁股上。

炎热的夏天，大家都穿着单衣单裤，张灿这个动作的目的显然是想证明自己的判断。孟亚彻底明白了张灿的用心，但她也不敢把事情挑明，便迅速转身同时推了张灿一把，结果用力过猛，张灿一下子坐到了地上，起身后又跟孟亚半真半假地撕扯在了一起。

孟亚下面垫的是两张脆弱的作业纸，既没有柔软的卫生纸，更没有用来收紧和保护卫生纸不移位的卫生带，更何况孟亚穿的裤衩儿也是李秀云手工做的，棉线布没有一点弹性，本来就松松垮垮的不贴身，加上张灿这种不怀好意的拉扯，意外发生了，孟亚感觉那两张纸顺着她的裤管往下滑，尖锐的纸角划痛了她的皮肉。

孟亚急中生智迅速下蹲，在沾着她生命颜色的作业纸已经露出裤管的一刹那，被她迅速地团在了手心里。

张灿的脸上顿时现出了得意之色，但她还不肯放过最后一次打击孟亚的机会，她贴在孟亚的耳边故作关心地问候了一句："你小肚子出血了？要用卫生纸的吧？"

孟亚一言不答，冲进教室拿出书桌里的书包，剩下的一节数学课也不上了，她愤愤然地跑回了家。

孟亚一进家门就哭了起来，李秀云被孟亚吓了一跳，待问明白是怎么一回事后，不以为然地说："哪个女孩子都要来月经的，不来就麻烦了，将来嫁不出去的。"

孟亚说："张灿故意出我的丑，这事儿要是传出去，会被同学笑话的了。"

李秀云说："以后书包里放些卫生纸，是要做些准备。"

李秀云又向孟亚传授了一些卫生方面的常识，说："你们现在条件好多了，我当姑娘的时候，哪里有卫生纸用？女人都是用小灰袋子，用布缝成一个长条袋子，里面放些木草烧成的灰，用来吸脏血。用过一次，就把里面的东西倒掉，把布袋子洗干净了晾干下次再用。你姥姥有精神病，三十八岁就死了，我和你二姨、老姨，她都没真正照顾几天，处理女孩子家的事儿，都是我们自己学的。"

孟亚听到妈妈说用小灰袋子处理经血，她的眼中充满了惊讶和不解，她觉得做女的真是太麻烦了："男的没有月经吗？他们为什么没有月经呢？"

李秀云说："男的要是有月经，就不是男的了，这是老天爷规定的，谁都没办法的事儿。"

孟亚说："我不喜欢，做女的不好。"

李秀云说："你也嫌弃自己了？你爸就重男轻女，你二姐刚一出生，就差一点儿送人了，你也是。"

孟亚听爸妈吵架时，李秀云多次揭孟福先的短处，说他当年想把孩子送人，现在又听了一次，感觉没有新意，就翻开书包，想看看书，本来数学学得就不好，又丢了一节课，快接不上了。

孟亚翻开数学书的时候，一张纸条从里面掉了出来，摊开一看，是郭立刚丑巴巴的笔迹：

> 我已经准备退学了。我成绩不好，我爹不让我念了，我也不想念了。我要去山东我旧（舅）那里，他家没儿子，我去了当养子。可我心里还是想着你。到了山东，我会给你记（寄）花生。今天晚上能见你吗？在你家后院的胡同里，我等你。下午我让我娘给你家送大江（酱）。

孟亚正撕着手中的纸条，"罗锅娘"就端着小半碗大酱，吃力地扭着矮身子来了。李秀云见状赶紧迎过去接下来，怕她趔趄着打了碗或者洒了酱。

郭立刚他妈会做大酱，李秀云当然也会做。煮上一大锅黄豆，烂熟之后磣成一块块干湿相应固体状的大酱块，用报纸裹住后放到房梁上的木板上面，慢慢发酵两三个月，然后放在缸里兑上适量煮沸后的冷开水，还要再经过月余的发酵打耙，酱的颜色和味道才会一点点儿好起来。但孩子们嫌李秀云做的大酱不好吃，说不如邻居郭立刚她妈"罗锅娘"做的大酱味道好。"罗锅娘"是个残疾人，背上像扣着一口锅，两只手也是变形的，还是个红眼病，好像眼屎永远都洗不净擦不完。

从卫生角度讲，李秀云不想要"罗锅娘"做的大酱，"'罗锅娘'做东西埋汰，你们敢吃啊？"李秀云对孩子们说。"酱是咸的，自己能消毒杀菌。"这是孟焱的理由。北方全年差不多有一半是冬天，地里不长叶、树上不结果、河里无游物、天上不掉馅饼，秋天储存的白菜、萝卜、土豆都得省着吃，一边吃一边省一边烂，时常就得拿咸菜大酱当菜吃。因为大酱太咸，吃不多当然就省，但你的肚子就很难填饱了，贫穷的岁月用盐帮人们省钱，也虐待了贪吃贪喝的肠胃。

孟亚猜想"罗锅娘"不会知道她儿子的那点儿小心思，因为她手上拿来一件破衣服，是想让李秀云帮她用缝纫机补一补。但听"罗锅娘"说郭立刚确实要去山东了，孟亚心里又免不了有点儿不是滋味，这么个笨蛋都能出去闯天下，老孟家怎么大城市一个亲戚都没有。哦，对了，二叔家好像是在哈尔滨，大学毕业就去了那个城市，可那是一个傲慢的家庭，李秀云说就当没那家亲戚了。

幸福中学每个班上的学生都是大杂烩。小学阶段虽然也是干部子女、工人子女和农民子女都有，但几乎都是幸福公社和直管的几个大队范围内的户籍人口。到了中学则不同，学生来自四面八方，互相熟悉起来就没那么容易了，往往来自同一个大队的学生之间关系更好一些，班上形成了一个又一个的小群体。像孟亚他们这些从幸福小学升到幸福中学的学生当中，有一些原来也不是一个班的，即使是一个班的，像赵大昌这种捣蛋鬼，绝不可能成为好朋友的。由于是自然升学读书，小学升入初中，初中升入高中，都不需要通过考试来淘汰或者分班，而是完全根据学生和家长的意愿，愿意读的读得起的，谁都可以读到高中毕业，就像黄永财这种凑数的。可以说，到了初中阶段，每个班上几十名学生，已经是良莠不齐了。

孟亚看了一会儿数学书，那些数学公式使她头昏脑涨，她把书丢到一边儿，一抬眼便看见了二姐放在木柜上的手抄本小说《无头女骑士》，便随手拿过来翻开。没看几行，孟亚就开始浑身发紧，心脏怦怦地跳个不停，但小说中的文字和情节又吸引着她想往下看。

　　正犹豫不决着，孟美回来了，一进门就说："你怎么上到半截儿就逃学了呢？王老师说你不举手不请假，正上课呢就跑出去了。"

　　孟亚一声不吭，李秀云解释了几句，孟美又说："王老师说四儿的物理成绩越来越差了，让我给她补补课。"

　　孟亚梗着脖子说："不用你补。"

　　李秀云说："不知好歹。王老师要不是对你三姐好，才不会这么关心你的物理成绩呢。你三姐人缘就是好，连王老师他老婆都喜欢她，还让她去家里吃饭，人家的伙食比咱家好多了。"

　　李秀云说的倒是事实，虽然那也是孟美回来讲的。王老师是大学生，从佳木斯市来到幸福中学教书，他老婆没工作，夫妇二人没孩子，见孟美又漂亮又乖巧，学习成绩又好，便经常要她去家里玩。孟美手脚勤快嘴巴甜，每次去老师家都帮着他老婆做家务，还一口一个"师母"，叫得人到中年的夫妻二人喜滋滋的。

　　孟亚说："我不喜欢数理化。"

　　孟美说："你就是任性，都是爸妈把你惯坏了。"孟美一眼看到了孟亚手中的手抄本小说，便说："文化课不学，你看手抄本？"

　　孟亚不服气："你不也经常看小说吗？还说多看小说，对写作文有帮助。"

　　孟美说："我看的是红宝书，你这是地下流传的坏书。看你将来也出息不到哪儿去。"

　　孟亚急了："就你有出息，高中没毕业，就天天搞对象。"

　　孟美脸红了："我哪里搞对象了？你别瞎说！"

　　孟亚非要揭孟美短似的："你自己说的，史国庆追求你，王老师还要给你当媒人呢。"

　　李秀云说："追你三姐的人不光史国庆一个呢，要不我说你三姐人缘儿好呢。女孩子有人追，是好事儿，说明她有魅力。"

　　孟美得意了，故意气孟亚："妈说的话你听见了吧？俺人缘儿好，有魅力。有没有人追你呀？"

　　孟亚不吭声了。

　　李秀云说："史国庆那孩子长得挺精神的，他爸也是公社干部，按理说也算门当户对。"

史国庆确实帅，一米七八的大个头，国字脸大眼睛，那也是孟亚喜欢看的一个人。十七八岁正是情窦初开的年龄，青春期的情感之门一旦开启，恰如激越的潮水难以阻挡。

孟亚的脑海中幻化出史国庆身穿军装的样子，军人——好英武好神气啊！将来说不定也跟林凤娇的丈夫一样，在部队能当上了不起的官呢。三姐多么幸运，可自己为什么没有这么多人喜欢呢，只有一个郭立刚，舌头大学习差，虽然长得不丑，但绝对不能跟史国庆相提并论。想到此，孟亚心里酸酸的恨恨的。

第二天班又发生了事件，赵大昌又开始在兴风作浪了，在座位上频频回头挑衅郭立刚。

孟亚看不下去了，便大声喝了一句："赵大昌，你不要搅乱课堂秩序。"

林凤娇也发现了问题，说："赵大昌，你出去！"

赵大昌说："我就不出去，你们能把我咋的呢？赖皮脸！"并转头对孟亚骂道："马屁精！"

孟亚气得含着泪水，扭头恨恨地看了张灿一眼，发现了张灿躲避的眼神。孟亚站起身低着头迅速地跑出了教室。

此时的林凤娇，脸色已经变成了紫色，她拖着个大肚子，气急败坏地向赵大昌的方向移动，一个巴掌扇过去，但她动作迟缓，被赵大昌躲了过去。由于用力过猛，林凤娇的身体一下子磕到了桌角上，一股鲜血流到了地上。林凤娇早产了。

孟亚没有回家，而是直接去了公社的锅炉房，幸福公社的办公场所就在幸福中学的旁边，走路也就几分钟的时间。

天气炎热，体力活儿加上锅炉的烘烤，孟焱汗流浃背面如关公，见孟亚突然闯了起来，哭得跟泪人似的，几句话便问明了情况。

孟焱拎着被煤块儿磨得发烫的铁锹，对陈丽美说了句"我出去一下"，便旋风一般冲出了锅炉房。

孟亚哭得没了力气，跟在二姐身后深一脚浅一脚的，两个人走上公路的时候，迎面就看到了班上的同学，正三三两两地回家走。赵大昌大闹课堂闯了祸，林凤娇被紧急送到公社卫生院去了，课自然是没法继续上了，大家就自动下课解散回家。而赵大昌怕学校领导找他训话，先一步逃离课堂想一走了之，没想到出了校门刚上公路，就与孟焱和孟亚撞上了。

狭路相逢勇者胜，孟焱大吼一句："赵大昌，今天老娘要了你的狗命！"一锹抢过去拍在赵大昌的腿上，一下子就把他击倒在地。

孟焱举起铁锹冲着赵大昌的脑袋去了，孟亚急忙喊了一句："二姐，别砍死了，杀人要坐牢的了。"孟焱手中的铁锹就偏了一下方向，拍在赵大昌的后背上。

赵大昌躺在地上杀猪一样地又滚又叫，孟焱就势一脚把他踹到了路边的水沟里，顿时赵大昌弄了一身泥水，坐在沟里嚎了起来。

孟焱瞪着冒着火星的双眼，骂道："原来你就这德性啊？不是说你爸护犊子吗？你回家告状去，让你爸过来找我，我连他一块儿砍。你再敢欺负我妹妹，我把你塞进锅炉里烧成灰！"

这场战斗以孟焱的彻底胜利告终，从此以后，孟亚再也没有见过赵大昌，他弃学了。赵大昌的家里也没人来找孟家的麻烦，李秀云和孟亚的担心也就渐渐淡了下来。

与赵大昌同一时间消失的还有郭立刚，此后也没有在课堂上出现过，后来听"罗锅娘"说，郭立刚真的去山东了，给舅舅当养子去了。"罗锅娘"说这话的时候，就弓着腰坐在孟家的炕沿上，眼前的桌子上放着一小碗大酱，李秀云正在缝纫机上给"罗锅娘"家补衣服。孟亚看着那一小碗大酱，突然有了一种释然的感觉，这学习一塌糊涂的郭立刚，本来就不是一个值得喜欢的人。

学校和班级的这场风波很大，而孟亚也脱不了干系，孟福先对此很不高兴，说："女孩子家，在外面惹是生非的，不好好学习，你们姐妹四个，你的学习成绩最差。"

孟亚不服气地说："我学习才不差呢，小学从一年级到五年级，我年年考试都是班级第一名的了。"

孟美说："那些老皇历你还翻啊？一年顶十年呀？"

孟亚说："我也没在外面惹是生非呀，赵大昌才是罪魁祸首的了。"

李秀云说："你能不能把你那个'的了'去掉？跟谁学的？天天'的了的了'的。"

孟亚想了想说："'的了'咋的了？"

孟美说："病句！难听！"

孟福先说："你再这样不好好学习，干脆就不要念了，你几个姐姐读了那么多书，没一个有用的。"

孟亚觉得委屈，又讲不出有力的证据和充分的理由，她望着李秀云开始抹起了眼泪。

果然，李秀云开始发威发力了，冲孟福先开了火："今天不让这个念了，明天不让那个读了，我小时候我妈还是精神病呢，我都念到了差不多三年级。现在不读书当睁眼儿瞎啊？连个书报都看不明白，连封信都不会写，一辈子憋屈死了。"

孟福先噘着嘴说："都读了七八年了，哪个不会看书读报不会写信？文化够用就行了，小美明年也要高中毕业了，到时候还不知道能干点儿啥。"

孟兰和孟焱的工作都不称心，孟福先怕孟美毕业后一时半会儿找不到事做，又被李秀云唠唠叨叨埋怨指责，所以就想来个先发制人。

李秀云说："那要看小美的运气，看她爹的本事了，就算一辈子当'锅台转儿'，也要多念点儿书。现在生活是困难，可也没饿死人，就你外甥大四儿那样儿的，上课就是鸭子听雷，白白浪费时间糟蹋粮食，还一天不落风雨无阻呢。他大四儿四个加起来，都不如咱家一个小四儿，都不够小四儿的四分之一，你咋不告诉他别念了呢？"

李秀云这话唠叨在了理上，让孟福先哑口无言，里面的"大四儿""小四儿"的逻辑性，也充满了语言智慧和幽默感。孟焱先笑了起来，连孟兰都笑了，空气里的火药味儿被稀释了。孟福先一脸愠色，迈着两条短腿走出了屋子。

孟焱对李秀云说："差点儿就爆炸了。"

李秀云说："你们笑啥，都耽误我发挥了，炸药还憋在胸口呢，我真想炸死他！"

孟美说孟亚："你以后省点儿心吧，爸妈一吵架，我头皮都发麻。"

孟亚说："我还浑身发抖呢。"

孟涛说："我也浑身发抖。"

孟波说："我也发抖，还想撒尿。"

孟焱对李秀云说："妈，你看看，你和我爸打架，都给我们打出后遗症来了，小涛尿炕的毛病说不定就是你们给吓出来的。"

李秀云说："我们给吓出来的？那你们姐儿四个咋不尿炕呢？"

孟焱说："男孩子的肾娇贵，怕惊怕吓。"

李秀云说："就数你懂，百事通。"

孟亚说："她是十万个为什么。"

孟兰说：《十万个为什么》没说尿炕的事儿，里面都是天文地理知识。"

李秀云说："小涛尿炕的毛病是那年掉井里做下的，大冬天的，井水都带冰的，做下了这么个毛病。"

孟涛七岁那年冬天，有一次跑到井边儿玩，人们用桶从井里往上打水的时候，免不了会洒出来一些水。井水清澈干净，厚厚的冰层从井口处摇辘辘的这一边往下坡延伸，非常坚硬光滑，是孩子们每年冬天滑冰玩耍的一个好去处。在井边玩儿当然十分危险，但年龄小的孩子们不懂事，家长一眼没有照顾到，就容易出事儿。孟涛就是在打滑的时候不小心跌进了井里，好在一个过来打水的汉子用水桶及时把他从井里吊了上来。但孟涛连冻带吓的，着实病了好几天，连日高烧不退，连孟福先都扛不住了，自己动手捏脊针灸不见效果后，第一次从医院开回了"安乃近"，全家人跟着提心吊胆了好多天。

孟美不认同母亲的说法："照你这样说，应该再往前追溯。"

李秀云没听明白："追什么树？树也不会动弹，还用追啊？"

孟兰说："不是大树的'树'。"

李秀云又说："那是说话算数的'数'？"

孟焱说："也不是说话算数的'数'，是追本溯源的'溯'，就是翻老账的意思。"

李秀云就让孟焱在纸上把"溯"字写了出来，说："噢，这个字啊，我有点儿认识。"

孟兰说："妈，你挺爱学习的。"

李秀云就有点儿得意，说："我要是不爱学习，小的时候哪能念到三年级？你姥姥有精神病，我又是家里的老大，你姥爷不让我读书，让我在家干活儿。你们几个爱学习的，都有点儿像我。"

孟美说："我爸也聪明啊，好多嘎古字他都认识，有时候还考我们呢，前天还问我们几个'逗哏'的'哏'怎么写。"

李秀云不以为然："你爸就爱整那些没用的，咱们还是说正事儿吧，小美，你想翻什么老账？"

孟美就说："你们这一打岔，我都给忘了。"大家听了，哈哈大笑。

孟亚所在的班级换成教数学的万长喜担任班主任。

一件事情突如其来，万长喜撤了孟亚的副班长职务，让孙小燕接任。孙小燕性格好、长得好是事实，但学习成绩并不突出，至少不如孟亚。孟亚对万长喜的决定非常恼怒，但她没有能力改变班主任的撤换，只是从此对孙小燕再也没有好脸色了。

每当万长喜上数学课的时候，本来对学数学就困难，加上反感和讨厌这个讲课的人，孟亚不但听不进去课，简直都不想多看万长喜一眼。万长喜讲课的时候喜欢在讲台上走来走去，从左边走到右边，再从右边踱到左边。万长喜身体移动的方向，就是孟亚目光移动的反方向，孟亚要么不抬头，抬头的时候就永远是万长喜在左边，她就看右边，万长喜在右边，她就看左边。

孟亚一直坚持着这种反抗的态度和做法，万长喜当然看得清清楚楚，但孟亚不犯别的错误，万长喜也就拿她没办法，或者根本不想理她。只是在期末给孟亚写鉴定评语的时候，万长喜留了一句话：该学生性格比较倔强。

李秀云读了孟亚的鉴定评语："该同学学习努力，积极上进……但该学生性格比较屈强？这是啥意思呢？"李秀云把"倔强"二字读成了委屈的"屈"和坚强的"强"。

孟美笑喷了，说："哪里是'屈强'啊，还屈原呢，是倔强，就是说四儿的性格比较倔，人比较犟。"

李秀云说："四儿的性格不犟啊，哪有你二姐犟？"

孟亚说："我就是讨厌他，对好看的女生贱贱的。"

孟美说："万老师说你性格'倔强'，你怎么'倔强'了？"

孟亚说："他上课我不爱看他，上课的时候他站左边儿我就看右边儿，他站右边儿我就看左边儿。"

孟美说："那你是够'倔强'的，你这样转来转去的，脖子不疼啊？"

孟亚说："不疼。"

孟美又逗她说："那你脑袋不晕啊？"

孟亚说："不晕。"

孟美说："那你眼睛不花啊？"

孟亚说："不花。"

李秀云说："你一堂课总是赌着气绷着脸，你还能听进去他讲的课呀？"

孟亚说："不想听。"

孟美说："你现在物理都拖后腿了，数学又学不进去，你的学习成绩会越来越差的，我找老师给你补补课？要不我给你补？"

孟亚说："不补。"

李秀云说："你大姐、三姐文科理科都挺好，你二姐文科比理科好，你理科是不行了，文科呢？"

孟亚说："我啥科都不行。"

李秀云说："那你小学年年考试都是年级第一名，这怎么说的呢？"

孟美说："小学成绩好不算本事，男孩子上了初中就开始后发劲儿了，女孩子的学习成绩普遍开始下降。"

李秀云说："倒是应了民间那句老话，'先胖不算胖，后胖压倒炕'。你三个姐姐学习都不用操心，到了你这儿，你真是浑身上下找不出一个优点。"

孟亚赌气地说："那我不念了，你就不用操心了。"

孟福先听四女儿这样说，倒不高兴了："这姐儿几个可好，什么事儿都是倒过来的，不让读的偏要读，应该念的又说不念了。你初中都不念完，现在就下来能干啥？有啥好干的？真是不让大人省心。"

孟亚说："那你当年态度咋不坚决点儿，把我送人？"

孟亚这句话纯属"哪壶不开提哪壶"。孟福先生气了，他怕李秀云借题发挥，冲孟亚吼了一句："你越来越不像话了！"

果然，李秀云及时抓住了这个机会，说："那时候我刚坐完月子，人家两口子就来了，小棉袄、小棉被都准备好了一起带过来的。那家人家是你爸主动找来的，两口子结婚十来年了没孩子。"

孟福先说孟亚："早知道你这样儿，就不会留着你。"

孟美赶紧调节气氛，说："多亏没送人，就四儿这样奸懒馋滑的，还这么'倔强'，要是送给了人家，说不定早就退货了呢。"

孟亚不服气："谁奸懒馋滑了？我没吃好的、没穿好的，我也不尿炕，也没天天要鸡蛋吃，也没搞好几个对象，我才不奸懒馋滑呢。"

孟亚的话打击面太大了，而且还包含无中生有的成分，孟美、孟涛和孟波自动对号入座了，三张嘴同时向她发起进攻，左一句右一句"酱块子"砸得她无还手之力。"酱块子"是孟亚的外号，她额角有点儿大，有一次李秀云生气时骂她"酱块子"脑袋，这外号就传下来了。

孟焱在一边拍手称快："你这下可好了，厕所里扔石头——激起民粪（愤）了'啊。"

几个孩子乱吵一通，转移了李秀云和孟福先的注意力，他们之间的战争危机也在无形中被消减了。李秀云突然想起了一件事似的，看着孟亚说："你今天说话怎么不带'的了'了呢？"

孟亚说："你不是不让我说吗？"

李秀云说："我不让你说，你一下子就改过来了？"

孟亚说："不说就不说，有什么难的？"

李秀云说："挺长记性啊。"

孟焱也说："是挺有记性。'的了'好几年了，说改就改了。"

孟亚说："那我也给你们立个规矩，以后不许叫我'四儿'，再叫'四儿'，我就不搭理你们。"

李秀云说："那行，咱们也都长点儿记性，别叫她'四儿'了，就叫……小亚，哎，感觉还有点儿别扭不顺口呢。"

如果不读书，孟亚确实不知道自己该做些什么、能做些什么。十四岁的孩子，正处于生理上的青春期，处于个性成长的心理叛逆阶段，作为孩子的第一任老师——父母，孟福先和李秀云没有给孩子们一个完美的家庭环境。缺乏老师的亲切关怀和正确引导，没有好伙伴的沟通交流和陪伴玩耍，复杂的社会环境，贫穷困顿的生活状况，混乱失序的人心情志，这一切都使心理和生理上正在发育成长的孩子缺失了良性的环境和条件，就像生长在荒芜土地上的一株株杂草，沙粒、风雨、霜雪、干旱、虫灾……得不到大自然的细心庇护与充分给养，可能无法生存而中途夭折，可能勉强存活却瘦弱枯干，可能畸形生长造成灾害……

第三章　一九七七年

1976 年的下半年，社会上就传出了要恢复高考的消息。高考制度的恢复，许多人的命运将由此发生改变。高考的消息就像寒冬里突如其来的一缕阳光，让一些人的内心温暖明亮起来；像一缕春风，让一些人的情绪激扬澎湃起来。

对于孟家来说，高考、中考将是一道崭新的人生课题，这道课题需要全家人共同努力去完成，至少与孟家四姐妹直接相关，就看她们在命运和机会面前如何把握了。

在高考消息传播扩散的同时，孟兰和孟焱的工作也有了变化。孟兰不在公社家属队干农活了，她去了幸福粮库晒黄豆。晒黄豆这份儿活是舅舅李岱给找的，李岱在粮库工作多年，一直扛麻袋，一麻袋黄豆将近两百斤，上肩起身踩着三十多度斜坡的跳板往上走；麻袋是开口的，抓住袋底肩膀一耸，黄豆就像金色的瀑布一样，倾泻进带着沙厢板的大货车上。扛麻袋属于重体力活儿，李岱每天要干七八个小时。

李岱的老婆天生一双丹凤眼，看上去是个特别精明的女人，她是大隋家人，跟孟福先的妹妹同一个村的，却完全没有乡下人的味道。李岱的老婆给他生了四个孩子，两男两女，最大的也才十一二岁，加上养着老父亲，一家七口全靠李岱用一副肩膀养家糊口。

孟兰和孟焱清楚地记得一件事，她们两个还在读高中的时候，有一年舅舅家的房子要换瓦盖，舅舅不想请邻居家的男人或者单位的同事，就让孟兰和孟焱两姐妹过去给当小工。外甥女干活儿当然不用给工钱，但饭总是要管的，女孩子家胃口小些，多少也会节省一些饭菜。那天孟亚的闹劲儿上来了，非要跟着两个姐姐去舅舅家，可她又不会干活儿，吃饭的时候却跟着上了桌。

舅母烙了半盆白面饼，煮了半锅白菜汤，再加上一盘咸菜，这就是孟兰她们劳动了大半天的报酬。一年到头吃不到一两顿饼，闻到香喷喷的油饼美味，胃里早都生出了馋虫，加上几个人干的是体力活儿，确实饿极了，半盆油饼眨眼间就见了底。最后一张饼是李岱吃的，舅母眼疾手快，迅速用盖帘子将盆盖住了，三个孩子其实才吃了个大半饱。

事后，一向少话的孟兰几次对李秀云说："我舅母的手可快了，一下子就把盆盖住了，可是我看见了，盆里一张饼都没有了。"孟兰说这句的时候，如果孟焱在场，她就会跟下一句："四儿跟着去白吃，我舅母的脸色可难看了。"李秀云就会说："一年到头也没上他家吃过饭，干活儿还不给吃饱。四儿一个小孩儿，能吃多少？你舅母长着一副吊眼梢子，这种人最能算计了。你姥爷在他们家，可是最好的长工，白干活儿不挣钱的。"

孟焱也不烧锅炉了，她去了公社家属队，顶替了孟兰的空缺，天天跟那些"老娘们儿"混在一起，听着说着杂七杂八各种味道都有的闲话。孟焱的性格比孟兰开朗得多，跟那些"老娘们儿"也就有很多话说，也学会了各种小笑话，偶尔也听到一些公社干部家属的花边儿新闻，或者她们自己家里陈芝麻烂谷子的事情。

孟焱给家人多次讲同一个笑话，讲一次大家就乐一次。说有一个女售货员从来不笑，对顾客永远都绷着脸，你让她拿什么商品过来看，她也从来没有个好态度。一次，一个帅小伙跟同伴打赌说，非要逗这个女售货员笑一下，他就想了个办法，问售货员说："你们这里有棉裤衩卖吗？"哪有人会穿棉裤衩呢？夏天穿棉裤衩热，冬天穿棉裤衩冷，这人不是神经有问题吗？

那个女售货员当时就笑了，问："你买棉裤衩啥时候穿呢？"男的说："冬天穿。我呀，这两条腿都是假的，不知道冷热，买个棉裤衩兜住屁股前后就行了，省布又省钱。"那个女售货员听了当时就哭了。帅小伙回头就跟同伴要赌注，一斤小烧酒。可伙伴不认输，理由是那个女的先笑后哭，互相抵消了，谁都没输没赢。

孟焱从不认为自己干农活儿算是一份工作，如果在回家的路上碰到熟人，人家跟她打招呼说"你下班儿了"，孟焱就会说"我干活儿回来了"。

孟焱在家属队没干多长时间，也去粮库晒黄豆了，这种活儿很累，但比公社家属队挣钱多一点儿，而且跟孟兰在一起，两个人也能够互相照应一下。

东北地区曾经被称作"北大仓"，这里四季分明、土质肥沃，庄稼一年只生长一季，相比南方的多季庄稼，自然枝高叶大果实饱满。像玉米、黄豆、高粱、小米等等，都是常见的庄稼，这些都是餐桌上的粗粮，特别是高粱米，做饭不容易熟，吃到嘴里口感也粗糙，到了胃肠不好消化，基本上是农家人用来充饥填饱肚子的粮食，大人孩子都不喜欢吃。而水稻和小麦则非常少，水稻脱皮就是白花花的大米，小麦脱皮粉碎后就是可以做成各类面食的白面，这两种粮食是细粮，味道醇香、口感细腻，好吃又好消化。特别是白面，还能做出馒头、花卷、烙饼、包子、油条、面条等很多种花样来，只可惜一个月也吃不上一两顿。

孟福先一家虽然生活在公社一级的乡下，但一家八口人都吃供应粮，每个月孟福先都要拿着粮油供应证，带着孟美或者孟亚去粮油站领大米、白面、玉米面、豆油等等。既然是供应的粮油，当然是有定量的，根本不能放开肚皮来吃，如果放开吃的话用不了半个月，就会米面袋子见底、豆油瓶子空空如也。没有豆油吃或者豆油必须省着吃的时候，为了见到点儿油腥，就只能用荤油来代替。田地大、庄稼多的人家，人吃饱喝足了还有剩余，再加上玉米秸、稻草秸、高粱秸、甜菜叶、大白菜等，用这些东西可以养一头猪，到了春节的时候杀掉，冬天几个月里都有肉吃，把肥肉炼成荤油，能从年头吃到年尾。

孟福先家里人多地少粮食少，年年养猪那是天方夜谭，偶尔一两年养一头猪，基本上都是靠买饲料来喂，根本不划算。李秀云就只能在市场上买一大块肥肉回来，切成片在锅里炼成荤油后，装进坛子里储存着，时常舀一勺子来做菜。肥肉炼出荤油后，锅里会剩下肥肉的残渣，当地人管它叫"油梭子"或"油滋了"，相当于油炸食品，沾点儿盐的咸味儿，吃起来是非常香的，如果肥肉上再带点儿瘦肉，就更是美味无比了。往往是李秀云的猪油还没有炼好，孟亚和两个弟弟已经等在她身后，流着口水要吃"油滋了"。当然，用"油滋了"和萝卜、白菜等做成菜包子，也是人们的舌头和胃肠比较乐于接受的味道，多多少少能解点儿馋吧。

孟福先一家八口虽然吃供应粮，但毕竟生活在乡下，农村天大地大还是多少有一些田地的，公社干部都有一点儿小福利，每个家庭按照人口数量会分到一小块地，孟福先家八口人分了八条垄，每条垄有一百多米的长度，种的庄稼以玉米为主，玉米旁边种豆角，豆角要爬蔓儿，就顺着不断长高的玉米秆往上爬，省了用细木杆支豆角架的材料和人工。除了种玉米外，还要种些土豆，这是一年中大半年的主菜，特别是在漫长的冬季，如果没有土豆、白菜、萝卜这老三样，东北乡间的老百姓可能顿顿都要吃咸菜大酱下饭了。李秀云最拿手的家常菜是土豆拌洋葱和黄豆拌洋葱。

东北地区平坦广袤，沃野千里，并且以盛产大豆闻名于世。大豆俗称黄豆，每年秋天的时候，黄豆从大田里收割回来之后，幸福粮库就开始了一年中最忙碌的一段时光，上万平方米的晾晒台子开始使用。

金色的海洋，辽阔的天空，飘荡的云朵，跳跃的阳光，劳作的身影……谱写着秋日里美丽动人的劳动与丰收之歌。如果你是一个激情澎湃的诗人，如果你是一个感性痴迷的画家，如果你是一个善于捕捉场景的摄影师，如果你是一个衣食无忧、心闲气定的游人或看客，置身这幅色彩明快、视野开阔的场景，你一定不会无动于衷的。但对于孟兰来说，这根本不是一处吟诗作画或者浪漫抒情的圣地，而是人生的炼狱。

晾晒黄豆是有规则的，整个大晒场有几十道晒台，晒台并不是台，而是长长的弧形状水泥道，弧形的弧度不是很大，宽度则有六七米，设计成弧形是为了雨水能够往下面流。天晴的时候就在这样的台子上晒黄豆，每个人负责晒一台子黄豆，大约有四五千斤。人手一把木锨，长长的木头把上，固定着一片约一厘米厚的木制板，板面呈长方形，长约四十厘米，宽约三十厘米，略呈前凹后凸状，方便晾晒翻动或收传台子时的操作。

每天早上一到晒场，就要先打开盖在黄豆上面的芦苇席子，然后把黄豆在台子上摊开，之后便不停地翻动，让黄豆通风并均匀地接受阳光。到了晚上，又要把黄豆传回弧形台子的最高处，也就是把黄豆的覆盖面积收窄。这道工序是最麻烦最辛苦的，因为黄豆是圆的，很容易往低处滚，加上是往上坡收传，要一锨一锨往上扬，力气就用得多。

北方的夏季，也是雨季的代名词，如果遇到风雨欲来之际，必须迅速把黄豆收传起来，然后用席子遮盖住盖严实，否则淋到雨水，黄豆就会变形甚至腐烂，不但挣不到钱还会被罚款。几千斤黄豆，就靠双臂挥动着小小的木锨，每天上万次重复着同样的动作。

对于二十岁刚出头的孟兰来说，她的身体承受能力已经到了极限，但她还是硬撑着，不肯放弃这份工作，一来是她实在受不了公社家属队那些女人的庸俗和无聊，二来传台子晒黄豆比在家属队能多挣几块钱。如果不是为了挣钱多一些，舅舅李岱也不会干扛麻袋的活儿，这种活儿也是吃年轻饭的，上了年纪肯定吃不消。

孟兰干活儿累了，回家就会黑着脸，她本来话就不多，自打干上了粮库的活儿，经常是回到家后一句话都没有。家里人虽然已经习惯了孟兰的寡言少语，但李秀云还是发现了大女儿的异常，她实在猜不透孟兰是在跟谁生气，因为什么事情不高兴。

有一次李秀云实在忍不住了，就问孟兰说："你这到底是咋回事儿？是在外面跟谁闹别扭了？还是家里谁惹着你了？"

孟兰一句话终于给全家人揭开了谜底："天天玉米面大饼子，菜里也不见个荤腥儿，我哪有劲儿干那么重的体力活儿？"

李秀云恍然大悟，说："那你就说吧，说'妈你做点儿好吃的，我干活儿太消耗体力了'。你天天这样光生气不说话，我咋知道你心里想啥呢？"孟兰就又不说话了。

孟兰的话让李秀云很心酸，她心疼女儿，连着三天去供销社买五花肉，连着三天都是五花肉炖豆角或者五花肉炖土豆，同时焖一锅大米饭，结果把几个孩子吃得心满意足。

孟福先却不高兴了，跟李秀云大吵了一架，说："你干啥？天天猪肉大米的，不知吃了哪口上膘！你是家庭主妇，要精打细算过日子，这样大手大脚胡吃乱喝，要不了几天全家还不得喝西北风去？"

李秀云一下子就火了："你要不是把我的工作给弄没了，我能天天给孩子吃猪肉炖豆角。你有本事让我下岗，没本事给孩子买点儿好吃好喝……"

孟福先说："你们没好吃好喝的，我有好吃好喝的了？"

李秀云说："你损人不利己，让老婆孩子跟你一起受苦遭罪，现在我恨不得剥了你的皮，吃了你的肉……"

孟福先和李秀云这边争吵还没休战，孟兰那边就开始呕吐起来，吐得翻江倒海涕泗滂沱。

从此以后的几十年里，孟兰再也没有吃过一口猪肉，猪肉一到嘴边她就开始反胃恶心。

正是因为父母间这次严重的吵架以及孟兰的剧烈呕吐，促使孟焱当即做出了一个决定，也去公社粮库晒黄豆，跟大姐孟兰并肩作战。刚好今年黄豆大丰收，粮库人手比较缺，经舅舅李岱一说，负责招工的人也就同意了。姐妹两个虽然各自负责一台子黄豆的晾晒，但互相之间还是能够帮上手的，配合起来多少会节省一些时间和力气。

孟美拉着孟亚，偶尔也加入了晒黄豆的队伍，放学以后，她俩一有时间就跑到粮库去，帮着两个姐姐干活儿。其实孟亚是没有多大用处的，她的劳动态度远没有孟美端正。

李岱看到四个外甥女一起干活儿，觉得非常不顺眼，不以为然地说："干点活儿还全家抬啊？传台子比扛麻袋轻松多了，不信你们试试扛麻袋？这么好的活儿还像受罪似的。"

孟焱听了就不高兴，回家跟李秀云说："我舅给俺们找点儿活儿，好像多大功劳似的，拿话敲打俺们呢。"

李秀云说："敲打你们干啥？找个传台子的体力活儿，还要给他送点儿啥呀？一个扛麻袋的，每一分钱都是血汗钱，还舍得花钱喝酒，你舅母那么精明会算计，咋不改改他喝酒的坏毛病？精明都没用在正地方，净跟你姥爷耍心眼儿了。"

说这话没几天，李秀云就跟唯一的弟弟李岱翻了脸，因为喝酒的事。李秀云想以姐姐的身份，告诉弟弟戒酒。"喝酒有什么好？又费钱又伤身的。你的钱挣得不容易，那是血汗钱，也不是挣了多少钱，花不了。要是花不了，就给爹多买点儿好吃的。"

李岱说："我还不知道挣钱不容易？我一天扛二百来斤的大麻袋，一干就是七八个小时，我有多累谁知道？我扛麻袋这么多年了，我的身体也不是铁打的，要不是为了这个家，为了这么多张嘴，我愿意这么累吗？我不是贪酒喝，我喝酒是为了解乏儿。"

李秀云不认同弟弟的说法："喝酒就能解乏？解乏就得喝酒？谁累了想解乏都要喝酒？酒那么贵，好不容易挣点儿钱，都换酒喝了，那挣钱还有啥用？你都三十多岁的人了，还用我这样讲道理给你听吗？"

李岱的眼泪就下来了，越想越委屈，越委屈越想哭，直到哭得两眼发红，浅黄色的眼屎都堆在了眼角。姐弟两个谁也说服不了谁，越吵越僵，李岱最后说："我是三十多岁了，我也有好几个孩子了，用不着你把我当三岁小孩儿，想咋管就咋管，想咋训就咋训。自己的日子自己过，我将来有钱没钱也不用你操心，你不用再管我的事儿。"

李岱本来是来姐姐这里找温暖和关心的，结果却遭到劈头盖脸地一顿训斥，而且是当着几个外甥女的面。这个高高大大的男人就这样挥泪而去，一肚子的愤懑和失望如同一把快刀，斩断了姐弟之间的手足亲情。从此以后，各自的家庭都历经了不同的悲欢离合，但姐弟深情却再也回不来了，李岱再也没有登过姐姐的家门。

1977 年大年三十的晚上，孟福先和李秀云因为开灯还是关灯的问题，在南炕上龙争虎斗，几个孩子也跟着忙活得人仰马翻。

本来大年三十晚上孩子们都挺高兴的，好不容易吃顿肉馅饺子，全家人七手八脚互相配合，孟焱剁馅子，李秀云和面，孟福先擀饺子皮，大家一起包饺子。两个小男孩儿没有参与，孟亚也学着包饺子了，李秀云怕她包不好露馅儿，一边教她一边把她包过的饺子边儿再捏一遍。

吃完饺子后，孟亚和两个弟弟提着小灯笼去院子里和胡同里玩儿，小灯笼不是红色的，而是玻璃瓶子做的，在瓶子里面的底部固定住一根红色的小蜡烛，瓶口处拴上细绳，细绳用小木棍吊住。红色的蜡烛，黄色的跳跃着的小火苗，映着孩子们稚嫩无邪的笑脸，寒冷的夜晚，这种光芒和色调让人心里暖融融的。

孟亚和孟涛白天里闹着要鞭炮，李秀云就花了两毛钱，给孩子们买了两挂小鞭炮。小鞭炮真是小，一百响的，一个个小炮比火柴杆儿粗不了多少，声音当然也小，不然孟亚是不敢放的。

孟亚和孟涛拿着小鞭炮跑到大街上，找到一根水泥柱电线杆，把手心里的小鞭炮粘在电线杆上。冰天雪地气温零下二十几度，先把小鞭炮的底部用舌头舔一下，把沾了唾液的小鞭炮底部往电线杆上一杵，顿时就冷冻凝固在电线杆上了，比糨糊还管用。

今年孩子们还有高兴的事呢，每个人都做了一件新衣服，只是四个女儿的衣服布料是一样的，清一色的紫红色。孟兰和孟焱高矮胖瘦差不多，李秀云用去年留下来的衣服纸样子照葫芦画瓢剪裁。孟兰在母亲的指导下，在缝纫机上完成了一半的工序，袖子和领口这些复杂的地方李秀云亲自动手。孟美和身下这四个孩子身高各不相同，李秀云带着他们去了周成衣匠的铺子，花钱请专业裁缝给孩子们量了身材剪了衣料。回家后，李秀云又留了纸样，等着来年再给孩子做衣服的时候照葫芦画瓢剪裁省点儿钱。

按道理讲，今年这个年已经比往年好过一点儿了，孟兰和孟焱都有新活儿干了，虽然一个月的收入有限，但毕竟也是收入，比只出不进要好一些。大年三十是新年的真正开始，也即将开心地结束了，没想到就因为开灯还是关灯，省点儿小钱还是费点儿小钱，孟福先和李秀云为孩子们表演了一套全武行，令每个人都终生难忘。

孟福先睡觉的位置靠墙，离电灯开关最近。大年三十的忙碌与快乐都结束了，夜深了该睡觉了，八口人躺在各自的南北炕上。孟福先准备关灯时，李秀云说："灯开着吧，今年开灯睡觉，人家说三十晚上开灯睡觉吉利，鬼见了光亮就吓跑了。"

孟福先说了句："哪来的鬼儿神儿的？封建迷信！开一宿灯得浪费多少电费？"伸手就把灯关了。

李秀云的手跃过孟福先的头部，在黑暗中摸到了灯绳，又把灯给开了。孟福先再次把灯关了，李秀云再去拉灯绳时，半个身子就压住了孟福先的胳膊。孟福先呼地一下子坐起来，一巴掌打在李秀云的肩上，两个人立即滚打到了一起。

孟福先用的是拳头和巴掌，李秀云用的是牙齿和指甲，几个孩子或跪着或爬着拉架，七八个人连吵带骂又哭又叫，乱成了一团。

由于个个都是刚从被窝里爬出来的，身上根本没有多少衣服，只有背心和裤衩，打架拉架都没地方好抓，完全是"肉搏战"。李秀云把孟福先的脸挠花了，裤衩上的松紧带也给扯断了，露出了半个屁股，而孟福先把李秀云的胳膊打青了，扯断了她的背心。

最后的结果是李秀云赢了，孟亚和孟波帮了她，两个孩子都说害怕，孟波吓得在李秀云的怀里发抖，哭嚎声跟鬼叫差不多，孟福先没辙了，认输。这一仗打掉了大半夜的时间，天都快亮了，没几个人能睡得着，眼痛的，心疼的，生气的，害怕的，真是各怀心事了。

春节过后，学校正式公布了七月份高考的消息，孟家几姐妹中最高兴的当数孟美。孟福先和李秀云也挺高兴，如果孩子们能够通过高考，读完大学或者中专，毕业就是国家干部，有一份稳定的收入，不用再费劲给她们找工作，她们也不会再受苦受累。孟美是高中生，她可以报考一条龙的考试，成绩够了就上大学，够上中专也可以直接录取。而孟亚这样的初中生只能报考中专，也就是说孟美报考的层次，理论上比孟亚高一个档次。

孟家人对孟美通过高考寄予的希望最大，只是在考试前两个月的时候，孟美突然决定将准备报考的文科改成了理科，她是听了物理老师王文义的建议之后改的。王文义说，根据他的经验，文科招生名额比理科少，竞争比较激烈，而孟美偏科问题不严重，报考理科录取的可能性更大一些。

对于已经高中毕业的孟兰和孟焱两姐妹，孟福先和李秀云也同样抱有希望，特别是对孟兰，从小学到中学她的学习成绩一直不错。

之后不久，孟美就给全家人带回来一个消息，确切地说，这个消息是带给孟兰的，董珊珊和程立英明确表示要参加高考。董珊珊和程立英都是孟兰的高中同学，三个人在校期间关系比较好，学习成绩也不相上下，她们两个人都要参加高考，照理说孟兰也应该试一试。

董珊珊高中毕业后，到幸福公社幸福大队当了一名支部书记，每天和大字不识的泥腿子们打交道。程立英有两个弟弟，大弟弟程立明和孟美是同学，小弟弟程立远和孟亚是同学，程立明正是孟美的追求者之一。从理论上讲，如果董珊珊和程立英能考上大学，那孟兰也应该榜上有名，照着这种逻辑演绎下去，孟兰的前途应该是一片光明。

可对孟美带回来的消息，孟兰并没有多大的反应。毕业两年多了，孟兰与董珊珊、程立英的联络很少，反倒是孟美与董珊珊的关系更近一些，董珊珊有时候在大队组织学习或开会时，经常会找孟美帮她准备些材料。孟美还去董珊珊家里住过，她的哥哥在佳木斯市工作，父母经常去儿子家住，董珊珊就找孟美去她家做伴儿。

孟家四个女儿虽然都够资格参加高考或中考，但只有孟美跃跃欲试热情十足，她甚至跟董珊珊一起参加了高考补习班，相互交换弄来的复习资料，两个人偶尔私下还在一起切磋研讨。

董珊珊找了一次孟兰，就像老师上门家访似的，她是来动员孟兰和她一起参加高考的，当然这很可能是孟美背后出的主意。

孟兰说："我不考，我已经在县里上班儿了，今年的招工指标，好不容易等到的。"

董珊珊说："招工？就算是铁饭碗，那也不过是个工人，你愿意一辈子当个小工人？"

孟兰说："工人就工人，有个稳定的工作就行，以前干了好几种零工，真是怕了。"

董珊珊说："你不偏科，学习比小美还好呢，不参加高考太可惜了。"

孟兰说："我没觉得可惜，高考复习要花时间，课程都丢了好几年了，我捡不起来。"

董珊珊对孟美说："你大姐孟兰，真犟。"

孟美说："我大姐在县里的建筑工程队上班一个多月了，听说有人给她介绍了对象，心思不在高考上了。"

董珊珊说："高考重要还是对象重要？"

没过多久，孟兰回来就说正式处对象了，是工程队跑材料的业务员，叫高大龙。孟福先听了没什么反应，李秀云说："刚上班儿一个多月，就有人给你介绍对象了？你今年虚岁才二十三，董珊珊和程立英都忙着复习高考呢，你不管考上考不上，怎么都要去试一次吧？考不上回头再处对象也不耽误啊。"

孟焱说："大姐你学习好，我要是像你文理科都这么好，我就参加高考。"

孟美说："二姐，你也应该去考啊，不参加考试，怎么知道谁的成绩怎么样？"

孟焱说："我高中才学了多点儿文化课？不是上红医班就是上农机班，啥也没学着，都浪费了，现在这脑子都是空的，去考试还不是丢人现眼？大姐还行，她读高中的时候还没分这班儿那班儿的，文化课学得挺多的。"

孟兰说："我也没学多少，都忘光了。"

李秀云说："你忘，别人也忘，董珊珊和程立英就比你记得多？"

孟兰说："那当然，人家毕业后的工作不同。"

看孟兰这个态度，家里人知道再逼她也没有用了，也正因为她不愿意参加高考，全家人对她要处的这个对象就没有好感了。

孟兰的心思都在高大龙身上，说："他挺高的，一米八，身体挺好的。"

孟兰的话并没有给孟家老小带来多大的兴趣，孟兰一米六多，人长得白白净净，五官端正，找个身高一米八的对象并不困难。再者说，跑材料的业务员也是工人身份，没啥吸引力。

没过几天，孟兰就把高大龙领进了家门。第一眼看过去，高大龙包公般的黑脸孔就把李秀云吓了一跳。高大龙确实高大，也正因为高大，他的黑脸在他的身材衬托下，给人一种凶巴巴的感觉，坐在炕沿边儿上半天说不了一两句话，牙齿和面孔一白一黑对比明显。

在高大龙面前，孟兰始终满面笑容一脸欢愉，她的快乐和温柔让李秀云和几个女孩惊讶不已。孟兰的快乐在这个家雪藏了二十多年后，竟然在一个陌生且并不英俊的后生面前突然间展现出来了。

高大龙走后，孟兰问李秀云对他的印象，李秀云说："看着好像脾气不太好。"

孟兰说："挺好的。他说了，他脸黑心不黑。"

在孟兰的催促下，一个星期后，李秀云带着孟焱、孟美，去高大龙家里实地考察，去的时候正赶上高大龙一家几口吃晚饭。高大龙的母亲见未来的亲家来了，心里一时紧张，一边儿招呼着，一边儿急忙撤掉炕上的饭桌，桌子上的七八个熟土豆滚得炕上地上到处都是。

就在孟兰被招到幸福县建筑工程队工作不久，孟焱也进了县城。进城是件值得高兴的好事，幸福公社是乡下，县城就不一样了，级别高了，离佳木斯市也近了一些。但孟焱不是招工去的，孟福先没有这么大的能耐一次安排两个女儿招工，孟焱干的还是临时工，在县里的迎宾饭店煮饺子。这份活儿是老叔孟福国给找的。

迎宾饭店在火车站附近，农民去城里，城里人下乡，商人做生意，其他人走亲戚等等，路上总要填填肚子，吃饺子实在又方便，饭店的生意还是不错的。孟焱天天守着一口热气腾腾的大锅，把饺子煮得皮亮馅嫩不生不烂的同时，也把自己蒸得汗流浃背，面色接近煮熟的螃蟹。

孟焱吃在饭店，住在老叔家，对于高考这件事，孟焱认为跟自己头发丝那么细的关系都没有，能指望的就是一等再等，等到跟孟兰一样的机会，弄个招工指标当个工人而已。孟焱几个比较要好的同学中，没有一个像董珊珊和程立英这样梦想着鲤鱼跳龙门，在高中阶段学习成绩并不突出的孟焱，面对高考在即，只能是自甘放弃了。

孟福国在县政府里当干部，是孟家这个家族里学问最大、身份最高的，两年前他的二哥孟福祥还能与他并驾齐驱，甚至比他的条件还好，因为二哥工作生活在省城，而不是县城。

孟福祥也是一个国家干部，育有一儿一女。老婆武媚也是在机关单位工作，人长得体态丰腴、面相富贵，戴着一副厚厚的眼镜。武媚的嘴角旁竟然长着一颗美人痣，美人痣下面竟然叠着双下颌。民间的老百姓最认同美人痣和双下颌了，这就是有福之人的标志，而武媚就是福上加福了。从孟福祥一家当时的条件和境况看，确实是幸福之家。

然而"天有不测风云，人有旦夕祸福"，孟福祥突然被诊断出了白血病，熬了几个月后撒手西去，留下徒有富贵相的薄命人武媚，带着被娇宠过了头的一双儿女。一家三口失去了依赖与呵护，物质生活和精神世界立时陷入了倾覆后的混沌状态。

孟福先处理完二弟的后事从哈尔滨回来时，李秀云没有一点儿同情心和怜悯心，反倒当着孟福先的面抱怨起来，结果两个人又发生了一次口角。

李秀云说："供这个念大学，供那个读大学，供了一溜儿十三遭，自己穷得快光屁股了，人家毕业了，好工作好家庭，楼上楼下电灯电话，咱还没借上啥光，他早早地没了。"

孟福先说："老二得了白血病，这事儿谁也想不到，沾光不沾光，一奶同胞有啥好说的？"

李秀云说："一奶同胞不假，你爹死得早，我帮你供出了两个大学生，咱家当年九口人，你妈还活着，就你一个人上班儿，一个月就挣几十块钱，不到开工资的日子，工资早都提前借完用光了。老三福生也是靠你指点才学的中医，你三个弟弟，家家都是双职工，孩子又没生这么多，哪家不比咱家的生活好几倍？你当年'长兄如父'这句话挂在嘴上，你像爹一样省吃俭用供他们上大学，他们生活好了哪个像孝敬爹一样孝敬你了？欠了这辈子的不算，人死了还想着让你接着欠他们下辈子的？小兰和小焱都二十多岁的大姑娘了，干的都是什么活儿你不清楚吗？咱家过的是什么日子你不清楚吗？"

孟福祥临死前托付哥哥孟福先和四弟孟福国，让他们两个以后照顾一下孤儿寡母。老三孟福生不喜言辞，媳妇付月琴也不爱搭理人，夫妻二人虽是双职工，但平时跟二哥二嫂的关系一般，孟福祥临死前也没指望这两口子能帮忙。

孟福先说："二弟不放心也是人之常情，他们娘仨住那么远，咱们就是想帮又能帮上什么呢？"

李秀云说："不管远近，我没能力帮也不想帮，以后工资如数给我拿回来，花一分钱都得记账。"

孟福先说："哪个月花钱没记账？不记账也不会多出钱来。"

李秀云说："我知道不会多钱出来，但是不能少钱。"

孟美忙着复习功课参加高考，抽空还得处理追求者们的问题，只有孟亚悠哉悠哉，她现在的兴趣全部转移到看手抄本小说上面了，看了《梅花党》又看《无头女骑士》。《无头女骑士》是孟焱借来的，孟亚看了之后想自己留一本，竟然自己动手抄起了手抄本。一本手抄书虽然不厚，但至少也有几万字，孟亚准备了一个本子，每天一字一句地抄上一段。看这种书的时候，孟亚也是心惊胆战的，一方面是书中的一些情节毛骨悚然，却又欲罢不能。另一方面，她得躲避家人的监督和斥责。

李秀云一天到晚忙里忙外，没有多少时间和心思放在孟亚的学习上，只要看到她坐在桌子前，面前摊着书本也就以为她在学习，只是有一次对孟亚说："你就是不用功，你三姐回来说，程立英说他弟弟可用功了，就是你们班的程立远，天天早上四点多钟就坐在树底下看书背书，哪里像你，一天到晚跟没事人儿似的。"

孟亚说："程立远不考中专，他要考县里的一中，然后考大学。"

李秀云说："不管考哪里，考什么，学习用功总归是好事儿，不努力怎么考得上？"

孟福先对四女儿似乎是不放心的，孟亚在学习的时候，他有时候会走到她的背后，查看一下她看的是什么书。孟亚坐的地方是背对着房门的，好在她前面的墙上有一面大镜子，可以看到背后进来的人，她只要机灵点儿，便有一两秒钟的时间可以迅速地将数学书或语文书翻上来，压在手抄书的上面，给人感觉她正在认真地学习。

初三的学生既可以参加今年的中专考试，也可以升入高中将来考大学，两个班七八十名学生自然就会做出不同的选择。根据当时的规定，初中生只能考中专，而且只能考理科。孟亚不知道自己的文科有多好，但她知道自己的理科有多不好，既然对前途命运、机缘巧合、人生理想还没有感觉和认识，理科不好的话考中专就没有希望，没有希望也就没有出路。这些孟亚都无所谓，因为她还不知道人生是要有所谓的。

临近高考前的两个月，有一件事突然引起了孟亚的高度关注。幸福中学新设了英语课程，从初二年级开始上英语课，英语老师是学校年轻的本土老师陈文化。陈文化三十出头，人长得浓眉大眼，脸盘圆圆的，说话像个大姑娘似的拿腔捏调的。陈文化原本是教地理的，教学水平和他性格一样，温和没有特色，上课的时候，不管学生听还是不听，爱听还是不爱听，他都不管，只讲他自己的。如此一来，那些调皮捣蛋的学生反倒闹腾不起来了，跟他也就没有什么大的冲突。

陈文化去县城参加了英语培训，仅学习了两个月，回到幸福中学就开班了。这位连中国话都是憋着气说，让人听了有种溺水感觉的人，却成了幸福中学史上第一位英语老师。这些英文字母学生们从前只是在汉语拼音里见过，现在的发音和意思完全不同了，真是一件又特别又有意思的事。

这种感觉对孟亚来说十分强烈，可她不是初二的学生，没有资格坐在初二的班级里，听陈文化那蹩脚却又神奇的英语教学。这让孟亚十分难受和不甘，她唯一能够做的，就是只要自己的班级下课早了几分钟，她便第一个冲出教室，把整个人贴在对面教室的门上，隔着门缝努力去听陈文化不清晰的声音讲英语。

陈文化下课后，如果有学生追着他问英语问题，他会在校园里停下脚步，跟学生们解释几句，此时孟亚就会迅速地凑到跟前，听着陈文化和学生们的沟通和对话。她像饥渴已久、疲惫已久的人，恨不能立刻把自己投放到英语世界的盛宴里，把自己浸没在幸福快乐的时光里。

1977年7月，几场雨水把北方的大地浇灌得枝繁叶茂，公路两旁大片的庄稼苗壮成长。高过人头的千万株玉米密林一般，株株亭亭玉立、碧绿如濯，伸展着肥硕修长水袖一般的绿叶。一只只裹着层层玉米皮的玉米棒，吐着棕红色的须子，正在灌浆、沉淀、成熟。齐腰高的谷地，沉甸甸金黄色的谷穗，如同千万弯月牙，每个月牙儿都嵌满了黄澄澄的谷粒。过膝盖的黄豆秧，毛茸茸圆墩墩的叶子参差错落，千万个黄绿相间的豆荚同样挂满了细小的白毛，一粒粒半嫩半熟的豆子把豆荚撑起三五个圆凸，一簇簇豆荚仿佛是一挂挂小小的铃铛，积蓄着力量准备放声高歌。

这是一个即将成熟的季节，这是一个预期丰收的时刻，这是一个青黄交替的时段，这是一个让你看得见闻得到的自然生息……北方的黑土地啊，丰腴的母亲！美丽的母亲！无私的母亲！

孟亚骑着一辆旧自行车，在浸着雨水的乡间公路上行进，不时躲避着坑坑洼洼的污泥浊水。一路上，有一些同她一样要去二道口乡考试的学生，也都三三两两骑着自行车，拼命地往前赶路，高高低低、大片大片的庄稼被闪到身后。

和着泥土的腥味儿和自己汗液的酸味儿，孟亚骑了一个多小时的自行车，二十多公里的泥水路终于到了尽头。她的考场设在二道口乡小学，孟焱事先联系了好朋友陈丽美，把孟亚安排到了一个老乡家里，陈丽美平时也在那家里住。

陈丽美和孟焱差不多前后时间换了烧锅炉的活儿，她去二道口乡当了一名临时代课老师。陈丽美见了孟亚就说："看你这是什么命，你三姐小美守家待地，人家就在家门口考试，你却跑这么老远，骑个男人的车子，真够折腾的。"

孟美的考场就在幸福中学，她可以像平时上学一样，不起早不贪黑舒舒服服去学校考试。孟亚的自行车是孟福先提前一天跟一个公社干部借的，二八男式自行车，车座子和脚镫子的距离，与孟亚两条腿的长度根本不匹配。孟福先用扳手把车座放到了最低位置，孟亚骑上去还是坐不稳，屁股扭来扭去的，两条腿才勉强够得着两边的脚镫子，难怪陈丽美这样说她。

孟亚倒不以为然，相反，能够骑着自行车跑这么远的地方，总算是过足了自行车的瘾，平时是难得骑到自行车的，家里人现在还没有钱享受这种高消费。

真不知孟亚的心有多大、人有多迷糊，考试前一天晚上到了二道口乡后，她突然发现自己的准考证忘记带了。陈丽美赶紧去乡上找了一部电话打给孟福先，孟福先立马又借了一辆自行车，让孟焱给孟亚送准考证。那天刚好孟焱从县里回来，骑车赶到二道口乡时，天色完全黑了下来，一见到孟亚就说："你还能不能有点儿出息了？当官儿把印都丢了，你一天天的脑子里都装些啥呀？"

当然，孟焱也没怎么生气，有几个月没见到老同学陈丽美了，两个人终于有机会聊聊天了。孟焱住了一个晚上，第二天一大早就赶回幸福公社了。

试题一共四张卷子，数学、语文、政治各一门，物理和化学一张卷。确切地说，孟亚这次长途跋涉到二道口乡参加中专考试，她对考试的关注不如对自行车的关注劲头更大。所以虽然身在考场，但孟亚完全没有紧张，只是在做数学和理化试卷的时候有些犯难，因为有些题根本不知道如何入手解题，脑袋发空、无从下笔，最后索性就胡乱答题了。政治试卷，孟亚答得比较顺利，复习阶段幸福中学的老师们押了题，几乎百分百中了，只有一道题中的一句话，孟亚忘了它的准确表述，改来改去直到快把试卷写糊了，才一咬牙不再改了。交了试卷出来，一看时间，提前了差不多三十分钟。

考完试一身轻松，骑自行车返回家。早晨刚刚下过一场小雨，空气清新宜人。路面清洁尘土遁影，夕阳在西边的天际处缓缓落下，几道长长短短的云片泛着或黄或红或灰的颜色，静静地浮在无边无尽的绿色田野山岭之上。一切都这样安详，这样宁静，这样温暖，这样从容，这样博大深远，这样意犹未尽……孟亚的心静了，醉了！世界近了，远了！生活美了，纯了！

孟亚一路上悠哉悠哉地骑着车子，尽情享受着这短暂的幸福时光。回到家刚一进院子，孟涛立即上来抢自行车，一溜烟儿把自行车推到了公路上。孟美考完试早已回到家中，正与母亲李秀云聊着考试的事儿，脸上的表情轻松又愉快。见进门的孟亚绷着嘴唇斜了自己一眼，孟美便冲母亲撇撇嘴做了个鬼脸。

李秀云问孟亚："四儿，考得怎么样啊？"

孟亚不吭声。孟美重复了一遍母亲的话："四儿，妈问你话呢，考得咋样儿啊？"

孟亚还是不说话。李秀云："问也是白问，平时不用功，考试就发蒙，你要赶上你三姐一半儿，我就烧高香了。"

孟亚瞪着母亲还是不说话。李秀云说："你瞪我干啥？有本事你说话呀，回答说你考得可好了。"

孟亚说："你们犯错误了。你们要是不改正，以后我就不跟你们说话。"

这句话把李秀云和孟美说蒙了，李秀云问："俺们犯啥错误了？你刚进门就一问三不答，反倒是俺们错了？"

孟亚说：“当然是你们错了。你们不让我说话带'的了'，我都改了。我不让你们叫我'四儿'，为啥还叫？为啥没记性？”

李秀云和孟美恍然大悟，两个人无可奈何地笑了。李秀云说："你也就这点儿记性，学习上用点儿心，手脚勤快多干点儿家务，这才是正经记性。考试把准考证都能忘在家里，你说你还有什么用？还能干啥？"

孟美说："小亚，你考试到底咋样啊？"

李秀云也说："小……亚，你考试感觉咋样？估一估能打多少分？"

孟亚说："语文还可以，数理化不好，可能不及格，政治最好，九十五分以上吧。"

李秀云说："政治就靠记性好，你是铁记性，可光是政治好也没用啊。照你这样说，你是指定考不上中专了，继续读高中吧。"

孟美说："中专考不上，读高中考大学更难。"

李秀云说："那咋办？"

孟亚不管母亲和三姐正在讨论她的未来何去何从，兀自出屋跑进了菜园子里，摘回了三根绿嫩的黄瓜和两个红彤彤的柿子，黄瓜洗净了，马上吃一根，两根扔进水缸里冷着降温。

这时孟福先进屋了，见到孟亚第一句话就问："四儿，考试怎么样？"

孟亚装作没听见，眼睛盯着窗外嘴里吃着黄瓜，随着清脆的咔咔声，黄瓜清香的味道一股股弥散开来。

孟福先有点儿不高兴了，再想问什么的时候，李秀云说话了："你也犯错误了，叫人家'四儿'，你就是问一百遍人家也不会搭你茬儿的。"

孟福先哼了一声说："犟眼子。"

李秀云说："可不是？老犟眼子，大犟眼子，小犟眼子，没一个不犟的。"

孟福先重新再问孟亚："考得好不好啊？"

孟亚咬着黄瓜往屋外走，含糊不清地说："不好、不好、不好、不好……"

背后传来吃吃的笑声，是孟美跟了出来。孟亚回头看了她一眼说："你跟着我干啥？又想在我面前显摆你考得有多好啊？"

孟美表情神秘地说："不是。等一会儿你陪我出去一下行不行？"

孟亚问："干啥呀？好像有啥见不得人的事儿似的。"

孟亚的话让孟美扭捏了一下："是去道东，见一下……史国庆。"史国庆家住在铁路线的东面，大家都习惯管那边叫道东。

孟亚说："去见史国庆？他不是要当兵去了吗？你都参加高考了，一个东一个西的……"

孟美说："不是啊，你陪我去就行了。"

孟亚想了想才很不情愿地说出了"好吧"二字。

史国庆早跟孟美约好了时间，孟美和孟亚远远看到史国庆站在道东的小路上徘徊，孟美立即叫孟亚躲起来，她自己慢慢地走了过去。

孟亚远远地看见了史国庆兴奋发红的脸庞，两只眼睛炯炯有神，一身草绿色的军装穿在身上，整个人非常精神帅气。

孟美和史国庆两个人面对面站着，路两旁耸立着高大的白杨树，白色的树干上嵌着一只只黑色的大眼睛，仿佛在注视着这对年轻人。绿色的树叶泛着晶亮的光芒，在夕阳下鳞片般簌簌闪动着。

孟亚想象着电影里看过的画面，情侣通常都是在小树林里漫步的，若即若离、羞羞涩涩，她准备着看孟美和史国庆的现实版电影。但孟亚只看到孟美一动不动地站在史国庆的对面，史国庆的嘴巴一直在动，表情也十分迫切。过了大约十分钟，孟美转身朝着孟亚的方向走回来了，剩下面色发红的史国庆一个人孤独地站在原地，看着孟美的身影越来越远，终于他不情愿地转身走了，慢慢地走出了孟亚的视线。

孟美的脸色红红的，眼睛亮亮的，整个人显得更加俊俏了。孟亚问："谈啥了？这么快。"

孟美说："你不懂。"

孟亚说："我不懂，那你叫我陪你干啥？你自己来就行了呗！"

孟美说："你年龄太小，不适合跟你说。"

孟亚说："你比谁大多少啊？才大我三岁，就对象一大堆。"

孟美说："你别胡说，哪有一大堆？"

孟亚说："史国庆、程立明……还有那些我不认识的。"

孟美说："没有你不认识的，就他们两个。"

孟亚说："你嫌史国庆学习不好，那程立明呢？"

孟美说："他走他的阳关道，我走我的独木桥，两不相干。他这次也参加高考了，或许能考上，他的成绩还是不错的。"

回到家里，李秀云问孟美带着孟亚去了哪里，孟美和盘托出说了事情的原委。

李秀云说："史国庆都穿军装了？当几年兵回来就有正式工作了，如果在部队干得好，兴许还能提干呢。你真的拒绝他了，一点儿余地都没留？我对那孩子的印象还不错呢。"

孟美说："出息不出息，八字还没一撇呢，跟我没关系，我不想考虑这些。我要上大学。"

李秀云对孟亚说："看你三姐多有正事儿，脑子清爽，学习好，长得也好，这么多人追求她，她都不动心，一门心思想着学习，你得多向你三姐学学才行。"

孟亚说："我也不想自己长得不好看，是你把我生成这样的。学习好不好也是天生的，再用功也没什么用。"

李秀云说："就你道理多。"

北方的夏天，到了下午四点的时候，太阳在遥远的西山上正心不在焉地准备告别，浓淡不均的光芒从斑驳的云片间投射下来，把幸福公社一排排七扭八歪的土房院落照得若明若暗。

孟福先家门口的小巷里站着一个女孩子，在靠近马路的那个用栅栏围起来的小菜园旁边。栅栏上长满了榆树叶子，偶尔能够窥见悄悄爬上来的大大小小的豆角。

十五岁的孟亚在寻找着弯弯的豆角，李秀云没有安排她干这个活儿，她自己为什么要做这件事呢？不知道。一切似乎都是下意识甚至无意识地，就这样无所事事地打发时光吧。

这时，一个穿着和树叶差不多颜色的男人，将一辆和树叶差不多颜色的自行车停在了小巷入口处，然后从那个绿色袋子里取出一份邮件，向小巷里走来。

孟亚一眼便认出，这个男人是张灿的爸爸，公社的邮递员。孟亚有点儿怯怯地叫了一声"张叔"，她和张灿现在谁都不理谁了。虽然心里很想跟张灿和好，特别是看到了这辆绿色的自行车，想到张灿曾亲手把自行车交给她，想到骑着自行车时那种快乐与飞扬的心情，孟亚恨不能她和张灿的那些不快像一场噩梦一样，一睁开眼就烟消云散了。

张灿的爸爸把邮件递给孟亚，脸上挂着笑意，说："学校寄来的，应该有好事儿了。怎么不见你去我家找灿灿玩儿了？"

听了张灿爸爸的话，孟亚的心中稍稍踏实了一些，她原以为张灿会把她俩之间的矛盾告诉父母，连带着她的父母也讨厌自己了呢。

孟亚机械地接过那份邮件，脸上充满了莫名其妙的表情。十五年来，她和她的家庭似乎头一次与邮递员打交道，信件以及邮包之类的东西，对他们来讲是可望而不可即的事情，他们的天地已经小到不能再小了，跟外面的大世界似乎没有任何关系。

那辆绿色的自行车离孟亚有两米多远，孟亚看着它，目光有些贪婪，直到张灿的爸爸连人带车远去了，她才慢慢地收回心思，看到邮件上写着自己的名字，还有"J市煤矿卫生学校"这样的字。

孟亚转身跨过自家的破木门，将《录取通知书》递给了正在院子里洗衣服的李秀云。李秀云正坐在一只小木板凳上，双手淹没在一只大塑料盆里，旁边放着一个小塑料盆，用来装洗过的衣服，大盆小盆里的衣服都是满的，李秀云的双手已经被浸磨得红中泛白。

孟亚站在李秀云的身边，淡淡地说了一句："我不喜欢。"

李秀云即刻擦干了手，平生第一次看到录取通知书，又是自己女儿的，表情不由一阵惊喜。六个孩子的母亲，历经二十余年的操劳与艰辛，几乎从未体会过幸福与快乐。女儿的录取通知书，给了李秀云莫大的惊喜和安慰。

听了孟亚的话，李秀云脸上的笑容渐渐淡下来，掺进了一丝遗憾的表情，说："我也不太喜欢……护士。"

孟亚又说："我不想去。"

李秀云低下头又去看那张纸，半晌才抬起头来，望着孟亚说："不去怎么行呢？你大姐二姐的工作都不好，你二姐还不知道在饭店能干多长时间。你三姐到现在还没收到录取通知书，也不知道能不能考上，如果今年考不上，还得继续在家闲着。你考的这个学校是不太满意，可毕业出来是进国家单位，还是去吧。"

晚上，孟福先下班回来，李秀云说了孟亚被卫校录取要去学护士的事，还有孟亚的想法。孟福先当时是什么态度，或者根本就没有态度，若干年之后，已经不再是小女孩的孟亚怎么也回忆不起来，她的印象里父亲似乎什么都没有说。

直到孟亚已经准备行装要去陌生而又遥远的 J 市卫校报到了，孟美的录取通知书还是杳无踪迹。孟亚所在班级几十名学生，除了李成德和程立远考到县一中读高中去了，其他人都和孟亚一同参加了中专考试，但最终被录取的只有孟亚一人。六七个乡下来的女生哭成一团，生活困苦、学习艰难、前途未卜。对于这几个女生中专考试失败的悲痛，孟亚一方面替那几个女生惋惜，另一方面却没有为自己庆幸。当然，一个班级四十来个人只有她一个考上，从虚荣心这方面来说多少有点儿小满足，但对护理专业的不满意几乎抵消掉了这点儿虚荣感。所以，当一些老师和同学向孟亚表示祝贺的时候，孟亚几乎是没有什么感觉的。

董珊珊和程立英都考上了大专，学校和专业虽然不同，但地点相同，都在黑龙江省会城市哈尔滨，这座繁华的都市被称作"东方莫斯科"。程立明也考上中专去了外市，史国庆已经参军去了部队。能走的都走了，阴差阳错的现实如此残酷，众望所归的孟美竟然名落孙山。

当一天天的盼望最终落空沉寂，孟美极不情愿地接受了高考失利的现实，她去火车站为董珊珊和程立英送行后，连续几天把自己关在家中，泪水把那双美丽的大眼睛浸泡得变了形。

按照孟福先的观点，孟亚应该自己去 J 市卫校报到，四个小时的车程，中间转一次车，到了学校有人接站，不是一件多难的事情。可孟亚说什么也不肯，非要有人送她去上学才行。在十五年的幼稚人生中，孟亚只随妈妈坐过几次火车，到外县买几尺布或者半筐柿子、李子之类的，而且只是坐一两站，二三十分钟就到了。有妈妈带着，她什么都不必考虑，只需要帮妈妈提东西就行了。可去 J 市要坐四个多小时的火车，中间还要下车等待一个多小时后再重新上火车。天哪！一想到一个人到这么遥远又陌生的地方去，孟亚感觉天快塌了一般孤立无助。

见孟亚这副缩手缩脚的样子，孟福先很不高兴，说："就转一次车，怕什么！"

孟亚缩在炕上的一个角落里，嘟着嘴不吭声表示抗议。

李秀云说："孩子这么小，一个人又没出过远门儿，你就送送她，也耽误不了多少时间，头天去，第二天就回来了。"

孟福先的嘴巴噘了起来，说："小孩子，缺乏锻炼，怕什么怕？我工作那么忙，这两天又要下乡，哪有时间送她？"

李秀云追问着："你不是下乡刚回来吗？怎么这么快又要下乡？去哪个乡？让你干点儿事儿这么费劲，我又出不了门儿，要不我都能送她。"

孟福先不回答李秀云的问题，看着躲在炕角里的孟亚说："那我送你转车，上了车剩下的路你自己走。"

孟亚还是往墙角里缩，脸上诚惶诚恐的表情，好像爸爸会立刻过来把她推出门去似的。

李秀云的声音开始向尖叫靠拢："我就没见过像你这样当父亲的，孩子才十五岁，就是她自己想一个人走，你都应该不放心才对。可你倒好，恨不能拿鞭子像赶牲口似的把她赶出去，我看你就没长一点儿慈父的心肠呢。"

孟福先被说怒了，梗着硬硬的脖子冲李秀云吼："你说的这是人话吗？这孩子都是被你惯坏了，这么大了还不懂事儿，你就这样教育孩子啊？"

李秀云更是火冒三丈："我惯她啥了？你挣来好吃的好喝的？还是挣来好穿的好戴的？我看你心里根本就没有老婆孩子，孩子一生下来你就张罗着送人，好像我生了野孩子似的。"

孟福先说："送人咋的？人家条件比咱家好，送出去享福。"孟福先看了孟亚一眼，他担心李秀云的话会起到挑拨离间的作用。

李秀云说："养不起你就别生，晚上睡觉你就老实点儿。孩子刚一生下来，你就张口闭口送人，你就是没长人心，这是你们家的祖传，你爷你爹心都狠，你这是从根儿上来的。"

孟亚胆战心惊地劝爸爸妈妈别吵了，可没人听她的，她不时向窗外看去，希望三姐快点儿回来，哪怕是弟弟也行，爸爸妈妈千万别动手打架，孟亚简直害怕死了。

李秀云最后这句话把孟福先激怒了，他用目光四处搜寻。孟亚一看爸爸这个样子，就知道他在找打人的家什，便哭着说："你们别吵了，我不去上这个学了。我不愿意当护士。"

李秀云也哭了："他不送你，你就不去。"

孟福先正要说什么，孟亚看见二姐孟焱扛着一把锄头拉开小门进了院子，她吊着的心放下了一半儿，有二姐在，爸妈打不到一块儿去。孟焱不在县城里煮饺子了，这份临时工做得辛苦，但现在想辛苦工作也没机会了，饭店生意时好时差，用不了那么多人，就把孟焱给辞退了。再者，天天住在老叔家里，孟焱是免费的勤杂工，每天有洗不完的衣服，干不完的活儿，她在老叔家住够了、住烦了、住怕了，索性回来还在公社家属队里干活儿。

孟焱把锄头随便往院子里的墙角处一扔，进门一看家里的气氛，本已疲惫的脸上现出吃惊的表情，她推着父亲说："爸，你上外面找点儿活儿干。"

孟福先一甩胳膊："我刚下班，累了一天了，进门就干活儿？"

李秀云说："他能干啥？除了上那个班儿，家里的活儿他能干啥？他会干啥？洗衣服做饭收拾屋子，他伸过手吗？"

孟福先说："那菜园子里的地是你耙的？那山墙上的泥是你抹的？那坏了的栅子是你修好的？你说话怎么一点儿都不凭良心？"

李秀云说："老爷们儿干这些活儿天经地义，这些都不干，要你还有啥用？那点儿活你也照样不愿干，驴脸一天到晚不放晴，就是不痛快，像谁欠了你八辈子钱没还够似的。"

孟福先说："你说点儿人话行不行，谁欠我钱没还够？"

李秀云说："谁都欠你钱，这家里个个都欠你钱，要不孩子一生下来，你就能张罗着送给人家？还你债呢。好歹我多少还有点儿福，我生小涛时，你怕我又生姑娘，见我快生了，躲到县里去了。小涛是腊月生的，冰天雪地的，早晨四点多钟，天还是黑的，是大兰去叫的接生婆，大兰那年还不到十岁，比你这个爹都懂事儿。我生完小涛第二天，你才从县里回来，当时接生婆和几个邻居在咱家，一看你进了院子，她们几个就说，'咱们谁都别吱声啊，都憋着，别让他看出来李秀云生了儿子'。你一进屋，看见一屋子的人个个不吭气，你心想我肯定又生了个丫头，脸上一点儿笑模样都没有。后来接生婆憋不住了，说'大喜啊，孟院长，你终于有儿子了'，你这才咧开嘴笑了。小涛都两岁多了，我才听你说你去县里请假去了。老婆生孩子，你去县里请假？谁信你的鬼话？要是小涛生出来还是个丫头，你肯定跟我离婚了，这话你都说过多少遍了。"

孟福先看着站在地中央准备随时拉架的孟焱说："你听听，你都二十多岁了，也该懂事儿了。你说，你妈说的是人话吗？就这么想到哪儿说到哪儿，我往哪儿躲了？"

李秀云边哭边说，一会儿又说到了孟亚身上，孟焱很快听明白了吵架的起因，说："你们什么事儿都能吵起来，小亚考上中专，本来是件高兴的事儿，咱们公社上千户人家，咱家出了个中专生，人家都羡慕得直红眼。本来高兴都来不及，可你们倒好，为这个事儿还打起来了，这不是放着好日子不过吗？"

孟焱的话一时把孟福先和李秀云说住了，两个人半天谁也没说话。他们没想到，孟焱二十多年来第一次说出这样有分量的话，根本不像从前那个站在墙角里，任父母打死都不会跑也不肯吭一声的死心眼了。孟福先和李秀云更没想到二女儿紧接着说出来的话："我真羡慕小亚，我要是能考上中专就好了，离这个家越远越好，再也不用听你们这样没完没了地吵。"

孟福先当然不习惯二女儿这样说话，本来跟李秀云的火还没有彻底发出来，现在倔强的孟焱又给他火上浇油，便说："你有本事自己使啊，谁也没拦着你。"

李秀云说："是她爸没本事，她爸要是有本事，孩子就用不着从早到晚风吹日晒，地垄沟儿找豆包了。同样是公社干部，人家好几家的孩子毕业出来就坐办公室，当老师的也有，风吹不着，雨淋不着，那是人家命好，有个好爸爸。"

孟福先出了里屋进了厨房，不一会儿又转回来，手里拿着一只碗，"啪嚓"一声摔在地上，然后转身走了。看着爸爸出了院子的大门，孟亚的心终于彻底放了下来。

李秀云说："瞧瞧，这日子还能过好？没本事挣钱，倒有本事祸害东西，一生气就拿东西砸，一点儿过日子的能耐都没有。你看咱家屋子里的这些摆设，哪一样儿不是我张罗的？大镜子底下这两个木柜子，是我买回来的。炕上这个炕琴，是我买好了木料请来木匠手工打的。就连这炕琴上的玻璃画都是我找你们学校教图画的刘老师画的。找了这么个老爷们儿，也就是应个名儿，有啥大用？"

刘老师画玻璃画用的是油彩，牡丹花是他最拿手的作品。他家的屋子里放满了大大小小的玻璃画，成品半成品都有，牡丹花也就开得千差万别，紫色的、红色的、粉色的各色花朵，盛开在一堆乱七八糟的家庭物品中。当然也有只开了一半儿甚至只长出几片叶子的，那些是半成品，还没有最终完工的。从刘老师家取回了玻璃画后，孟亚经常盯着那些嵌进炕琴小窗上的牡丹花看，并把其中的一朵牡丹花画在了图画本上，涂上鲜红的水彩，作为额外的作业交了上去。刘老师在画的右下角用红笔写了一个大大的"好"字，孟亚被刘老师淘汰出文艺宣传队的怨恨总算有所减少。之后有一天，刘老师问孟亚想不想学画画，说她有画的天分，孟亚知道学画画是要钱的，便直接回答说"不想学"，家里怎么可能拿钱出来给她"砸鸭脑袋"呢？

关于送孟亚去 J 市卫校报到的争吵，最后以孟福先的失败而告终。几天后，孟亚跟着爸爸一路到了学校。

一进校门，孟亚就像刚被断奶的婴儿一样，抗拒、害怕、孤单、留恋、依赖，她的眼泪开始在眼眶里打转，后来就趴在宿舍的床上一直哭个不停。

孟福先一个人走出了学校的大门，对他来说这里同样是陌生的。在返程的路上，他要在黑夜里熬上四五个小时，才能回到幸福公社的家。一路的奔波与辛苦，孟福先也希望女儿送他离开学校，说一两句关心或叮嘱的话，让他体验一回父女亲情。可是孟亚却一步都没有送他，孟福先不免又生了一肚子的怨气和不满。

第四章　一九七八年

J市是一座煤矿城市，在20世纪50年代至80年代，黑龙江省有几座城市都是依托煤矿而生存的，相对的位置是J市在南，S市和H市在北，Q市在东。这些城市在中国的大中城市中排名不靠前，黑龙江也不是产煤大省，这几座煤矿城市的煤产量用细水长流来比喻，可能更恰当一些。

孟亚在熟悉J市卫校的同时，也开始接触这座对她来说广大而陌生的城市。每天清晨，乳白色的晨雾向世界做出注解，表明J市的确是煤城。尤其是在冬季里，极度的寒冷在低气压的压迫下，浓重的烟雾将人和建筑物都淹没在了百米之外。如果你了解煤矿，了解那些又黑又亮的煤块，就可能想到，它们曾在地球深处酝酿了亿万年之后，与只有数十年寿命的生灵——人类相遇，被他们一镐一镐地击松敲碎，一锹一锹地通过工具传送到地面。当黑色冷峻的燃料变成红色温暖的火焰时，你或许不会想到，最初的温度和燃点正源自那里——几十米甚至上百米的地下，那里奔流或停止了的汗水，沸腾或冰冷了的血液。煤矿卫生学校培养出来的医生护士们，将来是要在煤矿城市的大医院或者小医院里，让那些奔流的汗水不会停止，让那些沸腾的血液不会冰冷。

J市卫校有医士班、药剂班、检验班和护理班等，每一届学生都是三年课程，前两年学理论，后一年实习。每一届的学生至少有两个班，每班大约四十人，全校学生有一千多人。每天清晨，二十几支队伍，一千多张年轻甚至是幼稚的面孔，一千多个从幼稚奔向成熟的身体，在迷雾中沿着固定的路线前进，绕过教学楼、宿舍楼、附属医院等，二十多分钟后再跑回卫校校园。

孟亚所在的班级按照往年的顺序编号为"二十三班"，全班一共四十名学生，有两个明显的特点：

第一个特点是，全班清一色的女孩子，没有一个男生。从孟亚一开始跨入向社会过渡的这个群体，就陷入了单一无差别的同性之中，这对她本来就偏于内向和封闭的性格无疑起到了坏作用。在这样一个环境里，从来就不太知道异性为何物的她，在情感方面的发展便埋下了一个陷阱。虽然以当时的年龄以及三年的学习期间，孟亚还不像其他女孩子那样热衷和关注感情之事，但她后来一直都认为，在缺少异性的环境里，不管处于人生的哪个阶段，都是人生的一种缺陷，从而有可能造成性格上的某种缺陷。

第二个特点是，四十名学生的年龄明显分为两个年龄段，而且差距巨大，最大的三十二岁，班长王桂芬；最小的才十四岁，同样来自煤矿城市 H 市的张芳。由于刚恢复高考制度，在这个时间节点之前的往届毕业生人数众多，他们同孟亚这些应届初中毕业生一起，挤进了高考中考的行列。这些人被称为"社会生"，孟亚他们则是"应届生"。

二十三班里的社会生和应届生的比例大约是一比一，社会生的年龄大都在二十二岁以上，二十七八岁的也有六七个人，明显处于青年期。而孟亚她们普遍年龄十五六岁，正处于少年期或者说青春期。所以两个群体已经存在了代沟的问题，思想、情感、觉悟以及面临的各种问题和处理思路，往往都有很大的不同。

孟亚报到的第一天，就被分进了一个大宿舍，有十二张床铺，宿舍中间对称四张床是单床，左右靠墙各有二张上下铺的床位，十二个同学挤在一个大房间里。

在进入地下解剖室的那一刻，走在前面的马莉一声尖叫，标志着孟亚的医学生涯，准确地说是护士生涯的开始。

"小辣椒"马莉看到了"站"在教室门口的一具骷髅骨骼，于是发出了夸张的叫声。马莉是 J 市人，是个正宗的城市女孩。

那具尸骨应该是一位男性，从他的身高可以目测出来。人一走近就会带过去一阵风，他便随着微风轻轻地摇荡起来。

孟亚全身的毛孔瞬间收紧了，手足一时有些瘫软，但她装出司空见惯的样子，走到那个随着轻风游来荡去的"卫兵"面前，向他挥了挥手，手臂带出的阵阵气流又使那家伙好半天立不稳。马莉又尖叫了一声，扑到旁边李琳的身上。

李琳嘻嘻地笑着，高挑的个子像柳枝一样弯了下来。高荣荣跟在李琳身后，捂着嘴不敢出声，毛茸茸的睫毛下，一双大眼睛里带着一丝恐惧，目光对着那具骷髅上下扫了几遍。

大家都小心翼翼地巡查着地下解剖室，生怕再有什么突然出现的僵尸或者残骸之类的，会再吓一跳。

地下室里的标本当然很多，一个学期的解剖课，年轻的小余老师会经常带着学生们到地下室，通过标本来学习人体的解剖知识。从上肢到下肢，从胸部到腹部，都是截取尸体身上的某一段部位来学习某一部位器官的位置，肌肉的组成以及神经血管的分布和走向等。小余老师只有二十七八岁，他戴着医用橡胶手套，娴熟地讲解着人体复杂的生理结构，女孩子们恐惧的眼神里掺杂着求知的渴望，渴望中又带着厌恶的抵触情绪。

四十个人围着小余老师和他讲解的标本，伸长脖子、瞪大眼睛，把数月前与她们完全不相干的医学知识一点一滴吸收到大脑里。看着小余老师气定神闲的动作，听着他游刃有余地讲解，女孩子的恐惧感渐渐减弱。浓重的福尔马林气味强烈地刺激着她们的眼睛和呼吸道，人人都是涕泪俱下，身体上的不适冲淡了心理上的恐惧感。

马莉偶尔还会发出一声压抑着的尖叫，像一头母狮遭到了不应有的虐待一般。苏英不时斜着眼瞥一下她那张窄窄的刀条脸，表情有点儿悻悻的。而李琳时不时地笑，令苏英完全掩饰不住对她厌恶的目光，甚至比讨厌僵尸硬块更讨厌李琳那副没心没肺的样儿。孟亚会一边看标本，一边留意着马莉、李琳和苏英的表现，不时会在心里窃笑一下。

事实上，小余老师给这些女孩子讲课也是多少有些不自在的，特别是讲到生殖器官这部分的时候，往往是含蓄隐晦一带而过，当然不可以不讲。

班上有女生就对小余老师有了意见，这个女生就是肖清华。肖清华来自另一座煤矿城市 Q 市，她入学前是小学语文老师，今年二十七岁了。在孟亚、马莉、李琳、苏英和高荣荣这些十五六岁的同学面前，肖清华无论从年龄阅历还是从生理心理，都堪称是老师或者过来人。肖清华人长得比较高大，却一点儿也不漂亮，特别是那双单眼皮、肿眼泡的小眼睛，眼角是往下垂的。当然，肖清华的特点不在于她的身高和面容，而在于她的表达天赋——绘声绘色、声情并茂。比如在描述一个小学生不小心绊倒了凳子，摔倒了自己的一场小意外时，肖清华会这样说："……突然，只听轰隆一声巨响，就见那只凳子瞬间被踢飞了，然后急速地落在了地上。那名学生如同孙悟空一般翻滚在地，周围所有的人都大惊失色……"

肖清华手舞足蹈、眉飞色舞的每一次表达，都会让周围听到她说话的人大笑或憋得浑身发痒。而肖清华则沉浸在自己的想象和抒情里，完全不在意别人反应如何，连她的学生加同桌杨贞子都受不了，有时会低声笑着说："又开始讲评书了。"

杨贞子是应届生，也是Q市人，原来的初中班主任正是肖清华。老师和学生一起参加国家的统一考试，而且考入了同一所学校同一个班级，从师生关系变成同学关系，只有特殊年代特殊时期才有可能创造这种奇观。杨贞子细眉秀眼薄唇阔鼻，小巧的身材走路四平八稳，两只条胳膊习惯性呈八字形轻轻往外甩。

马莉最看不上肖清华这种一开口就出神入化浑然忘我的风格，有一次竟然当着她的面说："你知道说话和演讲的区别吗？你是二十三班的护士，不是小学老师，我们也不是你的学生。你好好说话，别弄得别人身上像生了虱子似的。"肖清华竟然淡淡地笑了，毫无不悦之色，但下次说话时依然我行我素。

一次上晚自习的时候，肖清华提出了自己的观点，要求班长王桂芬向小余老师反映。这次肖清华对于解剖课的执着倒是一改她以前说话的风格，形容词和副词明显用得少了，说："谁都无法否认，医学是一门科学，而科学又是一件极其严肃的事情，绝对来不得半点儿马虎和大意。我们不能因为余老师是男生，我们四十名同学都是女生，讲到性别部位的时候就走马观花、蜻蜓点水。我们要大力倡导的观点是，科学面前没有性别差异，只有医生、护士和病人。"

肖清华在晚自习上突然抛出来的意见让大家目瞪口呆，各种观点和声音同时四起，赞成的反对的讥讽的嘲笑的，什么表态和表情都有，班级里一下子就乱了，过了好一会儿才安静下来。王桂芬站在教室里，好半天说不出来一句话，用咳嗽掩饰着自己的无能和无奈。

倒是马莉当仁不让地站了起来说："生殖部分解剖课程都上完了，现在回头说这种事儿，你不觉得不合时宜了吗？你要是学习如此认真，亲自去找小余老师补课就行了，你想让他给你讲哪儿就讲哪儿。"

肖清华又淡淡地笑了，说："我知道大家都不好意思，其实有什么呀，人身上这些七零八碎的，谁也不比谁多，谁也不比谁少，大家都心知肚明，用不着掩耳盗铃。去澡堂子洗澡可以穿着背心裤衩，如果哪天躺在了手术台，还能穿背心裤衩呀？"

其实大家心里都承认肖清华的话是有道理的，但如此赤裸裸的观点表达，大多数人还是无法接受的，特别是班级上像孟亚这个年龄段的小女孩儿们。大家先后拍起了巴掌，掌声不是赞同和鼓励，而是不好意思中夹着嘲笑，马莉甚至在班级混乱的气氛中尖声说了一句："这种话也说得出口？你咋对那块地方那么有兴趣呢？真是给二十三班丢人！"

班长王桂芬咳了两声，尴尬地笑着，不知道说什么好，之后便不知所措地坐回了自己的座位。年龄最大的王桂芬被学校指定为班长，这也是因为各班都不安排班主任的原因，已经三十二岁的王桂芬以自己的年龄优势，自然应该替代班主任的角色。

王桂芬当班长，马莉对此是不买账的。第二天晚上晚自习，马莉来得最晚，也许是故意的，她是直接从家里来的，平时基本不住校，嫌宿舍人太多。

王桂芬正吃力地讲着话，马莉"怦"的一声就推门进来了，手里拿着一只袖珍收音机，耳朵上挂着耳塞，两条黑色的细线垂在两肩前，那神态就像进场参加比赛似的，仰首挺胸傲气十足。

全班几十双眼睛跟着昂首阔步的马莉移动，直到她坐到了自己第一排的座位上，大家的目光仍然滞留在她的身上。马莉把耳塞取下来，将耳塞线与收音机分离，收音机的声音立即在教室里回荡开来。

班里几十名学生，马莉是唯一买得起袖珍收音机或者是唯一让同学们看到使用袖珍收音机的人，所以她的炫耀就收到了恰到好处的效果，很多同学眼里流露出羡慕的神情。

当然，还有马莉如入无人之境所显示出来的清高与傲慢，让大家同时尝到了自惭形秽的滋味。孟亚看见隔壁座位上的苏英扭过头去，冲高荣荣撇了一下嘴，高荣荣偷偷笑了一下。王桂芬连续"咳咳咳"了很多次，终于还是把要说的意思讲清楚了：选班级干部。当然是指"班长"之外的班干部。

其实人选事先已经基本定好了，是学校的大致意见，班级上走个程序，因为从档案里就知道了每个学生的学习成绩和特长爱好等大致情况。

根据升学的考试成绩，总分最高的苏英被指定为学习委员。苏英一听就把头摇得跟拨浪鼓似的，连说："我不行我不行。"

大家都吃惊地看着苏英，女孩子争强好胜，这是毋庸置疑的，可苏英竟然不愿意当这个学习委员。

孟亚低声说："又不是什么坏事儿。"

苏英就说："要当你当，反正我不当。"

孟亚说："谦虚什么呢，你考试成绩那么好。"

苏英就生气了："你别讽刺人。"

孟亚一愣，顿时尴尬得一句话也说不出来。两个人顿时心里都有了气，此后足足两个月没有说话。

马莉是体育委员，听到这个任命时，马莉小声表示不满，但没有像苏英那样提出反对意见。

马莉当体育委员应该说是当之无愧的，她上小学的时候是市里武术队队员，经常外出参加各种比赛，家里存着大幅比赛照片。但马莉又不像有的小孩子，是因为学习不好才去学武术的，她文武双全，她能在比赛中拿到名次，又能凭自己的学习成绩考进卫校就是证明。对于后者没有人表示怀疑，而对于前者更没有人怀疑。马莉除了大腿部分的肌肉过于发达了点儿之外，整个人还是相当健美的，估计应该有点儿真功夫。此后有一天晚上，马莉在教学楼门前的操场上，给孟亚她们几个人耍了一段"九节鞭"，虽然动作不太连贯，但还是很能让人感到一种气势——马莉很注意时刻表现出一种气势。

副班长是叶文竹，因为她的那手钢笔字全班第一漂亮。马莉后来私下里愤愤地说，叶文竹是王桂芬的老乡，不然轮不到她当副班长。

李琳是文艺委员，杨柳细腰的她整天嘻嘻哈哈的，跟谁都自来熟，唱的一般但胆子大，不知道怯场害羞，除了高荣荣也比较擅长文艺外，没有人能跟她争这个位置。

孟亚没有任何职务，这多少让她有点儿悻悻然，从小学到中学一直都是班干部，现在却什么都不是。

选班干部的事让苏英和孟亚别扭了两个月，两个月后两个人又说话了。机缘是两个人去图书馆借书，都想借《英语双解词典》，偏偏只剩一本了，最后决定由一个人借阅，两个人轮着看。

走出图书馆，两个人沿着校园的小路往教室走，她们要去上晚自习，闲聊间自然就谈到两个月前的班干部选举，结果两个人都觉得自己委屈。

孟亚说："我那句话真没有别的意思，我要是像你考得这么好，让我当学习委员，我高兴还来不及呢。"

苏英说："你可拉倒吧，学校也真是的，干什么非按考试成绩选学习委员啊？那叫什么成绩好？成绩好我就该考大学，考什么卫校啊，我真是后悔死了，现在都想退学。"

孟亚吃惊地说："退学？这能退吗？谁敢这么折腾，万一考不上大学怎么办？"

苏英眼镜上方的两道黑眉蹙到了一起，说："这一步真的是走错了，本来想有时间多看看其他书，可是学习委员又推不掉，烦死我了。"

孟亚说："我当初也不想来读这个卫校的，可别的专业没考上，不来又觉得可惜。我有三个姐姐，她们要么没有工作，要么工作不太好，我爸妈反对我不来上卫校。我自己在初中的成绩也一般，自己也不敢这样决定。"

苏英说："哎，今年是恢复高考第一年，咱们都没有经验，也不是最先考出来的就最好。后来考的人会积累经验，咱们就是给人家积累经验的。"

孟亚说："李琳、文竹和荣荣，情况都一样，她们也后悔上这个卫校了。"

苏英说："咱们这批应届生，有几个不后悔的？咱们又不像那些社会生，在社会上混那么多年了，都老大不小了，能等到这样的机会，毕业后有份稳定的工作，就心满意足了。咱们年龄都这么小，上了高中再决定考大学还是考大专，机会多得多啊。其实，我也是考虑了我家的实际情况，我家是农业户口，父母都是农民，我爸身体不太好，我还有两个弟弟，田里的活儿基本上都是我妈干的，父母很辛苦。"

从地域的大范围上讲，苏英也是J市人，只是她不是J市的城市户口，而是离J市几十公里之外的乡下，她可以在周末的时候坐公共汽车回家。

学解剖、学病理、学药理、学护理……人体的复杂与奥妙没有让孟亚感到惊奇，她只是觉得学得很辛苦，但她学习还是很认真的。

其实，孟亚十分害怕在地下室里看那些被肢解得七零八落的尸块，福尔马林那种强烈的刺激气味也让她难以忍受。后来每当孟亚看电影的时候，一看到有的男演员哭得很吃力很尴尬，她就想写篇文章，建议导演给演员弄点儿福尔马林，肯定立竿见影。

　　孟亚还同大家一样热衷抢"骨头"，把解剖学老师上课时带来的一堆尸骨一抢而空。人的小臂由两条长骨支撑，里侧是尺骨，外侧是桡骨，为了方便记忆，就叫"里尺外桡"。孟亚把抢到手的两根小臂骨看了个仔细，她觉得这两根骨头可以当打腰鼓的鼓槌用。这些"鼓槌"晚上肯定会被带回宿舍，掖在枕边与女孩子们同眠共枕，如果放在教室里，会被别的同学偷去的。在分配"头颅"的时候，由于数量少，就只能两人一个了，一个乌白光滑的圆脑壳，在阳光下或灯光下闪着很强的反射光，除了坚硬和光亮之外，剩下的就是黑黑的大洞小孔，特别是头颅底部也就是接近颈部的位置，十二对脑神经在骨骼间留下小孔，让孟亚感到了学习的难度，还有生命的复杂。每个大脑壳都是在中间水平位置用工具锯开的，在后脑最突出的地方，也就是北方人常说的"勺子"尖儿的位置，用一张金属合页把上下两部分连起来。同学们觉得很好玩，捧着这个几十年前不知是谁的脑壳，开一下合一下又开一下合一下，听着两半骨头相互叩击时清脆又不尖厉的声音。这些脑壳也常会被孟亚她们带回宿舍，就像在宿舍里保存了几个篮球一样。

　　在全班四十名同学当中，由于大家的年龄相差悬殊，性格和想法也具有多样性，像孟亚、苏英她们还处在自我启蒙的阶段，很多人已经到了谈婚论嫁的年龄，思想不可能不复杂。几个人都亲眼看见过王桂芬接到了家信，看过后立刻烧掉了。有人开玩笑说："是情书，还是家里人催你回去结婚呀？"王桂芬不回答，只是抖着未燃尽的信，鼻子尖儿上冒出细汗。这样的事对于孟亚来说，见过了就等于过去了，之后便不会再去思考它。她真正关心的，是如何在学习医学课程的同时，安排出时间来学习高中课程，准备毕业后向大学进军。

　　"物以类聚，人以群分"，班上像孟亚这样渴望圆大学梦的同学大有人在，这些志同道合的女孩子为了一个共同的目标，走到一起来了。

　　"小辣椒"马莉、"书呆子"苏英、"大家闺秀"叶文竹、"乐天派"李琳、"羞羞女"高荣荣，这些绰号都是孟亚根据每个人的性格特点，在自己的心中给她们做的定位。当然，孟亚同她们几个人的关系好，并不等于这几个人之间关系也好，马莉嫉妒叶文竹的副班长身份，还有那手漂亮的板书。而苏英则不喜欢马莉，当然更厌恶李琳。

　　班上每个月出一期黑板报，粉笔字由叶文竹和苏英两人负责，但苏英只负责了两期就打退堂鼓了，不怕别人说她觉悟低。苏英罢工之后，孟亚接替了她写黑板字的活儿，管写又管画。绘画由孟亚和高荣荣负责。叶文竹的楷书一如她的性格，有板有眼、四平八稳，这个额头饱满、笑不露齿、走路无声的文静公主，一张白皙的面孔上永远看不出她的表情，也永远让人难以和她走得更近，只是那额头上不定期鼓出来的一层小痘痘，向世界证明着这是个仍然处于青春期的女孩儿。

孟亚在入学后不久，就被同学们称作"小大人"，当然这是有典故的。

班上年龄最小的张芳，跟孟亚住同一个宿舍，她住房间中间位置的一个单铺，而孟亚住的是靠墙边的上铺，两个人的床铺其实离得很远。刚开学不久，同宿舍的人便发现张芳经常不去上课，中午大家下课回来时，张芳已经从食堂打回了饭菜，一个人坐在床上吃。因为班上没有班主任，也没有人太严格监督管理，王桂芬基本不管谁上课谁缺课的问题，她只负责学校有什么活动之类的上传下达，学习不学习都是自己的事情。

到了冬天，一放学回到宿舍，大家总能闻到一股奇怪的味道，有一次李琳突然说："怎么这么臊？像尿味儿。"

苏英立刻否定说："也没人在宿舍小便，怎么能有尿味儿？别瞎说了。"

大家莫名其妙，事情就这样一直糊涂着，直到有一天，孟亚发现自己褥子下面的棉裤不见了，这才终于揭开了事情的真相：张芳有遗尿症。

张芳是H市人，父母都是教师，可能是受家庭影响，张芳很喜欢看书，但看的大多是小说等文学类的书籍，与护士专业护理课程毫无关联。书都是从图书馆借来的，晚上熄灯了，她还打着手电筒在被窝里悄悄看书。每天晚上最后一个睡觉，宿舍里的人原以为这只是她的一个习惯而已，其实，这正是张芳自己想出来地避免尿床的一个办法。晚上睡得晚一些，睡前上一次厕所，夜里睡眠时间短了，尿床的概率就可以相对降低。理论是可以这样解释的，但当遗尿是一种疾病时，这种办法往往就很难奏效。张芳白天经常不上课，一个人把尿湿的被褥放在暖气片上烘，满屋子的气味也就不足为怪了。

张芳毕竟年龄小，十四岁的孩子本应天天在妈妈的眼皮底下，被管束的同时也被呵护和照顾着，可现在一人在外全靠自己了。张芳经常穿着棉裤在被窝里看书，可能这样暖和些，上厕所也方便，但她自控能力差，有时看着书就睡着了，棉裤也就在劫难逃。自己的棉裤尿湿了，一天两天干不了，她便逐床翻找，最后孟亚的厚棉裤便遭了殃。每年冬天，李秀云都会给家里的每个人准备两条棉裤，一条厚的一条薄的，适合不同气温的天气选择来穿。

宿舍里另外十个人没有一个人同情张芳，全都是厌恶和愤怒，包括平时头脑比较清醒的苏英。自己有毛病不说出来，天天污染宿舍的空气，还偷人家的棉裤穿，这种事儿怎么说得过去？很多人都等着看孟亚怎么收拾张芳，以解她们的心头之恨。

但孟亚的反应出人意料。她和张芳面对面地坐着，低着声音谈了半个多小时，都是关于张芳的病，别人只看到孟亚平静的脸，听不到两人在说什么。孟亚对张芳说："你应该把这件事儿讲出来，好让大家帮你想办法，比如晚上谁上厕所叫你一声。"张芳哭了，低着头不吭声。

半个月后，张芳休学回家了，穿着孟亚的那条棉裤走的。宿舍中有几个大龄同学对孟亚伸出了大拇指，包括肖清华，她的双手在空中舞蹈着，说："孟亚，你真是善良和正直的化身，你也不过比张芳大一两岁，却比成年人还有胸怀和包容心。我仿佛看到了天边的一道彩虹，就像是你那美丽的心灵，比你的外表要美丽出很多倍。在这片神奇的土地上……"孟亚的身上顿时起了鸡皮疙瘩。

马莉听不下去了，直接打断了肖清华的话："你一会儿天上，一会儿地下的，再说下去，孟亚都不是人世间的人了。"然后又责备孟亚说："她太过分了，你太仁慈了，换上我，骂她个狗血喷头，自己啥德行不知道，还到这儿来祸害人？"苏英后来对孟亚说："我倒是挺佩服你的，年纪不大，挺老道的。"苏英比孟亚大一岁。

如果让叶文竹和李琳在一起走路，谁看了都会觉得别扭，一个太拘谨，一个太随意。但马莉和李琳在一起时，同样也会让人感到别扭——这是在两个人练双人舞的时候。平时的马莉是绝不会跟李琳近距离混在一起的，她不愿意给春风杨柳般的李琳当陪衬。李琳的身材可以入选国家级舞蹈队，只可惜戴了一副近视眼镜。

这一次学校举办歌舞比赛，二十三班出了一个节目，马莉和李琳跳双人舞。马莉本是跳独舞的个性，在双人舞中还是保持着以自己为中心的气势，她经常指责李琳这里不对那里不好。李琳甩着两只优雅的长胳膊，咻咻笑了又笑，一点儿也不生气。正式演出那天，两个人上台一开始跳舞，台下的人就感觉累了，两个人像是麻绳拧错了劲儿，让人非常不舒服。下台后，马莉大肆指责李琳，李琳只是笑个不停，直到把马莉给气笑了，说："真拿你没办法，要不是看你有病，真想揍你一顿。我练了八年武术，你——不堪一击。"

李琳喜欢莫名其妙地笑，有时候别人找不到东西，她也会在旁边一会儿笑一下，弄得人家马上怀疑是她给藏起来了。李琳一边说"我没藏"，一边笑得更厉害了，别人反而坚信是她了。所以李琳经常被别人怀疑在搞"恶作剧"。苏英跟孟亚说："这个人，像没长心似的。"

事实上，李琳虽然长心了，但长得确实不太好，质量有问题。李琳患的是"法鲁氏四联症"——室间隔缺损，这是一种先天性心脏病。在剧烈运动后，会出现呼吸困难、口唇青紫等症状，严重者会导致心力衰竭而死亡。多亏了李琳这副乐天派性格，她似乎一点儿都不在乎自己的病，唯一在乎的是她妹妹李晴的学习成绩。李琳智商很高，特别在理科方面，她经常嫌妹妹笨。

张芳休学后不久，高荣荣也得了一种病：崩漏。崩漏是中医学的讲法，也叫"血崩"，月经量过多，常常十天半月停不下来，有时甚至会持续一两个月。得上这种病的人会迅速贫血，脸上没有血色，白得像一张纸似的。崩漏多发生在青春期的女孩子身上，随着身体发育成熟，成年以后这种病的发病率就低了很多。好在高荣荣读的是卫校，学校旁边就是附属医院，看病治疗都非常方便，除了其他的治疗药物，还要使用激素。高荣荣原来柔柔细细的女孩声音，服了激素类药物后，一下子变得粗粗憨憨的，像个男生了，有时候在静静的宿舍里她突然一开口，会把别人吓一跳。刚得病的时候，高荣荣还哭过几次，后来就慢慢习惯了，孟亚几个人对她也比较照顾，帮她买饭买生活用品，出黑板报的时候她愿意参与就参与，身体不舒服就由孟亚全包。高荣荣在习惯了自己的疾病后，逐渐又恢复了往日小兔子一样的快乐性格，时不时地故意发出男人似的声音跟她们几个恶作剧。

六个青春期的女孩经常在一起感叹：当初为什么不上高中？怎么这么傻？父母没有远见，不会给孩子选择未来。这该死的护理专业。讨厌！太讨厌了！

几次抱怨过后，孟亚就放弃了这种毫无意义的话题，开始计划如何看书，到哪里去买书，都买什么样的书。孟亚上初中时没有学过英语，而李琳却学过两册初级英语课程，也不过学完了音标，记了一两百个单词，知道几个简单的句型而已。孟亚把李琳当成了李博士，每天中午吃完饭两个人就坐在教学楼门前的台阶上，一个耐心地教，一个认真地学，李琳对孟亚从来都是百问不厌。

见孟亚、苏英、李琳她们学起了英语，班上很多同学也来了热情，包括那些大龄的社会生。由于是护理专业，学校没有给她们开英语课程，而医士班却开了课，如果知道哪天医士班有英语课，孟亚她们就会三五个人去医士班蹭课听。然而，医士班的桌椅没有多余的，她们只能自己带着凳子坐在教室的最后一排，小心翼翼、低眉顺眼、可怜巴巴，听多少算多少，不敢向英语老师请教，还要忍受医士班学生的白眼。

这种课程是听不长久的，也无法系统地学习英语，孟亚她们便将目光转向了自学英语，依靠收音机来学习。学校每个月给每个学生发了一点儿生活补助费，一些想学外语的人省吃俭用攒钱买了收音机，当然没有马莉袖珍收音机那样小巧昂贵。跟收音机学英语还是挺方便的，但必须得买教材，孟亚、苏英和李琳被大家一致推举为买书代表，去书店买英语自学教材，一套六本。还有少数同学准备学日语。

孟亚、苏英、李琳三个人选择了初冬一个星期天的早晨，去了市里的新华书店。连日的上课加早自习晚自习，一天到晚紧紧张张，难得有一个可以轻松的日子。

孟亚她们不知道，书店要八点钟以后才开门，而她们七点钟就来了。早晨的气温很低，口中呼出的气形成了一闪而逝的白雾，三个人穿得都很单薄，站在书店门口，个个双手交叉抱肩，不停地在地上来回走动。李琳几次提出要回去，说下周有时间再来，孟亚和苏英都不同意。

苏英看不惯李琳凡事一副不以为然的态度，说："来一次那么容易？这次不是等了两个星期才来吗？下周还不知道有没有时间。再说了，现在都七点半了，再等一会儿就差不多了。"

李琳说："那你们俩在这儿等，我去看一个老乡，别忘了给我带一套书。"说完，嘻嘻笑了一声，迈着优雅的长腿走了。

苏英看着李琳远去的背影，不高兴地说："也不知道她一天天都想的啥，想去看老乡就别跟咱们一起来，到了这儿又走了。班上二十多人要买书，我们两个人怎么拿得动？"

苏英和李琳的家都住在 J 市郊区，苏英对李琳的事情知道得多一些。孟亚问苏英："李琳又有什么老乡了？"

苏英推推眼镜，一副不屑一顾的表情，说道："她能有什么正经老乡？还不是她的一个中学老师，想让她给当儿媳妇？听说那个男孩子是学画画的，谁知道到底是干什么的？李琳这个人就这点不好，跟谁都嘻嘻哈哈的，对什么事儿都不在乎。你说你一大早上去人家家里干啥？星期天人家能起得这么早吗？"

孟亚说："李琳就那性格，这事儿要是放在你我身上，都做不到她那样随便。"

苏英猛地一摇头，在地上转了一个圈，两只胳膊耸了一下："打死我，我也不会学她那样儿。"

半个小时后，书店开门了，孟亚和苏英挑书、付款、打包装，忙了好一阵子，最后拎着两大捆横绑竖扎的英语书走出了书店。近一个小时的路程硬是走回去的，也没找公共汽车坐，苏英说转车麻烦。一路上两个人歇了好几次，手被绳子勒得红一道白一道的，但一想到能够学习英语了，还是挺开心、挺兴奋的，孟亚比苏英尤甚，毕竟她在学校里没有学过英语，一直没有过足这个瘾。

孟亚很认同苏英的一个观点，国家刚刚恢复高考制度，一些人就懵懵懂懂地参加了大学、大专或中专考试，最先赶上这个机遇的考生，方方面面的信息和经验都不足。加之又允许初中毕业生直接考中专，许多人对于选择升高中还是考中专很盲目，只知道眼前有这样一个从天而降的机会，没有经过认真思考或者没有能力思考，便稀里糊涂地参加了考试。而在以后的几年里，人们的经验逐渐积累多了，能够知己知彼进行合理地选择，也就避免了盲目，避免了人生的遗憾。从另一方面来分析，高考制度恢复最初几年考取的中专生，质量都相对较高，因为其中很大一部分人应该是有能力上大学的，他们为后来的考生积累了经验，自己却走了人生的弯路。弯路注定遥远且不平坦，如果你不肯安于现状的话，将面临诸多不可想象的境况，而这些女孩子已经在这条弯路上启程了。

漫长的第一个学期终于结束了，班上的同学都盼望寒假快点儿到来，而孟亚尤甚。每当家里来信时，孟亚都是刚刚看到信封还未及拆开看内容，就开始趴在课桌上哭。有一次，教政治的女老师看她这种状况，特意停下讲课走下讲台，过来关切地问她"是不是不舒服"。孟亚觉得很对不住这个面带微笑讲马克思主义哲学的女老师，可她就是控制不住自己的情绪。

家里来信一般都是二姐孟焱执笔，讲一些家里的事情，都是些简简单单的芝麻粒儿小事，没有什么大的变化。孟兰给孟亚写过两封信，第一封信是用红钢笔水写的，第二封是用蓝钢笔水写的。

放寒假前，孟亚和苏英她们几个人去了很远的市场，在市场里东转西转，不知道该给家里买些什么，最后孟亚买了一条大鱼，有四五斤重，冻得跟石柱子似的，她就带着这条鱼回了家。

这条大鱼给姐姐弟弟们带回了意外和惊喜，但带给孟福先和李秀云的却是心疼，家里从来没有吃过这么大的鱼。孟波用一个小木棍敲木鱼似的打着那条鱼，央求妈妈快点儿把鱼下锅。

李秀云却犹犹豫豫地说："这么贵的鱼，又这么大，吃了怪浪费的，拿到市场上卖了吧？"

孟焱说："小亚这么远带回来的，再说也该浪费一次了，过年了，一家人也该团聚了。"

大家讨论了半天，最后决定留下这条鱼。

孟美比以前瘦了一些，性格也安静了许多，还有一个学期的时间就要参加第二年的高考，她今年又改考文科了，心里的压力也一天比一天大。

过了几天，孟兰也从县城回来了，宽宽的脸庞上浮着笑容。孟兰差不多有一个多月没回家了，建筑工程队冬天也有一些粗活儿要干，孟兰不是坐办公室的，每天穿戴厚厚的，按照领导的安排，在室外干些拉拉杂杂的粗活儿。孟家人多年来习惯了孟兰不声不响绷着脸，自从与高大龙相识后的这种变化，孟家老少还需要一段时间才能适应。

孟兰见了孟亚，又高兴又忐忑的样子，她给孟亚写的第一封信寄出后，听人说用红笔写信是"绝交"的意思，吓得大哭了一场，赶紧又写第二封信解释。孟亚说，她没听说过红笔代表"绝交"这种可笑的说法，班上的同学也没人听说过，可孟兰还是后悔，怕四妹心里起了疙瘩。

一家人围在一起东说一句西说一句，李秀云扯过孟兰的手看来看去，孟兰的手上磨起了很厚的茧，夏天去外地盖房子给师傅们当小工，手上磨出的老茧一个冬天都下不去。孟兰的手脚还有生冻疮的老毛病，每年冬天的时候，李秀云都用菜园子里夏天留下来的茄杆子煮水给她浸泡手脚，这是民间流传治冻疮的偏方。

几个孩子围着李秀云七嘴八舌闲聊，孟福先坐在远处，像个局外人一样，几乎不跟这娘儿几个搭话，李秀云和六个子女也没有谁主动跟他说话。

孟焱叹了口气说："人哪，都是命。你们看小亚，长到十五岁，根本就没干过活儿没出过力，学习也不用功，至少没有小美这么用功，也没小美聪明，可人家心不在焉地去了一趟二道口，这就考上卫校了，三年后就是铁饭碗了。真是'有心栽花花不开，无心插柳柳成荫。'我命就不好，书没读好，工作也不咋样。"

李秀云说："你高中不是也读完了吗？去年就让你去试一试，你死活都不去，说怕丢人，你的面子咋就那么值钱呢？你们姐妹四个，你大姐学习最好，吃的苦却最多，也没考大学，要说命最不好的，还轮不到你。小美今年还要参加高考，你可以跟她一起考啊。"

孟福先突然冒出一句话来："当初不让她读高中，她非要读嘛，能怪谁。"

孟焱不接父亲的话，孟美倒是冲孟焱开口了："你说话别捎带我，我不用功也不聪明，我也没好命。"说完走出屋子，到外面生气去了。

孟焱说："现在是看啥都不顺眼，听啥都不顺耳了，我这不是夸她吗？没考上学，没地方撒气呢。"

孟兰开口说话了："我没觉得自己命不好，是我自己不想考，现在的工作挺好的，反正我出力也习惯了。"

孟福先和李秀云听了孟兰这话，心里并不舒服，他们知道，孟兰现在的心思都在高大龙身上，男方家里正催婚呢，而孟兰也二十四岁了，心里已经有了结婚的想法。

与高大龙的恋爱和结婚就像一个圆心，孟兰被它牵引转动着，早就形成了向心力的惯性，似乎陷进了幸福的漩涡里。相比之下，高考又算得了什么呢，跟她完全不相干了。

在孟兰的眼里，高大龙是可以打一百分的，孟家的长女就是这样一个死心眼，从初中到高中，从来没有男生像追孟美那样追过孟兰，被人介绍给了高大龙以后，一下子就把自己的一生给定住了，任凭什么理由都无法阻挡孟兰走向高大龙、走向婚姻的脚步。

李秀云指着孟兰说孟焱："你看你大姐，碰到一棵树就吊死在上面了，你可倒好，媒人都给你介绍好几个了，你要么看都不看，要么去见面也是别别扭扭的。你也不算小了，处个对象谈两年，也就差不多了。"

孟焱说："连个正式工作都没有，看啥看？能找着啥好样儿的？自己啥样儿自己心里清楚，就这条件还找对象呢，能吃上饭就不错了。"

孟亚说李秀云："妈，你说话也不好听，还一棵树上吊死，那不也是人生幸福吗？"

李秀云说："我也是打个比方，是不咋合适。"

孟兰倒没生气："我就一棵树上吊死了，让你少操点儿心。"说完这句话，她一下子后悔了，赶忙看看孟焱。

孟焱说："我也没想让谁操心，就是妈老是催啊催的。我都说过了，没有正式工作我不会找对象的，我现在看对象，纯粹是为了照顾你们的情绪。"

李秀云说："我们还不是为了你好吗？你要是到了三十岁还没有正式工作，你还不找对象，那不成老姑娘了？"

孟焱说："老姑娘就老姑娘，找不到好对象，还不如不找，结了婚今天吵明天闹的，不是自找麻烦？"

孟焱的话引发了李秀云的共鸣，她又开始借题发挥了："那倒是，我和你爸都打骂半辈子了，生了你们一大帮，一天累到晚，啥福也没享着。"

孟亚赶紧转移话题说："二姐，其实你可以复习一下，参加高考试一下，你看我不是也考上了吗？其实也不一定有多难。"

孟焱说："我能和你比吗？你是在学校直接考的，我离开学校都好几年了，天天地垄沟儿找豆包儿，脑袋就是一块石头蛋子，一点儿缝都没有。"

孟亚说："你脑袋才不是石头蛋子呢，咱家就数你能说会道。"

李秀云说："这犟劲儿不进盐酱，倒像是一块石头蛋子。人家陈丽美天天跟她说，让她跟她一起复习，她就是不肯，好像参加高考会掉脑袋似的。"

孟亚说："二姐，你真该试试，反正现在干的这份临时工也挣不了几个钱，你不如不干了，跟陈姐一起复习几个月。"

李秀云说："你听听小亚的话，才离开家半年，现在就说大人话了。听人劝，吃饱饭，你能不能跟陈丽美一起复习几个月啊？你就是考不上，家里人也不会笑话你的。"

孟焱说："我才不给她当陪衬呢，她能考上我也考不上，人家陈丽美一直在二道口乡当老师，我现在的文化课根本捡不起来。"

没过几天，又有媒人上门给孟焱提亲来了。在李秀云的软硬兼施下，孟焱勉强答应了，可她不想在自己家里见那个男的，也不想到那男的家里去，便约好了晚上的时间，两个人在大街上见了面。

孟焱戴着大围巾和大口罩，把脸遮捂得严严实实，没有人能认出来她是谁，就连那个男的也没有看全她的脸。孟亚和孟涛远远地跟在他们的后面。

孟涛说："我要叫那个男的姐夫吗？"

孟亚说："八字还没一撇呢，你急什么呀！"

孟涛说："我想有人陪我打冰尖儿、弹玻璃球……最好他能给我买辆自行车。"

孟亚说："你想得美，做你的黄粱梦去吧。"

孟亚看见二姐孟焱和那个男的一直保持着两米左右的距离，两个人走得很慢，绕着一条街走到十字路口，再往左转，遇到路口，再往左转，一直到最后转回来。孟亚觉得好笑。冰天雪地死冷寒天，手脚冻得像猫咬了似的，这样谈对象可是够遭罪的。

孟涛说了一句"我可不遭这个罪了"，不等孟亚同意就一个人往家的方向跑回去。孟亚拦不住，也跟着跑回了家。不一会儿，孟焱也回来了。

李秀云观察着孟焱的表情，见她什么表情也没有，就知道没希望了，便不再问什么。

几天之后，孟兰回县城上班去了，这一次孟亚也去了，孟兰很高兴四妹跟她一起回县里。

高大龙在家里排行老大，身后还有三个弟弟一个妹妹，学习成绩都一般。高考刚刚恢复，能够考出去的人不管是大专还是中专，都不是一般人，走到哪里都会受到夸奖和羡慕。

孟兰和孟亚先去了老叔孟福国家，捎去了大姑家送的冻豆腐。老叔和老婶都很高兴，孟亚逗留了大半天，白吃了一顿饭，老叔老婶谁都没有安排她干活儿，倒是老叔让孟兰在厨房里当帮手。临走时老叔也说要出门办事，走在路上掏出五元钱给了孟亚。

之后两姐妹又去了高大龙家里，高大龙的父母长得都是又瘦又矮，与几个高高大大的子女似乎对不上号。高大龙的父亲是一名工人，对孟亚赞不绝口，说得孟兰喜上眉梢，临走时孟亚又得到了三块钱。

孟兰说要跟孟亚照相，孟亚说刚好自己手里有钱，孟兰说不用她花钱，姐妹两个就去了县城的照相馆。孟兰仍旧是又黑又长的大辫子，而孟亚两边是齐耳郭的短头发，头顶处向后扎起了一缕，还是十足的小女孩模样。这张照片是姐妹俩一生中唯一的单独合影。照片取出来后，孟亚找了一张红纸，弄湿了给两个人涂了嘴唇，黑白分明的五官，发式和衣着都清清爽爽，只有两个人的口唇像一团火。

那两天，孟亚就住在大姐的宿舍里，几乎每天都能在工程队的院子里见到高大龙。这个男人一出现，孟兰的脸就立刻变成了一朵花，美丽动人散发着灼人的温度。孟亚反倒有些不好意思，不愿意跟未来的大姐夫走得太近，只是远远地看着他们两个面对面站着说话。

建筑工程队的院子很大，里面堆满了钢筋木料之类的东西，残雪覆盖着地面上的杂物，雪色苍茫悠远、空气氤氲迷离，孟亚觉得眼前的世界无比的陌生、无限的辽阔，而自己就像一片小雪花，不知身在哪里又将飘落何方。

春节前，在孟兰的提议下，孟家人经过充分酝酿和讨论，好不容易做通了孟福先的工作，最后终于达成了一致，要照一张全家福。这里面有两个原因，一是孟兰已经有了结婚的打算，如果结了婚，以后家人要聚齐就不太容易了。二是孟兰和孟焱想好了，想把留了多年的长辫子一起剪掉，全家人合影留个纪念。

公社上只有一家照相馆，孟福先一家八口兴高采烈地去了照相馆，在照相帅傅的指导下，折腾了一番终于把全家福完成了。

几天后孟美把照片取回来了，大家抢着看照片，关注自己的相貌和表情，没有一个是闭眼的，这就是最圆满的结果。

三十年后，在李秀云八十寿辰那天，孟兰从旧影集里翻出来这张照片，大家看到这张老照片时不约而同地笑了起来，特别是孙子、孙女、外孙子、外孙女这一辈的，几个孩子笑弯了腰。照片里的孟兰、孟焱、孟美、孟亚四姐妹在坐在凳子上的孟福先和李秀云的身后站成一排，都是紫红色的上衣，款式都是小立领，那是李秀云在供销社买了一大块布料，在裁缝店剪裁后，由李秀云用缝纫机做出来的。孟福先和大儿子孟涛穿的都是绿色的上衣，绿军装的颜色，孟涛站在孟福先的身边，父子两个绿成了一片。李秀云和依在她怀里的孟波穿的都是蓝色的衣服，这娘儿俩又蓝成了一块。整个画面不过是由红、绿、蓝三大块色调组成的。

春节过后，孟亚带着妈妈新做的厚棉裤返校了，随身携带的还有一包炒面和一大瓶咸菜，这两样东西对解决在校期间的饥饿问题相当有帮助。特别是每天都要上晚自习，九点半以后回到宿舍，晚饭时吃的那点儿粗茶淡饭早都消化殆尽了，炒面和咸菜就派上了大用场。

每天三顿饭，学生们都是饥肠辘辘的，特别是中午下课的时候，每个人都三步并作二步往食堂飞奔，稍晚一点儿的就排队到了食堂的大门口，哪个班如果能够提前几分钟下课，这可是学生们最开心的事儿了。

返校后一个多月的时候，杨贞子就因为吃饭吃出了问题。

从第一学期开始，杨贞子就经常只吃饭不吃菜，一顿二两玉米馇子，量小又不买菜。杨贞子学习非常刻苦，晚上经常是最后一个睡觉。学校有一项奖励规定，每年都组织学习竞赛，成绩排在班级前三名的多少有点儿奖学金，杨贞子早就盯上这点儿奖学金了。本来正是长身体的阶段，长期这样省吃俭用，营养摄入不足，很快就出现了营养不良的症状，经常头晕目眩，终于在早晨集体跑步的时候晕倒了。送到医院一检查，血糖极低，医生建议她加强营养，不要熬夜。

根据肖清华了解的情况，杨贞子家里非常困难，两个哥哥都已经结婚了，但也把家给掏空了。家中还有一个姐姐一个弟弟，父母身体都有残疾，丧失了部分劳动能力，这也是杨贞子选择考中专而没有继续读高中的原因，她想早一点儿出来工作，为解决家人的生存问题出点儿力。

晕倒事件发生后，杨贞子依旧我行我素，每顿仍然是二两馇子不吃菜，甚至连咸菜都舍不得买，每天依旧是抓紧一切时间学习。杨贞子在宿舍住上铺，又是靠墙角的位置，每天晚上都高高在上地坐着或倚着墙，几乎不参与宿舍里其他人的说笑闲聊。

　　马莉最看不起杨贞子这种穷酸相，她和杨贞子刚好是上下铺，杨贞子回到宿舍就爬上上铺。马莉虽然偶尔住一下宿舍，但很不喜欢头上顶着个人，把床弄得吱吱呀呀地响，就经常给杨贞子脸色看。杨贞子见了马莉头都不敢高抬，像老鼠见了猫似的。

　　可杨贞子就是这样用功，在学习竞赛中依然榜上无名，第一名苏英，第二名叶文竹，孟亚竟然得了个第三，这个结果让班上所有人都感到意外。

　　苏英对孟亚说："这个学习委员应该你来当。"

　　孟亚说："你考第一，我才考第三，怎么学习委员应该我来当？"

　　马莉说："苏英比你学习用功，按照你的用功程度，只要是个人都能考第三，班上哪个人的努力都不次于你。"

　　孟亚说："也是这么个理儿，我也没想到能考第三啊，算我运气好呗。"

　　高荣荣说："那你请不请客啊？"

　　孟亚说："我买糖给你们吃行不行？吃糖补血，你最需要补血了。"大家都同意，高荣荣更开心。

　　竞赛结果对杨贞子又是一个打击，这一次她晕倒在了学校的大礼堂里。一千多人的现场，校领导刚刚公布完二十三班学习竞赛前三名。肖清华背起瘦小的杨贞子，一路小跑去了附属医院的急诊室，护士用50毫升的大针管推进了高浓度的葡萄糖，又给杨贞子输了其他液体。医生建议杨贞子暂时休学，回家调养好了再来复课。

　　不知道是紧张还是背杨贞子累着了，肖清华在照顾杨贞子的时候，自己也不舒服了，在急诊里竟然呕吐起来，脸色苍白得跟杨贞子差不多。杨贞子见肖清华这个样子，就建议她也找医生看一看，但被肖清华拒绝了。

　　此后的一段日子里，杨贞子仍旧有气无力的，而肖清华吃饭也不正常了，有时竟然也赖在宿舍里不去上课，往日里说评书的风采一去不复返了。

　　渐渐地，同宿舍的孟亚、苏英她们有了一个惊人的发现，肖清华似乎也患上了遗尿症，宿舍的暖气上经常搭着她的棉裤，一股股的尿臊味儿在宿舍里弥漫。有了张芳的前车之鉴，大家对暖气上的棉裤和宿舍里的怪味儿特别敏感。就在大家在宿舍里向肖清华进行求证时，肖清华却回避了所有的目光，这恰恰证明了所有人的判断是正确的。

　　在大家直接或间接地抗议下，肖清华向学校写了休学申请，理由是回家治疗遗尿症。跟她一起休学的还有杨贞子，这对曾经的师生、今日的同学，在同一天结伴乘火车返回了Q市。

肖清华回家治疗遗尿症去了，有关她的传言却在班里流传开来。当然，班上的同学因为年龄差距太大，分析和判断能力都不一样，加上个人的交往喜好不同，三五个人之间的私房话内容也是不尽相同的。年龄大的那群学生当中，有人猜测肖清华怀孕了，所谓的遗尿症不过是个掩人耳目的幌子，欺骗学校和同学罢了。因为如果学校发现肖清华怀孕，一定会对她做开除处理的，那她永远都没有资格继续卫校的学业了。而孟亚苏英她们起初很相信肖清华患上了遗尿症，这些单纯善良的女孩子想不到肖清华会怀孕，更加不相信怀了孕的肖清华竟然用尿床症做挡箭牌，休学回家做人工流产或者生孩子去了。这简直是一件比天还大的事啊！

分析来琢磨去，大家渐渐统一了观点，肖清华一定是怀孕了。那接下来的问题是，她是怎么怀孕的呢？

这个疑问一旦挂上心头，孟亚她们在思想上和知识层面就遇上了大麻烦。这些只有十五六岁的女孩只知道女人生孩子是天经地义的事，似乎结了婚有了丈夫就会生孩子。在卫校学习了一个多学期后，她们掌握了一些基本的生理知识，知道女人怀孕是男人的精子与女人的卵子结合后，在子宫里发育成胚胎后逐渐长大的。但男人的精子是怎么跑到女人的子宫和输卵管的呢？她们却是一无所知，没有哪一个老师在课堂上讲过这么细节的知识。

一旦认为肖清华怀孕了，孟亚她们首先想到了学校的那两个大澡堂子，这两个澡堂子全校男女学生共用，只不过确定了星期几对男生开放还是对女生开放而已。孟亚她们判断，一定是哪个男生不小心把自己的精子弄进了澡堂子，在女生去洗澡的时候，说不定那些精子就随着澡堂里的水钻进了谁的子宫，然后跟她自己的卵子汇合了，然后怀孕的事情就这样猝不及防地发生了。天啊！祸国殃民的澡堂子！多么可怕，多么恐怖啊！

那些天里，孟亚吃不下睡不着，每天躺到床上时或者去过厕所后，都用右手用力压自己的腹部。孟亚记得老师讲过，女人怀孕后胎儿会蠕动并且有心跳，如果摸到腹部有跳动感，很可能就是怀孕了。孟亚很瘦，腹部没有多少脂肪，特别是空腹的时候，她的手指很容易就压到腹部动脉上，那里有一种极有节奏的强有力的跳动，这种跳动吓得孟亚心惊肉跳冷汗直流。可孟亚不敢问别人，更不敢说出来，好多天里都这样忐忑不安疑神疑鬼，每天都要压一压自己的肚子，判断一下腹部是不是比昨天又大了一些。

有一天，孟亚感觉胃肠不舒服，有点儿想吐又吐不出来，她害怕极了，极其担心自己会有肖清华那样的反应。一路上心惊胆战腿脚发软，回到宿舍时发现高荣荣正躺在床上哭呢，看样子已经哭了好一会儿了，两只眼睛又红又肿。

孟亚问："你又犯毛病了？"

高荣荣说："不是。"

孟亚又问："家里有事儿啊？"

高荣荣又说："家里没事儿。"

孟亚说："那你哭啥呀？"高荣荣这次不回答了，哭得更厉害了。

孟亚想到自己的情况，如果跟肖清华一样的话，那可怎么活呀？委屈和恐惧一并涌上心头，在高荣荣的感染下，孟亚也哭了起来。高荣荣见孟亚哭了，反问道："你哭啥呀？"

孟亚说："我……想家了。"

高荣荣说："想家？那是多小的事儿啊，还值得哭啊？真是小题大做。"

孟亚问："那你说，什么事儿才是大事儿？才值得哭呢？"

高荣荣迟疑着说："肖清华……那样的事儿。"

高荣荣说完这句话，把自己和孟亚都吓住了，两个人四目相对，好半天谁都不敢说一句话。

孟亚试探着问："肖清华那样的事儿才值得哭，那你……还哭吗？"

高荣荣抽了一下鼻子说："我……不知道。那你还哭吗？"

孟亚迟疑着说："我……也不知道。"

两个人就这样面对面坐着，好像天快塌下来的样子。

孟亚说："可能吗？不可能吧？！"

高荣荣说："我也觉得不可能，可是，怎么会这么巧呢？我……我的例假都过了一个月多了，还没来。以前一来就是一两个月，想它停都不停，可现在……我真的好害怕啊！"

孟亚说："我的也过了好几天了，以前一直都挺正常的。"

互相这样一说，恐惧再一次攫住了两个女孩子的心，四目相对又开始泪眼汪汪了。

到了吃晚饭的时间，苏英和叶文竹在宿舍和食堂里都没有见到孟亚和高荣荣的身影，两个人碰头聊了一下，觉得孟亚和高荣荣今天的行为有点儿反常，便决定吃过饭后四处找找，寻找过程中看到了李琳，便让李琳一起加入行动。马莉下午下课直接回家了，说晚上要去看电影。

李琳不以为然地说："两个大活人，有什么事儿好出的？你们两个真是神经过敏。"说归说，还是跟在了苏英和叶文竹身后。

走了没多久，三个人便在校园一角的水塘边发现了孟亚和高荣荣，两人正坐在池塘边目光呆滞神情木然。看见苏英几个人走了过来，孟亚和高荣荣的眼泪又下来了。

苏英赶紧问："你们两个这是干啥呀？这池塘还不到一米深，淹不死人的。"水塘这里很少有人过来，位置有点儿偏僻，塘水也不太干净，平时存些雨水备用浇灌的。其实苏英也不知道池塘有多深，她怕孟亚和高荣荣真的要寻短见，才这样骗她们的。

叶文竹也被孟亚和高荣荣这副模样吓住了，赶紧问高荣荣："你那个……又来了？"高荣荣一听就忍不住大声哭起来。

苏英说："有病慢慢治呗，最近不是好多了吗？前几天你还说有一个月没来了，这不是基本正常了吗？"

高荣荣说："我是想让它不正常，让它快点儿来，可它就是不来啊。"

几个人一听更糊涂了，以为高荣荣把话说反了，直到孟亚说："我俩害怕……像……肖清华那样。"

"肖清华那样？哪样？……哎呀，天哪！"苏英先是一副吃惊的表情，然后就在地上转圈儿，想说什么又说不出口，在地上不停地转，一副哭笑不得的样子。

李琳也听明白了，说："你们两个害怕自己怀孕是吗？你们跟谁怀孕啊？精子从哪来的呀？"

高荣荣说："洗澡的时候……澡堂子……男生……"

苏英终于憋不住了，一下子笑喷了，人软软地坐在了地上，差点儿把周身无力的孟亚压倒了。

李琳在镜片后面瞪着一双细眼，说："澡堂子？澡堂子男生的精子？你们怀孕？真是笑死人了！还学医呢！还护士呢！澡堂子里的水温有四五十度，精子最怕高温，不烫死也烫残废了，还能让你们怀孕哪？简单是天方夜谭！哈哈哈哈……"

听到李琳这样说，孟亚和高荣荣的表情从阴云密布变为多云转晴，但仍旧半信半疑心的样子，两个人的目光在苏英和叶文竹的脸上看来看去的，想进一步求证一下李琳的说法。

叶文竹站在旁边，一直抿着嘴笑，白皙的面孔早红了一层，羞涩地说："我也觉得不可能，你们两个就别胡思乱想了，这要是给别人知道了，多尴尬呀！"

苏英说："孟亚，你是不是想当作家呀，想象力也太丰富了，先把自己吓得灵魂出窍了。"

孟亚说："真的不会怀孕吗？那肖清华怎么怀孕了呢？"

李琳说："她肯定跟男人睡觉了，不然的话，男人的精子是不可能钻到她的子宫里去的。"

孟亚和高荣荣还是一副不解的样子，想再问什么，又不好意思问，苏英不耐烦了："呸呸呸，不要再说这么恶心的事儿了。李琳你别没羞没臊的，才十几岁呀。"

李琳笑嘻嘻地说："她们两个要是不问，我能说吗？我这不是在给你们普及生理卫生常识呢嘛！本来这些知识老师应该在课堂上教我们的。"

李琳的话让几个人又起了新的猜疑，同是一个年龄段的女孩子，李琳怎么就懂这么多呢？但没有人敢问出口，只是在心里打了个大大的问号。

没过几天，孟亚和高荣荣的例假脚前脚后来了，两个人像中了大奖似的，高兴地在学校的草地上疯闹。苏英看着她们两个说："好可怜啊！两个傻瓜。"

马莉不明就里，问："谁可怜？她们俩干什么那么高兴？"

叶文竹眼睛盯着脚尖，只笑不说话。

李琳说："想当妈没当成，你说该高兴，还是该可怜？"

马莉被说糊涂了，一双杏仁眼闪着刀锋一样的光芒，瞪着李琳问："你说什么呢？语无伦次不着调？"

苏英说马莉："李琳想当作家，你别上她的当，跟着她的思路，你一分钟之内就能上雄伟的喜马拉雅山，下奔腾的雅鲁藏布江。"

马莉说："我也发现了，可能是被那个搞音乐的男朋友影响的，神经兮兮的没正形儿。"

李琳笑嘻嘻地说："他是我老师的儿子，不是我男朋友。他是画画的，我老师才是搞音乐的。"

马莉说："一窝疯子！搞艺术的都是疯子！"

李琳说："就你那个医士班的不是疯子，是白马王子。"

马莉一听李琳这样说，人顿时长了气势，本来走路就昂首挺胸的，现在更显得春风得意了。

马莉追求医士大专班的沈浩，在二十三班几乎尽人皆知。沈浩和马莉的家同在J市，都是城市人，不仅如此，据说沈浩的爸爸还是某大医院的一位医生。对卫校这些大多来自农村的乡野子弟来说，沈浩的身份与他们是不可同日而语的，再加上他的家庭背景，那就更是阳春白雪和下里巴人的分别了。

马莉主动追求沈浩，至少还有一个原因，沈浩长得非常帅，一米七五的个头，身材高挑、体形优雅，皮肤光滑、脸孔白皙，五官清秀、眼睛明亮，眉宇间透着一股阳刚与阴柔杂糅的美。大多数女生见了这个白马王子都忍不住会多看几眼，大多数人中包括孟亚，剩下的极少数人中包括苏英。

苏英一直对马莉追求沈浩不以为然，甚至听都不想听她和沈浩的那些事儿，她只对孟亚说过一句话，表明了她的看法："追也是白追，肯定成不了。"

那天，孟亚和高荣荣正经历着从地狱到天堂的大逆转时，马莉正跟沈浩在电影院里看电影。事后李琳问他们两个谁请的谁，马莉嗔声说："你废话！当然是男生请女生了，你买票请过那个画画的看电影？"李琳又问："那你们两个有没有拉手啊亲嘴啊什么的？"苏英一听马上走开了，马莉坏笑道："你讨厌！"

孟亚不知道该如何评价马莉追求沈浩这件事，马莉并不承认是自己主动的，在事情最初出现苗头的时候，孟亚能够判断得出，是女追男。后来有一天，孟亚、苏英和马莉吃过晚饭后，一同去教室上晚自习，在校园里的小路上恰巧迎面遇到了沈浩。孟亚发现马莉眼里波光闪烁，一脸的娇嗔，还没等走近就主动跟沈浩打招呼，舌头都伸不直了。

苏英如同躲避瘟疫一般，低着头迅速地蹿到前面去了。孟亚也不敢停留，她瞄了一眼沈浩那张英俊的面孔，慢慢地去追赶苏英，留下马莉一个人，尽情地对她的白马王子矫揉造作。

马莉和沈浩的对话平平常常，没有超出同学或普通朋友的界限，看来那场电影并没看出什么结果来，只是马莉团着舌头拿腔捏调的撒娇状，让孟亚浑身发痒，连牙根都快松动了。真是难以想象，一身武功、性格像刀片一样锋利的马莉，在沈浩面前竟然变得柔情似水。孟亚不禁想到了大姐孟兰对高大龙的样子，她想不明白这爱情是个什么鬼东西呢，像吃错了药似的让人神魂颠倒。

孟亚追赶上了苏英，说："我真是服了马莉，她真能拿出那股劲儿来。"

苏英一步一步往前蹿，肩头一耸一耸的，一句话也不说。

孟亚说："那个人的性格好像挺柔的，总感觉他们两个在一起不协调。"

苏英说："你不知道还有人追沈浩啊？"

孟亚说："不知道啊，谁啊？"

苏英又不吭声了，半天才有些不耐烦地说："马莉的性格会害了自己，这种事儿是强求不来的。"

孟亚不服气地说："就因为马莉是护士啊？"

苏英说："这难道不是事实吗？"

孟亚一下子没话说了，苏英又嘟囔了一句："心比天高，命比纸薄。"

孟亚问："你这是说谁呢？"

苏英没好气地说："说她！说你！说我！"

后来孟亚问李琳，知道不知道还有谁在追沈浩。李琳说："颜舒，沈浩同班同学。"

孟亚说："这姓名好雅致啊，听上去就像一个大家闺秀，一定是个美女，是不是跟沈浩很般配啊？"

李琳说："颜舒你不认识吗？"

孟亚摇了摇头："不认识。"

李琳说："你肯定认识。我告诉你，就是个子最矮的那个女生，两条辫子短短的才到肩膀这里。"

李琳把手从自己的腋窝移到脖子，比画着颜舒的个头儿和短发。孟亚的脑海里立即出现了一个女生的形像，身高一米五左右，面孔一点儿也不漂亮，只是皮肤稍白，走路时最明显的，就是她的腿特别短，似乎在证明她没有长成一个窈窕淑女，完全是被不争气的两条腿给拖累了。

孟亚十分不解地问："除了她是个医士，其他条件都比不上马莉呀。沈浩那么帅，会跟她谈恋爱吗？两个人站在一起，个头都差了那么多。"

李琳说："不知道，我也是听人家说的。王八瞅绿豆——对眼儿了呗。"

校园里有排球场，卫校里掀起了打排球的热潮。二十三班虽然全是女生，但也会不定期地自发组织排球队，大家一起活动一下。医士班也同样如此，由于场地不够，医士班始终是优先的，他们班男生和女生在一起混打，每次活动基本都有颜舒。虽然身材矮小，但颜舒的球技一点儿也不逊色，而且只要有颜舒在，基本上都能看到沈浩那令人赏心悦目的身影。

简易的排球场地就在教学楼门前，一楼和地面是处在同一水平位置的，而解剖室在地下，还要低一层。由于采光的需要，解剖室的外墙和窗户外，有一米多的间隔是空的，一时没有控制好的排球经常会滚落下去。球下去了问题不大，有人跳进去捡上来就行了，可这一次是颜舒摔下去了，她为了救球，一时控制不住重心，结果跟球一起跌落，而且是大头朝下摔的。当大家七手八脚把颜舒从一米多深的水泥地弄上来的时候，颜舒的额头流着鲜血，人呈晕厥状态。

当时孟亚和高荣荣正在旁边看医士班打排球，她们两人亲眼看见了沈浩的焦虑和关心，他是第一个跳下地下室空台的。好在医院就在附近，几分钟后，颜舒就被送到了医院急诊室，处置完后送到了病房，医生说要观察几天。

这几天里，李琳传开了小道消息，说沈浩差不多天天去医院照顾颜舒，马莉听了这话坚决不相信。

李琳就问："那你这几天有没有去找沈浩看电影啊？看他有没有时间陪你去啊？"

马莉说："看电影算什么呀。"

高荣荣说："我刚才从外面回来时，看到沈浩往医院的方向去了。"

马莉不以为然地讪笑了一下，说："我看你们是'吃不着葡萄就说葡萄酸'，纯粹是嫉妒。"

李琳说："谁嫉妒你了？我们是好心，怕你被人家骗了。"

马莉哼了一声，走了。

苏英说："怕是被自己骗了吧。"

上晚自习的时候，马莉的座位是空的，几个人以为马莉又回家了，结果上完晚自习回到宿舍，却发现马莉躺在床上，用被子捂着头。李琳上前掀开被子，嬉皮笑脸地正想同马莉说话，却被马莉骂了一声"滚"。

几个人一时被惊住了，脑子稍微转一转，立刻就想到了，马莉发疯一定是因为沈浩。可她们想不到的是，马莉去医院的时候，目睹的不仅是沈浩去看望颜舒，还有他正用小勺一口一口地喂颜舒吃水果罐头。

见马莉死尸一样挺在床上，苏英理都不理就忙自己的事情去了，叶文竹也一声不吭地走开了。

李琳悻悻地说："早都跟你说过了，谁让你不信了。还骂人！真是'狗咬吕洞宾，不识好人心'。"

马莉突然一个鲤鱼打挺儿从床上跃起来："他是我的，就是我的！老娘就是不认这个命！"说着从床底下扯出"九节鞭"，一阵风似的冲出了宿舍。

孟亚和高荣荣跟在了马莉身后，孟亚边走边喊李琳："快点儿！"

李琳不解地问："干啥呀？她这是要跟谁拼命啊？"

马莉来到校园的广场上，能量瞬间爆发出来，灯光下夜色里，"九节鞭"寒光闪闪，那张窄窄的刀条脸上挂着晶莹的泪珠……

第五章　一九七九年

放寒假时，孟亚比孟美先到家，她和家人一起等待孟美回来。孟美考上了一所中专学校的财会专业。和当初的孟亚一样，孟美并不喜欢把摆弄数字作为终生的职业，但由于成绩的原因，最后被分配到了财会专业。

孟涛已经上初二了，很快就面临着升高中还是考中专的问题，他自己不清楚该如何选择，但他知道，自己的学习成绩与四个姐姐比，个个都赶不上。孟涛上初二的时候就开始上英语课程了，但他学得不怎么样，孟亚想趁放寒假这段时间给他补习一下，每天晚上讲一个小时。孟涛不喜欢英语，但他的性格内向柔弱，不好意思也没有理由拒绝四姐给他当老师，只得硬着头皮听，心里却憋得像火炉子上咕嘟着的一壶开水。

没过几日，孟美就回来了，一家人都很高兴，今年过年的气氛比往年好了很多。两个女儿考出去了，学校多少还有些补贴，而且毕业后就能进国家单位了。孟兰虽然是工人身份，但也足以一辈子稳稳当当。三个女儿工作上的事不再用父母操心了，照理说日子该过得顺心一些了，但家里还有三个没着落或者前途不明朗的，孟福先和李秀云的心也才操了一半儿。孟涛和孟波还小，不知道哪天能熬出个头来，加上李秀云总是为失去的工作耿耿于怀，与孟福先的关系也没有大改善，夫妻俩脸上的笑容仍然是难得一见。

考上中专的孟美，又重新恢复了比较良好的精神状态，入学后就被选为班级的团支部书记，在班上和学校里都很活跃。一个学期结束回来，人又变得快快乐乐了，俊俏的面孔泛着淡淡的红润，与孟焱土灰色的脸，形成鲜明的对比。

孟亚一看三姐这种状态，心里就猜到了七八分，问她："学校有意思吗？"

孟美说："挺好的啊。"

李秀云说："你不是说不喜欢学财会吗？"

孟美说："那是我以前不了解财会专业，其实挺好的，学起来也不枯燥。"

孟亚说："学财会的不都是女生吧？"

孟美说："当然不是了，我们班男生女生差不多各占一半儿。"

孟亚说："是不是又有人追你了？"

孟美笑了，露出一口整齐洁白的牙齿："你怎么知道的？"

孟美的五官虽然漂亮好看，但孟亚最羡慕最嫉妒的其实是孟美的牙齿，跟著名电影演员上官云珠那口珠贝不相上下。

孟亚说："有几个呀？三个还是五个？"

孟美笑出了声："我也没那么招风吧？一个就够了。"

李秀云问："你是开玩笑还是说真的？刚入学就有人追你了？"

孟美说："逗你们玩儿呢，我可不是那种没分寸的人。刚入学谁还不了解谁，就谈对象啊？"

大家这样说话的时候，孟焱正坐在缝纫机前补旧衣服。孟美考上中专以后，孟焱的性格就像当初孟美高考失败后的样子，经常一言不发。两个妹妹长年不在家，大姐又去了县里工作，孟焱在公社家属队干农活儿，一直没有轮到招工的机会，家里也没有谁能好好聊聊天说说话，她现在越来越沉默了。李秀云也尽量不去招惹她，免得家里又发生口舌之争。倒是孟福先对二女儿发了两次脾气，最后的结果是李秀云跟孟福先又吵一架收场。

孟兰这次回家过年，跟全家人正式提出要跟高大龙结婚的事，二十五岁了，跟高大龙相处也快两年了。全家人没有理由再提出反对意见，只是李秀云担心地说："你们俩连个房子都没有，单位宿舍能住多久？时间长了也不是个事儿。"

孟兰说："先住一段时间，大龙说了，等钱攒得差不多了，俺们自己盖房子。俺俩都算建筑工人出身，自己盖房子有条件。"

李秀云说："自己盖房子？我跟你爸过了快三十年了，要是公家不给这么个破房子，全家就得住露天地儿，自己盖房子？借个胆子他都不敢想。"

孟福先一听就火了："你说话能不能不这么损？有公房住为啥要自己盖房子？你就是不知足。你看看左邻右舍的，都是农民，谁家不是巴不得有公房住？你愿意自己盖房子，你当农民去啊！"

李秀云说："你以为你当干部有什么了不起？一个月挣那么几十块钱，要不是我省吃俭用、精打细算的，你就是不住露天地儿，也得喝西北风，一家老的小的少说也得饿死一半儿。"

孟福先说："谁家饿死一半儿了？你省吃俭用、精打细算，我胡吃海喝、大手大脚了？我不抽烟不喝酒，所有的钱都如数上交给你，什么时候乱花过一分钱？"

李秀云和孟福先一吵架，孟兰的脸子立刻就拉下来了，但她谁也不劝，只是坐在炕沿儿上一言不发。

孟美说："说我大姐结婚的事儿呢，你们两个吵啥呀？现在的日子比以前强多了，全家人也好不容易聚齐了，一点儿事儿都能吵起来，也不值得呀！"

孟焱接话了："吵架是老孟家一大特色，比一天三顿饭都重要，不吵架这日子就过不下去。你们三个都是有福之人，走得远远的，眼不见心不烦。"

孟福先不爱听二女儿的话，说："有本事你也走得远远的，我还想眼不见心不烦呢。"

孟焱的眼泪唰地就下来了，把手里的衣服往缝纫机上一摔："我知道你烦，我知道你早就烦了，你现在所有的火都是冲我来的。你有脾气你就冲我发，别天天跟我妈吵架。"

李秀云又冲孟福去了："啥本事没有，就脾气最应人，小焱工作和对象都没着落，本来一天天的自己就够上火的了，你没本事帮孩子安排一个好工作，还天天给她火上浇油，你长没长心？"

孟福先说："工作都得靠爹靠妈给找啊？照你这样说，那些农村孩子祖祖辈辈都得种地啊？他们的父母有什么本事给他们安排工作？小美、小亚都是自己考出去的，都是靠自己努力。现在国家恢复高考了，她自己不努力不学习，能怪到别人吗？你当妈的是非不分，就这样宠着她惯着她，这样下去她能有出息吗？"

李秀云说："是我宠着惯着她吗？她和小美小亚不一样，她们两个一直在学校读书，是直接考上中专的。小焱在学校的时候分农机班、红医班的，没学到多少文化课，现在又耽误好几年了，天天出力干粗活儿，用手不用脑。人家陈丽美在二道口当老师，复习两年考了两次，到现在都没考上，你以为这么容易啊？陈丽美就是心大不在乎，要是一般的孩子，早都没脸见人了。"

孟福先一时没话说了，孟亚赶紧见缝插针，想缓和一下气氛，说："说难也难，说不难也不难，我都考上了，我二姐比我学习还好呢。"

孟焱说："我没你学习好，你们老孟家，我是最笨最没用的一个。"

孟美说："那可不一定，妈不是常说嘛，'先胖不算胖，后胖压倒炕'，说不定你以后的机会比我和小亚还好呢。你看我比小亚晚一年上中专，可我的专业比她的专业好。"

李秀云倒是同意孟美的观点，说："这话也是有点儿道理的。要是拿当会计跟当护士比，我还是觉得小美的工作比小亚的好。"

孟亚心里也是这么想的，嘴上却不服气，说："你啥都比我好，永远比我好，我这辈子和下辈子都赶不上你。"

大家转移了话题，孟福先掺和不进来，黑着脸转身去院子里劈柴去了。

孟波还惦记着大姐结婚的事，问："我大姐啥时候结婚啊？我要去参加婚礼，我想吃芊子。"

芊子是婚礼上常备的一道菜，属于冷菜，制作过程比较复杂，用干豆腐皮卷上煮熟捣烂的肥肉瘦肉，加上葱姜蒜等许多种调料，冷却后切成片装进盘子，口感好味道浓香。郭立刚的哥哥半个月前刚刚结婚，李秀云随了五元钱的礼，把孟涛和孟波都带去了。每张桌前都有几个孩子，几种冷盘刚一上来，大人孩子就开始一起抢，大人一边帮着孩子抢，一边往自己嘴里塞，有的竟然带了塑料袋，直接把好吃的装进袋子里，也不管别人吃到多少。李秀云刚开始不好意思抢，见孟波急得哇哇大叫，她也就不管不顾地端起一个冷盘，把剩下的一小半儿食物全都倒进了孟波的碗里，让他和孟涛分着吃。孟波最喜欢吃芊子，半个月过去了，还是念念不忘。

孟兰说："啥是芊子？"

李秀云大致解释了一下，其实她也不太知道芊子的制作工艺。

孟兰一听到母亲说到肥肉瘦肉，就皱起了眉头："没听说过。"

李秀云说："咱们这里是乡下，还不知道人家县城人做不做芊子呢。"

孟美说："大姐，你想啥时候结婚啊？我和小亚一年只有两个假期在家。"

孟兰说："就想你们两个放假回来，大家才能聚齐，今年夏天吧，到时候咱们全家人都过去。"

孟波立即拍起了巴掌，孟美和孟亚也都高兴地表示同意。

"你们谁愿意去谁去，反正我不去。"孟焱冷不防冒出的这句话，立即扫了大家的兴。

李秀云说："你大姐结婚，家里人都去，就你不去，你不怕人家说你呀？"

孟焱说："我去了才怕人家说我呢，我不是给你们老孟家丢脸了吗？"

孟兰说："也没人嫌你，你想那么多干啥？"

孟焱说："我嫌自己。"说完走出了屋子，孟兰的脸色就冷了下来。

过了一会儿，孟焱还没有回来。孟亚猜到了孟焱在哪里，就出了屋子进了菜园子。厚厚的积雪在她脚下发出咯吱咯吱的响声，孟焱躲在带着寒气的稻草堆里，呆呆地望着满天的星斗。

孟亚跟孟焱坐在了一起，想起昔日为了躲避母亲的打骂，二姐在寒夜里陪伴她的情景，不禁心头一阵发热。黑暗中，孟亚看到了孟焱眼中的泪光，她自己一时也想流泪了。姐妹两个就这样静静地坐着，在黑夜和寒冷中默默无声。繁星布满了深远无际的夜空，不断有流星发出耀眼的光芒，杳无声息地划过一道弧光后消失了。可孟亚分明听见了一种遥远而又沉重的声音，她仔细辨别着，那声音来自孟焱的心底。

春节过后，孟焱背着行李卷走了，她去二道口乡找陈丽美，跟她一起复习准备参加高考。临出门的前两天，孟焱跟家里人谁都没说过一句话。

寒假开学后，杨贞子返回了学校。由于肖清华当时是跟杨贞子一起休学治病的，肖清华的故事对二十三班的女生们更有趣味性和悬疑性，很多人几乎提出了同样的问题，问肖清华的病好了没有，她什么时候也能返校复学。还有人私下悄悄问杨贞子，肖清华患的遗尿症是真是假。杨贞子一概以"不清楚"回绝，或者干脆笑而不答，一双清眉细眼泛着淡淡的喜悦。

很快，大家便不再谈论肖清华的事情了，因为出现了更吸引人的新故事，这个故事的主人公正是杨贞子。原来杨贞子这次返校不是回来续学的，而是办退学手续同时开具护士学习证明的，同时也跟二十三班的同学道个别，她很快就要去日本了。

杨贞子是日本人的后代这件事，让二十三班全体同学大感意外。大家似乎都坠入了梦里，无法相信日本人的后代竟然是他们的同学，而且是发生在昔日连饭都吃不饱的杨贞子身上。准确地说，杨贞子是混血儿，她父亲是中国人，母亲是日本人，现在她母亲终于跟日本的亲属联系上了，在办理了相关的手续之后，一家人就要去日本定居了。大家再端详杨贞子的时候突然发现，她的清眉细眼原本就是日本人的模样。

那些天里，大家争着跟杨贞子照相留念，学校的教学楼前、操场上、大树下、校门口，几乎都留下了二十三班女生的身影，一些人还给杨贞子买了手帕、笔记本之类的纪念品。而马莉也一改往日对杨贞子的鄙视，主动拉着她到处照相合影，还送给杨贞子一个大大的漂亮影集，这在一般人可是送不起的。

杨贞子离开学校的那天，班上许多同学到火车站为她送行。这些十几二十几岁的女孩子，一想到遥远的日本，一别就是永别的日子，一些人便忍不住泪水涟涟了。马莉的情绪反应最大，一路走回校园的时候还是不开心，高荣荣在旁边时不时劝上一两句。孟亚被马莉弄糊涂了，觉得她跟杨贞子的感情不至于如此之深。苏英哼着鼻子看着孟亚，两个人心里都明白了，马莉的情绪说是来自杨贞子，倒不如说是来自沈浩，现在不过是借题发挥罢了。

马莉的机会很快来了，沈浩突然腹痛住院，诊断为急性阑尾炎，手术后至少要在病床上躺七天，刀口拆线后才可以下床活动。

这前前后后十来天里，马莉几乎没有来班里上课，天天都在医院照顾沈浩，从家里带去稀饭鸡汤之类的，换着样儿地给沈浩改善伙食。马莉在医院里只见过颜舒两次，是在沈浩生病最初的两天，之后就一直没有见到过她的身影。沈浩似乎也乐于接受马莉的照顾，虽然说了一些客气话，但在马莉的坚持下，他便不再坚持了。马莉的心气儿又迅速地恢复到了从前，她认为是自己的勇敢和执着，让颜舒望而却步了，也是自己的真情和大胆，让沈浩开始真正接受她了。

一直把自己当成公主的马莉，在白马王子面前终于低下了高傲的头，而她数日一往情深地辛苦和坚守，也终于有了回报。激情迸发让马莉活力四射，虽然掉了几斤肉，但她精神气十足。

有一天上晚自习前，孟亚她们六个人走在校园的路上，远远地看见了沈浩的背影，他似乎跟几个男同学要到校园外面去，马莉的眼睛立刻放出光芒。高荣荣羞答答地看着马莉问："你咋不去追呀？"

马莉立马换出一副高傲的表情，说："臭小子！懒得理他，让我清静一会儿。"

马莉的话还没说完，苏英就像听到了发令枪响了似的，噌噌两大步就蹿到前面去了。

孟亚看到苏英这种剧烈的反应，一下子憋不住了想大笑，可她怕马莉看出来不高兴，便放慢一步蹲在地上，一手捂住肚子，一手捂住了嘴。叶文竹发现了孟亚的情况，也放慢了脚步，她明白孟亚的心思，也无声地笑了。

李琳、高荣荣、马莉三个人继续往前走。李琳打趣马莉说："衣带渐宽终不悔，为伊消得人憔悴。多不容易啊，还装得满不在乎似的，何必呢！"

马莉受不了李琳这种赤裸裸的攻击，让她的高傲无法安放，便反唇相讥道："我可没有没早没晚地往人家跑啊，自己送上门儿，还好意思说别人。"

李琳不以为然，笑嘻嘻地说："谁自己送上门儿了？平时上课没时间，星期天去看望一下老师，很正常啊。"

高荣荣说："你到底是看望老师，还是看望男朋友啊？"

李琳说："我老师是想让我给他做儿媳妇，可我没看上他儿子。"

一听"儿媳妇"三个字，高荣荣立刻不好意思地笑了，头偏着半低下来。马莉却借机再一次攻击李琳："真是没羞没臊，说得这么顺口儿！"

三个人打打闹闹、说说笑笑，青春的萌动与释放，异性的吸引和乐趣，一时间抓住了她们的心，而忽略了另外三个人的反应。

到了教室，孟亚见到苏英，又想起了刚才的事，扑哧一声又笑了起来，笑得苏英眉头都皱起来了："有什么好笑的！"

孟亚捂着嘴一边笑一边说："你的中枢神经系统好发达啊，反应神速简直是迅雷不及掩耳。马莉话刚一出口，你就炮弹出膛一样飞出去了，你不怕马莉看出来不高兴啊？"

苏英振振有词地说："我还嫌她和李琳老是讲这些乱七八糟的东西，污染了我的耳朵和心灵呢。"

孟亚说："讲男朋友也算污染啊？你将来不找男朋友啊？"

苏英像被烧着的火炭烫了脚似的，一下子跳开了："不找！不找！一辈子不找！"

看着苏英赌气似的背影，孟亚低声嘟囔了一句："不识人间烟火！"

这个学期还没过半，孟亚她们宿舍的床铺还是十二张，但住宿的人却变成了十三个。张芳、肖清华、杨贞子三个人的床铺都重新安排了新人进来，而李琳的床上则睡了两个人，她妹妹李晴来了。

李晴的学籍转到了 J 市第一中学高中部，能进入这所中学的学生，即使进不了清华北大，进国内其他一流的大学基本上是不存在问题的。李琳的父亲是煤矿工人，在井下挖煤已经十多年了，母亲是家庭妇女，李晴能够转到J市最好的学校，除了她的成绩骄人之外，也需要有人帮忙联络才行。李琳毫不避讳地跟大家说，帮忙的人正是她昔日的音乐老师。

这一次，大家对李琳刮目相看了。苏英对孟亚说："李琳总算办了一件正事儿。"

孟亚说："她的本事，你我都学不来。"

李晴比李琳小两岁，身材没有李琳高，相貌也比姐姐稍差一些，但性格更简单直接，跟大家没有隔膜和距离感，但也不会嘻嘻哈哈、随随便便，这一点姐妹两个差别较大。在等待学校安排住宿的两个多月时间里，李晴每天晚上就跟姐姐挤在那张窄窄的单人床上，有时间的时候李琳会给妹妹补习数理化。虽然李琳是初中考的中专，高中课程一点儿都没学，但因为她准备继续参加高考，在六个人当中她的自学能力最强，以至于她现在可以辅导妹妹的高中课程。

李琳毫不避讳当着众人的面奚落妹妹，"笨"字挂在嘴上。每次李晴都是一笑了之，那是一种淡淡的笑，露出两颗有点儿大的门齿，没有一点儿不好意思或者反感的态度，好像姐姐的训斥是理所应当的。

同学之间相处快两年了，大家还从没见过李琳发脾气，她永远都是一副嘻嘻哈哈凡事都无所谓的样子，只是因为学习问题就对妹妹大变脸色，又让大家意识到，其实她们并没有了解李琳的全部。孟亚转念又想，如果以李晴的智商能够考上清华的话，那嫌妹妹笨的李琳又能考取哪所知名大学呢？

考入卫校后，孟亚就有了写日记的习惯，不知道谁影响了谁，二十三班很多女生都写日记，特别是应届考生，像苏英、李琳、叶文竹、高荣荣。这些年龄小的女孩子，几乎每个人每天都会记日记，写下自己的所感及所思，矛盾与困惑，烦恼或快乐，目标和行动，等等。窘迫的生存条件，平淡的学习生活，幼稚的生理心理，对于外部世界的了解与拓展，对于自我身心的认知和感悟，她们还处在一个不断探索与日渐成熟的初级阶段。

在孟亚的记忆中，母亲对她为人处世方面的教育只有两件事。第一件事是不允许说别人的"坏话"，只要孟亚一开口想说班上哪个同学的是非，李秀云就会立即封住她的口："不要说别人的坏话。"有时候孟亚明明觉得自己没有说错，但母亲如此强制拦截与责备，她便不太敢说别人的不是了，有话更多的是闷在心里，或者嘴上说的都是赞美，心里却是相反的想法。第二件事就是孟亚原来说话习惯在话尾带"的了"，遭到母亲的斥责后，她再也没有犯同样的"错误"。而对于父亲孟福先，孟亚在脑海中无论如何都搜刮不到他对孩子们的教诲或叮嘱。对于20世纪70年代之前的父母来说，所谓的言传身教与现代的解释与理解大相径庭，勤劳、苦干、节俭、朴素，他们更多地留给子女们精神层面的财富，大抵不过如此。

十五六岁的年龄，远离父母和兄弟姐妹，这些身体上自然发育的女孩儿，心理上也处于自然成长的过程，但她们还远不具备独立存在于社会的能力，还需要更多的关注和教诲，认知能力需要不断地培养和提高，灵魂的内核需要持续地敲打和锤炼。在接收到外部世界复杂的信息后，她们梳理着自己的思维，构筑或寸长或尺短的人生观和价值观的雏巢。在被眼前的人和事鼓舞或打击之后，她们的心中会一点一滴地积累着上升的能量，或者下降的重量。

在面临这个陌生阴险的世界的时候，她们根本没有准备好，也不知道如何准备，甚至不如寓言中过河的小马，既没有人像老马那样，鼓励孩子出去试一试、闯一闯，也没有人像松鼠或老牛那样，提醒她们人生的河水是深是浅。她们不仅没有经验，甚至连概念和认识都没有。因为无知，因为单纯和幼稚，她们活在自己的世界里，与复杂社会的对接，也就经常是错位的，有的时候甚至完全背离。而错位和背离是要付出代价的，这种后果却没有人为她们负责，只能由她们自己去承受与担当。这个世界陌生也好，可怕也罢，谁都无法回避与逃脱，只能而且必须面对，尽管面对的方式与态度有所不同。

孟亚的日记里有对家人的思念，有对护理专业的不满，有对理想与未来的憧憬，有对现实与理想冲突的苦恼和思考，也有对卫校生活方方面面、点点滴滴的记录和感受，比如张芳尿床、肖清华休假、杨贞子去日本、高荣荣血崩以及苏英马莉李琳叶文竹等人物和事件的记录。

苏英有一次看了孟亚的日记后说："你的文笔不错，将来可以当作家。"

孟亚说："这也是我的一个人生理想啊！你的文笔也很好，你也想当作家吧？"

苏英说："当作家也是我的理想，弃医从文的先例大有人在，孙中山和鲁迅就是我们的榜样。肉体的疾病需要医生救治，灵魂的疾患更需要有人来操刀。"

孟亚说："孙中山和鲁迅都是伟人，我们不敢与伟人相提并论，但作为一个爱好，当一名业余作家也行啊。"

苏英说："你看《知音》上的那些文章写得多好，心烦的时候看一看，确实能让人的脑子清醒一些。"

孟亚说："那我们也可以写点儿小文章投稿试一下吗？"

苏英"哧"了一声鼻音："我们哪有这个水平呀？我们现在就是井底之蛙，能看懂能领悟那些文章都不错了。人的悟性是不一样的，你看咱们班上很多人根本不看这类刊物和文章。"

孟亚理解苏英说的话，班上几十同学，年龄不同性格不同想法不同，三五成群自成帮派，不是谁和谁都能成为知音和朋友的。

孟亚说："咱们有时候不也在黑板报上发表文章吗？那也是咱们自己写的呢。"

苏英说："那是你，我可没发表过。再说了，那些东西是硬写上去的，也不见得人家就认同你。"

孟亚说："那咱俩悄悄写，我给我看，你给我看，行不行？"

苏英说："这倒是行。"

孟亚盯着苏英看，苏英被她看得不自在了，把头歪向一边，推了一下黑边框眼镜，说："你这样看我干什么？"

孟亚说："我发现你的思想好成熟啊，什么事情都有一套自己的观点。"

苏英不以为然地哧了一声："成熟啥呀？长个脑子的都会想一想。要是真的成熟的话，也不会沦落到今天这个地步。"

孟亚说："有多少人还羡慕我们考上中专了呢，到了你这儿，还用上'沦落'两个字了，有这么惨吗？"

苏英皱着眉头说："就是沦落。让我当一辈子护士，我不甘心。"

孟亚说："你这么聪明，又这么用功，中专一毕业就考大学，考上了就不用当护士了，或许你一天护士的活儿都不用干了。"

苏英说："但愿吧。咱们几个得加把劲儿了，不然竞争不过在校生。高考制度都恢复两三年了，现在的学生越来越用功，考试题也会越来越难。"

苏英邻居家的一个女孩刚刚高中毕业考上了大专，高中课本没有用了，被苏英借了过来学习。孟亚没地方借到书，孟美的那套高中书过时了，她就跟苏英看一套书。

苏英主攻理科，孟亚主攻文科，两个人除了物理化学和历史地理不用互换，语文、数学和英语只能轮流看。马莉、李琳、叶文竹、高荣荣也各显神通，不管新书旧书反正都有学习教材。虽然是护理专业，但课程很多，学习并不轻松，还要挤出时间来自学高考课程，学习效果又不理想，这些女孩子内心的苦恼与焦虑与日俱增。

忙忙碌碌间几个月就过去了，很快又放暑假了。孟亚又比孟美早几日回到了家，家中气氛依旧沉闷，这种气氛更多的是孟焱造成的。孟焱一直在二道口乡跟陈丽美一起复习，星期天偶尔回一趟家。

放暑假之前，高考、中考已经结束了，孟焱感觉不好，认为自己肯定升学无望，每天待在家中仍旧叽里咣唧地蹬草绳机，一天到晚人难得说上几句话。依李秀云的想法，她早就想把草绳机卖掉了，几个女儿都不在家，她一天到晚忙里忙外，本来就缺帮手，根本挤不出多少时间打草绳。而孟福先三天两头下乡，一下乡就几天不回来，回来也蹬不了几圈机器。孟涛和孟波两个儿子不但指望不上，小儿子孟波更让李秀云操心，今天磕了碰了，明天感冒发烧的。但孟焱不让李秀云卖草绳机，草绳机似乎成了她的救命稻草，那些由青变黄的稻草被她攥得死死的。大姐快要结婚了，两个妹妹现在就等于是国家干部了，自己却考学考不上，整天又没事做，真是太糟心了。

孟亚回到家的第二天中午，家里人都围着炕上的饭桌吃饭，她先吃完了，扒在柜子上对着墙上的那面大镜子，看镜子里的自己左右扭着。大镜子旁边是两个跟大镜子大小差不多的大相框，里面贴满了全家大大小小的照片，基本都是黑白的，偶尔有一两张彩色的，那也是孟美或孟亚用红纸染出来的。

孟亚照一会儿镜子看一会儿照片，照够了也看够了的时候，她无意中低了一下头，突然发现自己的左手正压在工具盒上，下面爬着一条绿色的蛇，她整个人立刻就瘫软了。工具盒里装的是家庭常用的针头线脑之类的，那条蛇大约一尺长，比大拇指还粗，身体从上到下都是黑绿相间的斑斑点点，绿色尤其鲜艳，一对蛇眼凸起而明亮，口里伸出一寸长的红色蛇信。孟亚的手猛地抖了一下，再次刺激到了那条蛇，她的手指感觉到了蛇身的柔软，蛇也随着孟亚手指的触碰，快速地蠕动了起来。

孟亚尖声叫着，整个人往后退着跳，饭桌上正在吃饭的都被孟亚吓了一跳，待弄清楚了原因，大家一起笑了起来。

李秀云说："那不是真蛇，是我给小波买的玩具蛇。"

孟亚惊魂未定，不相信母亲的话："它就是真蛇，假的怎么可能这么像真的呢？"

孟波逞能似的从炕上跳到地上，拿起那条蛇在孟亚眼前舞动："你看它就是假的。"

孟亚再一次被吓到了，这次她大哭起来，她越是哭别人越是笑。

孟福先说："你这么个小胆儿，以后怎么当护士？医院里什么样的病人都有，折胳膊断腿儿的，生的死的，不是动刀就是见血。一个玩具都把你吓成这样，以后能胜任医院的工作吗？"

孟亚不说话，一直站在地中间哭，她确实被那条玩具蛇吓得魂都飞了。

孟焱放下筷子，过来一把夺过孟波手里的蛇，两手用力拉扯着，似乎想把蛇断成两截。孟波反应过来后，去抢二姐手中的蛇，一边抢一边哭叫："你还我！你还我！"

孟焱气愤地说："拿钱砸鸭脑袋！你挣来吃的了还是挣来喝的了？花钱买这么个破东西有什么用？你以为挣点儿钱那么容易啊！"

蛇已经被孟焱扯得变了形，但她还是不放手，一心想让这条蛇"死"得体无完肤。孟亚有心阻止二姐的举动，但她实在是害怕那条蛇，看到蛇在孟焱和孟波的手中争来抢去的，活生生就像一条真蛇在动在挣扎，她吓得躲得远远的。

李秀云看不下去了，冲孟焱发了脾气："你跟一条蛇发什么邪火？是它惹着你了还是谁惹着你了？买玩具也没用你打草绳的钱！"

孟焱跟母亲顶撞起来："那钱上有记号啊？写清楚哪块钱是我打草绳的钱，哪块钱不是我打草绳的钱？浪费钱买这么个破玩意儿，能当吃当喝啊？"

李秀云说："不当吃不当喝就不能买啊？小子生性就淘气，才几毛钱的东西，让他有点儿玩的，不也是省得跟他操心？你管好你自己的事儿就行了，让我少操点儿心。"

孟焱把蛇猛地往地上一摔，又用脚踩上去，使劲碾了几下。到底是条玩具蛇，经不住这么折磨，完全不似原来的模样了，孟波坐在地上哭闹起来。

孟焱还不解气，顺便踢了孟波一脚，虽然是象征性的，但这一次把孟福先的火气给踢了出来："这条蛇确实不该买，可是既然买回来了，钱也花出去了，你这么糟蹋东西，不是更浪费钱？你都二十好几了，自己的事儿一样也没解决好，还在家里没事儿找事儿，你哪有个大姑娘样儿？"

孟焱说："我知道你们都看不上我，嫌我在家里碍眼，现在这个家就数我最没出息，给你们丢脸了，我没本事为你们光宗耀祖，我离你们远点儿好了。"说完抹着眼泪冲出了屋子，孟亚赶紧跟了出去。

孟焱进了菜园子，站在房檐下的过道上流泪。孟亚也不知道该说什么，而不管她说什么，孟焱都是一言不发。陪着站了一会儿，孟亚被孟焱赶走了。回到屋子里，听母亲和父亲又吵了起来。

李秀云说："那条蛇才五毛钱，又不是有多贵。"

孟福先说："五毛钱不是钱哪？这五毛那五毛，花钱容易挣钱难，不精打细算这日子怎么过？"

李秀云又开始回顾历史了："挣钱不容易是你自己找的，当年你要不是逼我回家，主动给我办辞职手续，我现在每个月少说也有二三十块钱的工资，是五毛钱的几倍、几十倍？你大处不算小处算，井底之蛙、鼠目寸光。"

孟福先不耐烦了："七百年的谷子八百年的糠，动不动就翻这些陈年老账，有用吗？"

李秀云说："就五毛钱的蛇，我已经买回来了，孩子也喜欢玩儿，这蛇一两年也玩不坏，又不吃草不喂料的，你现在说东道西的，就有用啊？小焱心里不痛快，拿蛇出气，我说她几句也就行了，你也跟着看不出眉眼高低来。"

孟福先说："孩子也不是你一个人的，你能说，我就不能说？"

李秀云撇了一下嘴："现在又说孩子不是我一个人的了，以前不总是嫌我溺爱孩子吗？"

孟福先说："你就是溺爱孩子，孩子从念书到找工作，哪次听过我的话，哪次我说了算过？"

李秀云说："你说的就是对的啊？非得听你的？小焱性子那么烈，我说了你还说，她能受得了吗？"

孟福先说："性子烈她也没用在正地方，要是真有志气的话，就好好复习，像小美和小亚这样考出去，别说大专、中专了，就是技校都行。大兰学习成绩好，本来应该参加高考的，她的同学都考出去了，她非犟着要结婚，现在是有了正式工作，可工人能跟小美、小亚将来当干部比吗？小焱自己看不明白，你还宠着她，现在不努力，以后能有什么好出路？"

听孟福先说得也在理，李秀云一时也不说话了。

孟涛把孟波的蛇拿了过来，说："也没咋的，我给你修修，一样玩儿。"

那条蛇本来就是用软材料做成的，不怕扯不怕压，孟波也不哭了。孟亚赶紧收拾碗筷，担心一会儿父母再吵起来，说不定碗筷就遭殃了。刚回家第二天，家人就打起了罗圈儿架，孟亚心里非常难受，放假前对家人的思念之情，顷刻间便荡然无存了。

孟焱从中午出去就不见了踪影，一直到晚上也没有露面，李秀云有点儿慌了。

孟亚说："我二姐会不会去同学家了？"

李秀云说："她现在除了跟陈丽美有联系，跟其他人都不来往了，除了陈丽美家，她没有别的地方可去。"

孟亚说："那我去陈姐家看看？"

李秀云催促着："你快去！"

孟亚一路小跑，二十多分钟后，在东南方向靠近火车站的地方找到了陈丽美的家。

陈丽美的母亲对孟亚说："丽美不在家，她一考完试就去大庆了。孟焱今天没来俺家呀，她咋离家出走了呢？跟谁生气了？"

孟亚也不便多说，谢过陈丽美的母亲，紧紧张张地一路跑了回来。进门的时候，李秀云一见孟亚脸上挂着泪痕，立刻就慌的手脚发软了，反复地自言自语："那能去哪儿呢？那能去哪儿呢？她也没地方去呀。"

孟亚说："也许她就出去散散心，说不定再过一会儿就回来了。"

李秀云说："一下午好几个小时了，散心也早该回来了，哪有地方一待就是几个小时的。"

正说着，孟福先回来了。李秀云气急败坏地说："小焱中午出去，到现在还没回来，你快出去找找。"

孟福先本想说什么，一看李秀云的表情，怕点着了炸药包，只好说："去哪儿找啊？说不定去同学家了。"

李秀云喊了起来："小亚刚去陈丽美家找过了，陈丽美去大庆了，不在她家。小焱现在跟谁都没来往，天天待在家里打草绳，这一出去就是几个小时……你快点出去找！"

孟福先只好返身出门了，李秀云带着孟亚也出了门，临走前叮嘱孟涛看好孟波："除了上厕所，不许出屋！别动刀动火啊，要是不听话，看我回来扒了你们的皮！"

孟涛和孟波唯唯诺诺地点着头，眼神里充满了恐惧，特别是孟波，他认为是自己惹了祸，把二姐给气走了，怕父母拿他治罪，吓得有点儿呆了。

孟福先和李秀云虽然出了门，可他们根本不知道去哪里找孟焱，只能看看路边沟边井边河边，想喊又不敢喊，见到熟人也不敢问，黑灯瞎火的，其实也看不清楚哪儿是哪儿、啥是啥的。

两个小时过去了，李秀云和孟亚无功而返，而孟福先还没有回来。孟涛和孟波倒还听话，小孩子心里不装事，都躺进了被窝，孟波已经睡着了。

李秀云坐在炕沿儿上流眼泪，孟亚也不知所措地跟着母亲一起哭，她的脑子里一会儿冒出一个想法，每个想法都能把自己吓个半死，她甚至看到了二姐或在树林里上吊，或跳进水库里溺亡，或在某一处偏僻隐蔽的地方割腕，鲜血汨汨地往外流……

时间一分一秒过去，李秀云和孟亚眼睛都睁不开了，可她们还是硬撑着，等着孟福先回来，看他有没有什么音信。她们甚至幻想着，或许孟福先找到了孟焱，和她一起回家来。

李秀云破天荒地开亮了电灯，想让光明给自己多一点儿乐观的情绪。也不知等了多久，终于听到了开门的声音，孟福先一个人回来了。李秀云和孟亚的心一下子沉到了底，身体的温度顿时变得冰冷冰冷的。孟福先看了一眼通着电的灯泡，阴着脸说："去县城了，在福国家。"

李秀云一听，顿时长出了一口气，急忙问："你咋知道的？谁跟你说的？你去火车站问了？"

孟福先憋了半天，才冒出一句话："我去火车站问谁？我去公社了，刚好福国打电话过来。"

孟福先再也不愿意讲话了，上炕脱衣躺进被窝，关了电灯睡觉。李秀云还有话要问，见孟福先这态度，一想反正二女儿安全了，剩下的就靠自己想象了。

第二天，孟亚给母亲分析道："肯定是我二姐去我老叔家的时候，我老叔老婶看她脸色不对，问明白了原因，就把电话打公社来了，想告诉我爸说我二姐在他们家，省得我们着急。"

李秀云说："你二姐这个犟眼子，我没想到她又去了你老叔家。上次你老叔给找的活儿也没干几天，还得天天给人家洗衣服收拾屋子，她也不愿意在县里待了。"

孟亚说："我二姐也是没办法了，可能又去县城让我老叔给找工作吧。"

李秀云叹了一口气说："你二姐啊，真是替她操心。"

孟焱离家出走期间，孟兰的婚期却近了。李秀云没有给孟兰准备陪嫁，结婚前的一年间，李秀云就不再要孟兰的工资了，让她积攒起来置办嫁妆，一年也不过两三百块钱的积蓄。孟兰也没跟家里提什么要求，孟美和孟亚还不太懂这些，孟福先更是没有任何的概念和想法。

事实上，高大龙家里也没有特别的准备，虽然身为长子，在家中有一定的地位，但一个工人家庭，生活条件并不比孟福先一家好到哪里去。单位分了一间宿舍给两个新人做新房，房子小空间小，布置起来就相对简单多了，高大龙和孟兰简单准备了被褥和一些生活用品。没有厨房不能做饭吃，锅碗瓢盆暂时不用买，一天三顿饭都在高大龙父母家里吃。

结婚那天，孟福先举家进了县城。孟焱除外，她与全家人的行动方向相反，她从老叔家回到了幸福公社，去火车站给陈丽美送行。陈丽美考上了大庆的一所技工学校，她对大庆那么向往，现在终于如愿以偿，似乎也是命中注定的事。家里人都知道孟焱是故意躲避孟兰婚礼的，好在陈丽美入学也正是这个时候，孟家人对高大龙的家人解释便有了正当理由，心里多少也有些安慰。

高大龙和孟兰在饭店安排了四桌酒席，婆家人一桌，娘家人一桌，其他两桌是单位的领导和同事。

孟兰把老叔和老婶也请来了，老婶悄悄地向李秀云问了几句孟焱的事，说："我看小焱这孩子这一年变了，以前可爱说话了，这次来我家就是闷头干活儿，话少了很多。现在工作也不好找，也不知道福国啥时候能帮她找到活儿。大四儿前两天来了，也让他老舅给找活干儿，说不愿意在农村待，这孩子好吃懒做的，哪里有小焱着调。"

李秀云跟几个妯娌的关系一向不是很融洽，是非倒是没有多少，只是她总认为自己没有工作，在有工作的妯娌面前抬不起头来。所以虽然身为大嫂，她心里特别自卑，不知道该说什么，而且这个场合也不方便，只是机械地频频点头。

婚礼上的孟兰除了穿一件红色的上衣，从上到下、从脸到头发都没有特别的修饰和装扮，但整个人依然容光焕发，白皙的面孔，明亮的双眸，整齐的牙齿，健康丰满的身材，在高大黝黑的高大龙面前，就像一只美丽的小白鸽，可能就像她喜欢的《林海雪原》里的那个小白鸽吧。

除了新娘孟兰，这个婚礼上最出彩的就数孟美了，连老叔都夸了孟美几句，说："我这三侄女小时候就好看，现在是女大十八变，越变越好看，成了大美人了。"

孟美听了老叔的话，就美美地开口笑了，那口和上官云珠一样又白又齐的珠贝齿，发出诱人的光泽。

孟福先一家人往回返的时候，孟兰准备了一大包好吃的，都是婚宴上的冷盘，孟波乐得一塌糊涂，刚一上火车，就吵着要吃。李秀云看车上人太多，而且环境也不卫生，呵斥了几次，才让他忍住了。

回家刚一进家门，孟波就迫不及待地叫嚷开了，李秀云把东西放进盘子里，没有几分钟工夫，孟涛和孟波就把自己塞饱了，盘子也见底了。好在李秀云留了一半儿，不然这两个孩子可能肠胃又要出毛病了。

高大龙还给岳父母家人送了四只苹果，苹果是国光品种，每只苹果有近三两重，光滑鲜亮、一半还是红色的，比李秀云偶尔给两个儿子买的小苹果好多了。连孟美看着那几个苹果，眼里都流露出馋嘴的神情，说："我在学校买苹果都是捡烂了一半儿的，便宜，从来没吃过这么好的苹果。"这几个苹果除了给孟波留两个，剩下的两个不够每人分一个，只能切成几份，大家分着吃。

孟涛对李秀云给孟波留下两只苹果很有意见，李秀云把孟涛教训了一顿："他比你小，体格又不好，你跟他比啥？当哥哥的，一点儿样儿也没有。"

孟涛气不过，趁孟波没看见，把那条替罪的死蛇扯了又扯，发泄着不满。

　　孟亚回到家里没几天，李成德和程立远两个人就结伴看她来了。这让孟亚很意外，而李成德脚上的那双大水靴子更是让孟亚印象深刻，水靴子高到小腿肚子的地方。七月份的季节高温多雨，穿着这双靴子是准备随时下田干活的，这也是农民才有的习惯。

　　从小学到中学，除了女同学之外，男同学从来不会到家里来探访的。现在孟亚考上了中专，而李成德和程立远也参加完了高考，曾经的初中同学现在的关系有了变化，虽然互相间还是有一些拘谨，但已经变化很大了。尤其是李成德，上初中的时候几乎是听不到他说话的，现在却明显爱说会说了。

　　孟亚问他们两个高考感觉怎么样，两个人都含糊其词地说了几句，谁也没有表现出来太多的自信或骄傲。孟亚就说很羡慕他们读了高中考了大学，不像自己这样没有出息。李成德和程立远却反过来赞美孟亚，同时也替她惋惜，认为她如果读了高中，一定能考上大学。孟亚摇头苦笑说："我没有你们这么聪明，也没有你们这么用功。"

　　李秀云在一旁接着孟亚的话茬说："孟亚真的不用功，当时复习考试的时候，她把手抄本小说放在课本下面，她爸一出屋子，她就把小说拿出来看。那小说也不知道她从哪儿抄来的，有那个时间，能复习多少功课？"

　　孟亚说："两回事儿。考得再好也还是个中专，除了卫校就是财会，没有什么好专业。再说，我也考不好，那些数理化我越学越糊涂。"

　　李成德说："你应该上高中考文科，你的作文写得那么好。"

　　孟亚说："我不知道我作文多么好，我只知道我的运气好，班上那么多同学，大多都是农村的，很希望能通过考学走出去，可一个都没考上。其实，有好多人比我学习好得多。"

　　孟亚没说正在自学高中课程想参加高考的事情。两个人坐了几分钟就离开了，似乎也没有太多的话好讲。

　　李秀云问孟亚："他们两个能不能考上大学？"

　　孟亚说："肯定能啦！进了县一中的学生，考大学都是手拿把掐的，只是看上哪里的大学了。"

　　李秀云说："你如果上了高中，能不能考上大学呢？"

　　孟亚说："不知道。"

　　李秀云说："没想到他们两个上大学的料，反过来还夸你聪明，我都给他们弄糊涂了。"又说："我觉得你是有点小聪明，记忆力好，可你一点儿都不用功。"

孟亚说："我当初是应该上高中，你和我爸咋不给我拿拿主意？"

李秀云叹了口气说："咱不是文化少吗？哪里会想得那么远呐？"

孟亚听了心里就有点儿隐隐作痛，不知道该说什么。

返校后不久，高荣荣就告诉了孟亚一个消息，程立远考到了 J 市煤矿学院。进入这所学院的学生都是本科生，比孟亚这个中专生整整高了两个级别，中间还隔着大专这一级呢。

高荣荣的消息让孟亚有点儿意外，她一时没弄明白高荣荣怎么知道程立远的事，这两个人完全不搭界。

高荣荣笑呵呵地解释说："我有一个老乡和他是一个班的，还住同一个宿舍呢。我那天去看老乡，正好程立远也在，听他说和你是初中同学，他还说要来看你呢！"

孟亚略微想了一下，难道程立远和李成德暑假去她家里之前，就知道他自己可能被 J 市煤矿学院录取？难道他当初就报考了这个学院？

高荣荣说完话的第二个星期，程立远果然到卫校看孟亚来了。孟亚是在宿舍的楼下见到程立远的。程立远一直以来就很瘦，一米七左右的个头，小头小脸小五官，人立在孟亚面前像一根竹竿似的。

孟亚不知道该在哪里接待程立远，十几个人的大宿舍肯定不行，只好陪他在校园里走了一圈儿，然后出了校园往程立远学校的方向走。一路上车水马龙的，两个人没有多少话要讲，没有一个安静的环境，说话也不方便。

两所学校相距很远，坐公交车还需要二十几分钟，走了不到一半的路程时，程立远便不让孟亚送了，两个人便分了手。分手前程立远邀请孟亚下个星期天去他学校看看，孟亚答应了。

到了约定时间，孟亚坐公交车去了程立远的学校。她还是头一次到这么远的地方，坐哪一路公交车也让她有点儿发蒙，她的方向感一向是很差的。

程立远在学校大门口迎接了孟亚，他们的校园真是够大的，是卫校的两三倍都不止，里面的花草树木十分茂盛，这让孟亚明显地感觉到，大学和中专是非常不同的。

程立远带孟亚去了他自己的宿舍，宿舍里四张上下床，上下铺住八个人，当时只有高荣荣的老乡江松林在宿舍，他斜靠在近窗口的上铺上，很自来熟地跟孟亚聊了几句，说："程立远对你评价很高啊，他说你很聪明，考中专可惜了，应该考大学。"

孟亚不习惯跟陌生人打交道，而且她也不认为自己有多聪明，考中专还是撞大运撞上的，考不考得上大学谁知道呢！

高荣荣的老乡说了几句话后，就从上铺下来走了，出门前冲两个人说："你们好好聊啊，我不打扰你们了。"这个男孩子身高跟程立远差不多，但五官和身材已经有了男人的味道。孟亚心里就想，他和高荣荣倒是挺般配的。

坐在程立远的宿舍里，孟亚感觉非常不自在，两个人也只是各自谈了学习的课程，又谈到了李成德，他考上了北京交通大学。李成德是幸福公社从恢复高考制度以来首个考学进京的学生，虽然他高中是在县里读的，但毕竟根是幸福公社的，怎么说母校也有一半的荣耀。

在回学校的路上，孟亚坐着公共汽车，心不在焉地看着这座城市的风景，说不清自己内心是一种怎样的感受。

之后几乎每隔一两个星期，江松林就来卫校找高荣荣一次。孟亚、马莉她们几个人很快就觉得这两个人有了恋爱的苗头。

马莉对江松林的评价倒是不错，说："荣荣，你的老乡还是看得过眼的，又是本科学历，配得上你。"

高荣荣就羞红了脸，呵呵地笑着说："说啥呢，没这回事儿。"

叶文竹听了高荣荣的话都想反驳她了："你这是在掩耳盗铃啊！"

高荣荣说："就是老乡嘛，谁看谁都正常啊，孟亚的同学也来看过她呀！"

马莉就说："是吗？我怎么不知道？孟亚，哪天带过来给我看看？"

孟亚说："我的老乡和同学，你也想看看？你也认不了老乡，也不是你同学。"

李琳说："马莉是恋爱高手，你们谁谈恋爱，都给她汇报一下，让她给你们把把关。"

苏英根本不理会这些人在说什么，一个人走在一群人的外边，孟亚故意说给她听："马莉初审，苏英终审，有两个人把关肯定质量合格。"

苏英听了孟亚的话，嗖嗖地蹿到前面去了。几个人看着苏英的背影发出一阵笑声。马莉说："这个不食人间烟火的，我看她将来嫁一个什么样的人。"

李琳说："她要是不找，你就帮她找喽！"

马莉反驳道："你咋不帮她找？"

李琳说："你是交际花啊。交际广，懂风情，认识的人不知道比我多多少倍。"

马莉呸了一口："狗嘴里吐不出象牙来，你才'交际花'，把你妹妹都能整到重点中学去。"

两年多的卫校时光说不清快慢地过去了，第三个学年没有多少理论课，因为毕业前的临床实习就长达八个月。实习地点是在距 J 市六百多公里的 H 市，也是一座煤矿城市，坐火车要十多个小时才能到达。四十个学生差不多占了大半个车厢，清一色的女孩子，叽叽喳喳十分热闹。

大部分人自发地组织起了扑克队，几个队都打得热火朝天的。马莉、李琳自然不甘寂寞，在四个人的小组中，她俩是合伙人，因为别人都不愿意跟马莉做同党，怕她多事爱责怪人。李琳大大咧咧的，两个人互相攻击，马莉气鼓鼓的，李琳笑得哈哈的，最后弄得马莉也没了脾气。叶文竹在一旁静静地看热闹，不时笑笑露一下雪白的牙齿。

孟亚和苏英坐在一起，两个人手里拿着英语书，你一句我一句地互相考问。几个年龄大的同学看着她们两个这样，不时说上一句："真行。在学校就天天用功，火车上还这么珍惜时间。可真行。""真佩服她们，学习这么有毅力。我怎么就学不进去呢？""我们就这样了，毕业后老老实实当护士吧。人家孟亚和苏英的理想是出了中专校门，就进大学校门，她们又聪明又勤奋，不上大学都可惜了。"

在 H 市，二十三班的宿舍是一个大宿舍，这个大宿舍是 H 市妇幼医院空出来的一个大房间，说"大"不仅是因为房子的空间大，还因为里面住的人多，全班四十个人挤在一个房间里，不知天下是否还有第二个如此大的宿舍。

在约六十平方米的地面，以房门为中线，左右用木板搭成上下两层长长的床铺，每人一张草制床垫，床垫的长和宽与头顶一米多一点的高度相乘，就是孟亚她们每个人实习八个月里的生存空间。好在是在医院实习工作，总是需要轮换着上白班夜班的，宿舍里也就不会总是四十人一个不差。但上夜班的毕竟没有白班的人多，所以每天晚上宿舍像一个十分热闹的公共场所。

在这样的环境里，竟然很多人也能够安下心来看书学习，尤其是每天早晨，十几个半导体打开了，二十几本英语书翻开了，大家跟着看不见的老师学英语。二十几个声音汇合在一起，尽管达不到异口同声的效果，但那种学习的场面也是很让人感动的。

虽然住处是在妇幼医院，但主要的实习地点却是市医院，离妇幼医院有大约二十多分钟的路程，每天至少要往返一次。妇幼医院里看到最多的是大腹便便的孕妇，每天都有新生命在这里诞生，婴幼儿的哭闹声二十四小时几乎不断。而市医院是八层大楼，每天医院到处都是匆匆的身影，医生护士的白大褂混成一片，推着各种医用材料和治疗药品的推车，在各层走廊里随时可见。

康与残，活与衰，生与死——这里时刻都有欣喜，时刻都有悲伤，时刻都有快乐，时刻都有痛苦……世间没有哪一个地方会像医院这样，让人感觉生命如此重要又如此轻微，如此强大又如此脆弱。

孟亚的临床实习是从外科开始的，年近五十岁的老护士戴万霞带着她。戴万霞在这所医院里工作二十多年了，再干几年就该退休了。老护士性格很好，工作的时候也是有说有笑的，教孟亚打针配药都很有耐心。尤其让孟亚感到好笑的是，戴万霞竟然觉得外科的一位老主治医师对她有好感。每当说起那位老医师，戴万霞的表情都带着一点儿甜蜜的味道。其实孟亚根本没有看出来有什么特别的事情，她不禁感慨这位五十岁的老女人，竟然还残留着少女般的情怀，挺不可思议的。

市医院内外妇儿五官科从门诊到住院处，全院职工有好几百人，医疗设备和技术力量基本上能够满足绝大多数病人的需要。当然，作为煤矿城市的一流医院，除了理所当然地收治煤矿工人，同时也接收普通患者。外科二十几间病房，每天一上班，首先就得忙碌着为每个病床的患者配药，然后推着一车又一车的药瓶，一个病房接一个病房地给患者打吊瓶。

静脉注射是一个技术活儿，戴万霞向孟亚传授技术要领：开皮要快，这样病人的痛感会小一点儿。开皮后针头向下倾斜，角度不能太大也不能太小，太大会穿透血管，太小会走在血管壁上而进入不到血管腔里。回血后松止血带以及调整输液滴数等。

有点儿辛苦的活儿是为病人推大管，用五十毫升的大针管配好高浓度的葡萄糖和氯化钾或氯化钙等药物，通过病人的静脉缓缓地推进去。高浓度的葡萄糖非常黏滞，而像氯化钾和氯化钙这些药物也不能快速大量地进入人体，否则会引发心脏骤停危及生命，所以几十毫升的液体要推十几到二十分钟，到最后手都会发抖。

实习快半个月了，有一件事难住了孟亚，就是给患者打肌肉针。班上三十九名同学先后都学会了打肌肉针，唯独孟亚下不了手。戴万霞给她讲了很多次，当着她的面也给患者操作了很多次，但孟亚拿到针管手就发软，就是不敢往患者的屁股上扎。静脉注射是缓慢柔和地进针，而肌肉注射用的是爆发力，手腕瞬间一顿，针就进去了。孟焱当年拿父亲练手，把针头折出了差不多九十度角，那个场景让孟亚记忆犹新。虽然心里无数次地发狠，手臂也暗自抖了又抖跃跃欲试，可一旦要落针时就头晕眼花手软无力，针头硬是无法靠近患者的皮肉，连像孟焱那样把针头扎弯了都做不到。

学不会打肌肉针给孟亚带来了很大的心理压力，她整天闷闷不乐，面对同学们的询问和指教无言以对。连苏英都怪她了，说："其实扎肌肉针比静脉注射技术含量低多了，速度快一点儿就行了。"

孟亚说："我一想那么长的针，一下子扎进人家的肉里，得多疼啊！"

苏英嗨了一声，不以为然地说："六号半针头很细的，人的臀部神经又不敏感，瞬间就扎进去了，能有多疼啊？打青霉素才疼呢，一针打进去，好几天都吸收不了。"

孟亚说："我就是替人家疼。"

苏英说："你想的太多了。治病救人，你想着给病人打针，是以小痛苦解除大痛苦，肌肉针你都不敢打，等到去手术室实习的时候，你怎么办呢？"

所有的道理孟亚都明白，可她就是做不到。眼看着在外科病房的实习就要结束了，戴万霞终于想出了一个好办法。外科几天前送来了一个煤矿工人，在井下作业时脑部受了重伤，已经是植物人状态，每天需要大量的药物，静脉注射和肌肉针同时进行。

配好液体和药物，戴万霞带着孟亚来到病房，站在矿工的病床前说："患者只剩一口气了，他的感觉功能和运动功能全部丧失了，冷热疼痛啥都不知道，你现在给他打肌肉针，就当是把针扎在木头上或者海绵上，随你怎么想，他根本没有感觉的。"

　　患者浑身上下插满了管子，气管被切开了，连着呼吸机。这是个至少一米七五的男人，曾经一定是强壮和健康的，可现在全靠外来的设备器械能量来维持生命，什么时候能够醒过来完全是个未知数，或许十天二十天后就不再是一个植物人，而是一具遗体。

　　孟亚知道植物人感觉不到痛，她也知道拿这种病人练习打针，是最好的机会。患者是平躺着的，扎臀部不方便，有时候就往上臂的三角肌处扎。孟亚用酒精棉签在患者的三角肌处反复消毒，心里一点一点地积蓄力量，可当她准备下针时，心中的力量一下子就泄下去了，拿着针管的手迟迟不敢落下，她已经替植物人感受到疼痛了。

　　戴万霞鼓励她说："扎吧，扎吧，他不知道疼，你就当是往馒头上扎了一针，他不会有任何反应的。"

　　孟亚一咬牙把针头刺进了矿工的三角肌。确切地说，针头不是顿进去的，而是像静脉注射那样，一点点挪进去的，孟亚感觉自己全身都麻木了。

　　下午又给这名矿工打肌肉针，这一次顺利多了。虽然矿工皮糙肉厚，加上卧床数日后肌肉有些松弛，但孟亚终于以肌肉注射的专业技术一针到位。

　　孟亚兴奋的心情无以言表，她很感谢老护士戴万霞的耐心传教，晚上上夜班的时候，在路上买了一小包点心，拿到医院和戴万霞一起吃。戴万霞想着那位老医师，给他送了两块过去，结果换回了老医师的几块糖果。戴万霞特别高兴，就像心爱的恋人送给自己一束玫瑰花一般喜出望外，她对孟亚说："瞧，他给我送糖果了，这个人对我真是好！"

　　第二天，孟亚趴在床上特意写了日记，庆祝她挑战护士职业技能，战胜自己的重大胜利，这是一个具有划时代意义的事件。写完后她把日记给苏英看，苏英叹了口气说："以后还不知道有多少困难需要我们去面对，我到现在心理上都没有准备好，甚至是逆反的。"孟亚一整天都沉浸在胜利的喜悦中，对苏英的话她并没有想太多。

　　李琳是从手术室开始实习的，每天几乎都要跟着上手术台，多的时候一天做三台手术，累得她心脏病都快犯了，不过她的情绪始终是乐观和快乐的。李琳跟音乐老师画画的儿子似乎并没有真的恋爱，倒是在 H 市实习的两个大专班男生，时不时地结伴来找她。到了实习这个阶段，因为是在外地，自然不会像校园里的生活那样单纯，学校就临时安排了金老师当班主任。

事实上，孟亚这些女孩子并不喜欢这位年近四十的女老师，因为她对大家管束得特别严格，生怕这些女孩子出事，那样的话她的责任就大了。但大专生来大宿舍找李琳聊天，这种事似乎还没有严重到需要向金老师报告。

反应最大的当数苏英，苏英的床铺同李琳的紧挨着，那两个男生一来，苏英就像躲避瘟疫一样，赶快逃到孟亚的上铺去。这样的事一定会让苏英心烦意乱，看不进书，所以她常带着不满的情绪向李琳抗议："你就不能带他们出去？女生宿舍弄两个男的过来算什么？"

李琳就笑嘻嘻地说："我不想带他们出去，我也没让他们来，你也不至于这么反应过度吧？"

孟亚见苏英的样子，也觉得挺好笑的："你这么过敏干什么？你将来就不谈恋爱了？"

苏英一副想掐死谁的样子，咬着牙说："谈恋爱？我才不呢。一辈子不恋爱，不结婚。你不信？拉钩儿。"

由于生活的压力，苏英说她的父亲脾气很大，经常骂她妈妈和弟弟妹妹，苏英很看不惯，但她却改变不了任何人。

后来不知怎么回事，金老师知道了李琳把男生带回宿舍里的事，便下了命令，以后不许任何男生进女生宿舍，还要求女生注意影响，少与男生来往。

金老师平时并不与学生同住，她住在 H 市的亲属家里。是谁向金老师打了小报告呢？李琳当然有理由第一个怀疑苏英，苏英对孟亚起誓说自己才没有这么无聊，孟亚也反复向李琳保证，苏英绝不会这样背后搞小动作。可李琳即使想怀疑别人，也想不出究竟是谁跟她过不去，可能大宿舍里的三十九个人都有嫌疑，那就更没办法确定是谁干的了，反正苏英的反应最大，嫌疑也就最大。李琳心里对苏英就有点儿耿耿于怀，那几日也不掩饰不悦的态度。

到了后来苏英也不解释了，对孟亚说："不管是谁向金老师打了报告，我都要感谢她，毕竟最大的受害者是我，现在大快人心了。"

李琳则对孟亚说："苏英到底受什么刺激了，这么不食人间烟火的，将来也是个老姑娘！"

孟亚说："她没受过什么特别的刺激，只是比我们活得更清醒一些。"

李琳不以为然地说："那就走着瞧，看她能清醒到哪一天！"

第六章　一九八〇年

离实习结束还有半个多月的时候，李琳的心脏病突然犯了，胸闷气短、口唇发绀，金老师担心她出意外，就安排马莉送她提前返回J市。马莉正求之不得，她已经跟她的白马王子沈浩两个多月没见面了，这次回J市，实习就算结束了，不用再来H市了。

李琳和马莉刚走，孟亚就提出请假，说要回家一趟。怕金老师不同意，孟亚又编了一个坏理由，说家里有人生病了，她要回去看看。金老师果然不同意，主要原因还是怕出意外。孟亚保证说，她的家就在J市与H市之间的铁路线上，她对路线很熟，不会出现任何问题。金老师还是不同意，孟亚就站在大宿舍外面的走廊里，坚定不移地向金老师请假，一副"你不给假，我也走"的态度。金老师最后只好妥协，毕竟她不是真正的班主任，对学生没有太大的制约权力。金老师只是以这样的话结了尾："那么多学生请假，我只给你一个人假，你让我跟别的同学怎么解释？你太犟了！"不管金老师如何解释，准了假，孟亚就得到了暂时的解脱，近八个月的实习她实在坚持不下去了。

在孟亚坚持请假回家的时候，也正是苏英深感绝望的时候，她这两天死活看不进去书，说自己头痛欲裂，说自己完蛋了。孟亚问她到底怎么回事，头真的那么痛吗？苏英躺在床上辗转反侧，黑黑的两道眉紧蹙在一起，把手里的高中数学书翻开合上，合上再翻开。

孟亚说："别虐待那本书了，再折腾一会儿，它就烂了。"

苏英把书扔到一边，痛苦地说："我看不到希望。我完了！我这辈子就这样了！我们天天这样学，蜗牛一样，老牛拉破车一样，能有多少效果？你能比得了学校里有高级教师上课的那些中学生吗？我们就这样学，能考上大学？这不是天方夜谭吗？没有希望，没有机会，别再自欺欺人了！"

叶文竹没有请假，也没有像苏英那样痛不欲生，在说笑声四起的大宿舍里，她静静地躺在床上，用一个薄薄的花纱巾遮住面孔，一躺就是一个小时，一动不动，别人以为她睡着了，只有孟亚知道她在悄悄地哭。

孟亚请假回家有几个原因，一个是她确实讨厌在医院里整天围着病人，重复着同一种工作内容：推着满满一车子的输液瓶，把输液针艰难地刺进一个个病人的血管里。许多患者常年是病号，或者是老年人，血管的质量很差，日久天长静脉针越来越难扎。还有量体温测血压查脉搏，还有几个小时送一次药，认认真真地执行操作常规"三查七对"，还有导尿灌肠帮医生给病人换药处理伤口，等等。孟亚越来越难以忍受这种机械烦琐却毫无成效和乐趣的工作。第二个原因是孟亚想在家里待几天，集中精力学习文化课。

在准备请假的前几天，孟亚的大姐夫高大龙出差到了 H 市，给她送来一台录音机，这是大姐和大姐夫用两个人的工资买的。班上只有马莉一人有录音机，马莉原来的收音机升级换代了，换成了一台收录两用机。高大龙告诉孟亚，录音机里还有一盒磁带，是临来前家里人录给她的。高大龙走后，孟亚按下录音机的放音键，听到了三句话。第一句话是李秀云说的"录音机是你姐夫买的，花了六十块钱"，第二句是孟福先说的"你姐夫买的录音机，让你好好学外语"，第三句是孟焱说的"该我说了……"便没了下文。孟亚关掉录音机时，早已泪流满面，她清楚地知道，家里最贵重的音响就是只有十几块钱的收音机，根本没有也不敢有买录音机的念头。这时候的孟亚特别想家，想回去看一看家里人。

还有一件事，孟亚一直装在心里，这次回家，她想跟爸妈说一下，就是自己和程立远的事。

孟亚走时，苏英要送她去火车站，孟亚说没必要，自己又不是不认识路。苏英说："其实我是想出去散散心，实在是不知道哪里能放得下自己。"

站在火车站等车的时候，孟亚把自己跟程立远的事儿三言两语地对苏英讲了，苏英翘着门牙表示出最大限度地不解之意，就像孟亚在跟一个哑巴说话，而且讲的还是外语。

苏英没说一句话，只是在站台上来来回回地走。矿区的天气难得晴朗，每天都是烟雾迷蒙的，苏英的身影就在灰白色的烟雾中穿出一道道暗影。火车带着巨大的轰鸣声从远处驶来，孟亚静静地看着困兽一样的苏英，这幅画面永远留在了她的心底。

毕业实习开始后，孟亚同程立远的来往就从见面换成了通信。程立远的字写得很工整但很幼稚，有些字很明显带有字帖上学来的笔痕，只是写得很生硬，给孟亚的感觉是小心翼翼甚至战战兢兢。

孟亚长到十八岁，还是第一次同一个男孩子通信，一种莫名的感觉渐渐如池塘中的莲叶升出水面。而程立远，应该也是这样。在第三封信中，孟亚写了"多穿衣服注意保暖爱护眼睛"之类有点儿朦胧意味的情感文字，程立远的回信中则婉转地表明了自己的心声。

孟亚看完程立远的来信，似乎终于等到了她预想的结果，却又有一种恍恍惚惚的感觉，她想起了宋朝大文豪苏轼的词《蝶恋花·花褪残红青杏小》。孟亚一直把这首词理解为一首描写和抒发爱情的佳作，里面有极美的意境和感怀，情窦初开的萌动与悄然，而不是多情与无情的关系。程立远来信给她的是不是初恋的感觉，孟亚无法肯定，她在回信中也没有明确表态，只是说等实习结束返校后再来谈这个问题。

就在孟亚准备回家的时候，一个特大喜讯降临到孟家，尤其是孟焱，她考上了县农业银行统一招录的职位。高考失利后跟家人闹了别扭，离家出走跑到老叔孟福国家后，孟焱还是没有等到合适的工作。在老叔老婶的开导下，以及陈丽美在来信中的一再鼓励，孟焱也认识到了没有其他更好的选择，死马当作活马医吧，再次硬着头皮去了二道口乡，跟着先前的补习班继续学习。

吃住都是陈丽美以前联系好的，只是要给人家一些儿费用，这笔钱孟福先和李秀云都同意花，逢事必吵的夫妻二人，在这个问题上倒是空前绝后地达成了一致意见。孟福先那点儿工资不够里里外外的开销，李秀云便出主意让孟福先跟三弟孟福生借。

孟福先平生第一次跟三弟张口，借回了二十块钱。李秀云不高兴了，嫌三小叔子两口子太小气，免不了又数落了孟福先一通，说："你顾着这个想着那个，老二老四都是你供出来的大学生，老三虽然上班早，可学中医干中医也是你给他指的路搭的桥。两个人双份工资，一个月收入七八十，当大哥的头一回张嘴，才借来二十块钱，他们也真好意思。"

孟福先不以为然地说："借多多还，借少少还，你以为是白给，还多多益善哪？"

李秀云想想也是，便不再说借钱的事儿，又开始唠唠叨叨二小叔子得了白血病早早就没了，孟福先白供了那么多年，害得全家人跟着省吃俭用，到头来却竹篮打水一场空。

孟福先不想再跟李秀云纠缠，躲到院子里干活去了。孟焱原来的目标是奔着技校去的，陈丽美考上了大庆的技校，自己的学习成绩不比陈丽美好多少，还敢有更高的奢望吗？可能正应了"天道酬勤"这句话，谁也没想到孟焱竟然等来了当干部的好机会。全县这次统一招录三十五人，其中女性只招五人。后来听说当时银行的领导班子争议很大，一部分领导主张把工作机会留给内部职工，但主要领导还是坚持公平竞争、选优录取。

招考的信息是孟福先带回来的，但孟焱对这样的考试没有自信，考试过后她也没有任何好感觉。公布成绩的那一天，孟福先打电话让弟弟孟福国给问一下，结果才知道孟焱竟然榜上有名。孟福先骑着自行车去了二道口乡，告诉了孟焱这个消息，并用自行车后座把孟焱驮回了幸福公社。一路上孟焱感觉自己半梦半醒、半信半疑。孟福先把孟焱直接驮到了火车站，孟焱坚持要亲自去县农业银行确认消息。

孟亚回家的第二天，孟焱刚好从县里回来，进了家门一句话也说不出来，大滴大滴的泪珠往下掉。

李秀云和孟亚吓了一跳，以为中榜的信息有误，直到看见孟焱递过来的录取通知书，一家人心头的石头才终于落了地。

孟亚说："这下可好了，我二姐也有正式工作了，以后再也不用到处找临时工做了。"

李秀云眼里也闪着泪花说："真是不容易啊，小焱总算熬出头了！"

孟涛问："那我二姐以后是不是要去县里上班了？是城里人了？"

孟焱说："不是去县里，就在咱们公社上的营业点上班，天天回家吃饭睡觉。"

李秀云说："那也挺好，在家门口上班，啥都方便。"

孟波叫着说："那我二姐有钱了，得给我买好吃的，买玩具，你上次把我的蛇都弄坏了！"

孟焱说："行，我赔你。"

孟福先对李秀云说了句："你这个当妈的，这回脸上更有光了。"就到院子里晒柴火去了，不再参与老婆孩子们的交流。

孟焱历经艰难得到的这份好工作，同样给父亲带来了安慰和快乐，但孟福先不喜言辞，他只是借说李秀云"脸上有光"的话，间接地表达了自己的心声和感受。

考上银行这个好单位，算是个天大的好事了，孟焱高兴是自然的，但毕竟是二十三四岁的大姑娘了，曾经单纯的天性和简单的快乐，已经被岁月的磨砺销蚀掉了一大半儿。工作有了，找对象也就成了迫在眉睫的事情。想到此，孟亚就觉得自己在这个时候跟父母提程立远，似乎是不合适的。二姐孟焱听了心里肯定不舒服，毕竟她大自己五岁，中间还隔着三姐孟美。老四都谈恋爱了，老二的对象还没个踪影，说起来怎么都不是个理儿。

孟焱拿到录取通知书两天后，就去县里报到了，参加新录用员工的统一培训。这对孟亚来说是个机会，刚好孟焱不在家，跟父母说起程立远的事情也方便些，可接下来的一件事，让孟亚又打消了这个念头，不想说了。孟焱去县里取录取通知书的时候，在老叔孟福国家里住了一晚，第二天又去建筑公司看了大姐孟兰。孟兰很高兴，高大龙当时就给了孟焱二十块钱，说是祝贺她找到了好工作。孟焱不要钱，说自己马上就工作了。高大龙就让孟焱把这二十块钱带给岳父母，让家里人买点儿好吃的庆祝一下。

李秀云拿到这二十块钱后，心里十分高兴，夸大姑爷想得周到有人情味儿，同时立刻就想到了三小叔子家的那笔债务，时间越长人情越大，就让孟涛去三叔家还钱。

李秀云在孟涛的衣服内里处缝了一块布，把二十块钱缝在了里面，叮嘱孟涛说："这样保险，见到你三叔再把这块布拆下来。"

孟涛问："那我给我三叔还钱的时候，我咋说呀？说啥呀？"

李秀云想了想说："也没啥好说的，你就说'三叔三婶，这钱借了一个多月，耽误你们花了'。"

结果孟涛就照着李秀云教的话一字不差地说了，三叔孟福生当时就不高兴了，责问孟涛："你说的这是什么话？"

孟福生平时跟几个侄儿侄女几乎没有交流，晚辈跟他的关系十分拘谨甚至是陌生的。面对三叔突如其来带着情绪的责问，孟涛一下子蒙了，他没想到三叔会生气，李秀云事先也没有教他几句备用的话，孟涛就这么没脸没面地回来了。

孟涛已经上初三了，性格内向的他心里装不下事，回到家里就甩给李秀云一副阴天的表情。李秀云担心孟涛路上把钱弄丢了，千叮咛万嘱咐的，一见孟涛窝窝囊囊的样子，心里就咯噔一下，问："钱送到了吗？"

孟涛说："送到了。"

李秀云放心了，说："我缝得那么结实，不会丢的。"

见孟涛还是不高兴，李秀云又问："钱还给你三叔还是你三婶了？"

孟涛说："他们两个都在家。"

李秀云说："我教你的话你说了？"

孟涛哼了一声说："就是你教我的这句话，我三叔不高兴了，问我'你说的这是什么话'，你也不教我点儿别的。"

李秀云一下子愣住了，反应了一会儿才说："那说啥呀？借人家钱不就是耽误人家花了吗？这也就是客气话，那还能啥都不说，把钱往他家炕上一扔就走吗？"

李秀云越想越生气，刚好孟福先从外面回来了，迎面就给了他一顿抢白："'人敬有的，狗咬丑的'，他就是仗着自己家里是双职工，生活条件比咱家好，就这么明目张胆地欺负人。不就跟他借了二十块钱嘛，就欠他多大的人情了，想说什么就说什么？你这大哥当的，一点儿地位都没有，谁都不拿你当回事儿。"

刚一进门，孟福先就遭遇了李秀云的一场狂风暴雨，他一时摸不着头脑，见到李秀云生气，便脾气也上来了："你这是干啥呀，刚进门就劈头盖脸的？这个家你还让不让我回来了？"

李秀云说："这个家门难进是不是？你去你三弟家试试，看他家的门好不好进！借二十块钱才一个多月就还他了，小涛去还钱说了一句'三叔三婶，耽误你们花了'，这就跟孩子鼻子不是鼻子脸子不是脸子的。还钱客气一句也是说明咱们有心，他怎么那么不知好歹，挑理见怪的？挺大个老爷们儿，心眼儿比针鼻儿还小。不就是嫌弃咱家穷，看咱们好欺负吗？他敢跟老四这样说话吗？老四的身份比他高，他有个屁都得夹着。"

孟福先终于弄明白了是怎么回事，他对三弟的话没有意见，而是对李秀云表达了不满："老三说那么一句话又能怎么的？犯啥大毛病，值得你这么小题大做的？"

李秀云的声音开始出现了破锣调："是我小题大做吗？你知不知道你几个弟弟都瞧不起你？因为啥？因为我是'锅台转儿'，因为你们家穷，想捡人家一件旧衣服一双破袜子都捡不着。谁真心想帮帮你？人穷就没骨气没尊严，低三下四地跟人家借点儿钱，就得看人家脸子听难听话。我这辈子在你们老孟家是抬不起头了，这都是托你的福啊！你这个大院长，把我的铁饭碗砸得稀巴烂，你损人不利己，现在尝到苦头了吧？"

李秀云和孟福先吵架的时候，孟亚一直坐在南炕沿儿上，她谁也没劝，始终没说一句话，她心里不知道该怪谁，似乎三叔和父母都对又都不对。一点儿事就能吵起来，三天一小吵，五天一大吵，解决什么问题了？没有。有什么办法不让他们吵架吗？没有。李秀云不可能重新就业，她失去工作的痛苦就不会停止，家里双职工的幻想永远都是幻想，这个残酷的现实每天都在积攒着炸药，只要遇到一件鸡毛蒜皮的小事儿做引子，炸药包就响了，一家人老老少少都要再受一次伤。

只是临返校前，孟亚装着无意间提起程立远和他就读的学院，李秀云就又把程立远和他的家人夸了一遍，说程立远学习有多用功，早晨四点钟就起床进园子里读书。

孟亚说："我觉得程立远不够聪明，他就知道死用功，他考的那个学院也没什么意思，毕业后离不开煤矿。"

李秀云说："煤矿有什么不好，也不用大学生下井挖煤。你老叔就是煤矿学院毕业的，现在是国家干部，又是局长。程立远的父母都不错，老实巴交的，那家人本分。"

孟亚见母亲马上就要接近主题了，便不吭声了。孟福先不参与这个话题，倒是突然间问了一句："你这次回来怎么不爱说话了？"孟亚不知道该如何回答父亲，觉得说什么都不合适，便一直沉默下来。

孟亚是提前一天回到卫校的，目的是有时间去看看程立远，也好认真地谈一谈他提出来的两个人的关系问题。孟亚她们返校后，只有两个月的复习时间，考完试后就各奔东西了，而程立远还有两年才能毕业。

见到孟亚时，程立远的腼腆中有一点儿激动，瘦瘦的脸上薄薄的肉皮里挤出了好多皱纹。孟亚看到程立远的手也很瘦，就像他的身材一样。程立远让孟亚到他的宿舍坐一坐，孟亚就随程立远走上了一级又一级的楼梯。

孟亚走进程立远的宿舍时，见到的还是高荣荣的男朋友江松林一个人，看到孟亚便像熟人一样打了招呼，说："程立远终把你盼回来了，一日不见如隔三秋啊。"

孟亚不接江松林的话，倒是发现程立远先红了脸。这次江松林明显没有离开的意思，而是找话题跟孟亚聊起程立远的事，孟亚心里就想，难道程立远请他做"说客"？

坐了几分钟后，孟亚提议到外面走走。程立远就随她出来了，说："那我请你看电影吧？"

孟亚问："电影院在哪儿？"

程立远说："离这里不远。"孟亚就随程立远走。

坐在电影院里，孟亚看不进电影里演的故事，程立远不停地说话，孟亚听不清楚他在讲什么，只是机械地点着头。孟亚心不在焉地看着电影，突然想上厕所，坚持了二十多分钟，一直都是坐立不安的，孟亚就提出不想看电影了。

去过洗手间后，程立远就陪孟亚往卫校的方向走，并主动提出来要给孟亚讲故事。故事很长，孟亚同样听得心不在焉。后来程立远突然不好意思地说："我忘了后面的故事了。"

孟亚如释重负地长出了一口气，嘴上却说："你记忆力挺好的，我就不会讲故事。"

程立远说："你当初如果不去考中专，肯定能考上大学。你聪明，我不聪明。"

孟亚就笑着说："聪明的是中专生，不聪明的是大学生，有这逻辑吗？"

程立远认真地说："你真的很聪明。我想知道你是什么意见呢？"

孟亚反问："你家里人知道这件事儿吗？"

程立远说："知道。"

孟亚又问："那他们什么意见呢？"

程立远说："他们都同意，我很尊重我家里人的意见的。"

孟亚问："你在家中是最小的，你父母你哥哥姐姐说的话，你都听吗？"

程立远说："听，他们说什么我都听。"

孟亚说："我和你可不一样，我喜欢听自己的。"

程立远说："我们两家人都比较了解，我也很佩服你，其实我不如你。"

孟亚笑笑说："干吗这么说？"

程立远说："真的。我不知道你对这件事儿是什么态度？"

孟亚想了想说："就是你信里的态度了。"

程立远听了就很高兴，马上又给孟亚讲了一个故事，快到卫校时才讲完，孟亚觉得很枯燥，听起来无聊。

程立远停下来说："这个星期天我来你学校，行吗？"

孟亚说："行啊。"

这件事太大了，虽然孟亚自己心里有一定的感觉，但她还是想听听别人的看法，既然家里人指望不上，几个要好的同学给点参考意见也是好的。

第二天大家都返校了，整理了一天杂务，一切安排就绪后，就投入了紧张的复习阶段，准备毕业前的最后一次考试。

孟亚心里很乱很烦，没心思看书，想到程立远这个星期天要来卫校，孟亚觉得自己应该有一个明朗的态度。孟亚把事情对苏英讲了，想让苏英给她当一次顾问，见一下程立远。

苏英听了孟亚的话，又像一块炭火掉到了脚面上，一下子跳开了，又是摇头又是摆手："我可不会，星期天你可别找我，你自己的事儿你自己拿主意。告诉你啊，星期天别找我。找我，我也不见他。"

孟亚一见苏英的态度，就嘲笑自己这不是病急乱投医吗？苏英哪是做这种事的料？不过苏英还算够朋友，她建议孟亚去找马莉，说："你去找那个专家，我断定她会一口答应的。"

苏英的话果真不错，马莉听完孟亚的请求，反应极其热烈，说道："这个我最内行，看看咱们孟亚的意中人是如何的风度翩翩。没问题，星期天见分晓。"

星期天一大早，苏英便夹着一本书逃之夭夭了，马莉则一副拔刀相助的英雄气概，本来星期天她一般都是要回家的。

孟亚坐在宿舍里，心神不定什么事也做不下去。正这样待着，一个同学推门进来，对孟亚说："楼下有人找你，说是你的老乡。"

孟亚一下子从床上站起来，马莉迫不及待地说："走，去看看。"

走出宿舍楼，远远地看见程立远正站在楼下等着。孟亚先给程立远介绍了马莉，程立远冲马莉堆起了满脸的皱纹。马莉只看了程立远一眼，便对孟亚说："你们谈，我有点儿事要去办一下。"说完便昂头挺胸地走了。

孟亚没让程立远到宿舍里坐，两个人又朝程立远学院的方向慢慢走去。孟亚说这段时间考试复习很忙，班上的同学每天都复习到晚上十二点钟。程立远说他们那里也是，那就等考完试再见面吧。

送走程立远，孟亚返回学校，正好看到了马莉。孟亚看着马莉不说话，等着她的意见。其实，马莉根本不用孟亚等，她用坚决的口气说："孟亚，你怎么搞的，眼光这么低啊？！"

孟亚露出不解的眼神。马莉说："你看好他什么了？"

孟亚没说话。孟亚知道，程立远在马莉这里是肯定过不了关的，他怎么能跟她的白马王子沈浩相提并论呢？

接下来的两个月里，大家都热火朝天地复习，准备着三年卫校生涯最后的冲刺。早晨四点多钟，校园的操场上就有捧书苦读的身影了。晚上十点以后，教室里还亮着灯光。

但这些时候，在这些地方，都找不到孟亚的身影。毕业前的两个月里，孟亚除了必须到教室学习外，大部分时间是在宿舍的床上度过的。特别是晚上十点以后，宿舍的一张桌子围了十来个人，大家把几门课程的复习题，一遍一遍过筛子似的翻来覆去地背，互相轮流考问，大有大敌当前的紧迫感。不到半夜十二点，没有上床睡觉的，只有孟亚是个例外。

孟亚这个时候做的最多的是写日记，在日记里想办法怎样才能拒绝程立远，又不让他感到伤心。拒绝是必须做的，而不让他伤心却难以避免，这种不能两全的结果，首先就伤了孟亚自己的心。

孟亚每天躺在床上，痛苦使她不想起来，不想出去见外面的阳光，她的这种痛苦谁也不知道，她也不想再向任何人讨主意听安慰了。经历了人生初次的感情折腾与极度的自我封闭后，在未来的岁月中，孟亚独立生存、自我抉择的个性越来越强了。

孟亚还没有毕业时，程立远他们学院就先放假了。孟亚决定为程立远送站。在火车站热气如浪的人群中，孟亚看着挤在长长队伍里的程立远，他一边随人流慢慢向前移动，一边不时朝孟亚艰难地笑笑。

孟亚心里非常难受。孟亚想，此时程立远虽然被人流挤得不舒服，但他的心里应该感觉很好，他不知道，此时前来送站的孟亚，马上就会给他这种很好的感觉画上一个句号。

在程立远快接近检票口的时候，孟亚鼓起勇气，递过去一个笔记本，说："留给你以后用。"

程立远笑着接了过去，说："你回去吧，等了这么长时间了，回去看书吧。"孟亚就想哭，但她的脸始终是平静的，就像程立远平时见到的那样。

在回来的路上，孟亚想，程立远这个假期会怎样过呢？以后不会再有见面的机会了。为什么会有这样一场没有意义的交往？结局已定，歉疚、沉重的思绪却不知何时才会停止。孟亚在心里反复念着写给程立远的那两句话：愿友情常在，祝你的未来更幸福。

毕业前夕，每个人都很忙碌，一边是一科接一科地考试，一边是赶着赠送礼物写留言，还有你我她不断地排列组合地合影留念。冷静地对待这一切的只有两个人，一个是苏英，一个是孟亚，她们两个一致认为多此一举。"最好的朋友之间不写留言"，这是孟亚几个姐妹的共同观点，所以，她们之间就看不见那些留言本子飞来飞去的。而对于那些主动递过来的其他同学的留言本，她们就格外热情，词句也格外生动美好，合上本子，写的是什么就忘得一干二净了。越是平时钩心斗角的人，这个时候越热衷于渲染离别的气氛。孟亚她们则一个个静悄悄的，只是在孟亚的提议下，六个人照了一张合影。

学校组织照毕业合影的那一天，孟亚自作主张，一个人待在宿舍里，把房门反锁了，班长来敲门她也没开。同届学生在一起照毕业合影，三个班加在一起有一百多名学生，孟亚一想到那张照片就觉得好笑，一百多个脑袋挤在一张照片里，每张脸有多大面积？和那么多没有来往的人聚在一起有什么意义？这三年的学习生活自己又不喜欢，留张照片纪念什么？该记住的自然会印在心里，不想记住的天天挂在眼前又有什么用？

半个小时过去了，听到楼外响起嘈杂的人声，孟亚知道"大团圆"收场了，便把宿舍的门打开了，刚往外一伸头，看见苏英的头从另一个宿舍里探出来。孟亚惊讶地问："你没去照相？"

苏英说："照个鬼！有什么用！你也没去？"

两人笑了一下，同声说："英雄所见略同。"

孟亚奇怪地问："你怎么不在自己的宿舍，跑别人宿舍去了呢？"

苏英说："我不在自己的宿舍，他们才更不可能找到我。"

孟亚就说："你真聪明！"

苏英不以为然地说："聪明也能往这儿用？"

最后一天，分配去向揭晓，班上的很多同学当场傻了眼。

统一分配服从分配是铁定的规则，由不得自己做选择，这似乎是大家一致的观点。可是偏偏叶文竹去了J市市政府的档案局，当然就凭她的那一手好字，去档案局也是有理由的。而高荣荣也意外地留在了附属医院当护士。大家都看得出，这两个人的去向绝对不是统一分配的产物。

马莉当时也呆了，回身扭头看着叶文竹，一对眼珠好半天都不转动一下。马莉分到了市总医院当护士，她家就是J市的，按照就近分配原则完全正当，而高荣荣和叶文竹都是上千公里之外的市县，这得多大的本事才能一个直接跳到市政府，一个留在了J市里的医院呢？高荣荣平时就跟叶文竹关系密切，看来真是兔子跟着月亮走，借了这么大的光可谓三生有幸，或许高荣荣另有背景也未可知。

苏英和李琳都回到了自己矿上的医院，算得上合情合理。总之这五个人互相离得都不算远，想见面还是十分方便的，只有孟亚前不着村后不着店，竟然被分配到了H市的区级医院当护士。远离家乡而且一个亲戚朋友同学都没有，想到那种忙碌辛苦的护士工作，孟亚就知道自己的高考梦即将成为泡影，她的心情糟糕透了。

两天后，同学们开始陆续离校，孟亚不想看见离别的伤心场面，谁走她都不送，就待在宿舍里。苏英哭了，对孟亚说："都走了。以后怎么办呢？"孟亚好久没说一句话。

而比孟亚情绪更糟的当数马莉，沈浩跟她分手了，与颜舒重修旧好。当初马莉以为是自己的勇敢和坚定战胜了颜舒，其实是颜舒自己主动退下来的，她当院长的父亲不满意未来的女婿是个大专生，相中了自己医院的一个本科生。可这个本科生偏偏不领这个情，对三粗五短的颜舒不感兴趣，最终便不了了之。颜舒本想另攀高枝却事与愿违，而沈浩又正需要帮助。于是，沈浩和颜舒旧情复燃，马莉与沈浩之间所谓的爱情便寿终正寝了。

马莉这次是真的要疯了，她满校园的找沈浩找颜舒，可是谁都没有找到。

毕业前夕的忙碌和混乱反倒帮了马莉的忙，没有几个人有时间有心思去关注她的失恋，不然的话，周围人的讥笑讽刺和看热闹的心态，一定会刺激得她更加疯狂。

事实上，马莉已经疯狂了，在学校里找不到沈浩，马莉就找到了沈浩的家，在沈浩家楼下，马莉与沈浩发生了争执，并且给了沈浩一个耳光，然后又用水果刀伤了自己。沈浩迅速将马莉送到附近的医院，马莉在医院里住了三天。这三天里，学校的学生都走光了，只有晚走的孟亚顺便帮她看着行李和衣物，等着她过来拿。

三天后马莉来了，那张刀条脸更加消瘦了，左手腕上缠着绷带，见到孟亚就哭，哭得撕心裂肺的。马莉咬牙切齿地说："我恨沈浩！整整三年啊，我所有的付出就这样白费了。我哪点儿不如颜舒？我比她两个都绰绰有余！"

过了一会儿，马莉又说："我也恨自己！不就因为我是护士吗？当初为什么要上这么个破卫校？把自己一辈子的幸福和前途都断送了！"

再过一会儿，马莉又说："我偏不信这个邪，凭什么一个小护士就能给我定终生？我非要混出个人样儿来，给他们那些狗人看人低的东西看看！"

孟亚能够体会马莉的心情和她的痛苦，自己拒绝程立远都这么痛苦，而马莉却是在一往情深的时候，被别人无情地拒绝，这种痛苦不知道要多过孟亚多少倍。而且生性要强的马莉，她和沈浩的恋爱关系在校园里几乎人尽皆知，这个一向自视甚高的人，哪里经历过挫折或者失败，尤其是感情上的被轻视被遗弃。

孟亚不知道该怎样劝慰马莉，她想起了苏英对这件事的态度。苏英一点儿都不同情马莉，曾对孟亚说："还记着我以前说的话吗？早就该看清楚自己，到现在都不知道自己是谁，'心比天高，命比纸薄'，到头来受伤的还是自己。"

送走马莉，孟亚就成了卫校里最后一个离校的学生。不是因为孟亚的车次晚，也不是因为帮马莉照看行李，而是她需要留在学校重新办理毕业分配手续，她有了新的选择去向。

叶文竹因为爸爸早已做好的周密安排，直接进了 J 市政府做档案管理员，虽然明摆着是靠关系进去的，但人家的一手好字也算是优势。大家除了吃惊和羡慕还能有什么反应呢？三年时间不算短，没有人知道叶文竹竟然有如此深的背景，她的家乡和 J 市相隔千里，风马牛不相及，真不知道她父亲到底是什么来头，而叶文竹竟然隐藏得如此之深。孟亚她们在吃惊和羡慕之余，心中又有些隐隐的不舒服，毕竟大家平日里的关系还是不错的。事后苏英对孟亚说："真人不露相啊，这种人你一辈子也摸不透。"而苏英、李琳、马莉的分配去向至少是合乎情理的，满意不满意是另外一回事。从有时间复习文化课备战高考这个角度讲，她们三个人能分到自家门口，也算是一件好事，毕竟守家待地的，吃住都方便，不用自己操太多的心。

相比之下，分配最不理想的就是孟亚了。照理说，能分到 H 市煤矿区级医院，比起山高路远的穷乡僻壤好多了，至少工作环境和生活环境不会很艰苦，但孟亚担心的正是这一点。工作环境好的地方工作量一定会很大，在 H 市规格最高、规模最大、医护人员最多的大医院实习了八个月，每天忙得不可开交，还要经常上夜班，想看书是十分困难的，更何况是高考复习，又不像看小说那么轻松随意。

在得知自己的分配去向后，孟亚的第一反应就是这个地方我不应该去，可自己的户籍又不在 J 市，家乡又没有煤矿，在分配问题上只能听天由命，自己又能做些什么呢？突然间，孟亚想到了一个人，自己的老乡——卫校附属医院的一个男医生，孟亚想了解一下学校是否有别的比较小的医院可以调换一下。

老乡医生十分热心，当下就带她找到学校的有关负责人，负责人说小医院是有，就是绿岭煤矿，是一个小煤矿，归省煤炭局直接管理。绿岭煤矿的位置，恰好是在学校和家乡的中间位置，孟亚每次坐火车回家或者返校都能经过，离家两个小时左右的路程。

孟亚一听喜出望外，问："我能去吗？"

负责人就说，历年来卫校的毕业生都有分配到绿岭煤矿的，但没有一个人去，都想办法"空中飞人"直接调走，今年没有分配学生去那里，没想到却有人主动要求去。那位负责人说毕业分配是个大事，让孟亚考虑好，将来后悔就来不及了，因为绿岭医院的条件肯定不会好过 H 市区医院。

孟亚的那位老乡一听这话，就先替孟亚犹豫了，说："你自己能拿定这个主意吗？要不要跟家人商量一下？你如果想去的话，肯定能去上。"

孟亚一点儿都没犹豫，轻轻地点了一下头，说："我去。"

办理完相关的手续，已是毕业后的第三天了，校园里空空荡荡的，很难见到一两个人影，三天前还热闹得要命的校园，此时像换了一个世界。老师、同学、朋友，他们都在哪里？不论过去如何，一切眨眼间就成了往事，成了记忆。景物依旧在，情意何所堪。

在这静悄悄的七月里，孟亚在心里对自己提了一个要求，要以平静的情绪走出卫校，永远离开销蚀掉了她三年宝贵青春时光的地方。

孟亚是在 8 月 28 日到绿岭煤矿医院报到的。下了火车后，孟亚独自一人往矿山里面走，行李留在了火车站上。

孟亚打听明白了医院的方向，便顺着一条弯曲的公路，随着三三两两的行人向着前面有一片房子的地方走去。孟亚不担心会走错路，因为眼前只有这一条路，并且一眼可以望到很远。

火车站，顺着铁轨的方向堆满了乌黑发亮的小煤山，一些人正忙着从一辆辆大卡车上往下卸煤，那些装卸工衣服黑得发亮，脸上戴着大口罩，口罩也是黑的。一路上不时有运煤车驶过，车上站着几个同样肩宽体壮的"黑人"。

火车站往前走的路边有一座突然平地而起的小山峰，山上长了许多歪歪扭扭的小树。绕过这座山，路的两边便是十分开阔的田野，一直延伸到远处苍翠的山岭，互相连接衬托，看上去特别醒目，给人一种清清爽爽的感觉。大段的山脉起起伏伏的，非常有层次，近处山上的树木清晰可见，都是清秀笔直的松树。

孟亚一边走一边想，这个煤矿看来确实不大，似乎只有这一片房子，好像农村的一个小镇，比幸福公社还要小。走了大约二十分钟，孟亚接近了这片房子的边缘，又问了一下方向，继续往前走，还是同一条路。

孟亚一边走，一边左右看，她看见在接近山脚下的地方有一排很陈旧的平房，甚至可以说破旧，因为有几扇窗子用的不是玻璃，而是木板封住的。一扇小门开着，里面黑洞洞的，门口上方的灰墙上画着两条细细的条状红线。孟亚觉得这排房子很差，比刚才在路旁看到的那些房子差很多。

那排画着两条红线的房子离孟亚有一百多米远，孟亚就心不在焉地走了过去，一直朝前面很漂亮的一排砖瓦房走去。那排房子是最后一座建筑物，再后面就是横向的山和茂密的树林。孟亚想，这应该就是医院了，大约四十分钟的时间，孟亚就已经走到绿岭煤矿道路的尽头。

孟亚直接去的是绿岭煤矿的林业办公部门，而她刚才视而不见的黑房子却正是绿岭医院。孟亚返身走向她未来工作地点的时候，还没有别的想法，只是觉得奇怪，那两条线原来是红十字，但怎么画得那么不标准。孟亚怪自己还是迟钝了点儿，应该想到这就是医院的，毕竟那门上画的是红十字，虽然红条窄了些。

孟亚一边觉得奇怪，一边就走到那两条红线下面的门里去了。走进去一看，一个小走廊一共只有四个门，西边的一个还是上了锁的，东面的三个门也是关着的，没有声音。

孟亚走近第一个门，透过门缝看见里面好像有人，就敲了一下门并推开。一个女孩子的脸露了出来，穿着白大褂。女孩子长得小巧玲珑，眉目清秀，手里正拿着一根长长的点滴管，看样子是在清洗输液管准备消毒，看见孟亚便问："你找谁？"

孟亚说："我是来报到的。"

女孩子不解地看着孟亚又问："报什么到？"

孟亚说："我来这里上班，今天刚刚报到。"

女孩子说："上班啊？那你得找陶院长，他在门诊部，就是前面的那栋房子。"女孩子说完，冲着窗外指了指，孟亚顺着她的手指方向就看到了一栋丁字形的红瓦房。

孟亚的出现，让陶院长像五岁的小孩子等到了过年一样。听完孟亚的自我介绍，陶院长又一次咧开嘴笑了，长着双眼皮的小眼睛亮晶晶的。陶院长五十来岁的样子，个子也就一米六，不胖不瘦，挺和气挺慈善的，给孟亚留下的第一印象还不错。

陶院长马上就问孟亚行李在哪儿，孟亚说在火车站，还没有取来。陶院长说话速度极快："一会儿我就安排良之去帮你取回来。我先领你上矿招待所，给你安排住的地方。"

在门诊部，孟亚还见到了医院的大部分医生和护士，除了刚才的那个小姑娘，孟亚再没有看到三十岁以下的年轻人。那个小姑娘叫王晓玲，和孟亚同岁，她的工作地点在住院处。陶院长当下就安排孟亚去住院处工作，和王晓玲在一起。

去矿招待所得往回走，在刚才孟亚走的那条路程的三分之一地段，需要十多分钟的时间。陶院长说了很多话，孟亚也听明白了一些，最紧要的，是她现在只能住矿招待所，矿里的职工宿舍已经住满了，要等到以后看看是不是还能有空出来的。

到招待所开了房间，接待孟亚的是一个年轻的女孩子，身材高挑浓眉大眼，睫毛非常长，自我介绍叫胡琴。孟亚吃了一惊，没想到这个小矿山里竟然有长得像明星一样的女孩子，胡琴长得特别像电影演员方舒。

不一会儿就安排好了房间，孟亚正在简单地搞卫生，一个中等身材的男人来到了门口，手上戴着一副白色的线手套，正是陶院长说的那个良之。

"嘿嘿，我叫蒋良之。"蒋良之是孟亚看到的绿岭医院的第二个年轻人，三十岁出头的样子，眼睛特别黑、特别亮，鼻子有点儿翘，嘴唇有点儿厚。蒋良之一见到孟亚就笑了。

孟亚说："我还以为你姓梁呢。"

蒋良之说："我不姓梁，我姓蒋。你是孟亚吧？陶院长让我帮你去火车站取行李，你把取行李的手续给我吧，能信着我吗？"

孟亚说："给你添麻烦了，不好意思。"

蒋良之又嘿嘿了一声，说："你们知识分子就是客气。我骑自行车去，很快的。"

王晓玲是自来熟的性格，就像全世界的人她上辈子就认识似的，她同你的熟悉是看不出任何心机的那种单纯，就像对待每天说不定要碰到多少次的邻居那样，用不着拘束，用不着客气，也用不着提防。

孟亚觉得同王晓玲在一起工作，是一件很轻松的事情，但两个人永远也不可能走进对方的心里，完全找不到与苏英她们在一起的感觉。王晓玲的爸爸原来是绿岭矿的矿长，退休好多年了，王晓玲就是凭着这种关系进的医院，反正打针送药是件很简单的事，一学就会，她根本就没有经过正规的教育和培训，就是跟两个老护士照样儿学样儿。医院只有四个护士，另三个都是土打土造的半老婆娘，没有一个人是学校毕业出来的。

说是住院处，其实只有两个病房，其中一个还是专门安排给一个矿工常年使用的。矿工的名字叫许中华，二十八岁，六年前在井下作业时受了伤，成了高位截瘫患者。换句话说，在医院的这间病房里，许中华已经度过了近两千天。许中华受伤的时候还没有结婚，受伤以后自然更不可能结婚了，他每天的生活都由他最小的弟弟许四照顾。大家都不知道许四大名叫什么，但能够猜得出他在家里的男孩子当中应该排行第四。许四平时走路特别快，但却抬不起来脚，他的喇叭裤很长，拖在地上像扫帚扫地一样。

孟亚上班第一天就去了许中华的病房。许中华虽然并不需要医院特别的治疗和护理，他只是把这个病房当成了自己的家而已，但孟亚还是想看看这个男人的情况。看到许中华的时候，孟亚的心里一下子很难受，胸口堵着就有点儿想哭。

当时许中华正"坐"在床上，他的床是专用的病床，靠近上身的部分升得很高，后背垫着很厚的海绵垫子，头顶有两只吊环。许中华的两只手正紧紧地握着吊环，手臂上的血管膨凸出来，像平坦的原野上突然爬出来的一条条长蛇。许中华非常英俊，宽宽的脸庞，在那张清瘦而缺少血色的脸上，大大的眼睛充满了神采。这神采一下子让孟亚感觉到，这样的生命是多么的让人心痛。

许中华看到穿着白大褂的孟亚，冲孟亚无声地笑了一下。那张笑脸让孟亚又联想到，如果这个男人能够四肢健壮地在地面上跳跃，他的青春该有多么美好，他的爱情该有多么美好！

孟亚是在上班的第二天认识李文贤的。李文贤是住院处的医生，住院处有两名医生轮流值班，孟亚报到那天刚好是他休班。住院处只有一个办公室，既是医生办公室，也是护士处置室，还是医生晚上的值班室，这一点让孟亚感觉十分奇怪，也许小医院就小在这里吧，一切都不正规。

见到李文贤时，孟亚记起她已经知道这个医院有四个医生是戴眼镜的，而在这四个医生当中，只有李文贤最具医生的气质。孟亚的这个判断来自李文贤说话时文质彬彬、略带腼腆的表情，还有高高的个子，略白的皮肤。李文贤三十八岁，这是王晓玲告诉孟亚的，医院里任何一个人的年龄她都知道。"因为医院太小了，绿岭煤矿也不大。"王晓玲说。

办公室也就是处置室，有一只二号水缸，用来存水以防停水时用的，里面存着大半缸水，已经存了好多天了。王晓玲想把缸里的水换掉，可她又不想费事用瓢一下一下往外掏，便想把水缸放倒，让水一下子流出去，办公室地中间有一个地漏。

王晓玲试了几下都搬不动这口缸，这时刚好李文贤拎着一只扁扁的皮包进来了，见王晓玲吃力的样子，便叫她停下来。李文贤找了一根比大拇指略粗的塑料管，把一端放进水缸里，用嘴对着另一端用力吸了一下，然后迅速松开嘴并用手掌堵住管口放低，水一下子便哗哗地自动流了出来。

王晓玲表情奇怪地说："咦，水还能这样从下往上流啊？"

李文贤笑着说："这在物理上叫作'虹吸现象'。"然后他就给王晓玲讲起正压负压的知识，王晓玲"嗯嗯啊啊"地应着，也不知道听懂了没有。

不到半个月，孟亚对全院二十名医务人员的情况有了大致的了解。虽然孟亚只有十八岁，在走向社会凭直觉去评价判断人和事的同时，她也知道应该小心谨慎地为人处世。孟亚清楚自己不会妨碍任何人任何事，因为她没有把绿岭煤矿当作久留之地，但目前毕竟在这里工作生活，她的原则就是与任何人都保持不远不近的关系。工作上很容易应付，剩下的时间就是自己的了。

孟亚没有想到的是，在这个小小的地方煤矿医院，还真有一些"名人"。孟亚在药房认识了古文学，在内科认识了范凤梅，这对夫妻是六十年代的哈医大毕业生，在绿岭煤矿安家落户已经十几年了。古文学皮肤黑黑的，以他的皮肤色泽，下到基层的煤矿医院当医生似乎恰如其分，如果不知道他是医生，走在路上你把他当成煤矿工人也不过分。范凤梅胖胖的，皮肤同样比较黑，如果不是戴着一副高度近视镜，也许她更像一位家庭妇女。还有内科五十一岁的周志伟医生，说是内科医生也不是特别准确，因为医院的分工不是很明确，这里的医生，对于简单的皮外伤都是能处理的。周医生有时候也到住院部值班，和李文贤轮换。

周志伟个头矮矮的身子扁扁的，习惯性动作是时不时地把眼镜摘下来擦一擦，冲你说话的时候，露出一口被烟熏得发黑的牙齿，闭上嘴时，松弛的脸上会出现两个很明显的酒窝。这是个文艺型的老医生，据说也是从大医院下来的，他的老婆比他小了整整十岁，在绿岭小学找了一份财务工作，可能是陶院长帮忙联系的，夫妻二人是五年前来到绿岭煤矿医院的。人们私下里说，周医生是拐了别人的老婆到绿岭医院避风来了。

孟亚心里不记这些事，她只是喜欢看周医生的钢笔字，写得像名家的书法一样，非常富有美感。周医生还擅长写诗，有一次孟亚在医院后面的山脚下采了几枝野花，弄了一个水瓶插进去，放在住院处的办公桌上观赏。周医生到住院处闲逛，看到了桌面上的生机，当时就在一张空白的诊断书上写下了四句七言诗，诗文里有责备对美丽与生命摧残的意思。孟亚很惊奇周医生的文采，一气呵成竟然无一字修改，不但诗文押韵且用词优美准确。

孟亚想起了唐代诗人杜秋娘的《金缕衣》，当即也回了周医生一首诗，大意是无人去折花采花，它也会自然凋谢，把它放在自己的眼前精心在意地欣赏，这对花来说何谈摧残呢？周医生就对孟亚摇了摇他那颗大脑袋，脸上露出了两个深深的酒窝。

门诊部还有一个五官科医生万嘉栋，竟然是个南方人，具体是哪个省的，孟亚从他的口音上听不出来，也没有认真去追问。万嘉栋的年龄在医院里是最大的，有五十四岁了，个子很高，这一点不像南方人；很瘦很白，这一点又不像北方人。万嘉栋的满脸皱纹给人一种老中医的感觉——不急不慌不恼不怒不争不夺。万嘉栋一天到晚离不开茶，经常是从五官科走出来，五官科和护士长办公室是合在一起的，站在走廊里，手里时刻端着一只高脚玻璃杯，里面有大半杯水，很多暗绿色的茶叶在里面慢悠悠地浮动，就像万嘉栋下班后走路回家似的不紧不慢。听说万嘉栋的老婆比他大四岁，没有工作闲在家里。万嘉栋的性格非常好，从来不跟同事高声讲话，也不会跟老伴吵嘴发脾气，但也永远都是在下班时不紧不慢地往家走。有心的人就看出来了，那个家对万嘉栋似乎没有多少吸引力。看万嘉栋一副与世无争的样子，好像生来就是这个世界的旁观者似的，孟亚真是难以想象，万嘉栋年轻时有过惊天动地的恋爱，到现在他偶尔还会提上一两句，尽管回忆时还是老中医般的神态。这话是坐在万嘉栋对面桌的护士长朴顺子说的，平日里跟万嘉栋接触最多的就是她了。

朴顺子是个爱说爱笑的朝鲜族人，走路时两只胳膊前后摆动得很快，跟你说话就像她走路一样，很随意地说一下就过去了。到门诊部来换药的皮外伤病人，基本上也都是朴护士长负责处理。别看她平时说说笑笑的，给病人揭脓疤缝伤口绝不手软，但她更多的时候是坐在办公室里看报纸，跟眼前能看到的人蜻蜓点水般闲聊。

以上这些人都让孟亚觉得挺有特点，也觉得绿岭医院虽小，但庙小和尚大，还是挺够档次的，只是条件和设备差得太多。

当然，也有另一些人物，让孟亚觉得最好敬而远之，比如曲无道这个人，虽然是医生，但给孟亚的第一印象却像社会上的地痞。曲无道长得尖嘴猴腮，走路时总是一只手插在裤袋里，另一只手夹着一支香烟。不知道曲无道是哪个卫校毕业的，据说谈恋爱时女方不同意了，他便给人家毁了容，被判了两年刑。曲无道现在的老婆没有工作，很瘦的一个中年女人，对曲无道唯命是从。曲无道在医院是管防疫的，什么事儿都没有，但他一天天好像很忙似的，经常同那两个老护士说笑话打骂仗，什么话都说得出来。

与外地来的医生相比，本地医生占了小部分，除了陶院长，还有外科的刘大来，四十出头儿身体强壮，走路时身体摇摆幅度很大，说话粗声大气烟不离手随地吐痰。刘大来的爱人张桂珍是绿岭小学的校长，一个人高马大的女强人。

招待所很吵，不是因为外来住宿的人有影响，而是"自己人"闹得凶。其实，虽然是矿里的招待所，但几乎没有外地人来这里住宿，不到十间房，全被新来矿里工作的人占据了。

孟亚的隔壁住着四个新分来的男中学教师，每天下班以后回到招待所，隔壁就传来了吉他、二胡和箫等好几种乐器的声音，就是个大杂烩，却弄不出一个正调来，简直就像鬼哭狼嚎。经常听到有一个唱京剧的，唱的片段是《智取威虎山》里杨子荣的打虎上山，孟亚觉得像有谁被狼追赶着往山下跑，英雄变成了狗熊似的。唱完了还不算，四个人经常喝酒，从食堂里打几个菜回来，划拳行令连吼带叫一直闹到深夜。

有一天，孟亚想看小说了，就想这几位刚出校门的年轻教师手里肯定有文学刊物，便过去敲开了他们的门。门一开，差一点儿把孟亚呛个跟头，屋子里的浓烟快把几个人淹没了，可他们每个人嘴上还叼着烟，像深夜里的萤火虫一样闪着亮光，五六个绿色的空啤酒瓶躺在地上。

见到孟亚站在门口，有两个男教师有点儿不好意思了，但叫张力的那个小个子却大着嗓子喊："孟医生，能不能赏个脸，过来跟我们一起同甘苦共患难？"其实张力没喊，只是他说话的声音特别洪亮，和他黄豆粒似的小个子一点儿都不相称，简直是天壤之别。

孟亚说："你们这是干什么呢？不怕中毒吗？也不开门放放烟。"

张力的眼睛红红的："不怕，现在是没有什么可怕的了。你是说吸烟有害健康，酒喝多了下一代会是痴呆儿，是吧？你放心，到了绿岭煤矿，我准备把一生都献给这里的教育事业，老婆孩子都省下给别人了。"

另三个人都劝张力别乱说，孟亚赶紧提出想借几本刊物看看。张力又说："你倒有闲情逸致啊，真的这么开心？"

孟亚说："听你的话，你们不愿意到这儿来是吗？"

几个人一起苦笑着摇头，实际上是表示同意孟亚的分析。张力说："难道你是个例外？"

孟亚点点头，几个人便不解地看着她，大大的问号写在脸上。孟亚不想做解释，拿了《人民文学》和《小说月报》便逃了出来。书是一个瘦高个儿男老师找给她的，弯曲的头发里长了几根白发。

"醉生梦死吧。"回到房间的孟亚，听到隔壁张力声嘶力竭地叫喊，还有酒瓶子碰撞的声音。

半个月后，矿上的宿舍还是没有房间，陶院长就对孟亚说，门诊部的化验室还没有开展业务，但里面有些化验药品，有点儿气味，问孟亚愿不愿意搬过去住。

孟亚到化验室看了一下，房间不大，四周墙角上的白灰都已剥落，露出了沙子，药的气味很大。孟亚想了想，决定还是收拾一下就搬过来住。一是上下班方便，可以省出时间多看点儿书；二是这里比招待所安静得多，除了那几个醉生梦死的家伙几乎天天胡闹，招待所外面还经常放露天电影，距孟亚住的房间也就二十米之遥，对她的学习干扰很大。

孟亚认为还是搬到医院来住好一些，但这样一来，离矿食堂又远了，吃饭就有点儿困难。陶院长说，医院有电炉子，有时间可以自己煮点饭吃，再到食堂买点儿馒头什么的。孟亚认为只要学习方便就行，至于吃饭问题，一个人好办。

除了学习文化课，孟亚还非常想看文学书籍，在卫校的三年时光里，这曾经是她中专生活必不可缺的一部分。如今来到这个地处偏远、封闭落后的小煤矿，孟亚有一种与世隔绝的感觉，精神生活的匮乏会导致整个人生存状态的瘫痪，这种感觉非常强烈，有时甚至让她有点儿透不过气来。从张力他们那里借来的两本刊物，没几天的工夫，就被孟亚看完了。孟亚像个饥不择食的人，开动着脑筋，想着还有谁能与文学书籍有关系。

一天晚上，孟亚正在房间里看书时，胡琴来了，问孟亚要不要开水。平时都是自己去走廊的一头儿打开水，孟亚感觉胡琴是想接近自己。这么漂亮的女孩子愿意跟她交往，孟亚心里当然高兴。胡琴说："我看你好用功啊，都参加工作了，还要天天这样学习吗？"

孟亚正在看高二数学，不好当着胡琴的面收起来，只好按兵不动，笑着说："反正下班也没事儿，不想浪费时间而已。"

胡琴径直走过来，拿起桌子上的数学书，说："你还学高中数学啊？当护士还用得着数学吗？"

孟亚只好赶快转移话题，说："我想看文学刊物，可是借不到，从隔壁那几位中学老师那里借的几本刊物，都看完了。"

胡琴说："你认识他们？"

孟亚说："不太认识，就是借了一次书。"

胡琴说："他们几个可不像你这么安静，天天大吵大闹的，喝醉了没个老师样儿。张力最能疯，魏老师他们三个人还文明些。"

孟亚就问："你跟他们熟悉吗？"

胡琴说："比你熟吧，天天见面。小个子叫张力，个子高一点儿的、有点儿驼背的那个是魏老师，中学教语文的。还有教英语的赵老师，教物理的董老师。"

孟亚说："你是什么时候来这里上班的？我看你年龄也不大。"

胡琴说："我哪有这么好命，一毕业就有这么好的工作。我这是替我爹上班呢，他前段时间脚脖子扭了，我刚好待在家里没事儿干。高中毕业都快一年了，闲得好烦。"

孟亚想问胡琴是否参加过高考，转念一想还是别问了，读完高中肯定要参加高考的，胡琴应该是没考上。孟亚正不知道说什么好，胡琴倒是坦率地说："高中白读了，啥也没考上，好羡慕你啊，年龄这么小就是干部了。"

孟亚说："一个护士，有什么好羡慕的呢？大学我不敢说，中专还是不难考的。"

胡琴说："聪明的人都这么说，对我来说就难了。"

孟亚说："听你说话，就知道你是个聪明人，比我聪明多了。"

胡琴笑了一下，露出一口洁白整齐的牙齿，长睫毛大眼睛熠熠生辉，胡琴的漂亮让孟亚自惭形秽。临出门前，胡琴说："我那里有《小说月报》，等我拿给你看。"孟亚听了喜出望外，感觉心里又开了一扇窗。

过了几天，孟亚又开辟了新的借书渠道，她想到了哈医大药剂师古文学，这个正规大学毕业的高才生。学历高的人素质自然高，素质高的人必定有修养，有修养的人应该爱文学，更何况他的名字里就有"文学"二字，这是孟亚总结出来的一般规律。

果然，药剂师没有让孟亚失望，他给孟亚提供了一个重要线索：矿里曾经有个图书馆。"曾经？那现在呢？"孟亚迫不及待地问。

药剂师手里捏着一包药，从窗口递给一个患者，然后转过身对孟亚说："现在？这我就不知道了。据说原来图书馆的房子改成托儿所了，好像没有图书馆了。"

"那书呢？图书馆里应该有很多书吧？比如说中外名著。"

"那是有。几年前我还去过那个图书馆，里面的书还不少呢，你想看的书都有。这个小地方，哪有几个人正经看书？"

孟亚非常着急地问："那我到哪儿去找这些书啊？"

药剂师见孟亚一副赶火车的样子，便说："等下午下班，我带你去矿里问问吧。"孟亚表示衷心感谢。

下午，孟亚随古文学去了矿里原来的图书馆旧址，远远地就看见幼儿园门前的木栅上晒着婴儿的小衣物，还有五颜六色的尿布，一个中年阿姨正抱着一个孩子在门口晒太阳。阿姨当然认识大名鼎鼎的药剂师，但她却不知道现在的图书馆在哪里，甚至不知道她和尿布霸占着的竟然是从前的图书馆。

古文学站在原地思索了几分钟，又带着孟亚来到了矿工会，得到了一个准确可靠的消息：图书馆没有了，但搬出来的书堆在了另外一个地方的仓库里。古文学带着孟亚又去了那个仓库。

当孟亚在仓库里的地面上看到堆成小山一样的书籍时，她带着难以抑制的惊喜扑了过去，挑选着她喜欢的书，全然不顾发黄的纸堆上厚厚的尘土。

孟亚挑选了五六本书，开门的那个人说，尽管这不是正式开放的图书馆，但也得按规矩办事，一次不能借太多，药剂师说："'借'？谁上这儿来？这些书就等着当废纸引火，还不如让她多拿几本，也算是废物利用。"

孟亚借的书有《约翰·克利斯朵夫》《静静的顿河》《猎人笔记》等小说，

还有两本莎士比亚戏剧英文简写的小册子。孟亚大喜过望，快乐而归。

孟亚很快规范了自己的工作和学习，制定了作息时间表，除了工作，从早到晚把时间安排得满满的，她通过魏老师借来一整套高中文科课本，开始有计划地自学起来。来到绿岭快一个月时，孟亚已形成了自己的工作学习和生活规律。

一些医生和护士见孟亚一天天手不离书，很奇怪地问她："都毕业了，还看书干什么？"还问："一个人待在这么小的地方，闷不闷？"还问："你怎么会到这个小地方来？多少年都没有毕业生来这儿工作了。"孟亚说："我自己要求来的。"问话的人不相信地看着她。孟亚想想也对，自己又没说来这里是准备考大学的，别人怎么可能相信她说的是真话呢。后来她就不解释了，再有人问的时候，还没等孟亚说什么，王晓玲就说："小孟是自己要来的。真的，我知道。"

每天清晨，孟亚走在矿区那条褐黄色的公路上，迎接着刚爬起来的太阳。早上五点钟起床，十分钟洗漱完毕后，孟亚便拿着一本英语书出了门。

矿区早晨的空气格外清新，远远近近的山，山上那些茂密的树丛和高高低低的野生植物，用浓浓的绿色将矿区团团围住，像重重的侍卫保护着一个刚刚醒来的婴儿。一片片晨雾像洁白无瑕的白云在半山腰上轻轻滑动，一刻不停地变换着形状，那种轻盈与纯洁，似乎要把你的心托起来，擦干净，然后带着它走远。炊烟升起来了，弯弯曲曲地在空中伸长手臂，将一条条灰白色的丝带高高抛起。天色渐渐明亮起来，在太阳照射下一轮橘红色的弧形边缘显露出来，好像怕引起你的注意，它悄悄地不让自己发出一点儿声音。明亮而柔和的光芒静静地在地面和空气中织出无数的金线，每一条金线都发出暖暖的热量，被它所及的万物在快速升温……孟亚的血液循环加快，尚有睡眠留下的一丝混沌，被新鲜而灿烂的阳光迅速清扫干净，双目明亮有神。公路蜿蜒着向远方伸展，在大地、青山、天空与太阳之间，像一条长长的河流，穿过无边的山川沟壑，醒目而坚定地向前……当火红的太阳顽皮地跳向天空，向世界宣告它的到来的时候，地球上的一切生灵都为之欢欣鼓舞了。

孟亚在绿岭医院工作满一个月的时候，刚好是国庆节。她回了一趟家，把第一个月工资剩下的一半带了回去。孟亚的工资是四十二块五，在财会室领到钱的时候，孟亚非常高兴，觉得手里的钱真多啊！矿食堂的饭菜质量很差，价格却有点儿高，如果顿顿一菜一饭的话，再去掉日用品的消费，一个月也就剩不下多少钱了。孟亚准备以后隔三岔五自己做点儿饭菜，王晓玲说她家园子里的菜多得吃不了，给孟亚拿一点儿，就够她吃两天了。

孟亚这次回家，全家人都很高兴，只是孟兰和孟美不在。孟焱已经正式上班一段时间了，岗位在营业厅服务窗口，每天下班回到家后，都挤时间练习数钱和写阿拉伯数字。单位的钱不可能带回家来，孟焱就用十块钱换了一百张一毛的纸币。数钱的方法有很多种，一张一数的，两张一数的，还有五张十张一数的，几个月练习下来，孟焱数钱的速度已经相当快了，看得家里人眼花缭乱的。写阿拉伯数字其实也不是一件容易事，每个数字都有特别的书写规矩，银行有专门的练习纸，纸上有从 0 到 9 的虚字，像练书法最初的描红，练久了以后就能自己独立地写。

孟亚在家里也跟二姐学数钱和写阿拉伯数字，学了几天也没有多少进步，但心里还是很高兴。李秀云也很高兴，说："咱们买点儿肉包饺子吃吧？"

孟福先有点儿不同意，说："也没过年包哪门子饺子？"

李秀云就说："小亚不是回来了嘛，又带了工资回来。"

孟亚说："买点儿肉行，咱们炒两个菜吧，我们矿里的食堂有时候有炒菜的。"

李秀云说："我不会炒，只会炖。炒的菜不熟，细菌都杀不死。"

孟亚说："我来炒，炒的菜比炖的菜好吃。"

李秀云就带着孟亚去供销社买了点儿肉回来。买肉的时候，李秀云告诉孟亚肉的颜色暗红一点儿的好，颜色不正的说不定是死猪肉。回到家，孟焱早已按照孟亚的吩咐，从地窖里翻出了几个青辣椒和两条胡萝卜，秋天储存到现在一个多月了，辣椒都有点儿干瘪了，但大部分绿色还在，胡萝卜的情况稍好一些。

孟亚把肥多瘦少的肉切成丝，炒了两个菜端上了桌。整个炒菜的过程李秀云一直在旁边观看，几次告诉孟亚说："多炒一会儿，肉一定要熟透啊！"

李秀云做了大米干饭，配上两个炒菜。一会儿的工夫，饭盆和菜盘子都见了底，每个人都说好吃，孟涛和孟波更是吃得狼吞虎咽。

李秀云说："炒菜真比炖菜好吃，咱们家这么多年，还是小亚给开了个头儿，第一次吃炒菜。小亚，你跟谁学的？"

孟亚说："没跟谁学，一想就是这么回事儿，一点儿学问都没有。"

李秀云说："还得是年轻人，聪明！"

孟波说："妈，你以后天天给俺们炒菜吃。"

孟焱说："没有肉再怎么炒也不会这么香。天天炒菜，哪有钱天天买肉？"

孟涛说："你一个月不也三十多块钱工资吗？"

李秀云说："三十多块钱够干啥？以前咱家细粮都给别人家领了，自己净领粗米吃，现在收入稍微多一点儿了，也就能尽量多给你们领点儿大米白面，还敢天天买肉炒菜吃啊？"

孟亚从家里返回单位的第二天，就搬到了医院的化验室，除了简单的行李和生活用品，分量最重的就是书了。

两个老护士贺秀兰和王桂芝到化验室转了一下，王桂芝说："你晚上一个人在门诊部住，怕不怕呀？"

贺秀兰说："还有打更的老耿头儿呢，他在走廊西头住。"

老耿头儿是个无妻无女的孤老头，六十多岁了，左腿有残疾，走路一瘸一拐的，他打更的地方就在丁字走廊竖线部分的尽头，而孟亚住的化验室是在丁字走廊横线部分的中间，离得远着呢。

陶院长倒是细心，有一次带着孟亚打开了妇产科室的门，在丁字走廊竖线部分的中间位置，这间科室从来没有开过业，跟化验室一样，都是名义上的。陶院长对孟亚说："这间也是空的，就是挺潮的，你要是自己做饭吃，这里冬天可以储存大白菜。"

第二天上午，蒋良之就给孟亚送来了半麻袋白菜和土豆，用自行车从家里驮来的，王晓玲也从家里给孟亚拿了几个紫皮大萝卜。

到了四点多钟的时候，医院里基本已经没有患者了，孟亚坐在住院处办公室里看英语书。

孟亚平时在单位是不看高中课程的，不想让别人知道自己想考大学。住院处经常是静悄悄的，偶尔有皮外伤的矿工过来包扎或者换药，也都是很简单的工作。如果医生不在，换药通常都是孟亚来做的。轻伤患者一般都在自己家里养伤，重伤患者会转院送到县城或市里的大医院去，所以，住院处是没有常住患者的，孟亚也就能够如愿以偿地看书学习。尤其到了下午四点多钟的时候，打针、换药的事情都处理完了，是孟亚的心最安定的时候。

王晓玲又跑到门诊部帮忙去了，这个女孩子不喜欢看书，也不喜欢跟门诊部的那些姨们谈家常，但只要门诊部注射室的阿姨们让她帮忙，她则是有求必应的。门诊部的注射室有两个半护士，一个是四十多岁的贺秀兰，丈夫在矿上当技术员；一个是三十五岁的王桂芝，丈夫四年前去世了，留下了两个儿子，大的六岁，小的才四岁多。那"半个护士"叫吕秋莲，快三十了才当妈，一天上不了半天班，中午和晚上都提前收工，忙着回家给孩子喂奶。

下班的时间快到了，孟亚抬头往窗外看了看，只见王晓玲从门诊部的方向走过来，深一脚浅一脚，像是在黑夜里走路似的。进了办公室，孟亚发现王晓玲的脸色有点儿青白，说话的声音抖得很厉害："不好了……出事了……井口出事了。陶院长让我告诉你，不要下班……等他们来。"

孟亚再问什么，王晓玲一边摇头，一边急急忙忙脱下白大衣往墙上挂，上下两排牙齿碰得"咯咯"地响："吓死了。我可不在这里了。我害怕……我得回家。"

孟亚来到门诊部想问个究竟，她看到在场的医生和护士个个都神情紧张，陶院长跑来跑去，先安排了两个有经验的医生直接去井区，其中就有李文贤。李文贤今天本来休班，是陶院长临时打电话叫过来的。陶院长随后又吩咐原地待命的医生护士们分头做好准备，比如急救药品和担架之类的。

孟亚听到药剂师古文学低声说了一句："准备？说不定啥都用不着了呢。"王桂芝听到这句话，当时人就贴在了门口的墙上。

孟亚觉得事情来得太突然，想问些什么，但此时没有人能够说得清楚。她就跟大家一样，站在门诊部的门口，向着井区的方向眺望。

井区离医院至少也有两公里，但因为井口处的煤石堆得很高，远远地就能看见一座灰色的不长树和草的"山"。到了晚上的时间，井口就有悬起来的灯，证明几十米上百米深的地下，有几十上百个活生生的人正在大地深处辛苦劳作。

早已经过了下班时间，天色渐渐暗了下来。贺秀兰和王桂芝两个老护士都说冷，双手在胸前交叉，不停地摩挲双臂，其实这种冷是由紧张和沉重带来的。

孟亚此时还体会不到沉重，因为她还不知道"出事儿"意味着什么。大家一直在等，等到肚子空了，咕咕叫了，还要等。等到饥饿感都消失了，还在等。等到天色完全黑了，星星都出来了的时候，终于听到一阵又一阵急匆匆的脚步声由远及近，奔着医院的方向来了。

人们立刻重新紧张起来，各自按照临时的分工迅速回到指定科室，等待即将开始紧张的抢救工作。然而杂乱的脚步声却从门诊部门前响过，朝住院处的方向一路响过去了，医生护士们又一窝蜂似的往有声音的地方跑，孟亚听见有人反复地说："完了。完了。"

这起事故中有六名矿工遇难，其中四个人的遗体当晚就被送到了住院处西侧的太平间里。太平间是用薄薄的木板钉成的，里面的地上铺的也是木板，四名矿工刚好可以躺进去，几乎把小小的太平间占满了。

医院的医生分成四个组，每组两个人，负责一名遇难矿工遗体的清洗和包扎。分到第四组时，只剩下了周医生一个人，陶院长看看几名护士，问道："你们谁能去？"几个老护士都往后退，连说害怕。孟亚轻声吐出两个字："我去。"

孟亚走近太平间的门口时，有七八个看热闹的人站在门口，孟亚从他们头肩的缝隙看到了太平间暗淡泛红的光亮。孟亚不知道死亡矿工是一副什么样的惨状，她为自己想出了一个能逐渐适应那些遗体的办法。孟亚踮起脚，从一个缝隙往太平间的最远处看，最先看到了一个矿工的双脚，然后是厚厚的黑黑的矿工服，再往上，是黑炭一样的大手，直到一张睡着了的脸。

事故是因井下瓦斯爆炸，爆炸引起燃烧，燃烧导致缺氧，这四名矿工都是由于窒息和一氧化碳中毒而死。一氧化碳中毒的面部特征是口唇呈樱桃红色，面部有些肿胀但很红润，所以虽然矿工躺在太平间里一动不动，但看上去就像睡着了一样。孟亚分开堵在门口的矿工，平静地走了进去。

这些矿工的身体多少都有些伤，有的手腕骨折了，有的手指断掉了，而每个人的双手都成焦炭色，有一层被烧灼后翘起来但没有完全剥落的黑皮。孟亚和那些医生的任务，就是把死亡矿工的衣服用剪刀剪开，把伤处包扎好，把面部清洗干净，手上的黑皮清除掉。

人死后衣服是很难脱的，而这些矿工服又很硬，矿工穿得又很厚。孟亚和周医生负责处理的矿工高大健壮，衣服裤子也就又宽又长。孟亚用的是手术室常用的那种不锈钢剪刀，要剪开厚厚的被煤粉及汗渍浆过一样的衣服，很是吃力，不一会儿握剪刀的手掌和手指就磨起了水泡。

不知道周医生从哪里弄来了一把大剪子，女人们平时做针线活儿用的那种，说："小孟，你干小活儿，给他洗脸、擦手，我来剪他的衣服。"

孟亚便用手术刀为矿工剪手上烧焦的肉皮。矿工的手指还没有僵硬，孟亚得抓住那只还带有生命余温的手，才能把那些黑皮剪得彻底些。把两只手剪好洗净后，孟亚用绷带把他的手仔细地包扎起来，然后给矿工清洁脸部。可能是受到一些挤压，那名矿工的眼睛半睁着，眼睑边缘处积了许多细小的煤渣和煤粉。孟亚用脱脂棉球蘸着生理盐水，十分小心地给这个男人擦脸洗眼睛，她不敢用力，像担心会把这个人弄醒了似的。

遗体完全处理完毕时，已经是后半夜一点多钟了。走出太平间，一阵清冷的山风刮过来，孟亚的心不由得紧缩了一下。几个医生一边往门诊部的方向走，一边说着话，周医生提议大家一同去吃点儿饭，孟亚的胃便一阵痉挛，有点儿想呕吐的感觉。

到了门诊部的门口，周医生问孟亚："小孟，你今晚会不会害怕？"

孟亚问了一句："为什么？"

周医生说："小孟胆子真大。"

回到化验室，孟亚打开白炽灯，刺目的灯管发出"噼噼"的声音，这个声音很响，孟亚觉得满世界除了这种声音就没有别的了。声音像一根根看不见的针，从四面八方一齐往孟亚的脑子里钻，所有的压力都集中在脑壳上，里面却是空的。

孟亚在桌子前坐下来，打开日记本，她没想到自己会如此平静地记录今天的经历，她忘了自己只有十八岁。孟亚在日记本上写的最后一句话是：我是正规学校毕业的护士，我没有资格害怕。

第二天还没到上班时间，孟亚在化验室里就听到了远处传来的哭嚎声，声音越来越近、越来越大。一夜之间就成了孤儿寡母，六家遇难矿工的家人汇成了一支庞大的哭丧队伍，披麻戴孝白茫茫一片。

孟亚走出门诊部的大门，看着老老少少悲痛欲绝的面孔，听着撕心裂肺的哭声，心中百感交集。王桂芝站在她身边，一直不停地抹眼泪，她曾经就是这些人群中的一员，四年前丈夫遇难的情景又回到了她的眼前。

人群中有两家人与另外四位死难矿工亲属的举止有些不同，他们先是到了医院，停留了一会儿又奔矿井去了，因为他们的亲人还在井下。虽然眼下还生死不明，但所有的人心里都明白，那一丝希望不过是自我欺骗罢了，他们更加盼望的是早一天见到亲人，哪怕是冰冷的遗体。但谁知道要等到哪一天，地下的他们才能够重见天日。

果然，另外两名矿工的遗体五个月后才被找到，瓦斯爆炸所引起的巨大冲击力，导致大面积的煤层塌陷并造成了井下巷道堵塞，难以判断死亡矿工的准确位置，只能在日后的采掘过程中慢慢寻找。由于两名矿工身材比较相近，都比较瘦小，在井下漫长的一百多天里，高温已致使遗体高度腐烂，当两个人在同一天被发现后运到井上时，遗体早已面目皆非，连他们的家人都辨认不出哪一个是自己的亲人。

第七章　一九八一年

　　孟亚搬到化验室三个多月的时候，单位会计葛立秋提出来要与孟亚同住。葛立秋已经三十三岁了，对象还没有，医院里有人在背后叫她"老姑娘"。葛立秋长着刀条脸，下巴尖尖的像被刀削了似的，脸上有一些不清不楚的小疙瘩，左眼还有点儿外斜视。孟亚听别人讲，葛立秋当年是下乡知青，她的家人在另一座城市，唯独她在绿岭煤矿一待就是八年，大姑娘熬成了老姑娘。

　　葛立秋的来龙去脉谁都不是很清楚，孟亚更不想搞清楚，她不是对别人的生活感兴趣的人。英语ABC、历史地理、中外名著，等等，这些令人开阔视野、增长才能的知识，才是她所需要并且真正有兴趣的，其他的人和事对她来说都是可有可无、听听而已。在孟亚的潜意识里，她一直认为自己与这里的人和事是没有任何关联的，更不会与这个环境里的人和事发生任何纠葛，至于周围的那些人喜欢怎样生活，有多庸俗、多无聊、多狭隘，她孟亚不关注、不评价、不参与。

　　葛立秋以前在王桂芝家里住。虽然在孟亚一个人独住时，每天晚上潜意识里都会有些害怕，由于是平房，到了晚上的时候，窗外一片漆黑，而且总是有山风在刮，孟亚经常担心会有人扒窗子。至于走廊里，孟亚也很担心，虽然有老更夫，但他晚上没什么事做，经常到住院处找人聊天。住院处晚上有值班医生，还有许中华和许四。李文贤晚上值班时，家住住院处附近的全老师也常去找李文贤。几个寂寞的人凑在一起，没话找话说，时间便容易打发了。

　　全老师在绿岭中学教英语，同李文贤的关系好到什么程度，孟亚不太清楚，但她知道全老师晚上到住院处，并非完全是冲李文贤本人去的。冬天里住院处的暖气温度不高，医生晚上值班时会烧电炉子，更夫有一半的原因是来烤火的，而全老师则是为了省电费来的。

　　全老师这个中年男人很会勤俭持家，性格上可能自然就带了大事小事都爱计较的倾向，他和老婆蔡老师经常吵架。全老师养着八十高龄的老母亲，不知道这是不是两个人吵架的原因之一。据说有一次全老师正给学生上英语课时，竟然接到了法院的传票，蔡老师起诉了他，要跟他离婚。婚是没离成，但这个家庭大矛盾没有、小矛盾不断，日子就像是错了位的两个齿轮，在磕磕碰碰中一天天地转下去。全老师仍旧为了省几毛钱的电费和几分钱的水费，隔一天在李文贤值班时就拎着一只空铝壶准时前来。

葛立秋搬到化验室以后，孟亚就立刻感到自己的日子有了许多不满意的地方，她当然不好对葛立秋提要求、立规矩，而只能适应或忍受这个老姑娘的生活习惯。葛立秋有洁癖，不知道是老姑娘的特性，还是每天无事可做养成的习惯，本来并不脏的衣服，要用洗衣机洗上五六遍，医院有洗衣机，就放在化验室里。洗衣机轰轰隆隆响个不停，自来水哗啦啦流个不断，孟亚看书时的那点思路，就像一只逆流而上的小纸船，一会儿就被汹涌的波涛冲得顺流而下没了踪影。

葛立秋的第二个习惯，是每天晚上睡觉之前躺在床上揉肚子，顺时针逆时针揉完多少圈，然后再用手"啪啪啪"地拍，说是这样能帮助消化。孟亚相信这个方法肯定是帮助消化的，因为葛立秋这套保健操还没有做完，就已经听到效果了，有几个响屁被放了出来。葛立秋就会对正在看书的孟亚说："你看看，是不是好使？"

葛立秋的第三个习惯，是关灯才能睡得着觉，这个习惯是大多数人都有的，关键是孟亚看书兴致正浓的时候，葛立秋早早就上了床，弄得孟亚一边看书，一边看表，因为要不了多久，葛立秋就会催她睡觉。

孟亚对于葛立秋倒没什么太大的反感，只是觉得对学习有一些影响，所以她尽量在白天没事的时候抓紧时间多看书。葛立秋对孟亚的学习倒是很赞赏的，她有时也对孟亚讲一些医院里的人际关系，孟亚有时就同她说上几句，也简单谈一点儿自己的看法，她的看法完全是对事不对人的。葛立秋就说孟亚的想法和同龄人不同，最起码跟王晓玲就完全不一样。

葛立秋说："你这么小，思想就这么成熟，真想知道十年后你是什么样子。"孟亚当时认为三十多岁的葛立秋是年龄很大的人，自己到了这个年龄是什么样子，根本就没有想过。孟亚认为不管到什么时候，她和许多人都会不同的。

孟亚知道，医院虽然只有二十几个人，但也分成几个派别，葛立秋同王桂芝关系不错，但两个人更多的是生活上的联络，毕竟葛立秋单身在外，而王桂芝没有配偶，留葛立秋这样的女人在家吃住都方便，还可以给她做伴儿解闷儿。葛立秋同刘大来医生的老婆，也就是小学校长张桂芬关系更近一些，刘大来和张桂芬是夫妻，跟一个人关系好就等于跟两口子关系好，这基本是不会差的。葛立秋虽然是个单身老姑娘，但人家是从大城市下来的，她一点儿都不自卑也不内敛，很有点儿老姑娘的脾气和性格，凡事不会让自己受委屈，特别是对出纳员徐玉霞，说话间经常带着指责甚至不屑。

徐玉霞人过四十，身材偏胖、皮肤较白，两颊上浮着小片血丝。陶院长对徐出纳特别好，经常去她的办公室，因为徐出纳还兼管医用材料，谁要领纱布、胶布、注射器、消毒水之类的，都要找她。医院的钱和物都有一部分与徐玉霞有关，陶院长跟谁打交道都正常，跟徐出纳接触多当然也应该是正常的。

陶院长对李文贤也不错，他对李文贤从来不叫李医生，而是一口一个"文贤"，所以，根据逻辑推理，孟亚认为，葛立秋既然不是陶院长的亲信，她对李文贤也不会有多少好感。

在一夜之间就会有大雪封门的时候，孟亚开始为自己的英语学习苦恼。除了每天跟半导体学一点儿，再按自己的计划背单词、写句子，孟亚感觉自己的英语学习像老牛拉破车一样进度太慢。孟亚认为要学好英语，必须面对老师，看口型、练听力，她觉得自己学的是哑巴英语。

有一天上班的时候，孟亚无意中同李文贤提起了这件事，之所以对李文贤讲，是因为李文贤也在学英语。孟亚是在一次早晨上班时，发现李文贤学英语的。那一次李文贤下了夜班，等着早晨的交接班，他坐办公桌前读英语课文。李文贤是美式发音，音调很婉转很柔和，孟亚当时的感觉是又惊又喜。惊的是李文贤已经三十八岁了，居然还在自学英语，这需要很大的毅力。自己这么小的年龄，有时候在学习上还想打退堂鼓，看看李文贤，自己不是应该更努力一点儿吗？喜的是这么小的医院，真是"人才济济"，连英语这么高深的知识都有人学，自己在英语学习方面找到了一个老师，这无疑是一件值得高兴的好事情。

其实，孟亚同李文贤在英语学习上没有任何交流，原因很多，一个是孟亚认为自己的英语水平太差了，隔窗听李文贤读英文，她一句都没有听懂，两个人根本不是一个层次，怎么能拜李文贤为师呢？第二个原因是，李文贤从来不在人前看英语书，甚至当孟亚还没有走进办公室时，他就早已将英语课本放进自己的文件包里了，他好像不希望别人知道他在学英语。

李文贤不是周医生那种性格的人，李文贤总是温文尔雅，对人总是客客气气，孟亚同李文贤没有太多的交往，更不好意思说拜李文贤为师的话了。但孟亚知道李文贤绝对是个正人君子，陶院长之所以看重李文贤，不是因为他有什么学历、有什么后台或者会拉关系，而是因为李文贤太"文明"了，工作踏实、听从指挥、服从命令，从不发牢骚或者不高兴，哪里像有些人阳奉阴违、整天钩心斗角，挖空心思想要拆他陶院长的台。

孟亚听葛立秋讲过，李文贤两年前报考过研究生，不知道报考的是什么专业，但是没考上。李文贤原是上山下乡的知识青年，当过赤脚医生，跟他岳父学的医学。现在的李文贤是不是还准备考研究生，谁都不知道，但知道了李文贤这样的经历与毅力，孟亚得出一个结论，如果整个绿岭医院想选出一个好人来的话，李文贤是当之无愧的。

绿岭煤矿矿区内没有邮局，邮局在火车站附近，寄封信很不方便。孟亚刚刚离开校门之初，同学之间的书信来往还是很多的，而李文贤的家就在邮局的后面，他上下班骑自行车单程就要二十几分钟，不是很方便，但邮局在他的家门口，倒是方便了帮孟亚寄信。

孟亚每次求到李文贤时都很客气。李文贤也就一句话，说："这点小事儿，不用这么客气。"

李文贤有一次对孟亚说，他家附近有一个小吃店，麻花炸得很好吃，问孟亚要不要。孟亚每天吃饭都是马马虎虎的，麻花是油炸食品，不像馒头那样容易凉和硬，买几根可以吃上两天，孟亚就让李文贤买两根过来。李文贤在第二天上夜班的时候给孟亚带来了麻花，并亲自送到门诊部的化验室。孟亚没让李文贤进来坐，李文贤也没有进去坐的意思，孟亚知道即使说了这样的话，李文贤也绝不会进来坐的，而她也绝不会说。

在葛立秋搬来化验室之时，孟亚同李文贤以同事的身份相处，只是如此而已。

有一天李文贤上白班，孟亚很随意地提起了学习英语遇到的困难。李文贤马上说："你可以去全老师家看电视，他也在学英语。周一、三、五晚上六点二十分钟开始，每次的电视英语节目二十分钟。"

孟亚说："那怎么好意思打扰人家？我跟全老师又不熟。"

李文贤说："不熟有什么，时间长了就熟了嘛，等他哪天晚上过来烧水，我跟他说一下。"

孟亚认为还是不妥，她听葛立秋说过，全老师和蔡老师之间经常闹矛盾，人家夫妻之间本来就不和气，自己去人家学习，肯定不方便，但她没对李文贤说出这种想法，只是说不想去全老师家看电视。

李文贤认为孟亚把一件小事弄复杂了，很不以为然地说："他家电视又不是专为你播放英语节目，他看你也看，看完就走呗，有什么不方便的？我晚上值班的时候，有时候也上他家看英语。要不这样，等我值班的时候，你和我一起去。"

孟亚觉得这个主意倒是不错，同李文贤一道去，蔡老师就不会有什么想法了，一想到自己马上就能看上电视英语，孟亚心里特别高兴。

电视英语节目是《Follow Me》（跟我学），当那个风度翩翩的西方男子一节节地登着楼梯，春风满面地回头说"Follow Me"的时候，孟亚顿时感觉英语学习为她打开了一个新的天地。以孟亚的英语基础，这样的节目对她来说还是有一定难度的，以前完全靠自学，而且学习的时间不是很长，半导体的英语课程进度又慢，她的口语和听力都很差，所以孟亚每听完一次节目，就很盼望下一次的学习。

全老师一家人，包括蔡老师和全老师的父母，对孟亚还是很热情、很客气的，再说有李文贤一起去一起回，孟亚的顾虑就少了一些。只是李文贤并不是刚好在有电视英语节目的时候值班，而每逢他不值班的时候，孟亚就很着急又很无奈，她从来不会一个人跑到全老师家看电视。

每逢李文贤值夜班的时候，孟亚会非常准时地提前六分钟走出门诊部。从门诊部到住院处只需要三分钟。李文贤一见到孟亚，就会立刻收起桌上的书，同孟亚一道走出住院处，从住院处到全老师家也只需要三分钟。

北方的冬天黑得很早很快，等电视节目结束时，外面已经是一片夜色了。李文贤每次都拿着一只很长的手电筒，里面装着三节电池，光柱可以照射到很远的地方。从全老师家出来，走出那条很短的小巷，李文贤就照直走回住院处，而孟亚则向右拐回门诊部。李文贤从来不送孟亚到门诊部，只是在走到住院处的门口时停住脚，将手电筒的光柱一直对着门诊部的方向，直到孟亚走到门口那里。

看了几次电视英语节目后，有一天李文贤说省广播电视大学英语班招生，让孟亚也报名参加。孟亚问都考什么课程，李文贤说考文科课程，英语、语文、数学什么的。孟亚一听就摇头说，自己基础太差，考不上。这样说着事情就过去了。

就在当周的星期天，李文贤和全老师就到县里考试去了。等到下周星期一的晚上，刚好是李文贤值夜班，一想到又可以看电视英语节目了，孟亚心里就一阵高兴。

像往常一样，孟亚看着表出了门诊部。这大下午天黑得格外早，因为还没有下班时就开始落雪，两个多小时了，雪不但没有停，反而越下越大。下雪的时候，天气不会很冷。孟亚顶着雪花，脚下发出吱吱的踏雪声，向亮着灯的住院处走去。

推开值班室的门，孟亚发现全老师也在，地上的电炉子上正烧着他家亮铮铮的铝壶，老更夫也在。看到孟亚进来，李文贤开口就说："你错过了一次机会，你应该去参加考试的。"

全老师说："你去的话，肯定能考上的，题很简单。你这么喜欢英语，还不参加电大学习？今年是第一期，三年就可以毕业。你怎么不去呢？"

听了两个人的话，孟亚心里就一阵懊悔，既然这么容易考，自己怎么就没去试试呢？考取了这个班的话，以后就可以经常参加县里的集中上课，英语水平会提高很快的，自己对英语那么喜欢，是不该错过这个机会的。

孟亚就这样懊恼着，发现电视英语节目的时间已经过了，但地上那壶水还没有沸腾的迹象，而全老师和李文贤谁也没有提出来该看电视了，两个人还在很起劲地聊着考试的事。

就在孟亚想着是不是该回门诊部看书的时候，她无意中看了一眼窗外，发现一块玻璃窗外面出现了一张女人的脸。办公室的窗玻璃是东拼西凑而成的，有乌色的，有用碎玻璃条拼起来的，只有左下角的那一块玻璃是完整而且透明的。因此，当那张女人的脸出现的时候，站在值班室中央正面对窗户的孟亚就看得格外清楚。孟亚认识那张脸，那个女人是李文贤的老婆艾飞飞。

艾飞飞还算是个漂亮的女人，个子很高，人到中年了，身材还很苗条。

艾飞飞在她家附近的一个理发店上班，为自己设计发型当然就十分方便，而她又属于很喜欢打扮自己的女人，头发经常翻着"大波浪"，走起路来腰身扭摆的幅度比较大，加上她的爱说爱笑，说话中夹带着的笑声很夸张，这种女人对男人是很有吸引力的。

孟亚听药剂师古文学的老婆内科医生范凤梅说过，艾飞飞在绿岭煤矿是个很有魅力的女人，这个"魅力"的含义是另有一番解释的。哈医大夫妇同陶院长是对立面，李文贤自然成不了他们的盟友。

艾飞飞给孟亚最深刻的印象是，她那张脸很白，白得让人隔十米远就能闻出化妆品的味道。再看艾飞飞那种随时可以翩翩起舞的腰身，孟亚觉得李文贤竟然娶了这样一个活泼开朗的老婆，真难以想象，性格如此不同的两个人，竟然能够生活在一个屋檐下。但孟亚又听葛立秋说过，李文贤对艾飞飞非常好，以前经常在家里给艾飞飞做发型。

艾飞飞的白脸贴在那块透明的玻璃上，仅仅停留了几秒钟便一闪而过。孟亚当时便脱口而出："李大夫，我嫂子来了。"刚来医院工作时，孟亚称艾飞飞为阿姨的，李文贤让孟亚改口叫嫂子。孟亚的理解是，李文贤不想在孟亚面前以长辈自居，这体现了他对人平等的一种心态。

李文贤正同全老师说着话，听到孟亚很大声音的提醒，便转过头看着孟亚，不假思索地说："不可能。这么大的雪，这么远的路，她跑来干什么？"

孟亚说："真的是我嫂子，刚才就站在窗外，我看得清清楚楚。"

李文贤还是一口否定："肯定是你眼花了。我刚从家里出来，她也没有什么事儿，怎么可能上这儿来呢？我们都没看见，肯定是你看错了，你认识我家你嫂子吗？"

全老师和更夫都说没看见，孟亚仍然坚持说："当然认识。那块玻璃离我不到两米远，绝对不会看错的。"

李文贤见孟亚说得这么肯定，便站起身说："不会吧？我出去看看。这么大的雪，天又这么黑，她会上这儿来？我家离医院有四里多路呢。"

李文贤出去不到一分钟就转了回来，对孟亚说："哪有的事儿？外面连个人影儿都没有，如果她真的来了，早进屋了。"

孟亚就觉得很奇怪，只是说："反正我真的看见她了，不会错的。"

经过这样一段有头无尾的插曲，几分钟又过去了，孟亚再次看看表，电视英语已经快结束了。本来没有参加考试的事已使孟亚心里懊悔，再加上又错过了英语学习，孟亚的感觉十分糟糕，她想还是赶快回宿舍看书吧，不要在这里白白浪费时间了，便同李文贤和全老师打了个招呼，离开了住院处。

走到室外，雪比刚才下的更大了，地上的雪是白的，空中的雪是灰的，而落雪的天空则是黑的，漆黑一片，像一口巨大无边的铁锅扣下来。

孟亚踩着已经淹没鞋子的深雪往门诊部走，一推开门诊部的门，突然间有一种说不出来的又惊奇又欢喜的感觉，她看见艾飞飞正同葛立秋站在门口的走廊处说话。

孟亚又一次脱口而出："是嫂子来了。我同李医生说，他还不相信，嫂子你进屋坐啊！"

艾飞飞看了孟亚一眼，转过头对着葛立秋："不了，我跟葛会计说几句话。"孟亚就自己回到了化验室，按照当日的学习计划翻开了高中地理书。

十多分钟后，葛立秋也回到了化验室，孟亚继续看书。此时，孟亚脑子里与艾飞飞相关的思维一点儿都没有了，葛立秋在化验室里转来转去地忙些什么，孟亚也没有注意到。

葛立秋这个晚上没着急睡觉，好像很精神的样子。孟亚心里多少有点儿高兴，这样可以多看点儿书，把刚才耽误的时间补上。

直到孟亚完成了当天学习计划，站起身走到床边准备睡觉时，葛立秋才问了一句："你今天又去学英语了？"

孟亚只简单地说没学上，并说全老师在住院处，她没说电大考试的事。

葛立秋以为一提起学习英语，会启发孟亚把话题扯到艾飞飞身上，这样的话，葛立秋这个晚上就会因为这个话题过得很愉快。但孟亚没提，孟亚根本就对艾飞飞来医院不感兴趣，她的思维还在刚才学过的课本上。

葛立秋见孟亚没有按照她的思路往下接话题，只得主动挑开了话头，说："艾飞飞干什么来了？这么个大冷的天儿。"

葛立秋这样一说，孟亚才想起艾飞飞来医院的事，也就想起了刚才同李文贤的一番话，便说："是啊，我对李大夫说她来了，李大夫还不相信。"

葛立秋问："艾飞飞没有见李文贤啊？"

孟亚说："没有。不然的话，李大夫怎么能说我看花眼了呢。"说完这句话，孟亚便不吭声了，关了灯准备睡觉。

见孟亚没了下文，葛立秋在黑夜里又说了一句："你说这不有点儿奇怪吗？她这么远的跑来，又不是找李文贤，那她来干什么呢？"

孟亚顺口说了句："是挺奇怪的，她不是在走廊里跟你说了半天话吗？"

孟亚终于问到了这样一句话，葛立秋总算等到这个话题了，却装作吞吞吐吐地说："她问我，你是不是每天都去全老师家看电视学英语。"

孟亚心生奇怪，说："她问这个干什么？跟她有什么关系？"

葛立秋说："我也不知道啊，不过她好像挺关心这事儿的，要不，你说这么黑的天，她一个人跑到这儿来，又不找李文贤，你看她不是冲着这个来的吗？"

葛立秋说到这里，孟亚总算明白了一点儿什么，说："是不是因为我同李大夫一道去全老师家看电视？"

葛立秋说："我也不知道，反正我问她去不去住院处，她说不去。我送她出门时，看她真的没往住院处那边走，好像直接回家了。"

孟亚感到很好笑，说了句"真有意思"，很快便睡着了。

第二天一上班，孟亚就不可能像昨天晚上那样轻松地笑了。不过几分钟的时间，葛立秋就像广播电台的播音员一样，在医院里播过了早间新闻，几乎所有的人都知道了艾飞飞昨晚来医院的事儿。葛立秋怎样说的，孟亚不知道。葛立秋在传播过程中作了怎样的发挥和想象，孟亚也不知道。只是在孟亚像往常一样准备出门时，门诊部注射室的两个老护士推门进来了。

贺秀兰开门见山地为孟亚打抱不平，鼓着一对金鱼眼说："小孟，你不要为这件事儿生气，小艾那个人我们最了解，整个绿岭煤矿最疯的女人。你和李大夫的事儿没人相信，你别听他们瞎叽叽。"

刘桂芝说："就是，别上火啊！艾飞飞真不是个东西，大雪天跑来捉奸来了。"

孟亚当时就变了脸色，她突然有一种祸从天降的感觉，只是思维一时还调整不过来，还没来得及说什么，范凤梅也扭着胖身子进了化验室，也是来为孟亚"撑腰"的："小孟，你别在乎那个疯子说什么，你以后也别去别人家看什么电视了，自己在家学唄。全老师也不是什么好东西，我要是知道的话，都不能让你去他家看电视。谁都知道你爱学习，单位的人都没想别的，说不好听点儿的话，就算李文贤是那种人，俺们都不相信你是那种人。"

听了几个女人的一番"好心"劝慰，孟亚已经没有什么可说的了，也什么话都说不出来。出了门诊部往住院处走的时候，孟亚胸中像有汹涌万丈的河水冲向窄窄的河口，撞击着她此时已成障碍的胸骨，她觉得此刻必须打开一道缺口，不然她就不可能再做任何事了。

推开住院处办公室的门，李文贤不在。王晓玲正往身上穿白大褂，见孟亚不说一句话转身要走的样子，在她身后喊了一句："小孟，你忘拿东西了？回门诊部拿书是吧？"

回到门诊部，孟亚一言不发地逐个科室看了一遍，还是没有看到李文贤，她想李文贤应该是下班回家了。

孟亚找到正在门诊部修理窗户的蒋良之，说："良之哥，把你的自行车借我用一下。"

蒋良之眨着黑黑的眼睛，咧着厚嘴唇说："我那是男式自行车，太大了，你骑怕不行吧。你要上哪儿去？要不要我送你？"

孟亚说："不用。"

蒋良之说："那你等一下，我找把扳子，把车座放低点儿，你就能骑了。"

蒋良之给自行车调整车座时，不时看一眼孟亚，嘿嘿笑了一声说："你这是要去哪儿啊？那个大下坡可得注意啊，慢一点儿。脚刹比手刹好用，手刹刹急了容易摔跟头，许四上次都摔沟里去了，人差点儿没摔过去。"

孟亚漠然地说了一句："没事儿。"

蒋良之又说："要不你先在这儿骑一下试试，看哪儿不合适，我再帮你调调。"

孟亚骑着蒋良之的自行车，沿着绿岭煤矿唯一的公路，朝着火车站的方向飞奔而去。这条公路坡度很大，医院这个方向是上坡，火车站方向是下坡，中间有一段路又特别陡。许四曾经因为喜欢骑飞车，下坡的时候手刹脚刹都没用，结果把自行车前轮跑飞了，自己被摔到路旁几米深的沟子里，脑袋撞到一块石头上，缝了五针，孟亚给他换了一个星期的药。

孟亚这次就是冲着不要命去的，下坡的时候不但不控制车闸，反而加快了速度，自行车一路飞着往下冲，几次都挨到了公路的边缘。孟亚此时非常希望像许四那样，一下子就栽进路旁的深沟里，栽下去之后就再也不要爬起来了，如果一切就这样能够在瞬间结束，那该多好。

穿过几道铁轨，把自行车推过一段几乎成四十五度角的上坡路，前面不远处就是邮局了。孟亚不知道李文贤的家，但她以前自己也到邮局寄过信，认识了负责收信的五十多岁的老太太。老太太非常爱说话，孟亚第一次去寄信时两个人就熟了，孟亚叫她吴姨。当得知孟亚在医院上班时，吴姨就主动提到了李文贤，并说他们两家是邻居。现在，孟亚找到吴姨，也就等于找到了李文贤的家。

孟亚说不清楚自己为什么要来李文贤的家，但她认为自己必须来，而当她敲开李文贤的家门时，她又一次感到了意外，医院书记夏志辉正坐在李文贤家的炕沿儿上。

一见到孟亚，夏志辉和李文贤同时现出了十分意外的表情，孟亚只冲李文贤问了一句"我嫂子呢"，便再也说不出话来，眼泪终于像开了闸门般一泻而下。

李文贤说："她回县里去了。在我昨天晚上上夜班离开家时，她什么都没说，家里什么事儿都没有。"

孟亚说："这到底是怎么回事儿啊？我一点儿都不知道。"

李文贤说："我也不知道是怎么回事儿。"

夏志辉说："我过来也是想了解一下这件事儿。"

孟亚顿时感觉天都要塌了，她心中的整个世界都变黑了，夏书记比她还早一步到李文贤家，竟然是来调查了解李文贤和她孟亚男女关系之事的。

孟亚在心里问：这个世界和这个世界上的人，你们到底荒唐不荒唐？有关她和李文贤的桃色新闻已经沸沸扬扬，甚至连医院的书记都把它当成工作来调查了，可这两个主角自己却还蒙在鼓里浑然不知。

李文贤并没有安慰孟亚，这个突然出现的事件把他也搞糊涂了，他不知道怎么安慰孟亚，而且他本人也是受害者。最为关键的是，直接导致这种恶果爆发的，正是他自己的老婆，李文贤不可能当着外人指责自己的老婆。李文贤只是对夏志辉说："那些人说我什么都不要紧，关键是小孟，她的年龄这么小。"

李文贤还讲了"三人成虎"这个典故，李文贤说这些话的时候，还跟平时一样，温文尔雅，一副书卷气。孟亚不明白李文贤怎么能如此平静，泪水再一次涌了出来。

孟亚并不认为这种无聊透顶、荒唐透顶的事，同年龄大小有什么关系，她为那些无知、愚蠢、无事生非、心术不正的人感到悲哀，感到愤怒，她一遍一遍地在心里对自己说：荒唐、荒唐、荒唐……

夏志辉书记是个转业军人，到地方工作快三十年了，还保持着当兵时的那一身淳厚朴实，他一直是一些人眼中的好人。但好人不等于聪明人，好人不等于明白人，夏志辉也只是不太喜欢搞是非，或者没有多大能力搞出是非来而已。夏志辉不懂业务，又不具备陶院长那种会说、会笑、变化多端的本事，所以尽管对陶院长很反感，也只能老老实实在医院里当这个可有可无的书记。

夏志辉见孟亚不能理解谣言平地而起，便说："这个世界上什么样的人都有，有的人就怕医院不够乱，把别人搞臭了，他们自己就香了，就可以浑水摸鱼了。"夏书记还说了好多话，都没有说到孟亚的心里去。

从李文贤家里出来，夏志辉责怪孟亚不应该找到李文贤家里来。孟亚不明白为什么，夏志辉说："万一艾飞飞在家怎么办？"

孟亚说："我就是来找她的，怎么会怕她在家呢？我就要把事情弄清楚。"

夏志辉说："你的想法太单纯了，万一她跟你吵起来，骂你了呢？"

孟亚觉得夏志辉的话又是一个大荒唐，便说："我不会同她吵架的，我只是想知道到底是怎么回事儿。"可她转念又想，夏志辉的看法会不会也是其他人的看法？这世上有能够理解她的人吗？

在通向青春和未来的奋斗路上，孟亚一下子就摔倒了，她感觉自己像从地面突然跌落进一口深深的矿井，跌得五脏六腑都碎了，骨裂筋断皮开肉绽。只有十九岁的年龄，孟亚几乎不知道如何才能爬起来，重新站立在大地上，不知道该怎样面对今后的人生路程。

孟亚完全不能接受这种毫无理由的恶语中伤，却被重重地禁锢在了一个冷箭四起的恶境之中，没有人告诉她该怎样看待这一切，没有人帮助她走出这片悲哀和耻辱的沼泽地，更没有人真正给她一点儿理性的开导和慰藉。一个心性高傲、洁身自爱、与世无争的女孩儿，就这样被世俗的污水从头到脚泼个透，弄得面目皆非、心身俱毁。

孟亚不明白现实为什么会如此丑恶，她时常有一种幻觉：这只是个噩梦而已，一觉醒来，一切都已烟消云散。或者她孟亚只是这一事件的旁观者，那个被人说"小护士和大医生搞在一起"的女孩儿不是她。那几个晚上，尽管同李文贤一道去全老师家看了电视，尽管是黑天昏地，尽管李文贤用手电筒的灯光一直把她送到门诊部，但两个人之间的行为与情欲二字毫无瓜葛。而孟亚也相信，李文贤也绝对不会有一点儿这方面的念头。本来是想避免全老师的家庭那边出问题，却怎么也没想到事情会出现在她和李文贤这边，真的是避开了"狼"又遇到了"虎"，不过这"虎"不是一只而是一群。

终于有一天孟亚突然想明白了，之所以说"物以类聚，人以群分"，正是因为人跟人是不同的，自己之前的想法太单纯太幼稚了。在别人的眼里，事情完全有可能是另外一种解读：他李文贤不是男人吗？你孟亚不是女人吗？男人和女人在那么黑的夜里成双成对来来往往，什么样的事情不可能发生？你们搞医的人经常和赤条条的病人打交道，人体的哪个部位都再熟悉不过了，你们还有什么可在乎的呢？医院明里暗里地已经有好几对了，再多一对两对的，也再正常不过了。

孟亚在心里骂自己：你用自己的思维去限定别人的思维，这不是掩耳盗铃吗？你是多么傻的一个人呀！

绯闻事件发生后不久，就到了春节，孟亚多请了一个星期的假，提前回家了。见孟亚回来了，孟福先和李秀云的表情多少有点儿意外。李秀云说："你现在回来，年前还去不去上班啊？"

孟亚说："不去了。"

孟福先问："那你怎么这么早就回来了？"

孟亚表情淡漠地说了句"想家了呗。"爸妈便不再追问了，李秀云只是说："你回来得早也是正好，你三姐说明天到家，带她的男朋友回来。"

孟美的男朋友是她的同班同学，叫麦建伟。孟美曾经给家里人透露过，说麦建伟一点儿也不"伟"，身高只有一米六八，体重也不过一百零五斤，小头小脸性格内向。

孟美对麦建伟的概况介绍，家里人只当是个玩笑，谁都不认为聪明漂亮的孟美所钟情的人会是这样的。在高中追求孟美的几个男生，哪个不是要个头有个头，要模样有模样。

当麦建伟笑得跟娃娃似地进了孟家家门时，全家人才确信孟美的话是多么的实事求是，于是，"玩笑"的效果立刻消失了，李秀云和孟福先拉开了战争的序幕，并且让麦建伟亲眼看见了这场战争的残酷。

其实，这两个斗士原本应该结成统一战线的，夫妻二人对这个还不是"准女婿"的"娃娃脸"都没有好印象，可当孟福先说"这么大的事儿，也没有人跟我商量一下"时，李秀云就火了。孟美和麦建伟谈恋爱，孟福先应该是不知情的，不是家里有谁刻意瞒着他，而是别人说话时，他从来不搭话，谁也不知道他是不想参与，还是根本就没听见。

李秀云说："你应该是一家之主，可家里的大事儿小事儿哪一件你放在心上了？我们又没锁上门说话，又没堵你耳朵，你是金口玉牙'凡人不接语'，我们都够不上你。孩子的事儿你从来都不管不问，现在却来挑邪理儿，心眼儿小得跟针鼻儿似的，你也算个老爷们儿？"

孟福先说："我算什么一家之主？我在这个家里有一点儿地位吗？哪有人把我当回事儿？个个自作主张。"

"个个"的范围似乎很大，都是哪个？是指孟兰坚持读高中却拒绝考大学？是指孟焱好不容易才找到工作？是指孟美找对象先斩后奏？是指孟亚不跟家人商量就去绿岭工作了？

李秀云和孟福先当着全家人的面公开吵架，无疑是想给麦建伟难堪，给他一个下马威甚至让他知难而退。

孟美好像对此早有预料似的，平静地对麦建伟说："看见了吧？说吧，什么态度？"

麦建伟还是那张娃娃似的笑脸："吵架是正常的，我父母以前也常吵架。自家人，谁会这么较真儿？吵过就好了。"

孟美说："过日子天天这样吵，你觉得有意思吗？"

麦建伟说："我觉得没意思。我不喜欢吵架，也不会吵架，如果别人跟我吵架，肯定是我有做错的地方，给我指出来，我一定改。"

麦建伟的话刚说完，李秀云立刻就说："小美，你选的对象我同意了。人哪，能一句话说到别人心里去，不容易。"

孟福先摔门走了，身后留下一句话："变得还挺快，就会装好人。"

第二天，孟美和麦建伟走了，本来孟美是准备回来过年的，却这样来去匆匆。临走前，孟美哭着对李秀云说："我以前放假为什么不愿回来？就因为我不愿意面对这个家，温暖少伤心多。我为什么选择麦建伟做终身伴侣？就是因为我从你们的婚姻中吸取了教训，你和我爸有事儿没事儿都吵架，大事儿小事儿都吵架，让我伤心，也让我害怕。我找对象就一个标准，脾气好就行，我不想一辈子像你们这样吵着过。"

孟美说这话的时候，麦建伟不停地用手轻拍孟美的后背，劝她说："别说了，你这话会让妈更伤心的，妈这大半辈子不容易。"

李秀云早就流泪了，听了麦建伟的话，对孟美说："这大半辈子，也没听你爸说过一句这样知冷知热的话。'人不在大小，马不论高低'，小美，你的婚姻我放心了。"

孟美和麦建伟这样一来一去，引得李秀云和孟福先把陈年旧账都翻腾出来了，好在孟焱不在家，不然又多了一个生气的。

见到三妹和未来的妹夫成双成对甜甜蜜蜜的，孟焱的心里隐隐作痛。进到银行工作以后，见比自己小的女同事一个一个都有了对象，结婚了，而自己转过年就二十五岁，对象还没个影儿。孟焱比孟美大两岁，看孟美一副非麦建伟不嫁的态度，两年之内肯定结婚了，可孟焱结婚又是猴年马月的事呢。

孟福先生气地说"个个自作主张"，除了对孟焱屡次三番抗拒复习参加高考，应该还包括找对象态度不积极这件事。其实孟焱不认为自己找对象态度消极，只是觉得确实没有合适的。幸福公社是个小地方，说出来的张三李四大家基本都略知一二。自己没有孟美那么美，也没有孟兰那么白，介绍的都是长相一般的，工作一般的，总共也不过就介绍了三个而已。孟福先这样东怪西怪的，孟焱心里窝火自己婚姻大事的同时，早就对父亲有意见了。

孟美和麦建伟走的时候，孟焱还是尽了礼仪的，和孟亚一起送他们两个去了火车站。快过年了，虽然天寒地冻的，但出门办年货走亲戚的人明显多了起来，人来人往十分嘈杂，个个都穿得有模有样。

站在候车室里，三姐妹起先还站在一起说说话，等麦建伟一个人去排队买票的时候，孟美看着麦建伟的背影和卖票的窗口，对孟焱和孟亚说了句"你们回去吧，来了也没啥用"，便再也不说话了，脸色越来越冷。

回来的路上，孟焱心里更加不痛快了，说："小美咋回事儿？咱们两个也没反对她和麦建伟处对象啊，使脸子给谁看呢？"

孟亚说："昨天才回来，本来是回家过年的，今天就回去了，搁谁心里也不会舒服，不高兴也是正常的。"

孟焱嘴里呼呼吐着白气，说："不高兴也得分跟谁吧？好心好意来给他们送站，还得罪了她似的，早知道这样，我都不来，这大冷天的。"

孟亚也觉得三姐孟美今天的态度有些不对劲儿，但她自己心里也搁着事儿，便没有仔细琢磨。

往家走的时候，深一脚浅一脚地踩着积雪，躲避着路面溜滑的冰冻，孟焱突然提高声音说："我知道了。"

孟亚说："咋了？"

孟焱说："你三姐肯定是不高兴咱们两个人了，麦建伟去买票的时候，她就开始不高兴，是因为咱俩没给他们买火车票。"

孟亚说："能是这么回事儿吗？"

孟焱说："肯定是，百分之百是。"

孟亚说："他们的火车票要咱们给买吗？"

孟焱说："你三姐要面子嘛，回来一趟弄得全家锣锣翻，走的时候如果咱俩给他们买了火车票，不是能帮她在麦建伟跟前挣回点儿面子嘛。"

孟亚想想也有道理，说："我也没想起来，再说，他们两个人是双职工，又是这种关系，还非得别人给买票啊？"

孟焱语气生硬地说："你三姐是谁？造物主把好运气都给了她，聪明伶俐人见人爱的，她什么时候受过委屈？都是她挑别人的理，谁挑过她的理？"

第二天，因孟波而起，孟福先和二女儿孟焱又发生了一场冲突。孟涛高中毕业了，去年参加了考试，结果大专中专啥都没沾上边儿。有了孟美复考的经验，加上是个男孩子，孟福先和李秀云坚持让孟涛复习一年再考。孟涛自己没啥主意，反正也没有工作，不复习又能怎样？就又回到了高二班进行补习，但他每天还是往常模样，不招灾不惹祸但也看不到多少长进。

孟波也上了初一，这更是个油盐不进的主儿，学习不好还不省心，时不时地跟同学打上一架，老师给他的评语从来没好过。家里人没有谁有能力给孟波补课，孟亚虽然自学了一些初高中课程，但她不懂教学，平时学得也不怎么样，一个月又回不来一次。孟波的学习越来越让家里人感觉无望，心里已经有了放弃的念头。

　　只有孟焱不肯放过孟波，时不时地指责他不好好学习，在家里又不干活儿。孟焱倒不是自己心里不痛快拿孟波出气，她是想到了自己当年干临时工的辛苦和卑微，想到了自己复习参加高考的觉悟太迟行动太晚，而孟波才上初中而已，男孩子这个阶段是最有潜力可挖的。孟波的性格比孟涛外向好动，脑子也更灵活些，只要他能用心学习，将来靠自己考出去找一份工作，还是有希望的。孟福先当然愿意老儿子未来前途光明道路笔直，但孟焱时不时地冲孟波发一通脾气，孟福先也看不惯。

　　孟福先跟李秀云吵架一次，没有十天八天是不会晴天的，偏偏有其父必有其女，孟焱也越来越表现出这种倾向性。孟波放寒假了，差不多天天出去找同学玩儿，在家里根本就待不住，更不要说学习了。

　　这天已经到了吃晚饭的时间，孟波才从外面回来，一进门就喊饿。厨房里，孟焱正在帮李秀云烙黄面饼子，李秀云负责包，孟焱负责烙。黄面饼是用黄色的黏玉米包上红小豆馅做出来的一种饼，油少了不够香，而且红小豆馅里要放白糖，这两样都挺费钱的。

　　李秀云以前烙黄面饼的时候，油和糖放得都很少，孩子们都嫌口味不够。现在几个女儿都参加工作了，家里的条件比以前好一些了，用油吃糖也就稍稍大方了一点儿。

　　烙黄面饼子要用慢火，需要时不时地盖上锅盖焖一会儿，火太急了就会外糊里生，用李秀云的标准，一锅黄面饼子至少要烙十五分钟。

　　虽然是数九寒天，但孟焱守着一口大铁锅，锅灶又矮，李秀云又不断地指挥她，一会让快点儿一会让慢点儿。孟焱这个急性子早就被热锅烘得红头涨脸了，李秀云的命令更是给她火上浇油。

　　见盆子里已经烙好了一锅黄面饼子，孟波从橱柜里拿出一只碗，用筷子拣了两个黄面饼子，端进里屋吃了起来。待孟焱从厨房进到里屋时，看见孟波坐在北炕沿儿上吃得正香，而他的屁股底下坐的正是孟焱还没有完工的刺绣。孟焱到银行工作以后，跟姐妹们学会了刺绣，也是当时北方乡下家庭间流行的一种手工。虽然工艺不能跟江浙一带的女红比，但居家过日子，做几幅刺绣挂在房门玻璃窗上或者橱柜上，既美观又实用的，这与当时农村整体的生活水平和家庭格调吻合。

　　在孟家四姐妹中，李秀云经常说孟焱手最笨，不论是缝纫活儿，还是绘画唱歌方面，都不如一个姐姐和两个妹妹。孟焱也自认为是最不够心灵手巧，要学会刺绣就要格外花心思费工夫，先把买来的布裁成门窗玻璃或厨柜门的大小尺寸，然后确定刺绣图案以及尺寸，绣花草还是绣金鱼，再之后就是把准备刺绣的布用一对花撑子夹住撑起来，仔细认真地画上花草或金鱼的图案。图案是有样板的，自己没有这个绘画水平。然后照着样板，根据图案各个部位不同的颜色，不断调换各种颜色的线，用刺绣针一针一针地去绣。没有三两个月的时间，一幅刺绣是完成不了的。

看到孟波这副不劳而获的德行，孟焱气就不打一处来，她上去对孟波猛地一推，说："你没长眼睛啊，往我花撑子上坐？你是不是成心的啊？"

孟波正一心一意地享受着黄面饼子，冷不防被孟焱从炕沿儿上推了下来，手中的碗落到了地上，随着啪的一声响，顿时碎片横飞，没吃完的小半块黄面饼子也一起掉到了地上。

孟波吃惊过后，才知道二姐孟焱发火的原因，他不服气地说："一个破花撑子，有什么了不起，还当个宝贝似的。"

孟焱说："那是花撑子吗？那是刺绣！我还没绣完呢，都让你压变形了。"

孟波说："哪儿压变形了？变形了有什么了不起？笨手笨脚的，不变形也不好看，连妈都嫌你笨。"

这句话刺激了孟焱，她把孟波放在大镜子下方柜子上的书包拿过来，提着书包底，书本文具顿时稀里哗啦全都掉到了地上："我笨我还考上了银行，有正式工作呢，你将来考个国家干部给我看看？就你这德行，又笨又懒，要是没人喂着你养着你，你就得饿成一头死猪。"

即使是性子急、脾气不好，孟焱也从来没跟家里人发过这么大的火儿。孟波看着一地的碎片和书本，瞬间也发作了："你把我的书本都弄坏了，我不上学了，我不上学了！"

李秀云闻声进了里屋，看看地面上的东西说孟波："一天到晚净在外面跑风，一进家门就伸手要吃要喝，吃饱喝足了就起屁儿闹事儿，你越来越像个社会上的小流氓了。"

孟波说："你咋能说我呢？她砸了我的碗，掏了我的书，我有什么错？你看我二姐能挣钱，我不能挣钱，就都欺负我啊？看我好欺负啊？"

孟波竟然哭了起来。这孩子自小学四五年级开始，这三年多的时间渐渐长大了，几乎没哭过。这次竟然弄这么一出，李秀云和孟焱的火气顿时消了一大半儿。

李秀云说孟焱："行了，快去烙黄面饼子，都要煳了。小涛，把地上的东西收拾一下。"

孟焱和孟波吵架的时候，孟涛就坐在北炕头上看书，一副置身事外的状态，听了李秀云的话，他不情愿地说："我学习呢。"

李秀云说："吃完饭再学，饭菜都好了。"

大家正说着话，孟福先和孟亚回来了。父女两个刚才去粮店领粮去了，买回了一大袋玉米糁子和小半袋白面。

看到一地的狼藉，孟福先就问："这是怎么回事儿？"

李秀云答非所问："吃饭。"

吃饭的时候，孟波不上桌，孟福先说："小波，你怎么不吃饭？"

孟波眼泪巴巴地说："我没考上银行，我没挣来工资，我没资格吃饭。"

孟焱接上了话："不吃就上一边儿去，别在这儿演戏装可怜。"

孟福先刚才进门时，就对孟焱有气了，毕竟孟波年龄小，吃饭的时候又抢白他，便说："进银行怎么了？这个家还轮不到你来管，小波过来吃饭。"

孟焱说："我没想管，我没这个本事。"

孟福先说："我看你本事大着呢，先把自己嫁出去吧，省得在家里看谁都不顺眼。"

这句话让孟焱吃不消了，孟美和麦建伟刚走，婚姻大事本来已经让她不堪重负，现在父亲又往她伤口上撒盐。孟焱把筷子往桌子上一摔："我知道你看我不顺眼，这是你们的家，不是我的家，我走！"说完就跳下炕，穿上鞋子冲出了屋子，孟亚赶紧跟了出去。身后，李秀云和孟福先开始了新一轮的争吵。

孟亚不知道二姐孟焱要去哪里，在院子里扯着她的手不让她动，孟焱也不知道自己能去哪儿，两个人便又进了菜园子，钻进了麦秸垛。原来的稻草堆变成了麦秸垛，买来冬天做引火柴用的。

孟焱默默地哭，孟亚不知道怎样劝她，又想着自己难受的事，两个人就哭到了一起。不一会儿，姐妹两个听到了房门和院子里很响的关门声，她们判断是父亲跟母亲吵过架后，一气之下到公社睡觉去了。外面实在太冷了，又怕李秀云担心，孟焱在孟亚的劝慰下，两个人回到了房子里。

十几年来，李秀云的抱怨和委屈已经倾诉无数次了，可现在还得听，李秀云一边哭一边说："没好命，摊上了这么个狼心的老爷们儿，他从来就不会关心人，心眼儿总是往里勾儿着，自私自利。老婆孩子就像是别人家的，要不是我横扒拉竖挡着，你和你二姐，现在在别人家早都不知道什么样儿了。孩子刚生下来他就要送人，你那个时候，人家都来抱孩子了，那个女的手里拿着小棉被，看我哭了抱着孩子不撒手，人家知道我舍不得，就不好意思地走了。重男轻女的人能是好人吗？孩子都是自己生的，怎么就能舍得放在别人家里养着呢？我还算有点儿福，最后生的这两个是儿子，小涛要再是个丫头，我如果不同意送给人，他能撇下我们这一堆一块的自个儿享福去，这话他说过。你们说，这公平吗？他讲道理吗？孩子又不是我一个人生的，一个人能生出孩子来吗？"

孟亚这次回来，本来是想从亲人这里得到一丝安慰和帮助的，但一进门家里就闹翻了天。每个人都有一堆问题，每个人都想发泄一番，没有人在乎她的情绪如何。孟亚不但没有达到回来的目的，反而心情更加糟糕，自己的痛苦只能永远埋在心里了。

春节是在一家人的冷战中度过的，连孟涛都没有个好情绪，他对孟亚说："老的不闹小的闹，这个家真没个好儿。你们都出去了，眼不见心不烦，我什么时候能有出头之日呢？"这句让孟亚的心又沉又痛。

带着家里的问题和自己的问题，孟亚回到了绿岭煤矿。在孟亚的内心深处，虽然这个从天而降的灾难使她跌入了屈辱和痛苦的深渊，但她静下来的时候时常想，事情总会平息的，除了等待心头的伤口慢慢愈合，她还能有什么更好的办法呢。可是，孟亚特别想弄清楚这件事究竟是怎么发生的，她实在不明白怎么会在极短的时间里出现这样大的连锁反应。但是，孟亚永远都不可能像神探福尔摩斯那样把事情搞个水落石出，因为她无从下手，没有任何人来帮助她。

从那以后，孟亚遇到李文贤再也不说话。事情发生后不久，李文贤就轮换到了门诊部。孟亚在路上遇到艾飞飞的时候是说话的，但是那是艾飞飞一个人在说话，她不是说，而是骂。艾飞飞会与旁边的人很大声地说"挂羊头卖狗肉"之类的话，她很有指桑骂槐的天赋。本来孟亚想再找她"好好谈一次"，随着艾飞飞的这种势不两立的对立情绪一次次搁浅。

给孟亚雪上加霜的是，李文贤刚换到门诊部，他的家就从火车站的邮局那里搬到了医院的附近。孟亚有时去矿食堂买饭的时候，会遇到李文贤的老婆或者两个孩子，女儿有十二三岁，儿子十岁左右。

孟亚不知道这两个孩子是怎么认识她的，无论与小姑娘还是小男孩走对面时，那两个孩子都会对她翻着白眼，并且刚刚走过去就"呸呸呸"回头啐她。孟亚的心真是冷到了极点。与艾飞飞这种无知狭隘的人讲理，无异于对牛弹琴，而对两个还没有是非辨别能力的孩子，又有什么好讲的呢？

从两个孩子的反应来看，孟亚推测艾飞飞在家里一定同李文贤闹得不轻，不然小孩子怎么会这样对待她呢？既然李文贤都不能让艾飞飞相信他的解释，那她孟亚同艾飞飞说一千道一万，艾飞飞又凭什么相信她呢？一个这种天性的女人，只要一想到自己的丈夫同一个不到二十岁的女孩子在黑夜里成双成对、形影不离，只需要一点点的想象力，她就足以推翻丈夫以及任何人的辩解和否认。

这一家四口像四把刀子，每一次的遇见，都会使孟亚的心上再添一道伤口，一次伤口还未愈合，下一刀又劈下来。见到李文贤时，与见到这一家另外三口的感觉是不同的，至少孟亚不担心会被李文贤辱骂或者唾弃，只是别有一种感受让她心痛不已。

与艾飞飞和他们的两个孩子的狭路相逢所遭受的那些屈辱，孟亚从来没有对李文贤说过一个字。孟亚知道，依李文贤的性格，他在艾飞飞面前一定是"秀才遇到兵，有理说不清"，他一定会苦闷烦恼，却又无计可施。尽管李文贤还是像从前一样，从表面上看不出与以往有任何不同，但孟亚知道，他的内心里一定不会如此平静。

孟亚不想跟李文贤说自己受到的无理对待，不想让李文贤因为她而面临更多的困境，她觉得李文贤也是个很无辜的人，毕竟是因为自己想看电视英语，才发生了这样始料不及的事情。如果对李文贤讲出自己与他老婆儿女之间的冲突，只能加剧李文贤的尴尬，让他更加束手无策。还有一点最重要的，只要孟亚说出这方面的话，李文贤总会对艾飞飞规劝几句的，这对艾飞飞来说无疑是火上浇油，会加剧李文贤的家庭矛盾，这个结果是孟亚无论如何都不想看到的。

唯一的办法，孟亚只能把自己变成一只垃圾桶，任人随心所欲地把污浊肆意地抛到她的头上，想到自己为李文贤做出这样一种"牺牲"，孟亚心里就有无限的悲哀。孟亚不认为自己崇高，也不认为李文贤无能，只是觉得她和李文贤是这个世界上两个可怜又可悲的人物。更可悲的是，他们两个彼此不能说什么，也不想说什么，也确实没有什么好说的。

孟亚就这样自己苦着自己，对任何人都不提一句这方面的话，她不知道背后的那些人怎样继续传播绯闻，也不知道整个绿岭煤矿的人怎样津津乐道地以讹传讹，她每天仍然平静地工作，平静地看书，而内心深处的巨大痛苦，她只有向日记毫无保留地倾诉。

孟亚曾经想出一个主意，希望自己能够在刊物上发表文章，如果文章能够发表出来，至少可以让世人知道，她孟亚是怎样的一个人，她对人生和追求有着怎样的想法和做法，那些流言蜚语是多么的荒唐可笑、无聊至极。

孟亚一时间把能够发表文章看作救命稻草，以为一切都会随之烟消云散，但她寄出去的几篇文章被悉数退回。本来期望着它们能像飞扬的一粒粒种子，开出清香灿烂的花朵，将污浊之气一扫而空，但结果却像抛出去的一块块石头，重新砸回自己的身上，砸得她眼前发黑、心头流血。孟亚想到在卫校时与苏英探讨过业余作家的事情，现在的退稿，对她写作的热情和自信又是一次打击。

其实，在绿岭煤矿这样一个偏远封闭的小矿区里，在医院这样一个鱼龙混杂的地方，像孟亚这样心地纯正、一心向学的女孩子，不遇到这样的坎坷遭遇倒可能是一件怪事了。

当孟亚静下心来，把医院的那些人和事再浏览一遍的时候，她觉得这个环境不是为她这种人设计的，她生存在这里，简直就像不食人间烟火的僧人。现在该来细述医院里富有特色的一些人物了。

首先就是陶院长。在孟亚来绿岭医院工作之前，陶院长同出纳徐玉霞的丑闻已经告一段落。徐出纳除了扁扁的脸，高高的颧骨，白白的皮肤外，说话也很有特点，总像膀胱里憋着一泡尿，急着跟你说完后立刻要去厕所似的。事实上徐出纳并不想上厕所，但她就是这样急火火地说话，前言不搭后语，不等你回答她的话，她的另一句又冒出来了，让你怀疑她是否在意你在听她的话，或者她知不知道自己想说什么。时间久了，就不会有谁愿意同她认真地交谈。葛立秋这个个性十足、脑子正常的老姑娘，怎么会看得上徐出纳这样的人？但葛立秋看不看得上徐出纳无关紧要，陶院长对徐出纳却是情有独钟，而徐出纳对陶院长的"滴水之恩"都会涌泉相报的。陶院长的"滴水之恩"就是偶尔给徐出纳送一斤白糖，或者给她开点便宜药，而徐出纳的"涌泉相报"则是为陶院长奉献出自己的全部。陶院长是个本地医生，没有亮亮堂堂的毕业学校和文凭，再加上对一个老出纳如此感兴趣，自然会遭到一些有文凭有资历有水平的人反感与不屑。如果仅仅是心里反感的话，倒也不能把陶院长怎么样，而一些人的能力和本事就在于，他们不会停留在一般的反感上，而是会使用许多技巧和手段来制裁这对"老搭档"。最有效的办法就是把陶院长和徐出纳的风流故事传递到徐出纳丈夫赖贵彪的耳朵里。

赖贵彪是个木匠，脾气性格就像那些长得畸形却十分坚硬的歪脖子树。赖贵彪知道这件事的第一个反应是不问由来，先用事先刨好的窄木板，把老婆徐出纳暴打一顿，打完之后才让老婆把事情说个明白。但徐出纳坚贞不屈，咬紧牙关就是不开口。后来赖贵彪时常打骂徐出纳，但是并没有打断她和陶院长的合作关系，赖贵彪还是能够不断地得到他老婆和陶院长的消息。

后来又有匿名信告到矿里，有关部门开始找陶院长和徐出纳谈话，要求他们交代问题。矿里的一些领导和有关部门的人员与陶院长的关系也是各有亲疏，评价也就褒贬不一，所以尽管事情并不复杂，但过程及结果并不简单。陶院长生就了一张转脸就能把死人说活的嘴巴，任凭有关部门如何调查，他就是不承认，反倒说医院里有人故意整他，纯属恶意中伤、诽谤陷害。

等到孟亚来绿岭工作的时候，这场桃色闹剧已经进入尾声。

据说刘大来和贺秀兰也是一对，这话孟亚是在财务室听徐出纳说的。徐出纳说出口的话，孟亚当然不敢信。男女之间之事大多都是传说，有几个是亲眼所见呢？那就得看看传播消息的人是谁，被说的又是谁了。依孟亚的感觉和判断，刘大来和贺秀兰不会有性关系，至少目前还没有达到这个程度，但两个人言语之间体现出来的，确实比一般的同事和朋友要近。

刘大来闲着的时候，喜欢待在门诊部门的注射室里，有一句没一句地跟贺秀兰和王桂芝闲聊，贺秀兰就时不时地抢白他几句，或者找个理由拍他一巴掌，有时候还会掐他一下。刘大来特别受用，就像相好的女人在跟自己撒娇一样，而此时贺秀兰凸突的大眼珠子里，就闪出若有若无、半真半假的娇嗔和小任性来。王桂芝通常都会在一旁装着无知地傻笑，看着两个人近似于打情骂俏的举动。

初春的东北，气候变化无常，残雪在继续融化，十天八天就又下一场薄雪。雪融了又冻，冻了又融，这是一年里道路最肮脏的时段。

民间有"二八月，乱穿衣"的说法，现在是四月份了，人们的穿着仍然五花八门，怕冷体弱的人依旧穿着棉衣厚袄，爱美的年轻人却急着要换夏装。今天和昨天的温差很大，明天又不知道是什么天气，早晨穿衣出门，常常与冷热不定的气温背道而驰，让人措手不及周身不适。

就在这个时候，孟亚感冒了。生病是在星期天，恰好葛立秋请假回市里看父母去了，孟亚本想趁葛立秋不在的时候多看点儿书，可早晨起床时就感觉不舒服，口干舌燥、咽喉疼痛，浑身上下没有力气，脑子又胀又痛。但孟亚还是坚持落实一天的学习计划，上午学习数学，下午学习化学，晚上学习英语。

吃了几片药坚持到了中午，肚子有些饿了，眼前直冒金星，孟亚在房间里没有找到吃的东西，只好去矿上的食堂打些饭菜。十多分钟的路程她用了两倍的时间，一路摇摇晃晃随时都要跌倒似的。

孟亚走的是小路，为的是节省点儿时间和力气，她知道艾飞飞也喜欢走这条路，想着今天是星期天，一般人都会在家里休息，可偏偏半路上两个人狭路相逢了。

整个一上午，孟亚的脑子都是乱哄哄的，此时远远地看清楚了是艾飞飞，她的心里顿时闪出一个个想法：跟艾飞飞打个招呼？跟她好好说几句话，把事情解释一下？如果艾飞飞还是口出不逊，自己是继续忍耐解释，还是厉言反击、澄清事实？

就这样左思右想着，两个人已经接近面对面了，孟亚身后突然发出了一个声音："艾大美人儿，你回家啊？"

孟亚回头一看，是医院的防疫医生曲无道，这个尖嘴猴腮的男人一直走在自己的身后，却一句话都没有讲，现在却远远地先跟艾飞飞打了招呼。

艾飞飞大声说："我自己的家当然要回！难道还要留给别人回吗？你今天不在家待着，出来干啥？"

曲无道说："找你行不行啊？"

艾飞飞说："放屁！老娘可不是那么好欺负的！"

曲无道说："我今天上班，单位有点儿事儿。"

艾飞飞说："谁信你的鬼话？别'挂羊头卖狗肉'了。"

说话间孟亚已经和艾飞飞错身过去了，孟亚的胸口似有万箭穿心，痛，却又无言以对。

曲无道飞快地超过了孟亚，说了句："这娘们儿，真不是东西。小孟，你没听出来吗？她在指桑骂槐，你太老实了。"

孟亚没想到曲无道会如此直白地表明观点，当然挑拨是非的用心也昭然若揭，她不知道自己该如何回应曲无道的话，目光无意间落在他手中的一只袋子上。袋子鼓鼓的，看重量应该是葡萄糖或者生理盐水之类的，也许还有药品。孟亚猜想，曲无道应该是趁着星期天没有人注意，从医院里折腾这些东西出来，给别人打针或者自己家里人用，要么赚钱要么省钱。

在食堂吃过饭，孟亚拎着两个馒头回到了门诊部的化验室，一进门就瘫在了床上。下午和晚上，孟亚就半躺在床上看书，撑不住了就闭上眼睛休息一下。晚上睡觉前，孟亚又吃了些药，她希望明天早上一切都好起来，可是这个晚上孟亚几乎没有睡觉，高烧一直不退。

第二天早上，孟亚连床都起不来了，她知道早上王晓玲看不到她，肯定会过来找她，便强撑着从里面打开了化验室的房锁，然后便昏昏沉沉躺回了床上。果然，九点多钟的时候，王晓玲毛手毛脚地跑过来了，她身后跟着陶院长，还有王桂芝。

孟亚极力控制着自己的情绪，可眼泪还是不争气地流了出来。王晓玲摸摸孟亚的额头，说："呀，这么烫！得打针哪！"

陶院长问孟亚吃了药没有，孟亚说吃了。陶院长又问了一些症状，说："你有并发症了，我给你开点儿消炎的，打两天点滴吧。"

孟亚想到打点滴太麻烦，得有人守着自己，就拒绝了。陶院长就说："那我再给你开点儿口服药，王桂芝、王晓玲，你们两个照顾一下小孟，给她弄点儿吃的。都是女同志，小孟单身在外，你们多关心点儿。"

王晓玲一听就说："那我现在就回家拿鸡蛋去。"

王桂芝在化验室转着圈儿，发现了桌子上的馒头："哎呀，这个馒头都干巴了，不能吃了。小孟，你平时自己做饭吧？有米吗？"

在孟亚的指点下，王桂芝在抽屉里找到了一小袋大米，她接上地上的电炉子，把淘好的米放进一只小闷罐里，说："给你做点儿粥。一个人在外面孤孤单单，有个头疼脑热的，也没人管，真是可怜哪！"

粥快做好的时候，王晓玲回来了，手里拿着五个鸡蛋，说："三个生的两个熟的，熟的可以直接吃了。"

王晓玲进来的时候，身后又跟进来两个人，范凤梅和贺秀兰。见王桂芝正往碗里盛粥，王晓玲把鸡蛋剥好了，便直接放进了粥碗里，范凤梅说："正好，这样吃有营养。"范凤梅和贺秀兰都告诉孟亚，感冒多喝点儿粥水好。

孟亚看着碗里的鸡蛋，胃里就一阵痉挛，可鸡蛋是王晓玲大老远跑回家拿来的，大冬天的，这女孩儿跑得一头热汗。再说孟亚现在确实是又饿又病，人已经十分虚弱了，她便硬着头皮咬了一口鸡蛋。鸡蛋艰难地通过咽喉，进入食道的时候却下不去了，食管逆向蠕动着，孟亚只觉得阵阵恶心，突然间剧烈呕吐起来，刚吃进去的那口鸡蛋连同半碗稀粥全都吐了出来。

贺秀兰见状便说："怎么这么大反应？"

范凤梅说："是啊，反应咋这么大呢？不是胃肠感冒吧？"

第二天，孟亚坚持上班了。许中华最近的情况不太好，腰下方骶髂部位已经出现了褥疮，每天要打点滴输消炎药控制感染，还需要做人工按摩。许中华最近的情绪很不稳定，经常对许四发脾气，许四每天进出处置室也没个好脸色。

其他外伤患者也需要临时换药，王晓玲一个护士忙不过来。孟亚身体依然虚弱，脑子里像空了一半儿似的，人感觉飘飘忽忽的。蒋良之见了她便说："他们说你感冒了，挺重的，咋不多休息两天？着急上啥班儿呀？"

孟亚说："最重的时候过去了，快好了。"

王晓玲在处置室里忙着冲洗滴管，时不时地用眼角瞄一眼孟亚。孟亚换上白大褂，过来要帮忙。王晓玲躲闪着，说："我一个人行，小孟你坐那儿歇会儿，歇会儿。"

孟亚就去准备消毒用的纱布和棉签。蒋良之笑着说："嘿嘿，小孟你看晓玲对你多好。"

王晓玲又用眼角瞄了一眼孟亚，说："我也不知道好还是不好，该好还是不该好。"

孟亚这才发现，王晓玲今天的表情很不对劲儿，脑子里空空洞洞的她，也没有多想而且也想不明白，王晓玲今天的态度为什么这么奇怪。

蒋良之帮着清洗完那只水缸，就出去修理走廊里的窗户去了。王晓玲说："小孟，问你一件事儿。"

孟亚虚弱地随口说了句："什么事儿？"

王晓玲说："你……算了，不问了。"

孟亚看着王晓玲，说："你以前都是有话就说，今天怎么了？"

王晓玲说："他们说……你是不是……怀孕了？"

孟亚的脑子瞬间一下子全空了，她站在处置台前，手里端着一铝罐刚刚装满的纱布和棉签，感觉手和脚都没有了，胳膊和腿也没有了，五脏六腑都没有了。铝罐砰的一声掉到了地上，里面的纱布翻了一地，眼前一片斑驳的雪白。

孟亚机械地问："怀孕？谁怀孕？怎么怀的孕？谁怀孕了？你说谁怀孕了？"孟亚越说声音越大，最后这两句话是喊出来的，而且已经带了哭腔。

王晓玲被吓蒙了，哆嗦着声音说："昨天你吐了，反应那么大，他们说……说……"

孟亚的胸口像被东西死死地塞住了，她的眼泪顿时如决堤的洪水，把胸口冲出了一道口子，话才能说出来："我从小吃鸡蛋吃伤了，一闻到鸡蛋的味儿就恶心，就想吐。昨天你拿来的鸡蛋，我又不好意思不吃。"

王晓玲立即喜形于色，瞪着圆圆的小眼睛说："你没怀孕啊？我就说不能嘛，小孟才不是那种人呢！我去告诉他们，叫她们别再传瞎话。她们太缺德了！"

王晓玲话还没说完，人就一下子风似的飞出了处置室，一边跑一边喊："小孟没怀孕啊！小孟没怀孕啊！你们别再扯老婆舌啦！"

孟亚周身的血往头上涌，整个头脸热得像一只燃烧的火球，她右手从处置台上拿起一把手术刀，用力向自己的左腕割去。

就在这个时候，蒋良之一个箭步从门外冲了进来，嘴里喊了一句："小孟，你在干什么！"

蒋良之一把攥住手术刀的尖部，鲜血顿时从他右手指缝间滴落下去……

第八章　一九八二年

如果你喜欢种地，在绿岭煤矿这个地方，你当干部或者工人的同时，完全可以在业余时间里当个农民，前提是只要你愿意劳动，比如像蒋良之这样的人。

矿区里当然不会有农民，但有煤的地方也有适合种地的土壤，许多人一是闲来无事，二是自己种地吃菜方便。除了在自家房前屋后种些日常的蔬菜，在旷野之外，也有大大小小的土地被开垦出来，成了个人的私田私地。

蒋良之原来是个井下工人，一次工伤之后便被照顾上了井，安排在医院做清洁工。说是清洁工，其实就是个打杂的，医院后勤大大小小的事情都找他，像门窗坏了，水龙头漏了，电路出了毛病，代工伤患者去矿食堂买病号饭，等等。

蒋良之从来不计较自己多做了多少事，帮了谁的忙，他像生来就是被别人吆喝使唤的。平日里一有时间，蒋良之就去许中华的病房，帮许中华按摩擦身，如果许四没时间或者想偷懒，他就帮这哥儿俩去矿食堂买饭菜。绿岭煤矿医院除了李文贤，蒋良之是第二个不抱怨不计较的人。

夏天虽然炎热，蒋良之仍然喜欢戴着白手套，孟亚最初以为是为了干活方便，直到后来那一次她用手术刀没有伤到自己，却刺破了蒋良之的右掌心之后，她才知道蒋良之平时戴白手套的原因。这样一个看起来什么想法都没有的人，实际上表面跟他的内心有着巨大的反差。

蒋良之问孟亚愿不愿意自己种菜，比如白菜、土豆之类的，到了秋天可以储存起来，整个一个冬天就不用经常到矿食堂买菜了，食堂的菜又贵又不好吃。蒋良之说："你这么爱学习，上食堂打饭的时间肯定舍不得。"孟亚觉得蒋良之这句话说得太对了。

孟亚很向往种地，她觉得那也是一种创作，植物也是有生命有周期的，经过了育种、发芽、开花、结果的阶段，经历一年的春夏秋冬，就像人生从摇篮到坟墓一样，那是一个既真实又丰富的过程。自己动手丰衣足食，到了秋天收获的季节，那种感觉一定非常好。上中专以前，在家里被父母驱赶着威逼着到菜园子里干活，或者去公社分给干部家庭的自留田里劳作，当时并没有体会到劳动的乐趣以及丰收的喜悦，反倒觉得是一种负担，只想有更多的时间出去玩耍，现在回想起来真是辜负了黑土地和大自然。

蒋良之说："其实，也不一定是为了省几个钱，秋天买上几十斤大白菜，半麻袋土豆，也足够你用上一个冬天的了，就是不买，这些菜我都能白送你。我是觉得种地是一种乐趣，看着它们一天天长大，开花结果，日子过得会很开心。真的，不信你试试。"

孟亚当然乐意，蒋良之的话早都说到她心里去了。蒋良之又说："我帮你选了一块最方便的地方，就在医院前面，那条路的转弯处，你看……就那儿。松一松土，施点儿肥，我看那块地种土豆准行。"

孟亚点了一下头，吐出一个字："行。"

下午，蒋良之从医院的仓库里拿出来铁镐，叫上王晓玲，带着孟亚到了那块地上。医院的工作就是这样，很多时候大家都干私活儿，因为没有那么多的工作可干。

王晓玲很高兴过来帮忙，她边铲着地上的硬草边说："我看小孟怪可怜的，一个人在这儿，离父母那么远，天天晚上还得守着个大头朝下的死人，我说你就真的不害怕？"

蒋良之浑身打了个冷战，说："我听了都害怕。小孟，你真的不害怕吗？你胆子太大了，比晓玲胆子大十倍。"

王晓玲不甘示弱地回嘴："别光说我嘛，你不也是小胆鬼？还不如我呢。"

王晓玲和蒋良之说的事其实是在冬天发生的，现在已经过去一段时间了，可在王晓玲的感觉中，那个尸体永远不会离开门诊部的心电图室。

有个矿工在下班途中遇车祸死了，并且责任全在他自己。天天与煤打交道的矿工，也免不了在下班时顺便带点儿公家的东西回家，比如说一块煤或者一截木头。井下铺设巷道时需要许多木头，有的矿工就会偷一根带回家劈碎了当柴烧。

矿工下班那天是在半夜零点，风很大，风中还夹着雪，他肩上的那根木头的长度和重量，分别超过了他的身高和体重。扛在肩上顶着随时改变方向的风自然很吃力，但只要穿过马路，很快就到家了。就在这时，一辆运煤车从公路转弯处呼啸着冲了过来，先是撞到了矮男人肩上的那根木头，木头下落时将他砸倒，他的头颅被砸裂了。

家里的顶梁柱突然没了，却又死得不够理直气壮，他的妻子不甘心丈夫定不上工伤，迟迟不同意对丈夫的遗体进行火化。于是，矮男人的遗体就放在了医院的太平间里。等到县里组织的医学专家过来解剖遗体时，那具冻了数日的尸体早已成了一块石头，给遗体解剖出了一个大难题。后来有人想出了用冷水解冻的办法，就像北方人冬天吃冻秋梨那样，用一口大缸把矿工遗体大头朝下泡了很多天。

县里的专家过来解剖这名矿工遗体的时候，医院里其他女性吓得早早都回家了，孟亚却进到了解剖现场，观看了整个过程，看着矮矿工的头皮在手术刀下被揭开，胸腹部打开后被缝合的痕迹，像长了一根长长的麻绳。心电图室紧挨着妇产科室，晚上下班到妇产室取菜时，孟亚浑身的汗毛都是倒立的，她现在想亲眼看看这个令她不得安生的"邻居"。

孟亚一边用力挖着土，一边想着心事，人就有点儿走神。蒋良之和王晓玲又说了些什么，她都没听见，直到蒋良之说："小孟，我发现你没有刚来时爱笑了。"

孟亚半天才反应过来，机械地说："是吗？"

蒋良之说："你是不是想离开这个地方？我猜你不会在这儿待多久的。"

孟亚问为什么这样说，蒋良之就说："你在这儿工作快两年了，时间也不算短了，像你这样的人，也不可能在绿岭这个小地方找对象。不能把家安在这儿，早晚还不得离开？"

孟亚看着蒋良之刨着坚硬的地面，汗珠从他的额角处渗了出来。

"我是什么样的人？我早就想离开这儿，可我有什么本事离开？"孟亚心里想着，却不知道该怎样回答，她只有沉默。

蒋良之突然抬起头，看着孟亚嘿嘿一笑，说："有人想托我给你介绍对象呢，人家看好你了。"

"我？"孟亚迟疑着问了一个字。

蒋良之说："看看，我一句话就试出来了，你的心根本没在这儿。我当时就跟那个男的说了，你达不到孟亚的标准，死了这份心吧。"

王晓玲追问道："是谁呀？我认不认识？"

　　蒋良之说："你认识。小孟肯定知道是谁，差不多天天来换药的，他是醉翁之意不在酒。"

　　孟亚心里早就明白，那是中学的语文老师魏步平。

　　魏步平后颈处长了一个小痈疮，就是民间俗称的疖子。本来这个小毛病不需要特殊治疗，如果担心被衣服领子摩擦的话，贴一块消毒过的干净纱布就可以了，过几天疖子自己就鼓出头了。

　　可魏步平几乎天天到住院处换药，上午有课就下午来，下午有课就上午来，全天都有课就下午快下班的时候来，每次来都让孟亚给她换药，眼神飘忽不定的。

　　孟亚看出了魏步平的心思，有时候就故意让王晓玲给他换药，魏步平就找理由说王晓玲换药手太重了，弄得他脖子有点儿痛。王晓玲私下曾跟孟亚抱怨说："这个男的，真娇气，他是干什么的？"

　　孟亚说："中学教语文的魏老师。"

　　王晓玲不以为然地说："还老师呢，这么贪生怕死！"

　　孟亚听了心里就暗自发笑，王晓玲和自己同年同岁，但还是小孩子一样的单纯和天真，很多人和事她都看不明白。

　　听蒋良之这样说，王晓玲突然间恍然大悟："原来是这么回事儿呀，怪不得那个老师每次来换药都找小孟，怎么不直接追求小孟啊，还要找你当介绍人？"

　　蒋良之说："脸皮薄呗！可能是他来换药的时候，经常看到我在处置室，跟小孟一定很熟，就跟我说了这件事儿。我哪会当媒人哪？再说了，这个人小孟肯定看不上的。"

　　王晓玲说："为啥看不上啊？"

　　蒋良之说："堂堂中学老师，你要追谁就大胆追呗，拐这么大个弯儿，说明这个人太缺少男子气概了。"

　　王晓玲说："就是，长得又不好看。"

　　蒋良之说："再说了，找谁当介绍人也不应该找我啊。"

　　王晓玲说："为啥不应该找你呀？"

　　蒋良之说："医院里除了医生就是护士，书记院长当然不用说了，我算个啥呀？一个清洁工，医院里最下等的人。"

王晓玲说："这个事儿我倒没考虑过。"

蒋良之和王晓玲你一言我一语之间，孟亚的精神早都走神了，恍恍惚惚地想着是是非非的事情，听到蒋良之突然大声问了她一句："小孟，我说得对不对？"

孟亚愣了一会儿，反问道："你说什么了？"

王晓玲说："良之哥说你看不上魏老师。"

孟亚好半天没有答话。王晓玲又说："没看上就对了，连我都没看上。"

孟亚学着王晓玲的话说："这个事儿我倒没考虑过。"

蒋良之又说："人家小孟根本不想在绿岭煤矿长待，怎么可能在这儿恋爱结婚呢？小孟，我说得对不对？"

孟亚说："也对，也不对。"

王晓玲说："你这么说话不行，什么叫'也对，也不对'？对就是对，不对就是不对。"

孟亚说："这个事儿我也没考虑过。"孟亚的心里话是不能说出来的：穷山恶水出刁民，我不是来这种鬼地方找对象的，我的想法和感受没人能懂。

蒋良之说："你不是天天都在看书学习吗？你想考大学，不可能在绿岭煤矿长待的。"

孟亚反问道："谁说我要考大学？"

蒋良之说："听说的。"

孟亚心里有点儿吃惊，自己天天看书学习，总是小心翼翼的，从来没有张扬过要考大学，怎么连蒋良之都知道了呢？便问："听谁说的？"

蒋良之再次说："听人家说的，反正关心你的人不止魏老师一个。"

"关心？！"这两个字一下子又刺痛了孟亚的心。

三个人把那块地松完了土，都出了一身热汗。蒋良之说："土豆栽子我来负责，明天我就带过来，咱们三个再过来把它们种下地。"

孟亚说："我想去看看医院后面的那个大沙坑。"

王晓玲说："那里有什么好玩儿的？"

蒋良之说："有沙子。"

王晓玲嗨了一声，便和蒋良之回住院处去了，孟亚一个人往医院后面的山上慢慢走。

这是一个天然的沙场，在一个山坡上，面积可能有上万平方米，如果把沙子都运走，这里便不是山，而是一个巨坑了。如果把掏空沙子的巨坑注满水，这里完全可以蜕变成一座天然的水库，那将是碧波荡漾、鱼肥虾壮的又一番风光了。有一次蒋良之带着孟亚和王晓玲到医院的后山上挖蕨菜，孟亚才发现了这个天然的大沙坑，她当时特别惊讶，这里不是海边，怎么会有这么大面积的沙子，那浅白色又略微泛黄的沙子有点儿水的感觉。蒋良之和王晓玲对孟亚的惊讶无动于衷，王晓玲说："嗨，不就是沙子吗？你没见过？"王晓玲的一声"嗨"，代表那事那物不值得关注。

坐在天然大沙坑高高的斜坡上，一个人看着远远近近的景物，那感觉仿佛置身于世外桃源。浅白泛黄的沙子细小均匀，抓一把在指缝间倏然落下，千万年前形成的物质与你的手掌在今日交汇，那是一种什么感觉？那是一种什么感悟？沧海桑田？世事茫然？生命弹指一挥间？悲欢离合都不值得挂心挂齿？

坐在大沙坑里极目四周，人就像坐在大海里的一条小船上，周围到处都是绿色的树木，与漠然一片的沙坑形成鲜明的对比，好像是遥远的海岸。

孟亚躺在大沙坑里，看着天上的白云自由地飘荡，不断地变换着形状。躺在大地上看天空，与平时站立着的感觉完全不同，好像天离自己很近，好像自己也渐渐地浮上了云端，好像自己已经脱离了这个纷纷扰扰的世界，心事变得若明若暗，人也变得如同进入梦境了。

孟亚在梦境中游荡了很久，等到太阳偏西下落时，她才完全清醒过来，想起了苏英的来信。苏英在信中说：李琳结婚了。毕业后一年左右的时间里，李琳还与孟亚通了几次信，信中提到她谈了一个男朋友，但家里人都不同意，原因是她的男朋友胃部做过大手术，如今只剩下五分之二的胃了。李琳没有过多谈到她未来的想法。后来又有一次来信说，她父亲不在世了，遇上矿难死在了井下。孟亚上中专时去过李琳的家，见过她的父亲，是一个身材高大、性情爽朗的中年男人，李琳爱说爱笑的天性正是来自父亲。李琳的父亲生前非常反对李琳的婚事，而现在，她的对立面只剩下了母亲和妹妹李晴，但她们反对的态度比以前更加强硬了。虽然李晴已经远在美国，但她拒不接受这个未来的姐夫。父亲一死，李琳就成了家里的顶梁柱，家人有理由要求李琳找一个身体健康的丈夫，来为一家人分担生活的压力。

孟亚也不太赞成李琳的选择，自己本身就有心脏病，再与一个大部分胃被切除的男人组成家庭，以后的生活肯定会有许多困难。尽管李琳说过，那个男孩子的父亲是矿长，但这也不足以让李琳做出这样的选择。孟亚不相信李琳是看上那个未来公公的矿长职务，才想与那个"残缺人"结婚的。

苏英在这次来信中说，李琳是毕业后去做心脏手术的时候，在医院里认识的那个男人，也就是李琳现在的丈夫。苏英见过那男人，对他颇有微词，对李琳的婚事自然也不可能说出什么好听的话来。苏英不认为李琳和这个矿长的儿子是同病相怜，李琳做过手术后，身体恢复得很好，却拿婚姻大事当儿戏。

孟亚倒不认为李琳的丈夫一定是苏英说的那样，苏英这个拒绝感情的人，不可能对男性有什么好评价。但李琳比孟亚还小几个月，刚到法定婚龄就匆匆结婚了，嫁的又是这样一个人，孟亚除了有许多感慨外，更可惜高智商的李琳就这样轻易地自暴自弃了。想到已经去到美国深造的李晴，孟亚就更痛心李琳对待婚姻的草率态度以及对人生无所谓的选择。

苏英在谈到自己的情况时很不乐观，说自学的效果很差，当初想要步入大学的理想现在看来也许只是个梦想，甚至是幻想而已。苏英说，她发现自己与周围的人和事格格不入，确切点儿说，就是自己很瞧不起那些人，但反过来又发现自己是最渺小最无能的。她改变不了任何人和事，却总是被别人牵着鼻子走。

孟亚和叶文竹高荣荣之间只通了一两封信，之后就再没有联系了，有关她们两个的消息也都是苏英传达的，两个人现在都坐机关办公室了，在心理上大家自然有了距离，共同语言也自然就少了。

马莉倒是来过几封信，字里行间没有一句开心满意的话，她已经从原来分配的医院调到她父母工作的工厂卫生所，为的就是有时间复习高中课程。

在六个人当中，马莉表现出来的情绪最大，孟亚感觉她就像一个不断升温的炸药包，随时都有爆炸的可能。

从春节到五月份，葛立秋每个月都要回家，这在以前是从来没有过的事。自从和李文贤的绯闻事件发生之后，孟亚在心里对葛立秋非常反感，甚至是憎恨。

艾飞飞雪夜奔袭数公里来到医院，只跟葛立秋一个人见了面聊了天，并未再见到其他人，她也不大可能找院长或书记，直接投诉孟亚跟着李文贤去全老师家看电视。艾飞飞这个被醋意熏昏了头脑的女人，她根本不知道，在葛立秋的眼中，她的丈夫李文贤是陶院长的同党，而陶院长喜欢和欣赏的人，都是葛立秋的死敌。艾飞飞主动给葛立秋送来大炮和炮弹，亲手帮着李文贤的冤家对头支起大炮装上弹药，在摧毁了孟亚的同时，她的丈夫也同样遭了殃，这种结果对她自己又有什么好处呢？如果这个女人稍稍有点儿理智，有点儿智慧，她就不会如此捕风捉影地怀疑自己的丈夫不忠，更不会在所谓的"眼见为实"之后一走了之，跑回娘家。对孟亚的不自信，对李文贤的不信任，在处理问题时完全跟着想象和幻觉走，把简单的问题搞到一塌糊涂。孟亚在为自己悲哀的同时，也为艾飞飞和李文贤悲哀。

夫妻一场历经十多年的沧桑岁月，难道在流言面前如此不堪一击？他们之间的感情真的如此脆弱吗？艾飞飞到底明白不明白什么是爱情？她真的爱她的丈夫，爱他们的子女和家庭吗？如果她先跟李文贤谈一谈，或者找孟亚了解一下情况，这件事情就会非常之简单，那些别有用心的人的阴谋或者无聊，就会在谈笑间被化解。如此的话，也不枉她与李文贤十几年的夫妻情分，以及作为人到中年的一个女人的处世之道立世之能。

当然，反过来分析，也可能是李文贤太书生气了，总想以君子之规立足处事，平日在家里很少跟艾飞飞对单位的人和事说长道短，艾飞飞也就不清楚，李文贤在医院里与周围人远近亲疏的关系。从这一点看，孟亚和李文贤骨子里同样的幼稚和单纯，以为可以做到"出淤泥而不染"，"不染"只是你自己的内心想法和外在行为，根本左右不了险恶的世俗和污浊的舆论。

孟亚在感叹李文贤单纯和善良的同时，也更加憎恨葛立秋的卑鄙和无德，她甚至认为艾飞飞事先听到的"风声"，极有可能是葛立秋传出去的，因为只有葛立秋最清楚晚上孟亚和李文贤去全老师家看电视的事。看电视学英语节目，也不过三五次而已，却闹出一个天大的丑恶绯闻出来，孟亚心里觉得自己怎样憎恨那些卑鄙无耻的小人都不过分。

孟亚和葛立秋仍然住在化验室里，孟亚像往常一样工作学习，葛立秋也照旧天天稀里哗啦地洗衣服，天天晚上睡觉前揉搓肚皮放响屁，两个人的关系从表面上看没有任何的进步或倒退。

　　葛立秋还是愿意跟孟亚谈些吃喝拉撒的问题，孟亚心不在焉地随口敷衍几句，从礼节上也完全说得过去。只是两个人再没有谈论过医院里任何是是非非，因为只要葛立秋开了这个头，孟亚是绝不接下一句的，几次过后葛立秋也就知趣地打住了。

　　有一天，葛立秋去县里参加财务培训学习，回来后显得特别兴奋，主动跟孟亚聊了起来，说："在培训班上遇到了我当年插队时的一个男知青，他到现在还没结婚呢。我们两个是在水房里认出来的。我早上刚起来去水房洗脸刷牙，他一认出我来就很高兴，问长问短说个不停。我身上里层只穿了个背心，外衣扣子一个都没扣，他一直跟我说话，我身子都转不过来了，不敢正面对着他。"

　　孟亚静静地听着葛立秋兴奋地往下讲，内心里却在想，最好这个老男人看上葛立秋，让她快一点儿离开化验室，离开绿岭煤矿，自己这辈子都不想再见这个心地不厚道、爱使坏点子的老姑娘。

　　半个月后，果真有一个中年男人来看葛立秋了。这件事立刻在全院上下引起了轰动，而葛立秋似乎并不避讳这个男人的到来，更乐于让大家知道似的。后来孟亚听说，原来这个中年男人并不是葛立秋在县里培训时邂逅的那位男知青，而是她父母所在城市的另外一个男人，现在算是葛立秋的男朋友，方方面面的条件都比葛立秋好。这个人虽然年龄偏大，但一直没有遇到合适的结婚对象。

　　孟亚突然间明白了这几个月葛立秋频繁回家的原因。这个男人的到来，让孟亚看到了希望，也许葛立秋很快就要结婚了，结了婚会很快调回市里。即使不那么容易调回去，她也会经常回家，这样的话自己的学习就会少一些干扰。

　　护士通常晚上是不值夜班的，如果住院处的值班医生临时有私事，一般都会叫孟亚顶替一下。晚上值班通常就是睡大觉，除了许中华，住院处根本没有其他住院患者。门诊部晚上不安排值班的，有患者的话都到住院处处理。绿岭煤矿总计人口也不到一万人，不到万不得已，患者是不会晚上来的。

　　这一天恰好是刘大来值夜班，他说晚上有事，要十点钟才能过来，让孟亚替他看一会儿住院处。而孟亚也想找个清净的地方，一个人静心多看点儿书，也就很乐意地答应了。

晚饭过后到了值班室，孟亚先去了许中华的病房，推开病房的门，一股浓重的腐败气味和药水的气味混杂在一起，冲着她扑面而来。从受伤到现在，已经整整八年了，许中华从没有出过病房，他的世界他的天地，就是这样一间不到十平方米的小屋子，摆满了药瓶纱布棉签和一些简单的吃饭用具。

现在的许中华已经不做上臂吊环运动了，他甚至连"坐"起来的力气都没有，两条胳膊难以支撑没有知觉的身体。孟亚常规询问了一下情况后，就开始给许中华做骶髋部的按摩，他的骶髋部和脚踝处都出现了褥疮，局部皮肤变红发炎溃烂，处理这个问题一方面需要加强营养，另一方面也需要每日多次的按摩护理。

以前除了许四和蒋良之，许中华根本不允许其他人给他做护理，孟亚懂得这个男人有着极强的自尊心，也是一种病态心理。许中华甚至不愿意移动到户外，他不想让别人看到自己的残疾、病态和无力，当然也不愿意让他人尤其是女孩子，看到他骨瘦如柴的身体。高位截瘫八年了，胸部往下完全失去了知觉，只有露在外面的两条胳膊，还能看到尚存的肌肉。

从孟亚进来的时候起，许中华就一直闭着眼睛，他的眼角是湿的，从眼眶上方那两道拧着的黑眉，孟亚感受到了许中华内心强烈的痛楚。孟亚的眼睛也湿润了，好在她戴着口罩，眼泪才没有流到下巴上。孟亚让许四帮忙把许中华侧翻过来，先给褥疮局部作创面消毒，然后垫上纱布块，对褥疮灶周围慢慢进行按摩，促进血管循环。

半个多小时后，孟亚回到了处置室，洗干净手之后，她正要坐下来学习英语时，突然听到外面传来一阵急匆匆的脚步声。孟亚担心发生了什么大事情，正在想着如果自己处理不了，如何能通知到刘大来的时候，一个男人闯了进来，是葛立秋的男朋友。

孟亚心里一时很纳闷，听葛立秋说已经安排他到矿招待所住了，怎么会在这个时候出现在住院处呢？

男人一脸的焦急，带着一种说不清楚的表情，慌慌张张地说："小孟，葛立秋她……让你过去一下，带……缝合包。"

孟亚听不明白："什么……缝合包？她怎么了？"

男人说："她、她……撕、撕了！"

孟亚问："湿了？哪里湿了？"

男人说："不是湿了，是、是……受伤了！"

孟亚还是没听明白："哪里受伤了？"

男人又是搓手又是拍头："哎呀，你快去看看吧，晚了就来不及了！"

看到这个男人如此紧张，孟亚立即起身冲出住院处，往门诊部的方向急走，男人在身后语无伦次地说了几遍"缝合包"，孟亚都没有听明白，也没有听进去。孟亚一个多小时前离开化验室的时候，葛立秋还好好的，她没有心脏病也没有高血压，平日里这么健康的人，除了突发急性阑尾炎，或者吃坏了东西闹拉肚子，不会有没什么了不得的事，不会出人命，也根本用不着什么缝合包。孟亚心里暗自责怪，怪这个不懂医的男人，遇到丁点儿的事就大惊小怪的。

进了化验室，孟亚看到葛立秋正躺在床上，身上盖着被子，脸色在白炽灯下泛着青色的光，额角渗出大颗的汗珠，五官扭曲表情痛苦。

看到孟亚空着两只手进来，葛立秋咧着嘴龇着牙说："小孟，快去住院处拿缝合包！我下面……撕裂了，在流血！"说着自己将被子从身上移开，忍着痛说，"下面撕裂了，里面有伤口，得缝合！小孟，你把缝合包拿来，给我把伤口缝上！"

孟亚疑惑地问："怎么会撕裂？怎么会有伤口？怎么缝啊？我也不会啊，我去通知刘大夫来吧，今晚他值班。"

葛立秋一把拉住孟亚的衣襟："谁都不要找，我就相信你，你帮我缝吧！快点儿去拿针线！"

孟亚怎么也想不明白，而在她还来不及仔细分析这件事的时候，另一个想法又撞上了孟亚的心头，既然葛立秋拒绝其他医生为她进行缝合，除了那些人都是男医生外，一定还有别的原因。

这是一件丑事！一个货真价实的丑闻！

一想到这里，孟亚周身的血液顷刻间沸腾起来，原来你葛立秋也有今天！一年前你是如何恶毒地传播着流言蜚语，故意搬弄是非毁人名誉，我孟亚是多么的无辜！你强加给我的是一场从天而降的灾难！无妄之灾！我仅仅是为了学习，你却怀着毒蛇一样的妇人之心，咬得我遍体鳞伤心如死灰！我恨你！恨透了你！你现在是罪有应得！是老天对你为人不仁的惩罚！

孟亚这样想着，不由得放慢了脚步：从职责角度讲，葛立秋的受伤和流血状况，根本不应该由她孟亚来处理，今晚的值班医生是刘大来，刚好他是外科医生。如果情况太复杂了，刘大来一个人处理不了，李文贤的家就在附近，陶院长住得也不远，都可以把他们叫过来。作为一名护士，打针送药是她孟亚的本分，葛立秋突然外伤流血与她何干？她没有权利也没有义务来处理葛立秋被撕裂的会阴，否则就超越了工作权限，如果伤口没有处理好导致不良后果的话，自己的责任就大了。

这样走着想着，已经走回到了门诊部的大门口。门上的灯泡发出灰暗的光芒，周围一片漆黑死寂，走廊里传出了葛立秋痛苦的呻吟声。孟亚的心瞬间又抽紧了。如果不对葛立秋进行缝合止血，就这样让她流上几十分钟，即使不会死掉，也会出现严重的贫血。

如果对葛立秋不理不睬，或者找个理由让其他男医生来处理，葛立秋的丑事明天就会在绿岭煤矿成为头号新闻，谁都可以不断地添油加醋尽情演绎，让这个老姑娘颜面扫地无处藏身，而孟亚可以一解心头之恨了。如此一来，葛立秋会不会有生不如死之感？即使会阴撕裂不会流血而死，她日后会不会自己在心上或腹上插一刀，或者在手腕上割一刀，让丑陋痛苦的生命就此结束？

被是非所累被舆论绞杀，这种精神上的剧痛和折磨，孟亚有着最深的体会和感受，如果此时自己不出手相助，葛立秋的结局和下场，一定会比她孟亚更惨更丑。

真的要乘人之危落井下石，让葛立秋在绿岭煤矿声名狼藉吗？真的愿意让葛立秋像自己一样，日日心如刀绞、骨如锤击吗？

不愿意！孟亚突然间听到了自己心底发出的声音，她甚至猛地摇了一下头，便向住院处的方向奔去。

孟亚在门诊部与住院处一去一回的路上，快速地解决了自己的思想问题。现在她面对着葛立秋赤裸的下体，双腿弓起大大地分开，暴露着最令人羞臊难以启齿的隐蔽之处。

鲜血不断地流淌着，孟亚的心又悬了起来，顿时感到手脚发软，因为她确实不知道该如何处理这么复杂的部位。

孟亚几次反复探查，似乎找到了出血点，凭感觉缝合了三针。孟亚决定观察一会儿，如果继续大量出血，就需要继续加针缝合。可喜的是，三针完成后，出血量明显减少了，证明了缝合的成功。连葛立秋都感觉到了这种效果，她紧张的情绪有所缓解，刚才检查和缝合时撕心裂肺的叫喊声也变成了轻轻的呻吟。

孟亚并不自信自己的诊断和缝合技术，她还担心葛立秋的撕裂伤会出现感染。见流血量明显减少之后，孟亚又去了住院处，给葛立秋带回了一些口服消炎药，此时她的心情已经平静多了。

葛立秋说："小孟，我求你，这件事儿千万不要说出去！除了你，不要给医院第二个人知道！"

孟亚没有正面回答葛立秋的话，倒了杯热水帮葛立秋服了药，说："缝得不一定很对位，你明天还是去县里或者回市里吧，再检查一下，看是不是需要进一步处理，最好打两天点滴，预防伤口感染。"说完，孟亚就又去了住院处，按计划开始学习英语。

又过了一个多小时，刘大来回来了，脸色发红，一身酒气。紧跟着他身后进来了一个男人，端着的左手指尖在滴血，说是劈柴的时候不小心砍到手上了。

刘大来粗声大气地对那个患者说："你可真会踩点儿，来找我都不差一分一秒。"说着就去开消毒锅，见里面的消毒用品少了一大半儿，又见处置台上摆着刚刚清洗过的手套和止血钳，就问孟亚："刚才有患者啊？"

孟亚敷衍着点了下头。刘大来又问道："什么情况？用了缝合包？有伤口啊？"

孟亚说："一个患者，也是手弄伤了，小伤口，缝一针就够了，严重的我也处理不了。"

刘大来说："正规医院来的护士就是不一样，贺秀兰和王桂芝，都在医院干了一二十年了，连换药都不愿意，天天在门诊部就会打针。"

刘大来给那个患者缝合手指，把用过的棉球扔进垃圾桶时，又发现了问题，说："这桶里这么干净，怎么没见带血的纱布棉球呢？"

孟亚说："我给直接丢出去了。"

见刘大来还要发问似的，孟亚说了句 "我回去了。"就起身走了。身后听刘大来低声嘟囔了一句："不像有患者啊，说不定有人来要东西了，送人情了呢。"

孟亚没想到，这个平日里看上去粗枝大叶的男人，原来心眼比针鼻还细还小。

孟亚回到化验室，发现房间里已经空了。心里想葛立秋和那个男人越早离开这里越好，但医院离火车站有好几公里的路程，真不知道那个男人有什么办法，把下身疼痛流血的葛立秋弄到火车站去的。不过孟亚断定他们今晚一定不会再回来了，心里顿时松了一口气，开门放了一下血腥气味，上床很快便睡着了。

秋天还没有到来的时候，孟亚的那片土地也还没有结出果实，葛立秋却走了，带着双喜临门的快乐。

葛立秋调回到她父母所在的城市，除了这一喜之外，葛立秋还向绿岭医院的全体医护人员隆重宣布，她就要跟那个中年男人结婚了，一个正宗的"童男子"。葛立秋走得兴高采烈、体面风光。

孟亚知道自己不会忘记葛立秋，永远都不可能忘记。在自己那段屈辱悲哀的人生经历当中，葛立秋"功不可没"。孟亚一直记着葛立秋对她说过的那句话："十年之后，真想知道你是个什么样子。"

孟亚想，不管十年还是二十年，那段痛苦和屈辱她都会铭刻在心，而葛立秋就是这一切的始作俑者，孟亚终生都不会把美好的字眼用在这个女人身上。尽管她可能是未来孩子眼中的"好母亲"，丈夫眼中的"好妻子"，但在孟亚的眼中，只有她才最清楚，这是一个蛇蝎一样心肠的女人。

在阴道撕裂事件发生之后，几个月里，葛立秋几乎都待在市里，医院里的人都以为葛立秋是在办理工作调动的事，以及与男朋友准备结婚事宜，矿上没有任何关于葛立秋身体方面的传言。孟亚知道，这一切的功劳都是她孟亚的，她在葛立秋危难时刻的勇于担当，以及对整个事件的守口如瓶，保全了葛立秋的名声，成就了这个老姑娘在绿岭煤矿滞留十年后，重返城市时的体面风光和心满意足。

葛立秋走后，孟亚也不想在医院住下去了，她认为这是一个明智的决定。刚好矿上有一间宿舍空出来了，孟亚就搬了过去。

看不了电视英语节目，孟亚对此事一直不甘心，在一个星期天回了趟家，跟父母提出要买电视。

李秀云为难地说："咱家现在只有三百块钱存款，听说最便宜的电视也得四五百块钱。"

孟焱说："等这个月发工资，我支援你点儿吧。"

孟涛去年考取了大庆市的技工学校，虽然全家人包括孟涛自己，对这个学校和预计的未来工作都不满意，但好歹也算有了条出路。说也说了骂也骂了，李秀云和孟福先对孟涛也是最低要求，不招灾不惹祸的，能考个技校就行了。

孩子们大都有了出路，日子好过一些了，李秀云和孟福先也时常以"学习有用"为题，让自己骄傲一下。但李秀云还是会见缝插针地抢白孟福先："这几个孩子要是不考学，要想指望你给他们找个好工作，那是白日做梦。"孟福先倒不生气了，说："这几个孩子真长脸，公社上很多人家都羡慕咱家，咱们这些七大姑八大姨的，还没有一个孩子是考出去的。"李秀云说："我还算有点儿福啊！你现在还想不想把孩子送给人家了？想送的话，我可同意了。"孟福先扑哧一笑，说："你呀，这张嘴就是不饶人。"李秀云说："饶人不饶人的，你这便宜捡大了，说你几句也没亏着你！"

一家人东拼西凑，凑够了四百五十块钱，够买一台熊猫牌黑白电视机了。孟福先打听了一下，说县城里都没有经营电视机的，得去市里买，就托了公社上的一位同事，跟着他带着孟亚到市里去买电视。三个人早晨五点多钟就到了火车站，在站上等了十多分钟火车才来，火车站那个清冷空旷的早晨刻在了孟亚的记忆深处。

因为家里人从来没有看过电视，孟亚就提出把电视机先在家里放一段时间，等她下次回来再带走。但孟福先和李秀云都说学习要紧，家里没人看。孟亚走的那天，二姐孟焱帮她把包装完好的电视箱子搬上了火车。

十四英寸电视有了包装就显得特别大，再被孟亚这样一个瘦小的女孩子一衬托，简直就是一个大难题。火车到了绿岭站时，孟亚连拉带拽十分狼狈地把电视弄下了火车。

在火车站上，守着这么个庞然大物，孟亚不知道怎样才能把它带回矿里。想往医院打个电话，让蒋良之骑自行车来接她，突然想起星期天蒋良之不上班。看着下车的人已经三三两两地走远了，孟亚心里不由一阵着急。

这时，一辆四轮车停在前面不远的地方，孟亚趔趄着把电视机挪了过去。

开四轮车的人看孟亚穿得干干净净，就说车上很脏，拉不了人的。孟亚就去看车，里面是一层白灰。孟亚说没事，脏了回去再洗，那个人就没再说什么。

孟亚把电视机弄进车里，四轮车便突突地飞奔起来，车厢里立刻就刮起一阵阵的旋风。只一会儿工夫，孟亚浑身上下就挂满了一层白灰，白灰呛得她呼吸困难，睁不开眼睛。孟亚的心情非常糟糕，一下子想到了令她难堪又痛苦的电视风波，把自己弄到了这种可怜又可悲的地步。

四轮车在公路上剧烈地颠簸着，黑黑的烟冒出来，混着白白的灰将孟亚层层包围。孟亚面向前方咬紧牙关挺立着，胸中有一种苍凉而悲壮的感觉。

电视机买回来了，孟亚却不知道怎样安装天线。第二天上班后，蒋良之听孟亚说从家里带来了一台电视机，就自告奋勇帮孟亚解决天线问题。

下午，蒋良之从山上拖下来一根又长又直的松木杆，下山之前他已经砍去了木杆上所有的枝枝杈杈，不知道这棵树用去了他多少时间。紧接着，不知道蒋良之从哪儿又弄来了铁锹，在孟亚宿舍窗外的墙根儿挖了一个又窄又深的坑。也不知道他怎么就把那根十几米高的松木杆竖起来的，更不知道他怎么做的天线。

到了晚上的时候，孟亚准时看到了那个潇洒的洋人，一边上楼梯，一边满面笑容地说"Follow Me"。看到这个数月未曾见到的西方老师，孟亚的眼泪一下子就涌了出来。

第二天，蒋良之又给孟亚带来了一只简易的电炉子。说简易，是因为电炉子是蒋良之自己做的，既简单又实用。一块长方形的整砖，在上面刻出等距离的横沟槽，把买来的电阻丝盘进去，再接上一根带插头的电线，电炉子就做好了。蒋良之说，一根电阻丝和两米长的电线总共不到三块钱。

因为是砖形的电炉子，放上一个同样大小的铝饭盒刚好合适。孟亚很惊诧蒋良之的聪明，她饶有兴致地端详着蒋良之的这个小发明。蒋良之像变魔术似的，又拿出来一个小酒精炉，还有一个三条腿的铁丝支架。

孟亚不记得自己跟蒋良之说过什么，但蒋良之好像非常了解她需要什么。蒋良之说："这种酒精炉我在市里买了两个，我儿子一个，你一个。这个三脚架是用来架酒精炉的，我自己做的。"

孟亚说："你心真细！你在家里肯定是个好丈夫，我嫂子肯定很幸福。"

蒋良之的黑眼睛眨了眨，说："你还不认识我家你嫂子吧？哪天去我家吃饭，你嫂子对人很热情的。"

　　孟亚搬到矿里的集体宿舍后不久，宿舍里又来了一个新人，叫陆玉珠。陆玉珠是绿岭煤矿的小学教师，来矿上有半年时间了，以前一直住在学校，她的老家在内蒙古。陆玉珠长得清清瘦瘦，已经二十九岁了，还没有结婚，连男朋友也没有。

　　陆玉珠同孟亚一见如故，说话略带一点儿口音，喜欢说"怎的"，"的"字发"地"音，她管孟亚叫"老孟"。孟亚并不认为陆玉珠有多大多老，跟她在一起，与同葛立秋在一起的感觉完全不同。两人还有一个共同的爱好：背诗。

　　陆玉珠有这方面的条件，矿中学和小学是合在一起办学的，只有一套领导班子，老师们就像一个学校的老师，大家互相之间非常熟悉。中学有几个前年分配来的男老师，也就是曾经在矿招待所住孟亚隔壁的张力、魏步平他们，这几个人有一肚子的墨水和爱恨情仇，急需一个释放和发泄的出口。陆玉珠经常让张力和魏步平给她提供好诗词，后者也乐此不疲。

　　陆玉珠非常喜欢林黛玉的《葬花吟》，孟亚也喜欢，并让陆玉珠把那首长诗抄到她的笔记本上。《葬花吟》四百多字，中间不免有点儿拗口的地方，但陆玉珠和孟亚能够从头背到尾，两个人经常是你上句我下句，像说对口词一样畅快淋漓，一时沉浸在诗情画意之中，虽然有些悲戚与哀婉，但情感的抒发与美文的享受也同在其中。

　　陆玉珠的字和人一样，很清秀，一首长长的诗，从头到尾都写得一样工整，一笔不乱，这在孟亚就做不到。但孟亚画画就很有耐心，她在笔记本的插图中找到了一幅黛玉葬花的水粉画，临摹了一幅，很逼真的。陆玉珠看着孟亚的画说："老孟你真行啊，有两下子。"两个人就交换了字和画。

　　十几年后，孟亚仍然保存着陆玉珠抄录的那首《葬花吟》，并清晰地记得，当年陆玉珠坐在宿舍的桌子前抄诗的那副认真相，就像在批改学生的作业。孟亚打趣她说："你应该叫'陆黛玉'才对。"

　　孟亚之所以这样说，是因为陆玉珠真的有点儿像林黛玉，经常眼泪不干。当然，陆玉珠不哭的时候，两个人还是很开心的。虽然陆玉珠经常流泪，但孟亚不认为她是林黛玉那种无事生悲的性格，而是事出有因。

　　陆玉珠家中有七个姐妹，她排行第三，父母都是普通得不能再普通的农民，家庭也是穷得不能再穷的农民家庭。陆玉珠身后有一大帮弟弟妹妹，身前是一个嫁在穷人家的姐姐，还有一个傻得讨不到媳妇的哥哥。陆玉珠的父亲在几年前就患肝硬化去世了，死前遭了很多罪，想吃点儿好东西却没有，就经常把布条放进嘴里嚼。陆玉珠每当说到家里的贫困与艰辛时，就一脸的悲戚，但她这个时候是不哭的，哭的时候她不会说出原因。

孟亚知道，二十九岁的陆玉珠仍是孑然一身、形影相吊，从几千里之遥的内蒙古大草原来到这个偏僻的小矿山，其中一定会有许多辛酸与期许。陆玉珠有个远房舅舅在绿岭煤矿小校当副校长，陆玉珠显然是投奔舅舅而来。虽然没有文凭，但陆玉珠有几年的教学经验，工作责任心又强，加上她性格平和，对谁都不构成威胁，她在学校的工作还算安心，但这并不能代表陆玉珠的全部生活。

孟亚和陆玉珠经常吃过晚饭后到学校去，有的时候，陆玉珠还叫孟亚到学校同她一起做饭吃。北方的冬天太冷，教室里如果没有取暖设备，学生是没法上课的，但绿岭煤矿的学校没有安装暖气，每个教室都有一只铁炉子，靠烧煤取暖，反正守着煤矿，煤是取之不尽、用之不竭的。

陆玉珠就利用了这种方便条件，有时在学生放学后，自己煮饭吃，她的讲桌下面放满了锅碗瓢勺，还有白菜、土豆、萝卜之类的冬季蔬菜。在这样的条件下，吃的饭当然是很简单的。有的时候，孟亚在食堂买几个馒头过来，陆玉珠在教室里煮上半小闷罐稀粥，再把白菜洗净切成顺丝，上面放些花椒面儿和碎蒜，把烧开的油往上一浇，再加点酱油和醋，这就是她们的一餐。吃完饭，趁陆玉珠洗碗的时候，孟亚就在黑板上写几首诗词，记不住的地方就考问陆玉珠。由于两个人相互影响互相督促，背诗的速度就很快。

陆玉珠和孟亚都喜欢陆游的《钗头凤·红酥手》，苏轼的《江城子·乙卯正月二十日夜记梦》，还有李清照的词，几乎每首词都被她们背个烂熟。陆玉珠读诗的时候很有抑扬顿挫感的，但读着读着，就会阴阳怪气起来，高一句低一句，像旧私塾里八十岁的老先生似的，两个人最后开心大笑一场。

孟亚就这样与陆玉珠相识了，并且成了没有年龄界限的好姐妹。

陆玉珠不流泪的时候，常常能给孟亚带来许多正能量。在她们两个人拜师学诗的老师中，就有中学语文老师魏步平，孟亚的那套高中课本就是从魏步平那里借来的。魏步平当时给孟亚送书时，孟亚很过意不去，说了许多感谢的话，但魏步平似乎并没有觉得这是一件需要特别感谢的事。关于学习方面的经验，魏步平倒是说了不少，他说："我最不爱听谁说哪本书他看了几遍，书不是看上几遍就能学到东西，关键是要掌握学习方法，看书时一定要认真仔细。看的遍数再多，囫囵吞枣也是没有用的。"

孟亚搬到集体宿舍以后，与魏步平见面的机会自然就多了起来，免不了要打个招呼说几句话。魏步平告诉孟亚，需要什么书尽管告诉他，他弄书很方便的，而孟亚总是客客气气地表示感谢。

魏步平因为后颈部长了痈疮，经常到住院换药的那段时间，孟亚并没有理会魏步平的想法。现在搬到了集体宿舍，事情就出现了新的苗头，首先发现与魏步平有状况的是陆玉珠。

有一次孟亚晚上下班回到宿舍，陆玉珠刚好端一盆水要出去倒掉，水房在长走廊的中间位置。矿宿舍是一大排平房，一共有三十几个房间，女房间只有三个，在最西头。陆玉珠嫌水房又黑又小，总是习惯在宿舍里洗东西。

来来回回折腾了几次，陆玉珠突然神采飞扬地对孟亚说："哎，怎的，我说老孟，我发现了一个大秘密。"

孟亚说："什么秘密？"

陆玉珠说："关于你的秘密，可你未必知道。"

孟亚的心就狠狠地跳了一下，自己的秘密别人知道，自己却不知道，应该不是好事情。孟亚说："你说出来看看。"

陆玉珠就说："老魏在东头的走廊里站着呢。"

孟亚长出了一口气，说："这算什么秘密？站——你还不让啊？"

陆玉珠说："怎的？站和站可不一样，他站在他宿舍的门口，往咱们这边儿伸着脖子望呢。"

孟亚就笑陆玉珠："你可真是的，往哪儿看是人家的权利，也许他是在那儿等人呢。"

陆玉珠说："这次算你说对了，可他等的不是别人，正是你。"

孟亚感到莫名其妙，说："站在他宿舍的门口等我？你别开玩笑了，我又没约他。"

陆玉珠说："怎的？人家感情那么真挚，我哪能开玩笑呢。真的，不骗你，老魏站在那儿真的是看你。"

孟亚说："我在宿舍里，他怎么看？要看就过来看。"

陆玉珠就说："那我去招呼老魏过来，就说孟小姐有请。"

孟亚想让陆玉珠收场，说："行了，我要看书了。"

陆玉珠说："你别太残酷了，人家站在漆黑的走廊里翘首西望，你却不理不睬的。太无情了吧？"

孟亚不想说话了，陆玉珠却非让孟亚承认这个事实不可。陆玉珠过来拉孟亚，说："老孟，你也伸头看看，五分钟过去了，十分钟过去了，老魏还在那儿呢，时间不等人，可老魏等人呢。"

孟亚坐在床上纹丝不动，她的心也没动，说："老魏看的不是我。"

陆玉珠说："那是谁？"

孟亚说："是你。"

陆玉珠扑哧一声笑了："哈，看我这个老大姐？那绝对不是。他要是想看我，在学校就看了，何必在这么艰苦的条件下坚持呢？你刚下班回来，他就出现在宿舍门口，不是冲你冲谁呀？你还看不出来呀，老魏早就对你产生爱慕之情了。怎的，你别装糊涂好不好？"

孟亚说："我没装糊涂，是你神经过敏。"

陆玉珠又笑了："此言差矣。他爱的是你，我过敏个什么劲儿，你别太残忍了，发发善心好不好？哪怕到走廊里走一趟，对老魏的渴望也是个安慰。"说完又过来拉孟亚。

陆玉珠的一个"爱"字，弄得孟亚浑身发痒，哭笑不得，说道："你闹够了没有？"

陆玉珠说："怎的，那你想让老魏在走廊里站多久啊？"

孟亚说："他站多久关我什么事？你快去买饭吧，给我带一份。"

陆玉珠就说："怎的，为了躲避爱情，连宿舍都不出了？"

其实，魏步平的这一举动，孟亚在几日前就发现了，她当时只是没往心里多想。在陆玉珠说话之前，孟亚就见过魏步平有一次站在他的宿舍门口，孟亚出出进进几次，魏步平一直远远地站在那儿朝西边看，至少有四十米开外的距离。因为宿舍的出口大门离魏步平的宿舍比较远，并且走廊里一向是没有灯的，看不太清楚那边的人，孟亚自然就不可能远远地跟魏步平打招呼。

平时孟亚跟陆玉珠一起走的时候，也会经常在路上遇到魏步平，不知怎么，陆玉珠特别喜欢观察魏步平，经常用胳膊肘拐孟亚，提醒说："你快看，老魏又回头看你了。"

孟亚说："你注意脚下，别给石头绊倒了。"

陆玉珠说："脚下哪有石头？后面倒是有老魏。你快看，老魏又回头了。我一回头，他准回头。"

孟亚就笑，一个劲儿地往前走，说："你看他，他看你，你们两个就互相看吧。"

陆玉珠说："我是替你看。"

孟亚说："别自作多情了，我可没请你看。"

陆玉珠说："你不是在说老魏吧？爱是一个人的权利，你不能剥夺吧？你跟大姐说实话，有没有点儿意思，要不要大姐当月下老人啊？"

孟亚说："你歇着吧。你要看他好，就自己留着吧。"

陆玉珠说："那可不行，君子不夺人之所爱，我哪能这样呢？再说了，我年龄比他大，他对我也没有这个意思呀。老魏也真是的，有话就说嘛，男子汉大丈夫，就这样'三步一回头，五步一徘徊'的，多可怜哪！有的人怎么就长了副铁石心肠无动于衷呢？"

孟亚就反唇相讥："你那么善良，你见义勇为、助人为乐好了。"两个人就说说笑笑，在魏步平的频频回首中渐行渐远。

孟亚不能理解，一个教师，对一个女孩子产生了爱意，用的竟然是这种表达方式。走廊里人来人往的，就那样痴痴地站在那儿，这合适吗？这还算个大男人吗？

秋天又到了，孟亚心中一直渴望的收获终于来了。一日，蒋良之对孟亚说："该起土豆了。今天下午没事儿的话，晓玲咱们三个去起土豆。"

孟亚心中一阵喜悦，便说："好啊！"。

下午的时候，蒋良之准备好了镐头和麻袋，三个人就来到了孟亚的那块自留田，开始起土豆。

春天的时候，孟亚说想在这块地的周边种点儿辣椒、西红柿之类的蔬菜，这些植物不用搭架子，照顾起来也简单方便，成熟后可以生吃，不想去食堂吃饭的时候，吃个馒头辣椒蘸大酱就可以将就一顿。蒋良之说这里的土质一般，种那些蔬菜怕营养不良长不好，但见孟亚种菜心切，便在这块小田地周边随意撒了些种子下去，结果长得果真不好，辣椒又小又弯干巴巴的，一个个像佝偻病似的。西红柿长得还没有鸡蛋大，青青的很难变红，吃到嘴里也没有甜味儿，反倒有点儿辣舌头。

现在看来，种这两样蔬菜起到的是观赏作用，而没有食用价值。挖土豆的时候，蒋良之说："我估计土豆也长不大，小孟你要求别太高了，不然可能会让你失望。"

孟亚说："只要是土豆的样子就行，小土豆也可以吃的。"

孟亚在宿舍里没法炒菜吃，宿舍里集中供暖气，而学校的教室里冬天生炉子，土豆白菜在陆玉珠教室的火炉子上是大有可为的。

蒋良之把镐头刨进土里半尺多深，然后保持着这个深度倒着走，一路把已经结成硬壳的田土翻起来，大大小小的土豆被他的镐头翻到了地面，带着潮湿的颜色和土壤的味道。

虽然土豆不是很大，但最大的也有半个手拳大小。孟亚眼中露出了喜悦之色，嘴上说："挺好的，长得挺好的。"

王晓玲嗨了一声说："长成这样，还说挺好的。土豆太小了，不好吃，我都懒得捡，还是我从家里给你拿半麻袋算了。"

孟亚说："挺好的，我喜欢这种小土豆，吃着方便。"

蒋良之说："自己种的东西，吃着心里感觉不一样，小孟你说是不是？"

孟亚说："是。光看着这些土豆，我都开心。"

八月份的天气烈日炎炎，三个人早都汗流浃背了。王晓玲说："良之哥，你也不嫌热，戴着一副厚手套，咋不摘了呢？"

蒋良之没吭声。王晓玲又说："你手指断了谁都知道，戴手套也是这么回事儿，挡它干啥呀，又热干活儿也不方便。"

蒋良之说："我习惯了。"

王晓玲说："你这个事儿我倒没考虑过，我以为你不愿意给人看见手指短一截呢。"

孟亚转移了王晓玲的话题，说："你看这么多土豆，今年冬天不用跟你们要土豆吃了。当时我说还要种点儿白菜，良之哥说白菜比土豆挑地，再说这块地方太小了，种不了这么多样儿。"

王晓玲说："我家白菜土豆都有的，吃不了，你要多少我给你多少。"

孟亚说："也不是你种的，不好意思每年都跟你们要菜吃。"

王晓玲说："我爸退休了，闲着没事儿就种菜呗，也不是特意给你种的。"

蒋良之说："晓玲，小孟年龄跟你一样大，可她像你姐似的。"

王晓玲一心忙着往麻袋里装土豆，低着头随口说了一句她的口头禅："这个事儿我倒没考虑过。"

第二天，蒋良之用自行车驮来了一麻袋大白菜，对王晓玲说："我拿来这么多，如果不够，到时候我再给小孟拿，你就不用折腾了，你也没自行车。"说完就跟着孟亚去了门诊的妇产室放白菜。

蒋良之说："白菜最好在墙根儿码一溜儿，白菜时间长了容易烂，横着放贴地皮的面积大，烂得快。吃的时候把外面烂的丢掉，吃里面好的，吃烂白菜容易中毒。白菜土豆不是什么珍贵东西，我家里有的是，随时保证供应。"

孟亚嗯了一声，心里觉得这个男人心真够细的，就又听蒋良之说："快点儿走吧，这地方阴森森的。"说完赶紧出了妇产室，快速通过了走廊。孟亚一句 "就是有点儿潮湿"还没有说完，蒋良之已经出了门诊部的大门。

往住院处方向走的时候，蒋良之说："小孟，我求你点儿事儿。"

孟亚问："什么事儿？"

蒋良之说："去太平间帮我把那两张床抬出来，陶院长让我把那两张简易床折起来，放仓库里去。"

孟亚说了个"行"字，两个人几分钟就走到了住院处旁边的太平间，也就是上次处理几位遇难矿工遗体的地方。

木板搭成的太平间里，四面板墙都露缝漏风，根本就不像一个安放遗体的地方。蒋良之将门锁打开后，看着孟亚，脸上的表情有点儿不好意思，说："小孟，你……先进去，行不行？"

孟亚没答话就走了进去。抬铁架子简易床的时候，蒋良之又说："我这头先出去，行不行？"

孟亚就等着蒋良之把床头顺过来，他先退着出了太平间的破木门，第二张床也是这样抬出去的。抬完了床，又将太平间地上铺着的几块木板收拾好，顺到墙角处后，蒋良之跳着脚几步就窜出了太平间，就像脚下踩到了两团火球似的。

孟亚终于忍不住笑出了声，说："你怕成这样啊？这里面也没有死人。"

蒋良之站在离太平间五六米远的地方，阳光照在他的脸上，孟亚看到他额角处竟然有了细小的汗球。早晚寒意渐起，即使天气晴朗暖意尚存，抬两张床怎么也不至于热出汗来。看来蒋良之是真的害怕进太平间，怪不得刚才在门诊时他也像逃命似的，那么快的速度往外走。

蒋良之把白手套脱掉，丢在了住院处门口的一堆垃圾里，那是蒋良之一会儿准备清扫掉的，右手摸了一下额头，嘿嘿了两声，说："不好意思，我这么大个老爷们儿，还让你这个女人……不，是女孩子，照顾，不好意思啊！"

蒋良之看着孟亚笑，两只瞳仁如同优质煤块似的，又黑又亮闪着晶莹的光芒。蒋良之的睫毛很长且是直的，倾斜着排在黑眼睛的上方，孟亚突然感觉这对眼睛似乎就是一座矿藏，简单纯真却又精雕细琢，触手可及却又悠远深邃。

两个人回到咫尺之遥的住院处，王晓玲见了他们两个就说："王姨让我过去帮忙，她大儿子在学校跟同学打架了，老师打电话让她过去一趟。"王晓玲说完就走了。

蒋良之在处置室的洗手池里对着水龙头反复洗手，洗了足足有五分钟才停下来，孟亚开玩笑说："你要不要用酒精泡二十分钟啊？然后就可以上手术台做手术了。"

蒋良之坐在平日里医生值班的椅子上，看着孟亚嘿嘿地笑，说："我可不敢。小孟，你胆子真大！我一进太平间就两腿发软，刚才腿肚子都快抽筋儿了。"

孟亚说："没这么夸张吧？就是两张床几块木头板子，有啥好怕的？"

蒋良之说："真的，我就是害怕，不骗你！以后有这方面的事儿，还得麻烦你。"

孟亚说："胆子是练出来的，也是逼出来的。我毕业前临床实习的时候，连给患者打针都不敢呢，哪想到现在敢处理遗体？"

蒋良之说："上次井下发生事故，你跟那些大夫一起给死人清理遗体，他们都说你胆子很大，原来你也不是天生胆儿大啊。你好要强啊，真挺佩服你的！"

蒋良之说这些话的时候，两只手一直放在桌子上面，不时搓一下手或者交叉一下手指。刚才在太平间的门口，蒋良之脱掉手套用右手抹额头时，孟亚就看到他右手食指少了两节，她的心当时就隐隐地痛了一下。现在，蒋良之露着两只手，他并没有急于戴上新手套的意思。

孟亚在蒋良之的对面坐下来，开始做凡士林纱布条。凡士林是一种油质软膏，颜色呈明快的淡黄色，具有消炎的功效，把消过毒的纱布条浸到凡士林软膏里，患者有轻微的外伤时可以用来敷创面。孟亚不时看一眼蒋良之，发现他眼睛看着窗外，神情中有了一丝悠远的沉静，思绪似乎处于一种游离的状态。

好半天，两个人都没有说话，后来还是蒋良之打破了这种安静，说："小孟，我问你一个问题……人体有多少骨头？"

孟亚说："二百零六块。"

蒋良之沉默了一会儿，咧了一下嘴角，说："你们都是二百零六块，我只剩下二百零四块了，是个残疾人。"

孟亚之前就听说过，蒋良之是在井口当矿工时伤了手指，就说："做矿工是不是很辛苦？一天三班儿倒？"

蒋良之又沉默了一会儿，说："是很辛苦。可我认为，人最辛苦的，不是身体，而是心。"

孟亚听了蒋良之的话，一时感觉有点儿意外，不知道该怎样回答他。蒋良之却突然间又嘿嘿地笑了，说："小孟，我大老粗没文化，你别笑话我啊。"

孟亚说："你心好。一个人善良不善良，跟文化没有关系，有文化的人不善良，还不如没文化。"

蒋良之说："人太善良了，会不会被欺负呢？"

孟亚说："你的意思是说，'善良招灾'？"

蒋良之说："你看，有文化的人用词儿就是不一样，'善良招灾'，文绉绉的多好听啊！我妹妹要是像你这么懂事儿就好了。"

孟亚说："我嫂子人长得漂亮，心眼儿又好，你够有福气的了。"

蒋良之的目光停留在右手那根断指上，喃喃地说："是，他们都说我挺有福气的，讨了个好老婆！"

第九章　一九八三年

俗语说，"腊八腊八，冻掉下巴"，腊八节是在农历的十二月，也是阳历的一月份左右。东北的这个季节，冰天雪地、万物萧瑟，是自然界最寒冷的时期，但李文贤却在这个时候给孟亚带来了一个消息。李文贤到门诊部已经一年多了，这期间两个人还是偶尔会碰到面的，见面时也只是打一声最简单的招呼，便擦肩而过。

这一次，李文贤却来到了住院部，亲自找孟亚来了。李文贤说："全老师得肝炎了，他不想参加电大英语学习了，你想不想学？如果想学的话，我可以在县里找我的老同学帮帮忙，把他的学籍改成你的。"

孟亚没想到会有这样的事情，便说："学籍好改吗？全老师已经学了一年多了，况且我也没参加入学考试。"

李文贤说："等这周我回县里问问，如果能改的话，你就不用参加入学考试了。"

孟亚想说声谢谢，却没有说出来。李文贤似乎也不想等她再说什么，匆匆地走了。看着李文贤高大的背影远去，孟亚内心的感觉非常复杂。

第二周的星期一，李文贤又来到住院处找孟亚，告诉她抽时间去一趟县城的电大，把有关的手续办一下，说："全老师已经学了一年多了，你赶一下学习进度，你再学一年半，到时只要考试合格，就能拿到英语大专毕业证。"

孟亚就按照李文贤说的，请假去了县电大，找到了姓冯的女老师，也就是李文贤说的老同学。孟亚表示自己想多学点儿英语，能够学足三年的课程最好。冯老师对孟亚很热情，手续办得非常顺利，孟亚内心十分激动，就到街上买了一本影集，返回电大送到了冯老师手上。

绿岭煤矿参加电大英语学习的一共有四个人，另外两个是中学的老师，再有就是李文贤和半路杀出来的孟亚了。中学的两个老师一男一女，孟亚有时和那位年龄与自己相仿的女老师结伴而行，有时就独来独往。

从绿岭煤矿到县里坐长途汽车需要一个多小时，车上的人特别多。乘车的大都是乡下来回做小买卖的，什么东西都往车上搬，各种气味混杂在一起。孟亚本来就晕车，经常恶心得直想吐。

在县城上完课返程时，有时候为了赶时间，孟亚就跟着另三个人偷偷地爬火车。货车的尾部一般都有一节空车厢，但车厢是封闭的，里面不知为什么总会有一层煤。孟亚他们快下课时就计算好了时间，下了课就连跑带颠地从学校往火车站跑。

上了火车，孟亚和女老师站在车厢的一端，李文贤和那个男老师站在另一端，孟亚和李文贤就像不认识的两个陌生人一样，没有对话，甚至互相都不会对视一眼。每当站在黑黑的车厢里，听着火车呼呼隆隆地跑，孟亚就感觉像是自己在拉着火车向前冲。

学校两个老师学英语，学费是单位报销。李文贤通过向矿上申请，他的学费也能报销。李文贤让孟亚到矿上找劳资科长，看能不能解决学费问题，孟亚便去了。

那天，孟亚围着上中学时妈妈李秀云买的那条蓝色长围巾，踩着地面上一层厚厚的积雪去了矿上。不到三分钟，孟亚便从矿机关大门走了出来。她走进去的时候，心情是忐忑的，但还怀着希望，而走出来时，她却用蓝色围巾堵住了嘴，眼泪流到了围巾上。

李文贤得知这一结果后，不知他是何时与何人联系的，几天之后，就告诉孟亚说，她的学费矿上同意报销了。孟亚没想到温文尔雅的李文贤竟然还有这样的神通，她也没想太多李文贤这样帮她到底是为什么，李文贤也从未对孟亚说过，给她办的这些事情有多么不容易。

李文贤是不是对孟亚有所歉疚，或者其他什么，孟亚不知道，她从不认为李文贤欠她什么，也没有把对艾飞飞的怨恨算到李文贤的头上。但孟亚也没有对李文贤存着特别感激的念头，她甚至没有想过应该说句感谢的话。

孟亚知道，李文贤为她做的那些事情，并不是为了听她说几声谢谢的，在心灵深处，那场风波把孟亚伤得太重，两人连普通的朋友都做不成，更不要说其他了。直到有一次去县城参加电大英语学习，下课的时候，李文贤问她在哪里住宿，孟亚就如实地告诉了他。

下午学习结束后，孟亚刚回到旅店，就听到了敲门声。把李文贤让进房间时，悲哀像潮水一样漫过时间的大堤，一下子涌上孟亚的心头。

李文贤一直走到靠窗子的一张床角处坐下，与坐在门口那张床角处的孟亚形成房间里最远的对角线。李文贤说："一直就想跟你说说。这么长时间了，我心里一直有一种负担。"

孟亚没说话。

李文贤接着说："她就是那种性格，你说我能怎么样呢？也不能为这事跟她吵。"

孟亚还是没说话，泪水却涌了出来。

李文贤说："我知道你这两年压力很大，你年龄这么小，为了学习受了这么大的委屈，我觉得挺对不起你的。"

孟亚不再是无声地流泪，而是抽泣起来，一腔悲苦全部涌出。

李文贤说了这些后，孟亚除了哭，没说一个字。

李文贤也再没什么可说的了。三言两语过后，李文贤起身走了，走过孟亚身边的时候，他没有任何停留或迟疑——今生今世，这可能是两人间最短的物理距离了，但他们之间的门是紧闭的，而且从来没有开启过。

孟亚一个人在房间里哭了很久。孟亚不只是为自己过去的遭遇而哭，更让她感到悲哀的是，面对李文贤那些说不上是道歉还是安慰的话，孟亚竟然不能说出自己想说的——不能指责，不能憎恨，不能倾诉，不能哀怜，她甚至连表达自己想法和感受的权利都没有。

艾飞飞和李文贤是夫妻关系，孟亚所遭受的一切痛苦，所承受的一切委屈，都始于艾飞飞，始于李文贤的老婆。李文贤清楚自己和孟亚是什么人，两个人谁都没有过非分的念头，他们之间的关系简单干净得就像一张白纸，没有人想在这张白纸上进行涂鸦，无论是最丑或最美的画图。说自己委屈？李文贤心知肚明，他自己也是受害者。说自己愤怒？骂葛立秋还是范凤梅或者贺秀兰？都可以，但最该声讨的还是艾飞飞。

可孟亚希望李文贤跟艾飞飞闹到天翻地覆吗？当然不愿意。那自己无论怎样说怎么做，都会给李文贤徒增压力和烦恼，在他的伤口上再撒一把盐。而对于自己所受到的伤害和屈辱，孟亚确实做不到一语带过、一笑了之，那她除了沉默和哭泣之外，还能如何？

可孟亚确实有话想说，她在日记里终于找到了倾诉的地方：我悲哀这个是非颠倒的世界！我憎恨这些肮脏丑陋的小人！我感叹艰辛无果的努力！我怜惜孤独无枉的青春！什么是正义？什么是公理？什么是友善？什么是爱情？互相猜疑，同床异梦，这样的夫妻，同在一个屋檐下，还有什么意义？！

当人生的暑热寒凉将我们的肌骨踩躏得百毒不侵，当命运的刀光剑影将我们的意志追杀后绝地重生，这需要十几年甚至几十年起起伏伏、生生死死的岁月磨砺，三十而立，四十不惑，五十知天命……而青春期呢？成长的过程是艰难的，需要付出一定的代价，特别当你孤立无援处于自生自灭状态的时候，这种代价可能是巨大的甚至是毁灭性的。

四十年后的一个下午，年近花甲的孟亚身处辽阔南海的一隅，用灵魂眺望着遥远的北方，曾经的岁月片段像潮水一样涌过来。孟亚再次想到了绿岭煤矿，想到了那座山脚下的小医院，想到了形形色色的人物，想到了李文贤。

屈指算来，李文贤应该是耄耋老人了。四十年的岁月似乎并没有走多远，尽管记忆这只无情的巨手，可以将时空易如反掌地翻转过来，但逝去的岁月却将我们推离青春越来越远，不管你的青春曾经是美丽的还是破败的。

孟亚突然间有了再见李文贤一面的想法，她想知道，四十年后的李文贤，与从前所熟悉的那段人生经历中的他有什么不同。斗转星移，生命中已经失去了多少值得欣慰的东西，有多少遗憾无法弥补？尚且存留多少希望期待实现？她与李文贤共同跌入过人生的陷阱，但他们从来没有真正沟通过对人生、对社会、对家庭的理解和认识。是不是他们其实从来就不可能真正走近对方，即使有机会，也永远不可能认同对方，他们原本就是似曾相识却大相径庭的两类人？

这种想法是孟亚在那个风雪交加的夜晚之后，很多年里逐渐朦胧意识到，而后又在几十年的人生磨砺中逐步成形的。所以，那场磨难留给孟亚的，除了心灵伤口慢慢地进行自我修复，对人生和社会有了更加冷静甚至是残酷的思考，还有永远不能尽情释解的悲哀。因为她从中竟然寻找不到、感觉不到一丝缥缈的温情，这是孟亚作为一个女性，一个思维敏锐、情感丰富的女性，感到尤其可悲的事情——伤以何堪，无情可待。

孟亚没有在绿岭煤矿寻找感情归宿的任何念头，魏步平也不可能让孟亚情有所动。

经过多次的翘首西望和路上回眸都毫无结果后，魏步平终于采取了大胆的行动，邀约孟亚晚间出去走走。孟亚明白魏步平的意思，本想一口回绝他的提议，但想着有过这一次就能断了他以后的想法，也是可以的，而且毕竟他帮自己借了那么多的书，从感谢的角度也不该如此绝情。

那天晚上下着很大的雪，魏步平脖子上围了一条长长的土黄色围脖，加上他那一头梳向脑后的背发，孟亚感觉他好像是《青春之歌》中的卢嘉川；但孟亚不是林道静。

孟亚从宿舍出来立刻就顶了一头雪，她当时就想：我这样做有什么意思？不喜欢的事也要做，还要做得很认真——为了别人。当年对程立远不也是这样吗？人生怎么总有为了别人而让自己为难的事呢？

两个人沿着绿岭煤矿唯一的公路朝火车站的方向慢慢走，不时有一辆煤车呼啸而过。由于路窄，车轮压得雪水飞溅到了孟亚的身上，可孟亚不能太靠路边，因为那样就可能把魏步平挤进沟里。孟亚就左一步右一步的，很是不自在。孟亚感觉这样的夜晚，无论什么话题，都不会谈出趣味来的，何况是同魏步平谈这样的事情。

事后，孟亚想：风花雪月好在哪里呢？哪个文人这么会造情，她怎么体验的却是相反的感觉呢？不过，这一次孟亚没有重蹈程立远的覆辙，魏步平绕着弯子，问孟亚有没有在绿岭煤矿长期生活下去的打算，孟亚说"没有"，事情就有了明晰的结果。

这次见面以后，魏步平在路上依然频频回首，但孟亚只当那是他的习惯而已。孟亚对魏步平不褒不贬，对陆玉珠也只字不提魏步平雪夜投石问路的事。孟亚不想为自己不感兴趣的事情浪费时间，也不想为这种事节外生枝了。

很快就到了春暖花开的五月，山上的达子香花第一个用美丽的花朵盖满山坡，乍暖还寒的季节，这漫山遍野的紫色如锦似缎般让人不忍下山。

但就在这个时候，陆玉珠却病了。陆玉珠是在课堂上讲课时突然昏倒的，送到医院后是李文贤接的诊，检查发现她的身上有很多出血点，初步诊断陆玉珠患的是血小板减少性紫癜。但医院没有化验室做不了化验，只给陆玉珠静脉注射了高浓度的葡萄糖，便建议她转院了。

半个月后，陆玉珠从县医院回来时，身上的出血点已经基本消退了，县医院的诊断和李文贤的诊断相同。陆玉珠比走的时候更加消瘦，人有气无力打不起精神。

孟亚觉得陆玉珠的病不只在身体上，她有心事。孟亚每天晚上下班时，从医院给陆玉珠带回药针，给她注射葡萄糖。陆玉珠除了经常流泪，什么都不愿意说。

有一天孟亚听说了陆玉珠跟一个男老师的事，就回来对陆玉珠说："你还真的想跟林黛玉一样，把自己折磨死吗？人家贾宝玉可不在意你的死活。"陆玉珠一下子哭出了声，人趴在枕头上，哭得浑身发抖。

陆玉珠千里迢迢从内蒙古来到绿岭煤矿，心中最大的意愿是能在这里找到另一半。尽管陆玉珠已经三十岁了，但她的容貌看上去比实际年龄年轻，加之个子不高不矮，身材不胖不瘦，人又喜诗文爱唱歌，尽管学校里许多男老师比她年龄小，但都不把她当大龄女性看待。

范力强就是其中的一个。范力强也是师范学校毕业的，在绿岭中学教数学，人长得高高的、瘦瘦的、黑黑的。范力强向陆玉珠第一次表白是一次外出学习回来后，他给陆玉珠买了一条印着浅蓝色小花的白底纱巾。陆玉珠当时还跟范力强开了一句玩笑，说："谢谢老弟。"范力强就说："我不想做你的弟弟，我想做你的男朋友，甚至是……丈夫。"陆玉珠当时就哑了，脑子里一阵眩晕，差一点儿要倒了，但她表面上还是装得十分平静，说："老弟真能开玩笑，不许跟大姐说这种话啊。"范力强看着陆玉珠说："我不是开玩笑，我说的是真心话。来，我把纱巾给你系上。"陆玉珠后退一步躲开了，说了一句："天黑了，我要回去了，我要锁教室门了。"

陆玉珠婉拒了范力强的示爱，有着她自己的理由：自己比范力强大五岁，不合适。但范力强的爱情来得很热烈也很顽强，那天以后，经常晚上到陆玉珠的教室来陪她。渴望着爱情的陆玉珠很快就范，尽管心情依旧矛盾，但迟来的爱还是给了她精神上巨大的享受。那些天里，陆玉珠走路的步子更加轻盈，人看上去也越发清秀俊美了。

但是范力强的移情别恋变化之快，就像他一个月前要陆玉珠接受他猝不及防的"爱"一样，转眼间，范力强又一次直截了当地对陆玉珠说："我已经另有所爱，我和你结束了。"陆玉珠目光直直地盯着范力强的眼睛，思维好像飞到了另一个世界似的，表情急剧地变化。陆玉珠刚开始还以为范力强又在开玩笑，但这个男人的表情已经变成了另外一个人，他并不回避陆玉珠的目光，淡淡地说："我今天找你，是想要回我送你的纱巾。"

范力强的新女友是副矿长的千金，是个有名的任性女孩。没过几天，在绿岭煤矿唯一的公路上，陆玉珠看到范力强和那个女孩勾肩搭背地走在一起，那女孩脖子上飘荡着的正是曾经被陆玉珠精心珍藏过的那条纱巾。

孟亚不会安慰陆玉珠，也不想安慰陆玉珠。"多情女子薄情郎"还不能用在范力强身上，毕竟他比陆玉珠小，还有许多其他因素，比如两个人在文凭学历、家庭条件等的差距，这些也是不能抨击范力强的理由。

孟亚只是觉得像范力强这种情况的人，陆玉珠早该看清楚的，仅仅因为渴望爱情，就能一叶障目吗？但孟亚觉得陆玉珠确实够可怜的，家庭负担那么重，过春节时甚至通过在矿食堂工作的学生家长帮着买两袋平价白面，然后千里迢迢寄回内蒙古的老家。现在自己又到了当嫁未嫁的年龄，她的忧郁是正常的，这段感情创伤需要时间来治愈。

孟亚没有感情上的危机和忧虑，但她同样承受着不能释怀的巨大压抑感：考大学希望渺茫。与苏英的几次通信，苏英传递给她的也是这种感受。苏英说她已经改变了原来的想法，说她现在不那么讨厌医学了，她弟弟得了一次肾炎，而医生用药错误，耽误了弟弟的治疗。苏英说，她现在还是想真正考一次大学，如果考不上，她想在医院一边工作，一边找机会进修，从护士变成医生，就算实现了人生的目标。苏英的这个想法比考大学要现实得多，但孟亚却不可能走这条路。一是孟亚不可能有这样的机会，二是她也不希望有这样的机会，总之，孟亚对医学是没有兴趣的。

考大学希望渺茫，不仅仅在于孟亚蜗牛似的自学，还有一个更重要的原因是，孟亚考中专时考的是理科课程，而考大学时她要报考的是文科专业，国家有明文规定禁止文科和理科互转。想到这一点，孟亚就有说不尽的失望：自己当初毫不犹豫地选择到绿岭煤矿工作，其中经历了那么多的辛苦和波折，到头来却是这样一个结果？

六月中旬的时候，孟亚回了趟家，回家的时候孟亚也是带着书的，在火车上一路看书。

回到家里，菜园子里有活儿的时候，给菜苗浇水搭架子等等，也做些洗衣服做饭等家务，并问大姐孟兰几时能够回来。

李秀云说："你大姐他们两个盖房子呢，没时间回来。"

盖房子对孟亚来说非常陌生，似乎是一个非常大的难题，便说："不会回来啊？那我想去县里看看，我想我大姐了。"

孟亚就去了县城。在县城的大南边，孟兰和高大龙未来的房子已经打完了地基，一根根手指粗的钢筋也竖起来了，前后地面上堆满了建筑材料。

孟兰挺着大肚子，在工地上来来回回地忙，就像当年在外地当建筑小工一样弄泥弄水的，完全不记着自己女人和孕妇的身份。高大龙指挥着请来的工人，自己也东一手西一脚地忙个不停，不时地让孟兰注意脚下，累了就歇一会儿。

孟兰歇下来的时候，孟亚说："这活儿哪是你这个时候干的？等生了孩子再盖房子不行啊？万一你流产了可不是闹着玩儿的。"

孟兰的眼泪就下来了，说："你姐夫还有好几个弟弟，老二老婆未婚先孕，嫌我们占着他父母的房子，他要结婚没地方住。反正早晚也要出来住，还是住自己的房子心里踏实。"

孟亚说："这地方这么偏远，离你上班的地方有好几里路，将来有了孩子，天天上班儿多费劲啊，再赶上个雨天雪天的，这路咋走？"孟亚说这句话是有理由的，前一天刚好下过雨，房子的位置在这条小巷的最里面，再往西就是荒野了，小巷的路泥泞不堪，踩下去就带起两脚泥。

孟兰说："就这条件了，要不是你姐夫求了人，这种地方也弄不来。"

孟亚心里就想，如果高大龙或者孟兰是国家干部，他们就有机会住上公房，哪里用得着自己这样辛辛苦苦的？孟亚长到二十一岁了，还是平生第一次看见大姐哭，她的心里也一阵发酸。

返回绿岭煤矿不久，孟亚竟意外地得到了一次出去进修的机会。

J市煤矿总医院给了绿岭矿医院一个名额，可以派一个人去进修心电和A型超声波，学习时间为一年。医院就决定让老护士贺秀兰去，这样的好事还轮不到孟亚。可已经四十多岁的贺秀兰，虽然是两个孩子的母亲，但在生活上却从未独立过。

到了J市总医院以后，贺秀兰勉强坚持了四个月，就说什么也不继续往下学了。为了节省费用，也为了吃住方便，医院在J市给贺秀兰租了一间民房，但贺秀兰说那间房子里有"地下鬼"，每天晚上都睡不着觉，她就要求回绿岭医院上班，宁可继续当护士而放弃这个将来当医生的机会。

贺秀兰半途而废了，医院又没有其他人愿意出去学习，包括王晓玲在内，她也被学习和"鬼屋"吓住了，这个好事便意外地落到了孟亚身上。

想着 J 市的进修虽然只剩下八个月的时间了，但对自己的心情是个调整，而且进修的业务她也比较喜欢，还可以见到苏英、马莉她们，孟亚便爽快地同意了。

到了 J 市以后，孟亚不但见到了昔日的好朋友，而且还和苏英住在了一起。苏英谎称身体有病，在单位请了一个月的长假，参加了市里某中学组织的高考补习班，孟亚就让她和自己同住单位租来的那间房子。

两个人都不会做饭，也没有时间做，就在外面随便买一点对付，饿不着就行了。

早晨起床后，匆匆洗漱完毕，六点钟就出门了，白天一整天两个人见不到面，苏英晚上还得上晚自习，常常是十点多钟才回来。

孟亚业务上要学的心电图书有一寸多厚，每天也是忙着学习新东西，所以，两个人没有多少时间交流。到了星期天，虽然休息，但还是舍不得时间闲谈。

苏英把参加学习的那些辅导资料拿给孟亚看，孟亚翻看了一下，就觉得自己想考上大学根本就是一场梦。苏英有一天跟孟亚讲起她预习的一篇课文，是贾平凹的《丑石》，问孟亚怎样概括这篇课文的中心思想。孟亚谈了自己的一些看法，并说那块丑石体现了一种忍辱负重的精神。

苏英上完那篇关于《丑石》的语文课回来，对孟亚说，语文教师真的用了"忍辱负重"这句成语，并问孟亚以后怎么打算。孟亚说，我已经比你和马莉落后很远了，你们还说现在的程度根本不敢跟在校生比，那我还敢跟谁比呢？反正现实就是这样了，慢也要学，效果不好也要学，不然，不就更没有希望了？

苏英在孟亚这里只住了半个月就回去了，她说有一次正从学校的大门出来时，碰到了单位的一个同事，苏英担心单位领导知道她在学校补习的事，就赶紧回单位上班了。

苏英回去的那天上午，孟亚听马莉说李琳来市里办事了，下午能过来看孟亚，孟亚就让苏英等李琳来，几个人一起去见叶文竹。苏英不想见李琳，说："没心没肺的，等她干什么！我回去了。"说完就走了。孟亚就觉得苏英真像个书呆子，人情世故考虑得很少。

那天晚上，马莉带李琳来到了孟亚的住处。孟亚见李琳的肚子已经微微隆起，她的感觉就非常特别。马莉看了看李琳的肚子，对孟亚似笑非笑地说："你看李琳，弄得我都有点儿不好意思了。"

孟亚也有点儿不好意思，她头脑中根本没有大肚子生孩子的概念。

李琳永远是李琳，笑嘻嘻的跟从前一样， 好像无论人生如何变化她都不会受到打击和影响似的。李琳结婚后就一直没有上班，她说也不知道自己每天都忙些什么，反正不会无聊寂寞。

孟亚说："你妹妹去了美国，你不想去吗？"

李琳说："等我儿子出世了，我就把他送到他小姨那儿去，让他从小学英语。"

李琳这句话又把孟亚和马莉弄得羞着了，孟亚觉得现在的李琳同她们的差距太大了。

马莉问李琳："你那位对你怎么样？结婚好吗？"

李琳说："结婚挺好玩儿的，你们都快点儿结婚吧。"

马莉娇嗔地说："你怎么变得这么放得开？"

李琳仍然笑嘻嘻的，说："咋放得开了？我说的是真的。"

李琳也赶着回家，说丈夫在家里等着她，只剩下孟亚和马莉一道去看叶文竹。马莉在路上对孟亚说："文竹越来越漂亮了，那天我去看她，她刚好穿了一件藕色的高领绒衣，衬着她白白的皮肤，真的好漂亮，好让人嫉妒。"

孟亚知道，马莉最羡慕嫉妒的还是叶文竹现在的单位。

叶文竹确实比三年前漂亮多了，皮肤白皙透亮，泛光的脸庞上看不到一粒痘痘，青春女孩的风采展现得淋漓尽致。叶文竹的性格倒是没有太大的变化，仍然是文雅得可以，甚至让马莉和孟亚感到了一丝拘束。

叶文竹是在市政府门口见她们两个的，那栋建筑所具有的威慑力为叶文竹起到了很好的衬托作用。她带着两个人进入了市政府大院，那里像个公园。

三个人边走边聊，叶文竹说她不想考学了，目前她已经参加了一个行政管理函授班，单位出钱，再有一年就毕业了，本科文凭。

马莉说："你真是有福之人不落无福之地啊！"

叶文竹就微微一笑，谦虚说："哪里哪里，我是没有你们的毅力。将来，最没出息的可能是我。"

与叶文竹告别后，孟亚总是感觉不对劲儿，六个人在三年前的校园里曾经像一支小分队，而现在大家有了各自的方向，很难再走到一起了。

巧的是，这个时候杨贞子从日本回来了，而且来到了 J 市附属医院。高荣荣从附属医院的护士变成了行政工作人员，她有时间接待杨贞子，并且通知了几个人，但苏英、李琳和叶文竹都有各自要忙的事，只有孟亚和马莉过来与杨贞子见了面。

三年多的时间，远在日本的杨贞子虽然性格上没有太大的变化，仍然有一些四平八稳的慢，但神态和穿着变化却非常大。昔日苍白的面孔现在变得略黑带红，非常健康的肤色。杨贞子解释说几个月前游玩了日本海，晒黑了，到现在还没有恢复过来。杨贞子说目前在一家商场做事，生活上政府还有补贴，还说以后准备自己开个小型超市。

孟亚问杨贞子的日语说得怎么样，杨贞子说："现在都适应了，工作生活都没有问题，语言上也没问题。"

孟亚就说："在那边是不是不太说汉语？"杨贞子说中文像是在说外语，好像脑子里的词汇量不多，需要一边想一边说似的。

杨贞子就笑了，慢慢地说："在日本很少说中国话，真的有点儿退步了。"

高荣荣笑着问："有没有男朋友啊？"

杨贞子也不回避这个话题，说："有了，他是日本人，这次我就是带他过来见亲属的，也陪他各个地方转一转。"杨贞子用的是"过来"而不是"回来"，中国似乎不是她的家了。

本来大家以前的关系并不亲近，又被时空隔断了三年多，现在她口中的"过来"二字再次把自己推远了一步，大家很快就结束了会面。

临别前，三个人礼节性的邀请杨贞子留下来吃晚饭，杨贞子说男朋友在宾馆里等她，便迈着四平八稳的步子走了，那一身富有异国风情质量上乘的宽衣阔裤，那个似乎摇身一变就不再是"杨贞子"的杨贞子，让她背后的三个人感觉是那么的新奇又陌生。

杨贞子走后，高荣荣留孟亚和马莉一起吃晚饭，被马莉坚决地回绝了。高荣荣说："这次我是真心的。"

马莉冷着脸说："真心也不吃。"

孟亚发现，杨贞子这次"过来"，又带给马莉新的刺激，这种刺激的直接反应就是沉默，她跟杨贞子几乎没有交流，一直是不冷不热的表情，中间只问了一个问题，问当年肖清华是不是真的怀孕了。杨贞子说："是的，现在也不怕说了。"马莉就说："胆儿大便宜多，啥都没耽误。"肖清华生完儿子后又返回卫校续读，毕业后回到了家乡的医院当护士。

孟亚一个人从住处到医院，每天独自往返，手里必定拿着一本书。忙忙碌碌的日子持续了八个月，季节热了又冷，冷了又冻，春夏秋冬一天天熬着，回头一看又似乎眨眼而过，最后就到了冰天雪地的季节。孟亚抽不出时间想太多的事情。

在医院实习期间，孟亚的老师是一位近五十岁的老太太，姓徐。徐医生特别善良，业务上也很热心地教实习生。心电室里一共有五名实习生，她对孟亚格外偏爱，认为孟亚学习踏实，做事主动，没事的时候一直埋头看书，不像那些女孩子，不是闲谈就是出去办事买东西，而且还三天两头找理由请假。孟亚到心电室实习还不到二十天的时候，就能帮徐医生出心电图诊断书了。徐医生说她带过的实习生，还没有像孟亚这样进步这么快的，她经常在与别的医生交谈时夸孟亚聪明勤奋。在心电室学习了四个月后，孟亚又去了超声波室进修Ａ型超声波。

带孟亚学习Ａ型超声波的医生也是一个近五十岁的女医生，她在检查室的窗台上养了一盆花，叫螃蟹爪，已经养了四年多了。这盆螃蟹爪很特别，结构形状非常完美，一节一节如同螃蟹爪子一样的绿色花茎，沿着花盆的圆边带着弧形的曲线，呈放射状向外生长，尖部开满了粉色的花朵。每一朵都呈长条形状，层层叠叠的薄片也是向四周放射着开放的。那种鲜艳的粉色中闪着油油的亮光，在寒冷的冬天里格外冲击人的视觉和内心，那种生机勃发的生命，绽放出令人心花怒放的美丽，让孟亚感觉生命应该就是这个样子。

到了十二月份的时候，天气已经非常寒冷。房东家的炉子不好烧，孟亚白天一整天在外面，到了晚上回来，炉火早已熄灭了，屋子里寒气逼人。孟亚不会生炉子，更不愿意掏炉灰弄得灰头土脸的，她也没有时间去伺候炉子。

孟亚晚上经常靠电褥子取暖，但电褥子解决不了屋子冷的问题，而且房东家里只有一个电表，她怕孟亚多用电，经常在晚上九点钟后把电闸拉下来，找借口说是电线烧坏了。孟亚冻得睡不着觉，经常腰腿凉得跟块冰似的。

马莉知道这个情况后，就提出让孟亚搬到她家里去住。

沈浩与颜舒修成正果，马莉无回天之力只能眼不见心不烦了。马莉现在的工作单位是她父亲那个厂子的医务室。马莉下了这么大的决心从大医院降到了这样低档次的地方，也是想集中精力考大学，似乎跟孟亚当初换到绿岭煤矿是一个思路。

马莉白天上班，晚上上补习班。有几个晚上，马莉带孟亚一起去了补习班。坐在座无虚席的教室里，雪白的灯光逼得孟亚脑子发胀，数学老师在黑板上画着一个又一个图形，写了一个又一个公式，孟亚就像是看戏一样，看不明白也听不明白。前后左右的学生都在认真地听，快速地记，唯有孟亚茫然不知所措。特别是老师给学生留课堂作业时，孟亚什么都不懂，什么都不会做，只是一分一秒地挨着时间，那种滥竽充数的感觉实在是糟透了，孟亚的自尊心受到了重创。

每次晚上下课回来，都要走将近一个小时的路程才能到马莉家，中间有一段路要顺着铁轨走一千多米的距离。每当她们走上这段铁路的时候，总会有一辆长长的货车从身后震耳欲聋地飞驰过来，一节节车厢在孟亚的眼前轰隆隆地闪过去。孟亚感觉火车掀起来的巨大旋风，似乎想把她卷进去，而她也感觉自己的脚随时都会朝着疯狂的车轮飞奔过去，那里有一种巨大的力量，让她难以阻挡。孟亚惊惧万分，每当火车驶来时，她便立即停下脚步，将身体紧紧地靠在铁轨旁边的砖墙上，拼命往后挣脱。直到火车渐渐远去，她才像从一场灾难中走出来，飞快地奔跑起来，去追赶已经把她丢了好远的马莉。

同马莉一个班复习的柳群，是马莉新交了不到两个月的好朋友。通过柳群，马莉认识了她的哥哥柳君，马莉一见到柳君便爱上了他。马莉对孟亚说这件事的时候，那种快乐与娇柔的神情是孟亚在卫校时就熟悉的。孟亚猜想柳君肯定也是个英俊潇洒的"白马王子"，只是孟亚不明白，马莉在爱情上不知是晚了半拍，还是抢了半拍，反正总是不合时宜。

柳君在与马莉情感暧昧的同时，又成了"骑墙王子"，他此时在北京还有一个女友，两个人已经交往几年了。北京的女孩子在容貌上的魅力以及情感上的火热程度，应该是逊于马莉的，不然的话，柳君就没理由与马莉若即若离。但女孩子有一个致命的吸引力，是马莉这辈子都难以对抗的，她是北京户口，生活和工作的地方是十几亿中国人都敬仰不已的首都。

对伟大首都的向往增强了柳君对女孩子的爱慕和留恋，这种爱情会帮助他在未来的某一日完成属于那座帝王之城的梦想。但马莉一向属于勇敢地向爱情发起冲锋的人，就像饥饿的蝗虫扑向翠绿的庄稼地一样，她火辣辣的眼神，千娇百媚的姿态，在女孩子中是不多见的，对任何一个充满阳刚之气的男子都有着极大的诱惑力，就像你看到了一枚奇特的果子，那奇异的香味会激起你想亲口尝一尝的念头。

马莉在对孟亚说着这段情缘的时候，信心大于担心：感情是需要酝酿的，柳君就在她的身边，她相信自己不会输给远在北京的小女子。

爱情毕竟不是马莉生活的全部，凡事都不甘落在人后，在人前挺胸抬头、趾高气扬的姿态，并不完全是马莉内心世界的真实流露。在临近高考的半个月前，孟亚又一次躲过了铁轨上的"灾难"后，到了马莉家，孟亚的心情还沦陷在刚刚过去的惊惧里。见马莉把背包往床上一扔，人便顺势斜躺在床上，两眼望着天花板，久久不说一句话，慢慢地就有泪水顺着眼角往下淌。

孟亚从认识马莉那天起，只看到马莉刀子一样锋利的个性，还不曾了解她也有这样无奈与无助的一面。孟亚默默地看着马莉，她不知道怎样劝慰马莉，也不想把自己的经历与感受说给马莉听。也许马莉的压力太大了，也许她没有把孟亚当成外人，与父母相比，她可能更愿意向知己知彼的同龄人袒露自己。

孟亚圆满完成了进修任务，回到绿岭煤矿后，一时间却是英雄无用武之地。医院原来的心电图机和 A 型超声波都因闲置多年，坏的坏，淘汰的淘汰，陶院长说等过一段时间，把机器送到市里修理一下，修好了再开展业务。

实际上，在市总医院进修的时候，孟亚就已经把那两台机器带过去找专业技师看过了，没有修好。但陶院长仍然坚持他的意见，不想买新的。孟亚心里明白，陶院长快下台了，他的心思已经不在医院的工作上了。

陶院长在下台之前，还算做了几件正事，当然也应该有外力推动。一是绿岭医院的扩建工作，在丁字形的门诊部后面，加建了一排新房子，用来逐步开设心电超声和妇产科业务。二是考虑矿山医院外伤矿工多，开设手术室势在必行，并且准备启用化验室，培养两名比较专业的外科医生和一名化验员。原来的设备条件和外科医生的水平，连阑尾炎手术都没人敢做。去年从外地调来了一名外科医生叫蓝志刚，据说在原来的医院不但能做阑尾炎手术，四肢骨折的复位手术也做过。蓝医生是冲着煤矿医院稍高一些的工资来的，同时带来了老婆和五岁的儿子。

在孟亚出去进修的八个月里，李文贤也去县里进修了六个月。李文贤本来是一名内科医生，但为了给手术室增加专业力量，也为了提高自己的临床治疗水平，在刘大来和另一个外科医生都不愿意出去的情况下，他主动报名去县医院的外科进修，重点是外伤手术包括麻醉技术。刘大来对李文贤毛遂自荐外出进修颇有微词，说："他想干啥呀？一个内科医生进修外科，绿岭医院就显他本事大？"

陶院长还安排孟亚当了护士长，老护士长朴顺子跟着丈夫调到县城去了。在孟亚去Ｊ市进修期间，半途而废提前结束进修返回绿岭医院的贺秀兰，据说心脏出了问题，三天两头请假休息，门诊部的护士一度十分紧张。

在孟亚去Ｊ市进修的时间段里，矿上在绿岭煤矿本地挑选了三个女孩子，安排到Ｊ市另一家医院实习，以解决绿岭医院护士后继无人的问题。三个新人，加上王桂芝、吕秋莲和王晓玲三个老手，一共六个护士，现在都由孟亚管理，包括白天的日常工作和晚上的夜班。

孟亚一边要解决心电图和Ａ超设备的问题，需要跟Ｊ市总医院经常联络，还要操心门诊部和住院处的事情，她已经很少有时间看书学习了。孟亚甚至怀疑自己，当初是冲着考大学才改了分配去向来到绿岭煤矿的，现在的这种现状和现实，考上大学的希望有多少？自己选择来到绿岭煤矿，是不是一个严重的错误？

孟亚回来以后，最高兴的是王晓玲，她一见孟亚就说："我以为你会直接调回去了呢，没想到你又回来了。"

孟亚说："我往哪儿调啊？"

蒋良之戴着白手套，正在修理住院处处置室里的一张烂椅子，他弯着腰几乎是大头朝下的倒立，孟亚看着他的鼻子眼睛都是反着来的，他咧着嘴说话时，上下两排牙齿也是反着来的，很好笑的样子。

蒋良之说："小孟出去这么长时间，学了那么多东西，一下子就调走了，绿岭医院白培养了，怎么也要再待两年的吧？"

没等孟亚回答，蒋良之又说："小孟，我这样说，是不是很自私啊？光想着医院，没替你考虑。"

孟亚说："这件事儿我倒没考虑过。"

王晓玲咦了一声说："这句话怎么像是我说过的？你也喜欢这样说啊？"

三个人都笑了，蒋良之直起身，看着孟亚嘿嘿了两声说："小孟还挺幽默的。"

孟亚说："良之哥，我进修的这段时间，你没去太平间里摆床吧？"

蒋良之说："没有，一次都没进去过。两个月前有个掘进队长在井下被石头砸死了，没往医院送，家里人直接拉走了。你不在这儿，如果有事儿，我真不好意思求别人。"

孟亚说："求晓玲啊，她可是老护士了。"

王晓玲连忙摆手说："别求我，我也害怕，别到时候两个人一起腿肚子抽筋儿。"

蒋良之说："小孟，你出去实习八个月，有没有见过死人啊？"

孟亚说："我在心电室实习的时候，有一次一个住院患者突然心脏病发作，我跟着老师给他做心电图的时候，眼看着心电图纸上的波形就变成了一条直线，那个患者鼻孔里流出了一点儿血，人就这样没有了，他儿子站在床前捶胸顿足的。"

蒋良之说："你害不害怕？"

孟亚说："没多大感觉。"

蒋良之说："那你觉得惋惜吗？"

孟亚说："也没多大感觉。"

蒋良之说："是不是学医时间久了，人的心肠就会变硬呢？我在医院当清洁工也好几年了，每年多多少少都会看到死人，我可能也变了。"

孟亚不知道该如何回答，王晓玲说："怎么老是提死人呢？你们再说下去，我手脚都要抽筋儿了。"

蒋良之说："我其实是想锻炼一下自己，我别说见死人了，就是见到血都晕，一个大老爷们儿，说出去真是让人笑话。"

孟亚是在年底回到绿岭煤矿的，回来时没有见到陆玉珠，宿舍床上她的行李是卷起来的。根据桌子上落满的灰尘来判断，陆玉珠至少离开半个月了，问对门宿舍的人，果然如此。又过了一个星期，陆玉珠从内蒙古回来了。

这大半年没见，陆玉珠更瘦了，也没有了孟亚所熟悉的那种喜悦和笑容。孟亚推想，在这段不算短的八个月里，在陆玉珠的身上一定发生了一些事情，而且应该跟张远桥有关。事实果真如此。

事情其实是从去年的暑假开始的。当时这件事对于陆玉珠来说，算是一个笑谈，范力强同陆玉珠的关系刚刚了断，陆玉珠的情感和情绪还陷在里面，她认为自己跟张远桥根本不可能，甚至还同他讲了自己和范力强的事情。

陆玉珠暑假回家探亲，在呼和浩特市的火车站一下车，就被淹没在人群里，她顿时感到了自己的渺小与孤独。自己不属于这座城市，家在千里之外的小山村，要转上两次车，一天以后的晚上才能与家人团聚。千里迢迢地独来独往，陆玉珠的感慨只存在了一小会儿就消失了，她必须尽快搭上返乡的车，以免在路上耽搁太久。

陆玉珠在人流中左突右拐，加快了脚步。突然间，在喧闹的人潮当中，有三个令她熟悉的字音漫过这座城市的上空，在她耳边响起，她听到一个男性的声音在叫"陆——玉——珠"。

陆玉珠下意识地停住脚，心存疑虑地回过头，目光在人群中漫游。

"陆——玉——珠"，三个字音再次响起，而且更加清晰。陆玉珠的眼睛向声音的发源处寻过去，在众多陌生的面孔中她看到了一张男子汉的脸。

张远桥，陆玉珠一下子叫出了这个名字。这张面孔很熟悉，熟悉了二十多年，但四年不见，昔日充满稚气的男孩子如今已是肩宽背厚的大男人了。张远桥四年间的变化让陆玉珠惊讶，在这样一个陌生的城市里，刚下火车就遇到了真正的家乡人，又是少年时就相识的村里伙伴，陆玉珠心中不由得一阵高兴。

张远桥没有像陆玉珠那样把心里的喜悦挂在脸上，他在不紧不慢、不温不火中表现着他的机智和幽默。陆玉珠说："真没想到能在这儿碰到你。"

张远桥便说："你要是想到了，那说明我是特意来接你的。"

陆玉珠就笑了，她感觉自己好多年没这样笑过了。陆玉珠上下打量着张远桥，说："几年没见，长成大人了。"

张远桥便说："听你说话的口气，你好像比我大很多。"

陆玉珠说："当然比你大很多，比你大四岁。我是看着你长大的。"

　　张远桥说："我原来只以为是党和人民还有我父母，把我培养成人的，不知道这里面也有你的功劳，是你天天看着我长大的。"

　　陆玉珠又笑了，这次笑的声音很大。

　　陆玉珠笑的时候，张远桥一脸怪相，静静地看着她。陆玉珠说："小时候你就嘎，长大了还是本性不改，而且变本加厉了。我问你，你到这儿来做什么？接女朋友吗？"

　　张远桥说："女朋友？你这样认为吗？"

　　陆玉珠这才发现张远桥也提着一只包："怎么，你好像也刚下火车？"

　　张远桥咧开嘴笑了："还算聪明。"

　　陆玉珠说："这么巧？我也才下火车。"

　　张远桥说："这就证明了那句话是对的，'有缘千里来相会'。"

　　陆玉珠就认真起来，问张远桥目前在做什么。张远桥说，他当了四年兵，今年退伍了，目前正忙着找工作。张远桥说这段时间不回村里，等回去时一定去看望她，并问了陆玉珠的情况，问她什么时候回黑龙江。最后，张远桥把陆玉珠送上了长途公共汽车，他自己则朝着相反的方向走了。

　　张远桥半个月后回到了村里，第二天就去了陆玉珠家。两个人都有在外生活的经历，见了面便有了许多话题。张远桥在家中没有停留几日，他要了陆玉珠在黑龙江的地址，也给陆玉珠留了地址，但不是他自己的，而是他一个远房舅舅的，张远桥目前没有固定地址可留。张远桥的远房舅舅在呼和浩特市工作，他的工作要靠舅舅帮忙。

　　开学不久，陆玉珠就接到了张远桥的来信，第一封信里就开门见山地表达了他的爱意，真是的军人速度。张远桥的信及内容，让陆玉珠感到特别意外。对于张远桥，陆玉珠除了喜欢他那永远不变的机灵和聪明，只是把他看作一个见过世面的同乡，此外再没有任何别的想法。

　　也许陆玉珠在潜意识里不敢有别的想法，因为知道自己比张远桥大四岁，范力强对她的打击留给了她一个血的教训，她不可能对张远桥轻易有想法。而且，四年后短暂的两次见面，张远桥并没有让陆玉珠感觉到与爱情相关的东西。陆玉珠这一次很冷静，她不想第二次受到伤害，她认为如果两次犯同一个错误，第二次便是自己伤害了自己。

　　陆玉珠回绝张远桥的方式也只有写信，但陆玉珠的信发出的第二天，那封信可能还躺在邮筒里没有启程，张远桥的第二封信又到了。

陆玉珠看了信后，把孟亚招呼过来，把信丢给了她。陆玉珠说："看看这个家伙葫芦里装的是什么药。"

孟亚打开信，立刻就惊叫起来，孟亚很少这么惊叫的："谁的字啊？多漂亮的一手隶书啊！"

听到孟亚的赞美，陆玉珠又拿出了张远桥的第一封信："再看看这个。"这一封信是用标准的楷书写成的。

孟亚把两封信都看完了，对陆玉珠说："光看这手字就够了，不用看内容了，这件事没什么可犹豫的，定了。"

陆玉珠说："同谁定啊？你看好了？那你们两个定吧。"

孟亚一本正经地说："别'一朝被蛇咬，十年怕井绳'，张远桥可是个货真价实的主儿，你看看他信里写的，文笔和他的字一样有功夫。你听我给你读，'我知道，你一定会说你年龄比我大，但我认为这不是爱情的障碍。燕妮不是比马克思大四岁吗？可谁能否认他们的爱情？'你看看，这话多诚恳，多感人。你别这样拿人家的感情当儿戏，该认真的时候不认真，一个范力强就会让你拒绝一切比你小的好男人？"

陆玉珠玩世不恭的表情立刻消失了，眼里闪出了泪花。

整整一个学期，陆玉珠都在跟张远桥鸿雁传情，张远桥的才华与品质，也在一封又一封的来信中清晰地展露在陆玉珠的面前。张远桥甚至说，等陆玉珠放寒假回去，他们就结婚。

寒假在陆玉珠归心似箭般的盼望中到了。当陆玉珠与张远桥在那个不属于他们的城市再次相逢时，他们的激动与少男少女的恋爱有许多的不同。尽管张远桥只有二十七岁，但他在一个假期里的经历，以及他先天性格里的深刻与成熟，都使得他过早地认识和体验到了，在这个社会里立足与生存的艰难，特别是像他这样一个贫苦人家出生的孩子，一个出身卑微却心比天高的男人。从这一点来看，他思想的深刻，让他比陆玉珠能够更准确更冷峻地对待这个世界，而陆玉珠更多是凭感觉，凭着女性敏感又脆弱的感觉。所以，正像张远桥在信中说的那样，年龄差别不是他们爱情的障碍。

学期中间，张远桥千里迢迢从内蒙古来到黑龙江的绿岭煤矿，不是给陆玉珠时间考虑他们之间的恋爱是否可能，也不是耐心等待着陆玉珠经过验证来相信这个男人，张远桥是来接陆玉珠回去结婚的。张远桥告诉陆玉珠，他把结婚的房子都准备好了，希望陆玉珠这次回去不是放寒假，而是度蜜月。

陆玉珠原本像空中飘荡的风筝般的不安与浮动，一下子就变成了风停物静。踏实坚硬的土地就在脚下，她的爱情在张远桥的心里扎下了深深的根。

张远桥在上一个学期的时间里，靠着舅舅办妥了工作，并且已经上了两个月班。张远桥在办公室做秘书，搞文字工作对他来说是再合适不过了。

张远桥在舅舅家暂住的那些日子里，一个才品俱佳的男人，每天清晨起来的第一件事，是给舅舅全家人倒尿桶，他星期天里做的事则是这个家庭的男保姆。这种劳动的背后那些深层次里的东西，是张远桥后半生都不可能忘记的。

张远桥不能忘记的还不止这些，舅舅之所以比较卖力地帮他找工作，是想把他介绍给一个上司的女儿，那是一个又丑又肥又任性的女孩子。张远桥见了女孩子的第一面时，就为世界上还有这样的女孩子感到不幸，也为自己见了这样的女孩子的面而感到不幸。

张远桥心中对舅舅原有的感激之情，变成了另外一种感觉，他觉得自己再一次成了一名战士，必须与自己看得见和看不见的对手进行一番艰难较量。张远桥不相信也不甘心自己会失败，这也是他急于同陆玉珠结婚的主要原因。

张远桥所说的婚房，其实就是他的单人宿舍。陆玉珠尽管相信张远桥对她的感情，但她还是认为婚姻大事如此处理太匆忙了。陆玉珠的心里还有另外一种不安——他们两个人的事，两家老人还都不知道，有这样结婚的吗？他们的家庭不是城市里的知识分子家庭，他们周围的环境也不允许他们按照自己的想法生活。那是一种怎样的环境——小村庄里如果出现一个陌生人，会有许多目光把他（她）送到直至目光达不到的地方。尽管爱情是他们两个人的事，这是张远桥反复跟陆玉珠强调的，但是否可以结婚，是否能够结得成婚，他们两个人对此的准备还不是很够。

远房舅舅不同意张远桥和陆玉珠结婚，这似乎是他天经地义的权利，张远桥的父母也同样坚决反对，而且他们还采取了非常行动，这是张远桥始料不及的。张远桥的父母认为儿子应该报答远房舅舅的恩情，他的未来也还要靠这个小有权势的亲戚关照。张远桥没想到那个对他还是相当宠爱的父亲，竟然把他反锁在屋子里，而且把窗子全部钉死。

张远桥并非没有本事破窗而出，但他知道这样一来，事情就会闹大，说不定年迈的父母会出意外。张远桥想想还是先委屈自己一下，给父母亲一个转变的时间，于是开始绝食。

刚开始，父亲并不在意，只是让小女儿每天把饭菜端到"禁闭室"里。父亲说："他不吃是不饿，看他还能挺上三天！"

但五天过去了，张远桥还是坚持着整天躺在炕上，一动也不动。这下父亲慌了，他怕儿子真的饿死，但这个犟得像头牛一样的农民，思想上却没有因为儿子的绝食而动摇。他斗不过儿子，便想到要与陆玉珠这个"妖精"斗一斗，这也不失是一个聪明的主意。

当这个在黑土地上滚爬了一生，很快就要与这片黑土地融为一体的老人，正在为他人生最后也是最重要的一个理想，奔走在他走了几十年的村道上。此时，他的宝贝儿子已经不慌不忙地走出了那间关不住他爱情的小黑屋。只是临出门前，张远桥没有忘记把藏在柜子里的点心拿出来，还给了他的妹妹，感谢这个坚定的同盟者——他父亲眼皮子底下的"小内奸"。

张远桥的父亲到了陆玉珠的家，这时的陆玉珠躺在家里，已经奄奄一息了。因为张远桥说过，回村只是跟父亲交代一下，第二天就来找她，然后两个人就去市里，到那时，世界就是他们两个人的了。可现在，张远桥却一连五天没有露面，陆玉珠怎么也想不到张远桥在家中节外生枝的这一幕，她只剩下了最悲观的判断：自己又一次被爱情抛弃了。张远桥与范力强何其相似，来得快去得快，就像是一场黄粱美梦。

陆玉珠感觉人生真的是一场梦，美好的东西似乎在走近她，可却像空中楼阁一样，她伸手过去却抓不住它。一夜之间，昨天那些似曾拥有的东西，一下子就离她而去，这个世界上还有什么是真实的？还有谁是可以信赖的？还有什么是可以求可以得，又有什么是得到了再不会失去的？

陆玉珠的母亲病在炕上，陪着女儿一同流着流不完的苦泪。母亲的劝解，妹妹们的安慰，一切语言对陆玉珠都没有意义，她只是想：死掉吧！死掉吧！我怎么还活着？

张远桥的父亲对面无表情的陆玉珠说："我儿子早就回市里了，他让我过来给你捎个信儿。"

陆玉珠说："好。"

老父亲说："我儿子说，他和你的事儿完了，让你断了这个念头。"

陆玉珠说："好。"

老父亲说："我儿子工作好，人又能干，他将来肯定会有出息的。"

陆玉珠说："好。"

老父亲说："他舅舅已经给他订了婚事，那个女娃的爹是个大官儿，我儿子的前途将来有人给搭桥了。"

陆玉珠说："好。"

老父亲说："那个女娃比我儿子小四岁，我儿子可中意了，以后的福享不完。"

陆玉珠说："好。"

老人家的五段假话说完了，陆玉珠的五个"好"也说完了，老人家早就心满意足了，他最后也叫了一个"好"字，大功告成似地走出了陆玉珠的家，而陆玉珠仿佛已经走到了世界的尽头。

所以当张远桥那一张百喜不喜、百悲不悲的面孔，活生生地出现在陆玉珠的眼前时，陆玉珠似乎已听见了远处喜庆的鼓乐声，就像躺在病床上的林黛玉，等来的是贾宝玉百年好合的大典作为她的陪葬。

此后的陆玉珠一直神情恍惚，随张远桥回到市里的那些天，她像是张远桥的一个影子。张远桥拿出自己几年的积蓄，带着陆玉珠到商店里买了些简单的生活用品，在征求陆玉珠的意见时，陆玉珠也还是只有一个"好"字。

张远桥走到哪里都牵着陆玉珠的手，怕她走丢了。陆玉珠却痴痴地说："我的手上有一只鸟，说飞就飞了。"

张远桥轻拍着陆玉珠的脸说："不要让我这么不幸啊，还没结婚就找了个精神病老婆。傻瓜啊，你才是一只鸟，从内蒙古的家乡飞出去，再从遥远的黑龙江飞回来。只要你感觉累了，想停下来歇一歇，我愿意做一棵长满绿叶的大树，只留给你一个人遮风避雨。"

陆玉珠说："你说的话很像诗，诗就像天上的风筝，我不知道它会落到哪里。"

张远桥说："我说的话哪里是诗啊，你都快把我也变成傻瓜了，三天后我们就结婚。结婚！"

张远桥把结婚的日期告诉了舅舅，舅舅当时就摔了杯子。张远桥把地上的碎玻璃捡起来，扔到垃圾桶之后，表情不喜不悲地迈出了舅舅家的门。尽管他以后可能不会再有机会到这个家里来了，但他永远不会忘记，舅舅家的尿桶和垃圾桶的准确位置。

张远桥尽管到单位工作时间不长，但单位是个大机关，他在办公室这个科室，很快就熟识了很多同事，并且有了一些好朋友。但张远桥对结婚一事守口如瓶，任何人都没有通知。

张远桥和陆玉珠在属于婚房的宿舍里，平静而快乐地等来了新婚的日子。他们一点儿也不觉得冷清和单调，他们此时最希望的就是与这个世界暂时隔绝开来，将自己的世界慢慢复原，找回从前不曾认真体会的可以属于自己的生活和心情。他们慢慢地做饭，慢慢地说话，慢慢地打量和欣赏着这个最简单的家，慢慢地熟悉着自己和对方，他们已经靠近了幸福的边缘。

突然，新房的门被敲响了，响得像棒击像雷鸣。张远桥以为是同事知道了他结婚的消息，过来凑热闹开玩笑的，他一边走过去开门，一边说："真是不速之客。玉珠快来迎接客人，热情点儿。"

门被推开了，一向对这个世界应付自如的张远桥呆住了，而此时陆玉珠也来到了门口——以张远桥老父亲为首的二十几个亲属，黑黢黢地站在门外，每人胸前戴着一朵白花……

孟亚离开的这八个月时间，陆玉珠与张远桥完成了恋爱和结婚，把自己从女孩变成了女人。两年前从一望无际的大草原内蒙古，来到峻岭逶迤、森林茂密的黑龙江省，其实就是奔着人生的归宿来的。虽然不清楚自己的爱情和婚姻会碰撞到哪个男人身上，但心的飞翔和落下来的方向，一定是在远离家乡的另外一个地方。如今陆玉珠的爱情就像一只候鸟，飞出去滞留在他乡做着异客，最终却又回归到故里，并将久久地驻扎下来不再迁移。驻扎下来了吗？不再迁移了吗？陆玉珠不知道。

陆玉珠这个时间回来，让孟亚很是困惑不解，问："就快放寒假了，你不该回去的时候回去，不该回来的时候回来，你这是怎么个意思呢？"

陆玉珠坐在床边儿，神色抑郁地说："回去是想办调转手续，张远桥让我把关系快点儿办回去。"

孟亚问："办得怎么样了？好办吗？"

陆玉珠叹了口气说："说容易也容易，说难比登天还难。"

孟亚心里就猜出了七八分，说："工作还得靠他舅舅给办？"

陆玉珠不吭声了，长时间地沉默着。孟亚说："尽管他舅舅反对你们的婚姻，但你们结婚了，张远桥毕竟是他的外甥，不看僧面看佛面吧。"

陆玉珠说："我这次回去也是奔着这个想法去的，想用实际行动感化一下他舅舅。刚好他舅舅的儿子结婚，我们送了大礼，把我整整一年的工资全搭进去了。结婚大大小小的事情，我和张远桥跑前跑后忙了十多天，特别是张远桥，他做事儿细心周到，人都累瘦了好多，他表弟和弟媳对他很满意，他舅舅也没说出个不字来。"

孟亚说："那就是嘛，远亲也是亲，血脉连着筋，我姐夫又会做事儿，你的工作调动应该不成问题啊。"

陆玉珠苦笑了一下，勉强跟孟亚开了句玩笑："谁是你姐夫啊？"

孟亚说："你是我姐，张远桥不是你丈夫啊？"

陆玉珠哼了一声说："这个张远桥！有时候我早晨一睁开眼，就有一种很恍惚的感觉，觉得这场婚姻就像是一场梦。我和张远桥从小长到大，从来也没有半点儿互相爱慕的意思，千山万水隔开了这么多年，两个人都绕了一大圈儿，最后竟然又撞到了一起，还整出这么一件大事儿来，现在想来都跟做梦似的！"

孟亚说："也许这就是缘分吧，或者说是命运吧。找了个大才子，算你命好，好事多磨了！"

陆玉珠又叹了一口气说："谁知道呢，这个张远桥！"

孟亚说："怎么还一口一个张远桥？像说别人的丈夫似的，一点儿亲切感都没有。"

陆玉珠说："我也不知道，小时候就这样叫他，现在还是改不过来。"

陆玉珠回来的当天晚上，孟亚睡到半夜里被她叫醒。陆玉珠在床上翻腾扭曲着，一声接一声地呻吟。孟亚睡眼蒙眬地起身下地，开了灯后，发现陆玉珠脸色苍白，双手捂着小腹，五官已经变形了。

孟亚问她怎么了，陆玉珠揪着嘴，声音从牙缝里挤出来："肚子疼，肠子都快绞断了。"

孟亚问："是要拉肚子吗？"

陆玉珠摇了摇头，仍然叫个不停。

孟亚说："要不要去医院？让值班大夫看看？"

陆玉珠不应声，额角冒出冷汗。孟亚赶紧穿好衣服跑出宿舍，去到宿舍值班室里，那里有电话。孟亚往住院处打电话，接电话的却是李文贤。

孟亚进修回来后，由于要管理护士队伍，还要准备心电和 A 超的设备及科室等事务，她已经在门诊部办公了，而李文贤则去了住院处。住院处的医生一般半年左右就会轮岗到门诊部，李文贤这次是因为轮岗还是其他原因，孟亚不得而知。现在听到李文贤的声音，孟亚的心头还是梗了一下，而李文贤知道是孟亚时，似乎也迟疑了片刻。

孟亚说："陆老师肚子疼，情况好像挺严重的，你能不能过来一下？"

李文贤简单问了一下情况后，说："好，我马上过来。"

五分钟后，敲门声就响了。孟亚赶紧去开门，李文贤站在门口，身上落着稀疏的雪花，一股寒气已经逼了进来。孟亚推断李文贤一定是骑自行车过来的，不然不会这么快。这个寒冷黑暗的深夜，外面冰天雪地的，路面很滑，也真是难为了值班医生。

确定方便进入宿舍后，李文贤才走了进来，略弯着高大的身躯，向陆玉珠和孟亚了解情况，最后变成了李文贤和陆玉珠之间的一问一答。

李文贤问："月经正常吗？"

陆玉珠答："有两个多月……没来了。"

李文贤问："结婚了吗？"

陆玉珠答："结了……半年多了。"

李文贤："现在感觉下身有没有流血？"

陆玉珠答："有，肚子……往下坠。"

李文贤看了孟亚一眼，说："可能是……流产先兆。"

孟亚"啊？"了一声，原地僵住了，她看到陆玉珠的眼泪一下子就流了出来。

李文贤又说："咱们医院没有妇产科，也没有这方面的药物，我带来的药只有止痛和止血的，也不太对症。最好明天就转院，去县医院检查一下，如果胎儿保不住的话，就及时清宫，防止感染出现并发症。小孟，你先给陆老师打止痛和止血针吧。"

李文贤说着，便从随身带来的诊包里拿出药品、注射器、消毒棉签和酒精等。

就在孟亚忙着准备给陆玉珠打针的时候，一直呻吟着的陆玉珠突然尖叫了一声，随后便安静下来，说："可能是流下来了。"

李文贤说："把流下来的东西……给我看一下？"

孟亚走到陆玉珠的床边，掀开她下半身的被子，一股血腥气味立刻扑面而来。拿过那叠厚厚的卫生纸，上面粘着一小堆东西，外面像包着薄膜一样，与血水混杂在一起。

李文贤看了一下说："应该是流产了。"

床上的陆玉珠立刻低声抽泣起来。

第二天早上，孟亚先去了医院，跟陶院长请了两天假，说是家里有事。大后天刚好是星期天，三天时间加在一起，基本上够处理陆玉珠的事情了。

上次陆玉珠患血小板减少性紫癜，去县医院住院半个多月，当时是学校派人照顾的，这次陆玉珠不希望自己流产的事被别人知道，就只有孟亚陪她去了。

孟亚请完假后，在 X 光室门口找到了蒋良之，他正在卸门锁，旧的坏了要换新的，X 光医生吴有光就站在他旁边，指指点点的。蒋良之换好门锁后，来到住院处的门口见孟亚，先嘿嘿笑了两声，孟亚觉得蒋良之笑得很勉强。

孟亚说："良之哥，想求你一件事儿。"

蒋良之又嘿嘿笑了两声，神态又恢复到以前那种简单快乐的样子，孟亚的心里顿时舒服了很多。蒋良之说："又是医生，又是护士长了，说话还这么客气，还'求'我一件事儿！"

孟亚就说了陆玉珠的情况，蒋良之马上说："送陆老师去火车站没有问题，关键是你们两个人，我一辆自行车，后座只能坐一个人，前面大梁上坐人也不方便啊。"

这也正是孟亚头痛的事，她或者陆玉珠都不可能坐在大梁上，被身后的蒋良之搂在怀里似的，如此一来在绿岭煤矿唯一的那条公路上招摇过市，还不又成了矿里的头条新闻？

蒋良之突然一拍脑袋说："有了。我驮着陆老师，你骑晓玲的自行车，她的车子是二六式，你们女孩子骑，最方便。"

王晓玲刚刚买了一辆女式自行车，天天摆在住院处的走廊里，几个新上岗的护士个个都羡慕得不得了。

孟亚说："三个人两辆自行车，去火车站倒是行，那回来怎么办？你总不能一个人骑两辆自行车吧？"

蒋良又嘿嘿地笑了，说："你还不了解你良之哥，骑自行车的技术，这矿上没有谁能比得过我。我骑我这辆自行车回来，右手把车把，晓玲那辆，我用左手带着车把就行了。"

孟亚说："行吗？那么远的路，上坡又长，雪天路又滑。"

蒋良之说："行，相信你良之哥好了。"

事情就按照蒋良之说的方法办了。陆玉珠全身上下穿得很厚，并且用围巾将自己的头脸捂了个严严实实。一方面是为了保暖，怕受寒落下毛病，另一方面，陆玉珠也不想让别人认出她来。

到了火车站，孟亚把王晓玲的自行车交给蒋良之，就扶着陆玉珠进了候车室，至于蒋良之如何能把两辆自行车弄回医院，孟亚想也是白操心。

半个多小时后，火车到了县城，县医院给陆玉珠做了检查，对她的子宫做了清宫处理。陆玉珠还担心再犯血小板少的毛病，医生就建议她住院观察两天。

两天后，张远桥到了，好在陆玉珠既没有发烧，也没有再流血，带了医生开的消炎药，陆玉珠直接随张远桥坐火车返回内蒙古。至于向学校请假的问题，只能由陆玉珠回到内蒙后，通过书信或者电话处理了。

孟亚在县城的火车站上与陆玉珠和张远桥道别，陆玉珠抱着孟亚放声大哭。一想到此刻一别相见遥遥无期，甚至此生可能都无缘再见，孟亚的眼泪也止不住地流。

从县城返回绿岭，宿舍里陆玉珠的物品还在，但看到它们，孟亚的心里却是一种空荡荡的感觉。昔日两个人一起背诗、一起在教室里做饭吃饭的情景，一幕一幕浮现在眼前。陆玉珠走路时的步态很轻盈，孟亚非常熟悉她那苗条匀称的背影，左侧腋下经常夹着一本书。那不是一个年近三十的女性的身姿和心态，分明就是一个正值青春期的妙龄女孩，她在心底和骨子里仍然是一个十八岁少女的性格，浪漫多情、活力四射。她仍旧怀揣少女的一腔春梦，渴望爱得刻骨铭心、死去活来。理想、梦想、遐想、幻想，陆玉珠一样都没有少，无数美好的希望和愿望，她都期待着能够一一实现。可现实却是如此的残酷无情，一大家子的人口，贫困窘迫的生活，父亲临死前咬布条当食物的情景，就像刀子在她心上剜了一块肉一样。那块深深的伤疤难以愈合，每一次想起来，都是对伤疤的一次撞击，顿时鲜血淋漓、疼痛难忍。

生存的无奈，生活的重压，现实与理想之间的距离天遥地远。当初形形色色的人物来到绿岭煤矿，莫不是冲着矿区收入会高一些，待遇会好一些，生活会自由自在一些来的。可谁真的有能力有福气，能够快速改变贫穷的现实，迅速挣脱厄运的魔爪呢？

陆玉珠曾经在放寒假或暑假的时候，凭着学生家长的关系，从矿上食堂买一两袋低价的面粉，通过火车千里迢迢运回内蒙古，孟亚理解她的家庭困境，可陆玉珠还是遭到了一些人的非议，背后笑话她爱贪便宜，甚至耻笑她家庭的窘况。现在陆玉珠回内蒙古了，过了而立之年，迈过了婚姻的坎儿，有了自己的情感归宿，但愿她今后的生活能够如愿，一切都好吧！

第二天上班后，孟亚检查了门诊注射室和住院处处置室，安排好了几项工作后，就回到心电兼A超室。上个月从J市预订的A超机和两张诊查床到了，是孟亚前两天去县里照顾陆玉珠的时候就到的。蒋良之遵照新院长的安排，只是把这些东西先搬到了心电室，等着孟亚回来确定位置和安装，还有先前修理过的心电图机也要重新折腾一下。

孟亚前脚刚进办公室，蒋良之后脚就跟进来了，见到孟亚就嘿嘿了两声，翘着厚厚的上嘴唇，两只黑眼睛放射出亮晶晶的光芒。

蒋良之说："我就想着你今天会上班的，过来看一下要不要帮忙，你这些宝贝都怎么装怎么放啊？"

孟亚正看着办公室里横堆竖立的东西发愁，现在有了蒋良之，事情就好办多了，他不但有力气，还是半个电工，他甚至把插座都准备好了，手里正提着呢。两个人就叮叮当当地动手干起活来，东西很快便各就各位了。

孟亚想试试心电图机好不好用，就想找个人当病人。蒋良之自告奋勇，说："你就给我检查吧，反正我也是个人。"

孟亚就让蒋良之躺在窄窄的检查床上，让他解开上衣露出前胸，把五个排空了空气的气囊，按照规范要求吸在了他前胸几个肋骨的位置上，肋骨的后面就是心脏，然后把蒋良之的手腕脚脖处涂了水后都夹上了夹子。

蒋良之叫了起来，说："这些东西一上身，五花大绑的，好像我就是个病人似的，好吓人啊，我都发抖了！"

孟亚笑了一下说："做心电图对人体一点儿损伤都没有，也不像打针那样会疼，就是冬天往身上涂水有点儿凉，可能刺激着你了，你发抖不是吓的，是凉的吧？"

蒋良之做完"检查"后在床上坐起来，说："真是有点儿害怕。"

孟亚觉得好笑。很多时候，蒋良之给孟亚的印象都是男子汉这一面的，比如像在医院里做杂工，弄个电线或者做点儿木匠活，他都是心灵手巧的，种地也是一把好手。

孟亚又想起了那天送陆玉珠时，蒋良之那个聪明的主意，便问道："你那天是怎么把两辆自行车弄回医院的？路上没有摔着啊？"

孟亚一边用眼睛扫着心电图一边跟蒋良之说话，蒋良之凑了过来，拿过心电图左看右看，说："啥也看不懂，跟瞎子似的。我正常吧？"

孟亚说："你要是不正常，就再没有正常的人了。"

蒋良之立刻恢复了男子汉的状态，笑着说："很简单啊，也很巧啊。刚好碰到了矿上去年分来的那个大学生下火车，我就让他骑我的自行车，我骑晓玲的自行车，正好也方便了他，不然他就得靠两条腿走到矿里了。到了矿办公室这里，我就把自行车接过来了，剩下的路很短，又是平坡，几分钟就回来了。"

孟亚说："你真聪明。"

蒋良之说："我这脑子，笨的跟猪似的，哪能跟你们读过书的人比？那个大学生一看我推着两辆自行车，就先问我去哪里，他更聪明。"

孟亚问："你认识他？"

蒋良之说："我去年上矿里拿文件的时候，在办公室里见过他，文质彬彬的，戴一副眼镜，所以有点儿印象，但是没说过话。人家是读过大学的，我这种身份的人，哪有机会跟人家打交道呢？"

孟亚问："去年矿里分来大学生了？有谁愿意来绿岭煤矿呢？"

蒋良之说："说不定又是没有关系，没有后门可走的，好人谁愿意来这里？"说完马上冲着孟亚嘿嘿笑，接着说道："你看我这个没文化的人，又说错话了，你都在这儿三年多了，你一直都是个好人。"

孟亚说："我是好人吗？"

蒋良之说："你最是好人了，我文化是少，但是我心里明白。你看你为了陆老师，都请假去县里陪她，一般人做不到呢。"

孟亚这才想起来，还没有告诉蒋良之不要讲陆玉珠的事，就说："她又犯血小板减少的老毛病了，去县里看看病，医生说得住院观察几天，没什么大事儿，我就先回来了。快放寒假了，她正好可以回老家养一养。"

蒋良之说："那又没人跟你做伴儿了，你嫂子还说要请你去家里吃饺子呢，说你一人在外，也没人关心。"

孟亚说："这不挺好的嘛。"

蒋良之就认真起来，说："那今天晚上去我家吃饺子，好不好？中午回家我跟你嫂子说一声，让她下午出去买点儿肉，我包饺子速度很快的。"

孟亚连忙拒绝说："我可不去，怎么好意思给你们添麻烦。"

孟亚心里想：跟李文贤一起去全老师家看电视，都惹了那么大的一桩绯闻出来，我哪里敢去你家里吃饺子？说不定又被人家说什么呢。

蒋良之仍然坚持着，说："是你嫂子要请你的，她对人可热情了，我也想让你跟她正式认识一下。"

孟亚还是一口回绝了，说："我晚上还要学习呢，也没时间。"

蒋良之说："你这个人，咋这么见外呢。"

晚上七点多钟的时候，宿舍的门被敲响了，孟亚疑惑地开门一看，一个女人正站在门口，一脸粉面桃花般的笑容。李浪花？孟亚在脑海中迅速锁定了蒋良之老婆的身份。

李浪花双手捧着一只大碗，外面用布裹着，由于在寒冷的露天地走了十多分钟，裹在碗外面的包布还断断续续地冒出一丝丝热气。

李浪花说："是小孟吧？我给你送饺子来了。刚出锅的饺子，可热乎了，赶紧趁热吃。我让你良之哥叫你去家里吃饺子，你咋不去呢？这饺子刚出锅的时候最好吃，过一会儿就塌了。"

孟亚没想到李浪花会亲自把饺子送到她的宿舍，一时间不知道该说什么好。她让李浪花进来坐，李浪花说："不坐了，家里还有活儿，再说，我在这儿你也不好意思吃。"

孟亚说："那我找个家什，把饺子倒出来。"

李浪花说："不用了，你就直接用这只碗吃，碗还是热的，一折腾饺子就凉了。快吃吧！我走了！"说完，又热情地冲着孟亚笑出一张桃花脸，转身快速地走过半截走廊，消失在走廊中间的门口处。

孟亚端着那碗饺子，还呆在宿舍的门口，看着空无一人的走廊，一时间回不过神来，她想了想蒋良之对李浪花的评价，对她的待人热情深信不疑。同时孟亚也替蒋良之庆幸，这个童年时代就失去了父母的可怜孩子，长大后却在幸福美满的婚姻里得到了补偿。

第二天上班时，蒋良之又来了，孟亚再三感谢昨天晚上李浪花送的饺子，说："这么冷的天，我嫂子端着一碗饺子送到我宿舍，感动得我都想哭了。"

蒋良之说："这就是你嫂子这个人最大的长处，认识她的人都说她热情。"

孟亚说："碗还在我宿舍呢。"

蒋良之说："不着急，家里有的用，哪天有时间去我家，再顺便拿过去。"

两个人正说着话，李文贤的身影出现在了心电室的门口，人站在那里面孔对着孟亚，眼睛却是看着别处。孟亚看到李文贤，感觉有些意外，便站起身来。

李文贤见蒋良之也在，便走进来说："有个患者，我听诊感觉他心脏有点儿杂音，你这里现在能不能做心电图？"

孟亚说："可以做，你带他过来吧。"

李文贤就走了，不一会儿就带了一位患者进来，说："是矿上办公室李主任的父亲。"

蒋良之见孟亚有患者要检查，就自觉地离开了心电室。

孟亚给老人家做完心电图，仔细看了一下心电图纸，说："心脏传导有问题，心率很不齐，还有冠状动脉供血不足，最好去县里医院再看一下。如果必要的话，住院观察治疗一段时间也好。"

老人家被家人搀扶着出了心电室，李文贤没有立刻离开，看着室内的两台设备，对孟亚说："你学了这么多知识回来，给医院填补了空白。咱们医院条件太差了，患者有点儿问题就转院，很耽误事儿。"

孟亚说："我也只是学了点儿皮毛而已，又是辅助科室，解决不了大问题。像陆老师的事儿，如果医院有妇产科，本来可以就地处理的。"

李文贤说："是啊。"

孟亚趁机说："陆老师的事儿，她不希望别人知道。"

李文贤说："我明白，不会让其他人知道的。"说完转身走了。

听到李文贤的这句承诺，孟亚的心里又是一阵隐隐的痛，她和李文贤之间终于有了共同的秘密，一个与他们两个人实际上并不相干的秘密。

第十章 一九八四年

春节放了几天假，孟亚回家了，不过这次回的不是幸福公社，而是幸福县城，在去年下半年的时候，孟福先的工作调到了幸福县的计划生育委员会。一位几十年前和孟福先一同出生入死的老战友，目前在幸福县卫生局当领导，为孟福先的工作调动帮了忙。

举家搬迁到幸福县城，肯定好过在幸福公社。县城——曾经是孩子们心中的"天堂"，即便是现在，也具有相当的吸引力，而且孟兰和高大龙就住在县城，全家人个个举双手赞成，这也给孟福先挣了些面子。

孟福先到了县里的计生委上班，工作上会比在幸福公社当干部轻松一些，毕竟是半百之人了，在公社当干部得经常下乡，修公路收公粮吃百家饭，也不是一件容易事。

进了县城，离县卫生局和老领导就近了，在李秀云的抱怨和折磨下，孟福先这些年心里也渐渐有了想法，想常跑跑对口上级单位，看能不能帮李秀云争取些利益，能重新安排个工作最好，哪怕是当保姆做清洁工都行。如果找不回工作的话，经济上有点儿补偿也好，这样自己的后半生也会多少好过一些。

经过三年的卫校学习，包括八个月的毕业实习，工作后又出去进修了大半年，见识和熟悉了比幸福县城不知要繁华多少倍的J市和H市，现在回到成为自己第二故乡的幸福县城，一下子竟然感觉是个小地方了，简简单单平平常常。孟亚在火车站见到来接站的二姐孟焱时，内心里突然有了一种感觉，她惊讶于自己对幸福县城竟然无动于衷。

孟焱说："不过来接你，怕你走丢了找不到家。"

孟亚说："还不至于，大不了多折腾一会儿，走点儿冤枉路。"

孟亚跟着孟焱一路走，走过两条公路，再穿过三条小巷，就到家了。刚一走进厨房，就被弥漫着的白雾蒙住了视线，隐约看到左右两边的锅前都晃着人影，左边是李秀云和孟福先。

李秀云先招呼了孟亚一声，然后就听孟福先说："这是我老闺女，在绿岭煤矿医院上班，回来要坐一个多小时的火车。"

随后孟亚就听到了一个女人的大嗓门："噢，你闺女回来了？人多用水用电就多，老孟你抓紧时间再安一只电表，把两个表分开。"

孟福先说："好的，你放心，我不会占你便宜。"

那女人的声音就反击说："老家伙，你在你闺女跟前说这种话？"

孟福先尴尬地笑了一声说："你听岔了，想多了。"

一路上，孟焱已经跟孟亚讲了房子的情况，在县计生委工作一时半会分不到公房，只能先租房子住，单位出费用。租的这家人是自有私房，东西两头可以分开住，给孟福先一家住的是西头。

在北方，西头和东头的房子学问大着呢。由于冬季时间长，室内的温度和取暖是个大问题。冬天里大多刮的是西北风，住西头房比住东头房就冷得多。如果房子本身的质量不够好，自制的土暖气供热不佳，再赶上一个寒冷的冬季，生存真是一件极辛苦的事情，甚至晚上睡觉都会被冻醒。

回到家里的第一个晚上，孟亚就体会到了这种辛苦。睡到半夜时她醒了，感觉整个脸都是痛的，特别是鼻子，用手摸一下像一块冰似的，她只得把被子往上拉盖住了头。

第二天早上起床后，孟福先给孟亚做了一个实验，他拿过炕沿上方半空中挂在细绳上的毛巾，毛巾是头天晚上洗湿了后挂上去的，呈对折形状。把毛巾放在炕上，对折着的毛巾竟然直挺挺地立着不会平铺下来。

孟福先说："晚上这屋子里的温度至少在零度以下，不然毛巾不会冻成这样，能够杵起来。"

李秀云说："这房子比咱们在公社住的那间旧房子冷多了，还不知道猴年马月能有公房住，早知道这样，进县城干啥？"

孟焱说："县城怎么都好过公社了，我想进还进不来呢。"

李秀云说："你当然想进县城，在县里当干部多有面子？可我进城来有啥用？还不照样是个'锅台转儿'？"

孟焱说："我现在住的是单位的仓库，吃住还没有小亚方便呢，真成跑腿子了。"

李秀云说："看来你还得先找到对象，才能调回县城来。"

孟亚问是怎么回事，李秀云解释说："他们银行有规定，单身的不能往县银行调，如果结了婚对象是县城的，才允许调动。我跟你爸说，现在的事儿哪有'王八屁股——死规定（龟腚）'的？政策是死的，人是活的。"

孟亚说："我老叔能不能说上话帮上忙？"

李秀云说："你老叔能不能说上话，得看你爸能不能跟你老叔说上话。搬到县城也好几个月了，没听你爸说去过你老叔家，反正他干啥了不会跟咱们说。你老叔这个大学生是你爸供出来的，现在是该借力的时候了，可眼瞅着也没用上啥。你二姐当初考进银行的时候，还有人说是你老叔帮着走后门儿了，说你们家关系真硬，哪知道是你二姐自己辛辛苦苦考的，关他什么事儿了？你老叔要是真肯帮忙的话，当初还用得着你二姐憋了好几年，临时工干了一个又一个？老爷们儿烧锅炉的活儿都干了。"

孟亚想到了四哥黄永财的遭遇，说："我老叔现在是有点儿地位，可给谁安排工作也没那么容易吧？不然我四哥也不至于落了个残疾，这几年我大姑不是一直都在怪我老叔？"

黄永财高中毕业后一直想求老舅孟福国在县里给找份临时工，孟福国也觉得就这么一个姐姐，还嫁到了农村受苦，一直想着要帮忙满足四外甥的心愿。可黄永财不争气，先后找了两份活儿不但不好好干，还小偷小摸的，连老舅家的烟酒也敢偷，后来被老舅母赶出了家门。回到乡下后，黄永财还是不要强，时不时地带着父亲的酒瓶子下地干活，结果有一次醉在田里的时候，让熊瞎子把脸给舔了，胳膊和腿也咬伤了，成了个半残疾。

李秀云对小姑子颇有微词，说两个小叔子上大学，这个当姐姐的没寄过一分钱，哪有她怪别人的道理？最有资格说三道四的是孟福先和她李秀云这两个大功臣。

孟焱说："那天我在公社上看到程立英了，她毕业后就回来工作了，现在就在县政府的……史志办还是什么办来着，都升副科长了。"

李秀云说："程立英这丫头从小就鬼精鬼精的，你看她那双小眼睛就知道了，眼珠转得快的人都精。"

孟亚听了就想到了程立远，他的眼珠转得似乎不太快，按照四年的学制，程立远去年七月份就应该大学毕业了。

春节过后，孟亚回到绿岭煤矿不久，有一天，朱姓新院长把孟亚叫到了办公室，说："小孟，你在医院的工作很出色，一人身兼多职，又当医生又当护士，工作态度很认真，不计较个人得失。"

孟亚心里就一阵纳闷，朱院长叫她来应该不是单纯为了表扬她的。

果然，朱院长接着说："矿上要召开年终表彰大会，需要抽调人手去给受表彰的先进人物写事迹材料。矿办公室看上你了，想临时抽调你过去帮一个月的忙。"

孟亚感觉很意外，说："写材料？我哪里会写材料啊？我的文笔又不好。"

朱院长说："主要还是你比较了解情况吧，他们说要你负责咱们医院万嘉栋医生的事迹材料，同一个单位的，好写一些吧。反正矿上已经决定了，我们只能服从，你明天就去报到吧。"

孟亚走出院长的办公室，心里就一阵好笑：我一个搞业务的，去耍笔杆子，矿上那么多搞文字的，难道缺了我这个臭鸡蛋还做不成"糟子糕"了？自己这边心电和A超业务刚上轨道，连春节过年都拿着砖头一样的业务书看，现在这样随便抽调不相干的人到矿上写材料，而且时间长达一个月，医院里没有人能够代替孟亚的业务，这种决定也太草率太没道理了吧。

孟亚临时的工作地点就是矿上的办公室，办公室实际上也是收发室，每天都能接触到相同或者不同的人，相同的人就是刘见章和崔小红。刘见章是矿办的文字秘书，真正的笔杆子。崔小红是勤杂人员，主要负责收发通知和报刊。

孟亚对这两个人仅略知一二，刘见章三十六七岁，个子中等身体微胖，敦敦实实的，脸孔偏白，走路时头往前一点一点的，总像是有事情急着要去办。说话也是一样，一连串儿跟吐珠子似的。崔小红身高一米七左右，眼睛很小，一脸的粉刺疙瘩，人看上去既不年轻也不漂亮，实际年龄只有二十岁。崔小红走路的姿势及神态，都不像一个管收发的，当孟亚得知崔小红的父亲是林业科科长时，便明白了崔小红这种造作的由来，在这一点上，崔小红与王晓玲截然不同。

孟亚虽然在年底进修结束后才回到绿岭煤矿医院，但对于万嘉栋老医生被评选为先进个人这件事，她还是有所耳闻，是有一次她在药房领药品和医用材料时，听药剂师古文学讲的。新院长是从外面调进来的，对医院原来的是是非非不是很了解，医院的这些人虽然有一部分也是外地来的，但毕竟来的年头久了，个个都是老江湖了。

陶院长提前退休后，医院里的阵营主要有三大块。第一个阵营是古文学和范凤梅的夫妻档，范凤梅除了自己的丈夫，说医院里任何一个人的坏话，基本上都是不费吹灰之力。第二个阵营是以外科医生刘大来为首的本地派，葛立秋走了，身"残"志坚的贺秀兰还在，他那个当过校长的老婆也会始终做他的坚强后盾，加上他那种偏牛一样的大老粗脾气，别人也拿他没办法。第三个阵营是内科派，以周老医生为首，还有后来的蓝医生，一半心思跟着周医生，另一半心思可以随时调整方向，当初蓝医生跟陶院长关系也不错，但他也尽量不得罪其他人，这个外来的外科医生是个典型的"骑墙派"。

除了上述三派比较明显，另外像曲无道、吴有光这些人，都有点儿混世魔王、四六不着的味道，哪派他们似乎都有份儿，因为这两个人说话从来都是不靠谱的。吴有光比曲无道稍好一些，他是本地人，认识的人多，X光检查业务量不大，他每天跟曲无道一样自由，只是不像曲无道那样口无遮拦。吴有光的老婆同样没有工作，是一个纯粹的家庭妇女，按相貌来说，凹脸驼背的吴有光，还真配不上身材高挑、五官端正的老婆，只是作为四个孩子的母亲，四十出头儿的她已经是个黄脸婆了。

除了上面说的这些人物，在这个不太成体统但确实存在的派别和各自为政的散兵之外，不得不提的还有李文贤。李文贤本来是个与人无争的人，但这个从兽医变成人医的"土八路"，业务上勤奋努力，谁都不得罪，但跟谁都不交心，除了以前认为他听话的陶院长，医院里几乎没有人欣赏和喜欢他，更多的反倒是内心的忌妒和排斥。

矿上隆重地评选先进个人也是比较少有的，但实际上也是个比芝麻粒大不了多少的小事，但给医院的这个名额，却成了各派别的一场势力较量，以及评判人性善恶的一次测试。无记名投票的结果出来，竟然是与所有人都不好也不坏的万嘉栋老医生。几十年如一日手端茶杯，上班经常以看报纸为工作内容，上班下班都像跟时间比赛看谁更慢的万嘉栋老医生，再过半年就要退休了，他谁都惹不着，也没有人忌妒他。这么个人物，孟亚如何写他的先进事迹呢？写小说吗？三千字的材料，需要怎样的想象力和创造力？

孟亚刚到矿办的时候，刘见章就给她找了几份以前类似的材料，让她熟悉一下事迹材料的文体和特点。有一次孟亚不解地问刘见章："怎么想到抽调我过来呢？"

刘见章笑眼一眯，露出又白又齐的牙齿，说："你们医院医生的事迹，我们不熟悉，只有你们自己才能写出来。"

孟亚说："我是医院的，可我也不擅长写这种东西啊！"

刘见章说："我们都认为你能写好，你很有才华。"

孟亚哑然失笑："我有什么才华？你们……怎么知道？"

刘见章就说："你和陆老师以前不是经常背词写诗吗？你的字写得也好，我们办公室李主任亲自点名要你过来的。"

孟亚无语了，自己跟陆玉珠背诗词的事情，竟然也被矿上的人知道了，而且这竟成了她有才华的理由。

在矿办待了一周了，孟亚感觉无所适从、无聊至极，刘见章不只安排她写材料，还把以前和现在的各类文件拿给她看，甚至交给她处理。孟亚在医院是搞业务的，现在整天对着这些虚无缥缈的文字材料，她感觉自己就像在半空中飘荡一样，已经没有根了。有时候她实在烦了，就在办公室桌子上的小日历上胡写乱画，那些日历过去的和未来的空白页处，被她用钢笔写满了不成段的诗词，以及桃花、竹子、人脸、花瓶等杂七杂八的东西。刘见章看到了就又开始夸奖孟亚，说："小孟真有才，出笔成诗妙笔生花。"

孟亚哭笑不得，不知该如何作答，她用眼睛的余光看到崔小红微微撇了一下嘴。不知道为什么，孟亚从心里不喜欢这个女孩子，才疏学浅却傲气十足。想到自己毕竟在这里是暂时的，便也不去想这些人的是是非非了。

正这样想着，办公室的门口进来一个人，对崔小红说："小崔，我过来找一份文件。"

孟亚立刻听到了崔小红欢喜的声音，说："噢，程哥，你要什么？我现在就给你找。"

经常有人来办公室找崔小红找文件要报纸，孟亚并不太在意来找东西的是些什么人，要找的是些什么东西，反正都与她无关。

天天在日历台上胡写乱画也是浪费时间，今天孟亚干脆把一本 A 超书带了过来，她也不管刘见章他们会怎样看她。

刘见章看到这个找文件的人进来，叫了一声孟亚，说："来，我给你们介绍一下。这位是咱们矿上去年来的大学生，程工程师。这位是孟亚，绿岭医院身份最多的人，心电图医生，超声波医生，还是护士长。矿办抽调她过来一个月，帮我们准备先进个人的事迹材料。"

刘见章连珠炮般地说这些话的时候，孟亚已经本能地站了起来，迎面望了一眼站在门口的这个年轻人，竟然是程立远！

程立远对孟亚点了下头，客气地说了一句："噢，是孟医生，很高兴认识你，以后有机会再聊啊！"说完，便拿着崔小红递给他的那份文件，转身消失了。

程立远的迅速出现又迅速消失，孟亚根本没有反应过来，她甚至不记得自己刚才有没有跟程立远说话，自己莫不是在做梦？这可能是真的吗？

程立远应该是去年九月份来绿岭煤矿报到的，自己年底进修结束才回到绿岭，可他来了已经快半年了，自己却一点儿消息都不知道，这也太戏剧太传奇了吧？孟亚一下子用双手抱住了自己的头。下午过来时她就有点儿头痛，难道是自己出现了幻觉吗？

这时孟亚又听到了刘见章在说话："程工程师来了也才半年的时间，工作就已经非常出色了，领导对他特别看重。咱们绿岭煤矿水少池子浅，养不住大鱼，读了四年大学，来一个本科生不容易。中学这几年分来的那些老师，全都是中专生，没有一个是本科毕业的，还一个个都想着跳出去呢。如果不在绿岭结婚成家，这种人才也是留不住的，早晚都得调走。"

孟亚只看见刘见章的嘴巴在动，却没听见他在讲什么，她的脑子里还在回放着刚才的画面，那是程立远吗？四年多的时间里，现在眼前的他分明就是另外一个人，他比在大学时又长高了一些，也强壮了一些，不再是四年前那个火柴杆了。更明显的是，他的言行举止已经相当沉稳，完全不似四年前那个稚嫩羞涩的青年了。

一个月后，矿上的先进表彰大会如期举行，孟亚给万嘉栋老医生写的事迹材料也艰难出笼，刘见章给她改了很多，又经过办公室李主任的修改，万老医生终于在二百多人的会场上登台亮相，孟亚也庆幸自己的办公室文秘生涯终于熬出头了。

表彰大会安排了文艺演出节目，都是矿上的人自己组织排练的，孟亚没想到在舞台上看到了胡琴，她穿着一条彩色长裙，和几个姑娘表演了一个群舞节目。胡琴虽然舞姿一般，但她的漂亮在几个女孩子里却十分醒目，让孟亚好生羡慕，同时她也佩服胡琴的胆量，喜欢和勇于表现自己。

表彰会现场，孟亚再次见到了程立远，他坐在第二排，仅次于矿领导的排位。而孟亚只能远远地坐在会场后面，如果不是万老医生事迹材料的起稿人，这种场合她都没有资格参加。

表彰会刚一结束，孟亚立刻起身走了，她不想再见到程立远。可没想到程立远的速度会那么快，一下子就追上了她，在她背后叫了一声，孟亚只好停下脚。

程立远笑着说："也不等等我。什么时候有时间，找你聊聊？"

两个人的身后是刚散会的人群，这里也算得上绿岭煤矿最大规模的人员集中场所了。程立远如此不避众人的目光，让孟亚心里很不是滋味，她机械地说："好啊，欢迎你来医院。"

程立远又笑着说："有病的人才去医院的，你的话容易让人产生歧义。"

孟亚说："那欢迎你不要来医院。"

程立远说："那你就是拒绝了？"

孟亚又说："欢迎你来医院——找我？"

程立远说："这回对了。"说完两个人都笑了。

孟亚的心里还是不舒服，她实在不愿意在大庭广众面前，与程立远并肩而行，并且给人感觉聊得热火朝天似的。

由于去 J 市进修心电和 A 超，孟亚的电大英语学习被迫中断，回来后只能参加补考。一次去了外市参加完补考后，回到绿岭煤矿的宿舍时，孟亚很诧异，自己的宿舍怎么会突然住进来一个大小伙子呢？

原来，陆玉珠走后，两个女房间都各有空床，宿舍管理处便作了临时调整，将孟亚安排到了另外一个女房间，她的行李已经被女管理员搬走了，但衣物还在原来宿舍的壁柜里，因为柜子锁着。孟亚回来要做的第一件事，就是过去拿自己的衣物。

小伙子二十出头儿的样子，很高大很健壮，却细皮嫩肉、唇红齿白，当时正坐在孟亚睡过的那张床上。男孩子性格很外向，跟孟亚说话像老熟人似的，他要帮孟亚搬东西，孟亚连说不用。

男孩子告诉孟亚他叫杨阳，孟亚就问他来矿里做什么。杨阳说："还能干什么？当煤黑子呗。又不像你们知识分子，肚子里有墨水，坐得起办公室。"

孟亚说："你长得白白嫩嫩，营养这么好，怎么看不出你也能下井呢？开玩笑吧？"

孟亚猜测杨阳是哪个学校毕业分配来的教师或者其他职业的人，总之应该属于知识分子行列。

杨阳笑出一口洁白的牙齿："要真是开玩笑就好了，下井也没那么容易，一般来说这活儿还干不上呢。"

孟亚问他上班了没有，杨阳说："没有，还得等两天，待着也没有意思，你有什么好看的书借我看看？"

孟亚说："我有医学书，有中外名著，有数理化，你喜欢看什么？"

杨阳摇着那张白里透红的脸，说："你看我像喜欢看这些书的人吗？我喜欢看小小说，小人书也行。我还想谈恋爱，有没有你认识的女孩子，漂亮点儿的，又不嫌弃煤黑子的，介绍一个给我？"

在随后的几天里，孟亚几乎天天看到杨阳。因为是七月份，天气很热，只要不到晚上睡觉时间，各宿舍的门基本都是开着的。孟亚看见杨阳在几个宿舍来回串，他喜欢那种很贴身的开领短袖衫，露着白白的胸脯，结实而有弹性的肌肉透过了那层薄薄的短衫。

杨阳与其他矿工的最大不同，是他身上的短衫颜色都很淡，除了白色的，就是黄色的，与他的肤色非常和谐，给人一种干净清爽的舒适感。

绿岭煤矿第二次严重的伤亡事故发生在七月中旬的一个下午，天气晴朗，艳阳高照，如果在影视作品里，这种光景和环境通常应该是用来展现美好的，但悲惨从来无需乌云衬托，太阳不悯人间喜乐。这次事故仍然是井下瓦斯超标引发了爆炸，矿工的死亡原因还是一氧化碳中毒。

由于井下没有发生大面积的崩塌，矿工的遗体很快就被运到了井上。十名矿工的遗体分别被几十个救援人员抬着，浩浩荡荡的队伍就像从前线归来一样。

当全部遗体都集中到医院时，人们才意识到医院那间木板搭成的太平间太小了，根本装不下十个躺下去的男子汉。朱院长当机立断，决定把住院处门前的空地，当成临时遗体处理场所，于是，立刻有十张暗绿色的厚帆布被铺到了地上，十个大男人被一对一地分配到了每张帆布上。

时光在人们的紧张和忙乱中匆匆而逝，夜幕垂临，几只暗红色的灯被拉到室外。横在地上的男人们就在淡淡的灯光和遥远的星光映照下，离白日里的生机与活力越来越远，从此静悄悄、冷冰冰地永远长眠。

当孟亚见到一张白里透红的脸时，那脸上甚至还带着马上就会醒过来的气息，孟亚立刻感到大脑里一片空白：杨阳！

杨阳的遗体是孟亚负责清洗的。杨阳哪里都没有受伤，真的就像熟睡着了一样。孟亚在给杨阳剪衣服的时候，杨阳的体温一点点向她释放着，那体温让孟亚几次想拍一拍杨阳富有弹性的胸脯，叫他一声："伙计，该起床了，别这么懒！"

孟亚用力地拉着杨阳的胳膊，为他脱衣服。孟亚希望杨阳会借助她的力量，忽地一下就坐起来，同时睁开眼睛。那是一双水汪汪的笑眼，任何一个女孩子都会喜欢看的。杨阳说："怎么睡到这儿来了？真是个玩笑。"杨阳说："干完活儿下了班，闲得没意思。"杨阳说："我喜欢谈恋爱，有没有你认识的女孩子，漂亮点儿的，又不嫌弃煤黑子的，介绍一个给我？"

孟亚的眼泪涌出眼眶，慢慢浸透着大大的白色纱布口罩。

孟亚难以面对和承受这样残酷的事实。为什么会这样？难道只能这样？年轻的生命——这些本该在阳光下跳跃的青春和生命啊！孟亚的手在发抖，心在流血，她手中的剪刀不是用来剪开死难矿工的衣服用的，沾着盐水的棉球不是用来擦洗那些半睁着眼的煤渣的。

作为一名医务工作者，孟亚认为，她的使命不是看到这些矿工转眼间就变成一具具冰冷的尸体，她要看的是奔腾的热血，温暖的臂膀，幸福的笑脸。

孟亚不能沉默，不能无动于衷。孟亚知道杨阳的背后早已跟随了许多女孩子热切的目光，而杨阳在这些热切的目光里生活得充满希望。这一切为什么会像彩虹般突然消失？天地都没有改变，山依旧绿，风依旧轻，宿舍的每扇门依旧开到睡觉之前，为什么那个矫健的杨阳却像被烈火烤干的露珠一样，永远地消失了？

省里下来一个记者，在矿里采访了几天，回去后在省报上发表了一篇报告文学《回黄转绿的绿岭》。矿长的前途就像十五的月亮，很醒目很圆满。

但就在这篇报告文学刊发后不久，绿岭煤矿上百名矿工涌向矿机关楼，将矿长那间宽敞明亮的大办公室挤得水泄不通，人群从矿长的办公室一直排到走廊上，还有大批的矿工站在矿办公楼的大门口。矿工代表质问矿长，他们这些煤黑子什么时候能住上像矿长家那样宽敞明亮、上下水电齐全的房子——矿长刚刚搬进了新竣工的干部楼，那是绿岭煤矿一流的住宅。面对黑压压的矿工，这位绿岭煤矿的最高领导毫不迟疑地回答说："很快，而且你们住得比我的还漂亮。"

孟亚把两千多字的长信寄给了矿长，要求调离绿岭煤矿。

几日之后的一个下午，程立远来到了医院，在门诊部转了一圈后，才来到心电室。前几天忙着处理遇难矿工的善后事宜，程立远说自己感冒了，过来看看病。

程立远见到孟亚便说："被你那句话说中了，来医院的都是病人。"

孟亚见程立远确实比上个月见到时瘦了一些，而且精神头儿似乎也不是很足，便问："你发烧吗？"

程立远说："感觉有点儿冷。"

孟亚便从抽屉里拿出体温计，递给程立远，让他夹在腋下。程立远不接体温计，说："你帮我。"

孟亚只得把程立远的上衣扣子解开，帮他把体温计夹在左腋下，她的手接触到了程立远的胸肌，感觉他的肌肤有点儿发烫，就说："应该是发烧了，你要是累的话，就在检查床上躺一会儿吧。"

程立远巡视了一下心电图室的前后左右，便顺势在床上躺了下来，闭着眼睛说："孟亚，这几年，你够努力的！"

孟亚不知道该怎样回答程立远，截至目前，她仍然不适应同程立远聊天说话。

同学？昔日的恋人？今日的同事，还是朋友？似乎是又似乎都不是。程立远从前在自己面前那样拘谨害羞，说话不如女生大胆自信，如今的他成熟稳重、坦然幽默。

仅仅四年的时光，就能让一个人有如此大的改变，其中的缘由在哪里？心智随着年龄增长而生成？四年大学的培养和锻炼？学历和能力结合后的人为效果？

在孟亚的记忆中，程立远好像比她大一岁，可也不过二十三岁，但眼前的程立远，无论从生理年龄还是心理年龄，似乎都比她孟亚要大。孟亚很难理解和接受程立远的这种变化，难道他是在伪装吗？伪装给她孟亚看吗？难道他心底里隐藏着什么想法吗？这个想法与她孟亚有关吗？

躺在孟亚眼前的程立远，表情平静、呼吸均匀，只是脸色有些微微发红。他的右手放在床边处，几乎一伸手就能够抓到孟亚，而如果她孟亚愿意，四年前他们本可以执子之手的。

孟亚看着程立远的面孔，他闭着双眼，朝天的鼻孔，薄薄的嘴唇，上扬的下巴，仍然偏瘦的身材。程立远似乎就是一个患者，他躺在检查床上，躺在孟亚的眼前，如此安静坦然，让孟亚的心也渐渐静了下来。

五分钟过后，孟亚说："时间够了，我看一下体温计。"

程立远慢慢睁开眼睛，看着孟亚，有些无力地说："你如果不说话，我可能会睡着了。一个人生病时，见到医生是最好的镇静剂。"

孟亚看了一眼体温计，说："还真是发烧了，三十九度四了。找医生开点儿药吧，打针退烧快一些。"

程立远说："听你的。"

孟亚就带程立远去了住院处，门诊部没有床位。

今天刚好是李文贤值班，李文贤用听诊器听了程立远的肺部，又问程立远是否咳嗽以及咽喉痛不痛等等，然后给程立远开了青霉素和葡萄糖液体，说："感冒并发症，还是打两天点滴吧，消炎来得快，再打一针退热针。"

孟亚就先在住院处给程立远安排了房间和床位，然后去门诊部的药房给程立远拿齐了药，又返回到住院处。先给程立远打了一支肌肉针，然后用配好的青霉素试敏针，给程立远在手腕处做了皮试后，便开始配点滴药水，她估计程立远不会过敏，先配好点滴药会节省些时间。

孟亚嘴上说着，手里忙着，她怎么说，程立远就怎么配合，像一个乖乖的小男孩似的。二十多分钟里，程立远闭着眼睛没说一句话，孟亚想，程立远可能是烧糊涂了没力气说话。

直到在程立远的左手背上固定好针头，再调好点滴数，又给他量了一次体温，孟亚看着体温计，才松了一口气，说："体温下来了，降得挺快。"

程立远睁开了眼睛，看着孟亚，说："你坐下来，歇一会儿吧。"

孟亚给程立远调整了一下枕头，又给他掖了一下被子，说："盖严了，出汗有利于降温，你闭上眼睛睡一会儿吧，输液我会看着。"

程立远喃喃地说"好"，就闭上了眼睛。

孟亚坐在对面的病床上，手里早准备好了一本 A 超业务书，一边看书一边不时地看一眼输液情况，她发现程立远很快就睡着了。

孟亚手里端着书，眼睛看着程立远那张熟悉又陌生的脸孔，心思又一次走了神，她又一次在心里问自己：眼前的这一切是不是幻觉？抑或是梦境？四年多的时间，一千多个日日夜夜，两个人彼此间没有往来、毫不相干，甚至连只言片语的音信都不知晓。如今却突然相见相交，近在咫尺，连一个眼神都看得真真切切，一声呼吸都听得清清楚楚。

现在，程立远作为一个病人，他服服帖帖、全身心地相信和依赖孟亚，他们目前的这种关系与同学、同事、朋友或者恋人，似乎都有所不同。这是一种什么关系和状态呢？以后两个人的关系又会朝着什么方向发展呢？

孟亚正这样任思绪信马由缰地散乱着，程立远动了一下，随后便睁开了眼睛。刚刚醒来的他，似乎一下子忘记了自己在哪里，对陌生的环境没有反应过来，他转动着眼珠四处观察着，看到吊在半空中的输液瓶和滴管后，他的目光终于落到了孟亚的身上和脸上。

在片刻的注视之后，程立远又慢慢地闭上了眼睛。孟亚与程立远的目光有过瞬间的交集，从程立远的眼神里，她似乎看到了什么，再想看一下，又似乎什么都没有。反过来想想自己，她相信自己的目光除了观察程立远的身体有没有不舒服，也一定不会给他看到别的什么。

一个半小时后，药液终于输完了，已经到了下班的时间。孟亚早已联系好了蒋良之，要他用自行车送程立远回矿上的宿舍。程立远本想自己走路，孟亚说："高烧病人没有力气，你走不动的，别硬撑着了。"

蒋良之早就把自行车推到了住院处的门口，一见到程立远就说："你不是上次骑我自行车的那个大知识分子吗？"

程立远似乎也认出了蒋良之，说："又麻烦你了！"

蒋良之说："我也是顺路，我家比矿宿舍还远呢，一个方向的。"

程立远就不再坚持，坐在了自行车的后座上。孟亚递给他一支体温计，说："回去有时间自己再量一次两次的，你住哪个房间？要不晚上我过去看下你吧？"

程立远接过体温计说："我现在感觉不热了，应该没事儿了。"

孟亚说："要不你明天就别过来了，我去你宿舍给你打针吧。"

程立远说："也许明天就好了呢。"

第二天下午，程立远又来了，这次他直接到了心电室。孟亚看到他，便问："好些了吗？"

程立远直接走过去，坐在昨天躺过的检查床上，看着孟亚说："你看呢？"

孟亚说："看你比昨天有一点儿精神头儿了。"

程立远笑笑说："好多了，有病还是要对症下药才行。"

孟亚就问："再打一次针？还去住院处吧？"

程立远说："听你的。"

孟亚就带程立远又去了住院处，由于不用再做过敏试验了，孟亚很快就配好药，给程立远扎上了静脉针。

程立远今天似乎没有睡意了，他跟孟亚闲聊起来，两个人你一句我一句，不紧不慢不慌不忙的。

程立远说："你说的那个良之哥，人真挺好的，昨天把我送到宿舍，还说今天下午接我来医院打针。"

孟亚说："是，他是我心中最好最好的好人。"

程立远无声地笑了一下说："你对良之哥的评价真高，还'最好最好的好人'，你文科天分好，没发现自己说的是病句吗？最好只有一个，哪有两个最好的？"

孟亚也无声地笑了一下，说："我这样说，才能表达我内心的真实感受。再说了，我也没有文科天分。"

程立远说："不知道你是太谦虚了，还是看不到自己的优点，你文科确实不错。"

孟亚说："不错在哪儿呢？我中专考的是理科，到现在了，文科天分还是一点儿都没发挥出来啊。"

程立远说："那说明你理科也不错啊。"

孟亚就自嘲地努努嘴说："是啊，可能比你还好呢。"

程立远说："那也说不定，你不是还想考大学吗？"

孟亚心里就暗暗吃了一惊，考大学是她自己的事，难道也像她与李文贤之间的绯闻一样，在绿岭煤矿几乎尽人皆知了吗？孟亚一时不知道该怎么回答程立远，只是轻微地皱了一下眉头。

程立远倒不理会孟亚的没反应，接着自己的话说："如果你想考大学，理科方面我可以辅导你。"

孟亚长长地呼出了一口气，说："我中专考的是理科课程，如果考大学报文科院校的话，现在的政策是不允许的。如果考理科院校，我的基础又太差了，高中都没有读。工作好几年了，哪还有考大学的念头和胆量？中专刚毕业的时候，我们几个同学倒确实这样幻想过。现在看来，真的只是幻想，连理想都算不上，离现实太远了，想想都觉得自己可笑。"

程立远说："你这样看自己吗？我一向认为你做事非常有主见，又很能坚持下去的。"

孟亚说："似乎是的，我这个人确实比较倔强，上小学和中学，老师都这样给我下评语。但考大学这件事儿，我现在确实感觉是天方夜谭。"

程立远说："如果你需要，我愿意帮助你。"

孟亚笑了一下说："你别操这么多心了，闭上眼睛休息一会儿。"

程立远非常听话，马上就闭上了眼睛，说："你再给我量一下体温吧。"

孟亚就解开程立远领口的衣扣，把体温计夹在他的腋下，她的手碰到了程立远的肩膀。

程立远说："我昨天打点滴的时候睡着了，做了一个梦。"

孟亚随口问："什么梦？"

程立远说："梦见你坐在我对面的床上，看着我。"

孟亚说："你这个梦，科技含量很高。"

程立远闭着眼睛轻轻地笑了两声，说："孟亚，我愿意听你说话。"

孟亚说："愿意听我的话，就闭目养神吧。"

孟亚担心门诊部那边儿会有做心电图或者超声波的患者，便去处置室跟王晓玲交代了一下，让她十分钟左右过去看一下程立远的输液情况。王晓玲说："好好好，你放心。"

孟亚回到了门诊部，刚好有两个患者过来做检查。

快下班的时候，孟亚正准备到住院处看一下，程立远却过来了。孟亚说："打完了？"

程立远说："打完了。"说着，又坐在了孟亚对面的检查床上，科室里的办公桌旁本来有椅子的，但程立远没有坐，检查床离孟亚更近一些。

两天的治疗效果比较明显，程立远看上去已经没有了病人的虚弱和倦怠，他现在这样跟孟亚挨得如此之近，孟亚的心里就有了一种很不自在的感觉。何况程立远坐在床上比她高，人有点居高临下，目光会时不时地在她的脸上或身上停留一会儿。

孟亚说："要不要叫良之哥再送你一次？"

程立远说："刚才在住院处良之哥已经跟我说了，我的感冒已经好了，可以走路回去，我陪你走？"

孟亚说："你陪我，还是我陪你啊？你这是在我们医院。"

程立远笑笑说："是我们的医院，不是你或我的医院。你陪我，我陪你，都没错，走吧！"

孟亚心里并不愿意与程立远同行，可现在已经到了下班的时间，她也没有理由让他一个人走，刻意地与他保持距离，这样做从情理上也说不过去。孟亚就说："走吧。"

两个人从门诊部的走廊里一路走过去，各个科室的人见到孟亚，嘴上跟她打着招呼，目光却落在了程立远的身上。走到大门口时，蒋良之推着自行车过来了，说："程工程师，还是我送你吧。"

程立远走上前去，左手搭住了蒋良之的左肩膀，跟蒋良之说话像老朋友似的："良之哥，我已经好了，我跟孟亚一起走回去就行了。你人真好，孟亚说你是他心中最好最好的好人。"

蒋良之咧着厚厚的嘴唇笑了："嘿嘿，我哪有孟医生说的那么好？我还怕她怪我呢，说我不用自行车送你，这点儿小事儿都不肯帮忙。"

孟亚也笑了，说："程工程师说自己能走，那就不麻烦你了。"

程立远看了一眼孟亚说："孟医生说，'那就不麻烦你了'。良之哥，有时间去你家里坐坐，欢迎不？"

蒋良之说："那我可是求之不得呢。我一个粗人，文化人儿这么瞧得起我，我老婆以前请小孟去我家里吃饭，都请不到她呢。这次，你们两人一起来我家，咱们包饺子吃。"

孟亚没想到，程立远竟然突发奇想，看来他的感冒是真的好了，脑筋转得这么快，让孟亚跟不上。可这两个人的一番对话，让孟亚心里觉得别扭，一个主动提出要去原本陌生的人家里坐坐，另一个也热情地邀请人去家里吃饺子，而且把孟亚也搭进去了，这算怎么一回事呢？

正这样想着，只听程立远说："小亚，那就接受良之哥的邀请吧？"

小亚？孟亚感觉莫名其妙，程立远这到底演的是哪一出？蒋良之道了一声"再见，那我先走了"，便跨上自行车，一溜烟就不见了踪影。

沿着泛黄的砂石路，孟亚和程立远慢慢地往矿宿舍的方向走，矿宿舍的对面就是矿办公室，程立远每天上下班很方便。

到了四月底，马上就进入五月份了，远处的山脉，近处的白桦树，都泛出淡淡的绿色，特别是路两边的高大白桦，树皮已由冬天里的干枯和苍白，变成透着生机与活力的淡青色，粗枝细茎向尖端层层分叉，最顶部形成发射状的嫩枝，已经萌发出细小的绿叶，呈淡淡的鹅黄色，随着轻风地吹拂，闪映出亮晶晶的光芒。越往远处看，公路似乎越来越窄，而两边的白桦树列成两排，两排树之间的天空也越来越窄，最后在远处交集在一起，让人感觉自己正一步步走向春天，走向朝气蓬勃的大自然，走向欣欣向荣的未来。

北方四季分明，春夏秋冬每一个季节，都有自己独特的风景，都有令人感怀的风情和事物。春天是在希望里播种的季节，夏天是在耕耘中等待收获的季节，秋天是在收获后萧条的季节，冬天是在肃杀中蓄势待发的季节。大自然的千回百转、万紫千红，人在迅速适应气候、环境以及生存条件的同时，能够更加敏锐地发现天地自然的发展变化，感悟万物生灵，体察内心的感动与自省，保持精神世界的激扬与奋进。

如果让孟亚挑选季节的话，她首选的应该是春季，对这个季节的喜爱，源于路边两排高高的白桦树。这种记忆来自上初中时，去乡下的姑姑家，沿着公路徒步行走，路两边的白桦树绵延了几公里远。经过漫长寒冷的冬季，心中充满了对春风和温暖的祈望，对满眼春色和盎然生机的渴求。路边和田野里的婆婆丁和苣荬菜，顶着残冬的风与雪，顽强地拱出地皮，成了百姓餐桌上最新鲜、最天然的下饭菜。吃了一冬天变了味道的白菜，没了水分的土豆和萝卜，最早生长出来的野菜，给人们的舌尖和味蕾带来了全新的感受。人的记忆功能是如此强大，一个不经意的发现、体验或感受，可能会让你铭记一生。若干年后的某一天某一刻，不经意间触到一个场景或事件时，记忆立刻复活重现——也许是幸福，也许是快乐，也许是欣慰，也许是满足，也许是悲伤，也许是痛苦，也许是遗憾，也许是悔悟……不管是哪种回味，总之你都无法改变记忆。

孟亚一时走神了，似乎忘记了身边还有一个人，而程立远也沉默着，静静地走路，他似乎在照顾孟亚的情绪。直到迎面有人跟孟亚打招呼时，孟亚的神情才恢复了常态。

每走一段路，就会碰到一两个熟人或者陌生人，有跟孟亚打招呼的，也有跟程立远打招呼的，还有两个人都认识的，还有两个人都不认识的。孟亚就想，这分明是在招摇过市。两个人如此大摇大摆地并肩而行，你说你们之间不是恋爱关系，谁能相信呢？你自己信吗？可自己现在跟他是恋爱关系吗？没有啊，半点儿关系都没有啊！可自己为什么要依着程立远，陪着他在绿岭煤矿唯一的公路上，向所有的人做着不言而喻的广告呢？

想到此，孟亚心里多少有一点儿懊恼，她用余光瞄了一眼程立远，发现他神情泰然自若，好像走在他身边的不是孟亚，而是一个同性的朋友，他的表情不喜不忧、不躲闪也不做作，看着周围远远近近的景物，一副悠然欣赏的状态。

看来四年多的时间真能改变一个人，甚至让一个人脱胎换骨，眼前的程立远就是例证。孟亚感到十分困惑，这两天与程立远的接触，加上前两次的见面，孟亚到现在也无法断定他们的关系，从程立远对自己的态度里，她也找不到一个准确的感觉和判断，同学、同事、朋友、恋人，是哪一种呢？他在自己面前如此自如，如此不拘束，就像兄弟姐妹之间的那种关系和感觉，这也太奇怪了吧？

孟亚觉得自己似乎沉默得太久了，正想说点儿什么的时候，程立远侧脸看着她，他的眼睛里像装着一池平静的湖水，孟亚看不出任何波澜。

程立远说："想问我什么吗？"

孟亚说："倒是真想问点儿什么。"

程立远说："你问。"

孟亚说："矿难不能避免吗？"

程立远说："目前还不能。"

孟亚说："这两次矿难都是因为瓦斯超标引起的爆炸，检测瓦斯超标的技术不能改进吗？到底是技术问题，还是责任问题？"

程立远说："两者都有吧。"

孟亚说："我来矿上工作不过三年多，这样一个小矿山，我接触到的死亡矿工已经接近二十人了。这次死的十个矿工当中，有一个就住我原来住过的宿舍，才二十出头儿，非常爱笑爱说话，人也生得细皮嫩肉的，下井没几天就赶上了瓦斯爆炸。他活着的时候还跟我开玩笑，让我帮他介绍对象……"

孟亚有点儿激动了，感觉到自己有点儿失态，就停下来不说了。

程立远又侧脸看着孟亚，目光在她的脸上停留了片刻，说："我知道你难受，其实真正难受的应该是我，真正惭愧的也应该是我。"

孟亚侧了一下脸，但她的眼光并没有落在程立远的脸上，而是从他的轮廓越过去，落在了更远的地方，那是矿井口灯光闪耀的地方。

程立远接着说："我读了四年煤矿大学，我学的这些知识就是为煤矿服务的，但眼前矿山的安全生产问题，却让我感觉自己非常无能，心有余而力不足。出事那几天，我差不多天天研究救援措施，天天在井口几乎熬到天亮，可十个矿工没有一个是活着出来的，我感觉是自己欠了他们的命似的。"

听了程立远的话，孟亚的内心顿时有了波澜，原来程立远的重感冒，和这次矿难有关，她没想到程立远内心深处有这么强烈的责任感和使命感。孟亚叹了一口气说："人好渺小……"程立远说："……也很卑微啊。"这五个字是孟亚和程立远一起说出来的，说完之后，两个人同时愣了一下。

对视过之后，程立远笑了一下，说："这回我终于跟上你的思路了，没想到忧国忧民的不只是你，还有我。不只是我，还有你。"

孟亚叹了口气说："跟杞人忧天差不多，什么都改变不了。不过我是真的不明白，即使采煤无法阻止瓦斯的释放，可如果排风系统正常的话，及时将瓦斯排出去，是不是也能够避免爆炸？"

程立远说："今天我就给你当一回老师，讲一点儿这方面的知识。"

说到这里时，两个人已经走到矿宿舍了，程立远说："先不回宿舍，再往前走走？"

孟亚说："你走得动吗？感冒恢复要一个星期的。"

程立远说："我好了，没事儿了。"

两个人便沿着公路长长的下坡走过去了。

程立远尽量将复杂的煤矿专业知识讲得通俗简单些，孟亚听懂了大部分，可她对发生矿难还是心有不甘，再一次追问说："天灾难以避免，可绿岭的矿难难道没有人祸的原因吗？"

程立远说："有，一定有。这也使我心里更难受，更加责备自己的原因，虽然我不是领导，也不是责任人。"

孟亚听了心里就震了一下，自己终于在这个大问题上找到了知己，她不知道自己心里该难受，还是该高兴。又听程立远说："我现在唯一能做的，或者说想做的，就是先从责任上入手，给领导多提建议，建立健全安全生产责任制度，加强安全生产方面的培训。"

看着程立远仍然清瘦的侧影，孟亚的心里生出了一丝暖意。

二十分钟后，两个人都快走到火车站了，孟亚说："再往前走，就该坐火车回家了。"两个人便往回走。

天色渐渐暗了下来，程立远说："让你陪着我饿肚子，食堂早都过开饭的点儿了，去商店买点儿吃的吧。"

孟亚确实饿了，矿机关附近有一家商店，也是矿上唯一的商店，两个人就走了进去，程立远买了一包槽子糕，对孟亚说："去我办公室吃吧？"

孟亚说："不了，我回宿舍。你也回宿舍休息吧，今天走的路太多了。"

程立远说："是有点儿累了，那就回宿舍吧。"说完将点心分成两份，递给孟亚一份，两个人就进了宿舍的大门，一个往左一个往右分开走了。

孟亚回到宿舍，发现同住的三个女孩子都出去了，她在自己的床边坐下来，慢慢地吃着点心，想着刚才与程立远这一路上至少遇到了二十个相识的人。程立远是不是在故意制造一种气氛呢？他是真心给自己创造机会，还是原本就没有任何企图和想法，只是经过四年大学的历练，以及工作后人生的自我提升，能够豁达洒脱地对待和处理周围的人和事了呢？

孟亚想，也许是自己太敏感太狭隘了。程立远确实今非昔比，他也不过才二十三岁，但对自己专业的钻研，对本职工作的认真，能做到这样，也是很难得的，与当初同孟亚一起分配到绿岭的那些中专老师比，他更应该受到尊重和肯定，这毕竟是一种向上的积极力量。

来绿岭煤矿三年多了，除了在李文贤身上感受到过这种力量，程立远是孟亚看到了这种力量的第二个人。孟亚的心中就有了一点儿欣慰，感受到了一些鼓舞，觉得自己要更加努力才对，不要再去胡乱猜想与工作和学习无关的事了。

第二天早上一上班，蒋良之就来到了心电室，说："你嫂子请你和程工晚上去我家里吃饺子。"

孟亚没想到蒋良之将这件事当成了大事似的，心里本来不情愿，但她一下子又就找不出合适的理由，就说："包饺子太麻烦了，又剁馅子又和面的，还得一个一个包，不去了吧。"

蒋良之说："不麻烦，你嫂子没工作整天待在家里，有的是时间。她下午把馅子剁好，面和好，咱们下班到家一起包，很快的。"

孟亚说："不想去你家里，太麻烦了。"

蒋良之说："吃一顿饭你还客气啥？这几年大家都这么熟了。"

孟亚就退了一步说："我跟你们是熟，那我自己去你家吧。"

蒋良之说："我和你嫂子，请的是你和程工两个人，你们两个一起去，昨天他都答应了。"

孟亚说："那你请他去你家里吧，我就不去了。"

蒋良之说："你咋这么外道呢？吃顿饭是多小的一件事儿啊，我和你嫂子诚心诚意请你们，是不是瞧不起我们啊？"

孟亚说："我……不想跟程工一起去你家。"

蒋良之不解地说："你怕啥？不好意思啊？你们两个……关系这么好，他不是在追求你吗？"

孟亚瞪了一下眼睛："谁说的？没有的事儿。"

蒋良之说："你跟我还不说实话啊？我跟你认识都三年了，我跟程工才认识几天，他都跟我说了心里话，你……还没有程工实在呢。"

孟亚感到十分意外，问："他跟你说什么了？我跟他之间确实没什么嘛，更不是你想的那样，我们根本就没……什么的。"

蒋良之说："你们女孩子，就会不好意思。程工跟我说，他跟你是初中同学，上大学的时候你们都在一个地方，他说你聪明，对你的印象很好。我看出来了，他早就喜欢上你了，是不是当初就追求过你的？"

孟亚说："他跟你说了这些？"

蒋良之就说："看看看看，这回总该承认了吧？程工多优秀啊，大学生啊，人又这么好，在绿岭煤矿，这样的人可难找呢。"

孟亚说："你认为他很好啊？"

蒋良之连连点头，说："很好很好，你们两个要是成了，我就有个好妹夫了。"

孟亚的五官扭曲了一下，说："你想多了，我们真的没什么。"

蒋良之说："好好好，现在没什么，那先去我家吃饺子，以后的事儿以后再说，这总行了吧？"孟亚就不好再说什么了。

蒋良之离开后，孟亚想着蒋良之刚才说的话，程立远和蒋良之认识没几天，就把以前的事儿跟他讲，也许是只言片语，但依程立远之前的性格，以及他现在跟蒋良之的关系来看，他不可能也不应该讲太多与孟亚有关的细枝末节。

他程立远到底是什么意思？是无心无意之举，还是有心刻意为之？如果喜欢孟亚，为什么不直接表示出来？是怕被孟亚再次拒绝吗？能跟蒋良之说的事，跟孟亚聊天时更是可以说的，可他却守口如瓶、只字不提，却跟一个毫不相干的陌生人讲，似乎在揭孟亚的隐私。孟亚觉得自己很被动。这是男人的思维模式，还是自己太敏感太小心了呢？

孟亚不想误解程立远，但她难以一下子做出判断。究竟问题出在哪儿呢？四年多而已，眼前的程立远似乎变得越来越复杂了，让孟亚耗费着心思来琢磨他。

下午下班的时候，蒋良之过来接孟亚，用自行车带着她一路往下坡跑，速度带出了一阵风，人感觉清清爽爽的。跑过矿办公楼和宿舍，在大下坡的下半部分地段，就是蒋良之家的位置了。

下了公路，自行车骑入小巷大约一百米处时，蒋良之让孟亚先下车，说："你去开大门。"

孟亚便跳下自行车，走上前去推开两扇木头大门，转身看蒋良之的时候，发现他还骑在自行车上，双脚踩在脚镫子上，自行车立在原地纹丝不动。随着孟亚推开大门，他才把自行车车把一拐，连车带人就骑进了院子。

孟亚惊奇地睁大了眼睛：说："我开门的时候，自行车就一直立在地上？"

蒋良之把自行车在院子里放好，嘿嘿笑了一下说："开眼界了吧？这是我的绝活儿，我可以骑在自行车上，原地不动一分钟。"

孟亚说："你的平衡感真好。"

蒋良之说："有一年矿上举办自行车慢骑比赛，那年你还没来，我拿了冠军呢。你只看过自行车快骑比赛，还没看过慢骑比赛吧？"

两个人说着，就往房子那里走。孟亚看到院子左边搭起了一个土坯砌成的小房子，应该是仓库；右边与邻居家相隔的栅栏边，整整齐齐地码着一排劈好的引火柴。院子中间有一棵樱桃树，看上去有四五年了，枝枝丫丫上已经冒出了嫩绿的叶芽。

这时，李浪花出现在了厨房门口，手里拎着一棵白绿相接的大葱，桃花一般的脸庞冲着孟亚笑："快进来，可算把你给请来了。"然后冲着蒋良之问："那个谁呢……程工呢？"

蒋良之说："我自行车不能一次带两个啊，先把小孟送过来，我现在就回头去接他。"

李浪花说："面都和好了，馅也马上就好了，你快去接人吧。"蒋良之就推着自行车又出了门。

孟亚虽然没去过蒋良之家，但绿岭煤矿这么小，只要你说出个大概方位，哪里都不难找。孟亚完全可以自己来蒋良之家，或者去矿办公室找程立远，同他一起走路去蒋良之家。还有一种方式，就是与蒋良之一起去找程立远，三个人走路去蒋良之家。孟亚觉得自己确实不该再与程立远单独在一起了，特别是在绿岭煤矿那条唯一的公路上，如果第二次并肩就是不打自招了，不只是会遭到别人更多的误解，连孟亚的内心里，都不能给自己一个说得通的交代。所以孟亚坚持让蒋良之先把她送到他家，然后再回头接程立远，反正蒋良之骑自行车，路也不远，用不了几分钟的时间。

李浪花说："小孟你进屋，我这点儿活儿你插不上手，进里屋陪亮亮玩儿吧。"

孟亚知道蒋良之有个五岁大的儿子，经常听他儿子长儿子短的，这孩子似乎就是他的命根子。前年蒋良之给儿子自制电炉子的时候，同时给孟亚也做了一个，看着红砖上深浅一致粗细均匀的凹槽，孟亚就知道蒋良之在做这件事的时候，除了心灵手巧，更看得出他心中的快乐和陶醉，耐心与专注。

从院子到厨房，从厨房到里屋，箱子柜子梳妆台，等等，处处都显示着这个小家庭日子的精细，对人生的热情和对生活的富有趣味，这种有模有样、有滋有味的生活，能够给看到这一切的人一种感染，一种提醒。

亮亮长得非常可爱，黑黑的大眼睛，跟蒋良之很相似，皮肤没有李浪花白，但也没有蒋良之黑。他坐在炕上，极有兴致地看着电视，里面正播放着动画片。蒋良之家里有电视，这让孟亚很惊讶，一般的家庭是买不起电视的。

孟亚靠着全家人的努力，才买了一台黑白小电视，到现在家里还没有能力买第二台电视。孟亚把电视安放到宿舍后，在蒋良之的帮助下立了松木杆，装上了天线，可以正常收看电视节目了，可是除了看二十分钟的《Follow Me》，她根本舍不得花时间去看新闻或者娱乐节目，于是电视就被宿舍里的女孩子们霸占了，甚至其他宿舍的人包括男生，也跑过来看电视。孟亚不好意思拒绝别人过来看电视，毕竟这个东西太稀缺，太有吸引力了，可这样一来，她连学习的地方都没了，没办法，她只好去别人的宿舍学习。

家人买了电视是供她学习用的，到头来却给别人增添了快乐和愉悦。如果自己能跟家人在一起，大家各取所需，也能让操劳了大半生的父母，生活中多一些快乐的事情，免得为一点鸡毛蒜皮的小事吵得不可开交。孟波也正是长身体学知识的年龄，有电视节目看，不但可以增长见识、开阔眼界，也省得他一天到晚闲待在家无聊，老往外面跑寻开心，让父母跟他生气。

孟亚叫了一声"亮亮"，从衣兜里掏出一个小魔方捧在他的眼前。方方正正五颜六色的魔方，立刻把亮亮的注意力吸引了过来，小家伙应该还没见过魔方。孟亚把魔方拿在手上，上下左右转动着，五颜六色的小方块不断地变换着位置，亮亮立刻伸手将魔方接了过去，一边转动一边问孟亚关于魔方的各种问题，小家伙一点儿也不认生，好像跟孟亚早就相熟似的。

孟亚立刻喜欢上了亮亮，把他抱在怀里的时候，小家伙柔软的肉身子紧贴着她，一种舐犊之情顿时溢满心怀，孟亚心里瞬间就理解了蒋良之对儿子这份感情的炽热与厚重。

两个人正开心地玩着魔方说着话，蒋良之和程立远进来了。蒋良之看着亮亮说："儿子，这是程叔叔。"

亮亮乖乖地叫了一声："叔叔好。"

蒋良之把亮亮抱在怀里，在孩子的脸上左亲右亲，李浪花走进来嗔怪他说："哈喇子都亲出来了，也不给擦擦，快把亮亮放下，咱们包饺子。"

蒋良之说："我儿子的哈喇子都是香的。"

程立远伸出双手说："亮亮，叔叔抱抱好不好？"

亮亮从蒋良之的怀里又移到了程立远的怀里，程立远在怀里掂着孩子说："亮亮真可爱，不认生。"

蒋良之说："他是跟你们两个有缘，我带他去过医院玩儿，他不给别人抱的。这孩子，挑人。"

程立远从裤袋里掏出一样东西，攥在手里远远地拿着，仅露出了一条小尾巴，说："我不知道你喜不喜欢这个玩具，你慢慢看啊。"

亮亮被程立远指引着，目光就定在了他的手上，那个玩具的尾巴弹性很好很柔软，闪着黑绿相间的花纹，亮亮欢快地叫了一声："蛇！给我！"

程立远便把手掌张开，一条黑绿花皮的蛇，鼓着眼珠，嘴里吐出红红的信子，正躺在他的手掌中。孟亚眼光扫过去，不由自主地尖叫一声，身子在炕沿儿上往后退了一下。

亮亮抢过程立远手中的玩具蛇，他明白了孟亚尖叫的原因，更刺激了他对玩具蛇的兴趣，故意拿着蛇伸向孟亚，在她的眼前甩着。孟亚吓得又叫了一声，亮亮开心地笑了起来，笑得咯咯响。

几个人都被亮亮逗笑了，蒋良之说："我儿子才五岁，比他孟姑姑胆子都大。"

李浪花说："小孟是真害怕，你看她脸都白了。亮亮，再不许吓你孟姑姑啊！"

程立远看了孟亚一眼，说："我没想到你这么怕蛇，它只是个玩具，不是真的。"

孟亚说："没事儿，我是'一朝被蛇咬，十年怕井绳'。"说完这句话，她就跟李浪花忙着摆桌子和盆子去了，没有看到程立远是什么表情。

四个人一起动手，蒋良之负责擀饺子皮，另外三个人负责包饺子。饺子很快就包好了，煮了几分钟就端上了桌。

李浪花的手艺确实不错，几个人吃得满口香。蒋良之一边吃一边照顾儿子，看得出，平日里照顾亮亮吃饭的任务就是他的。

孟亚和程立远你一言我一语地感谢李浪花，李浪花笑得很开心，说："能把你们请来，俺们一家不知有多高兴。下次再来，我给你们炒菜吃。"

程立远就说："嫂子心真好。"

蒋良之笑着说："你嫂子心好，就是肺不好。"

李浪花毫不忌讳地笑骂了一句："一边子去，净胡说八道。"

吃过晚饭，如何离开蒋良之家又成了问题，主要问题在孟亚的心里，她不想跟程立远一起走，便说："我帮嫂子洗碗。程工，你如果还有事儿的话，你先走吧。"

李浪花说："洗碗这点儿活儿，哪儿用得着多占你一双手？你们两个要是没啥事儿，就多坐一会儿，好不容易来一回。要是有事儿，就一起走吧。"

蒋良之说："都下班了，还有啥事儿？有事儿明天再办，你们两个再坐一会儿，连我儿子都喜欢你们。儿子，喜不喜欢你孟姑姑和程叔叔？"

亮亮把蛇放在腿上，手里转动着魔方，嗓音嫩嫩地说："喜欢。"

程立远说："小亚，你帮嫂子洗碗，洗完了咱俩一起回宿舍，外面黑黑的了。"

程立远的一句"小亚"，让孟亚心里又咯噔了一下，她不好再说什么，就帮李浪花收拾碗筷去了，又在厨房里找到了笤帚，把屋里屋外清扫了一下，才和程立远一起离开蒋良之的家。

天已经完全黑下来了，虽然公路两边有路灯，但光线十分暗淡，而且路上行人很少，孟亚的心里多少踏实了一些。

程立远说："良之哥的家庭生活挺幸福的，嫂子年轻漂亮，爱说爱笑，亮亮又可爱懂事儿。咱们老百姓，如果家家都能过上这样的生活，也该知足了吧？"

孟亚没想到程立远一开口，竟然说的是蒋良之一家的话题，不过她对此也是很有感悟的，就说："是啊！我来绿岭煤矿之前，听说矿上出了几次事故了，丢下十多个寡妇，有带着孩子的，有新结婚不久的。我们医院的一个老护士，她丈夫就是几年前矿难死的，她带了两个儿子，到现在都没有改嫁，找不到合适的。我来绿岭医院工作刚一个月的时候，就碰上了一次比较大的矿难，一下子死了六个人，有两个矿工的遗体半年后才找到，已经面目全非了。最近这次人数更多，轰隆一声爆炸，几分钟之前还好好的十个人，瞬间就变成了遗体。"

程立远说："咱们绿岭煤矿的几口井，我都下去过，在下面一工作就是一两个小时。说实话，当坐着缆车往井下落的时候，我心里就会闪过一个念头，虽然自己只有二十几岁，也许这就是此生的终点了。"

程立远的话让孟亚的内心感到一阵悲哀，更有一种强烈的震撼，她还从来没有想过，井下的生生死死，原来与程立远也有着直接的关系，而不只是一些矿工的宿命。孟亚带了一丝担忧问道："你的工作一定要下井吗？"

程立远说："一般来说可以不下井的。目前我们的采煤技术还十分原始落后，安全问题还不能完全解决，这可能也是世界级的难题。我来到绿岭煤矿以后，矿领导和科室的领导，还有周围的人，言语之间都对我们这些专业人员寄予了很大希望。个人的能力非常有限，但我觉得至少要有个认真的工作态度，毕竟学了四年的煤矿专业，也想尽自己的所能，实实在在地做点儿事儿。"

孟亚说："你能这样想这样做，真的是很难得，怪不得大家对你的评价那么高。"

程立远说："对我的评价高吗？谁对我的评价高？我怎么不知道？"

孟亚说："我也不知道谁对你的评价高，我只是听良之哥说过。"

其实孟亚心里还有一句话，"我现在对你的评价也很高。"

程立远说："良之哥怎么会知道？"

孟亚说："绿岭煤矿这么小，好事儿坏事儿都很难成为秘密。"

程立远说："其实自己也没做什么，只是工作态度比较积极而已，领导的评价更多的是对年轻人的鼓励吧。"

孟亚说："工作态度积极，对年轻人来说很重要，能力我们可以一步步提高，但如果态度消极、有劲儿不使，我们就很难进步，现状也很难改变。"

两个人说话的时候，早已走过了矿办公室和矿宿舍，很自然地沿着那条公路慢慢地往上坡走，一会儿就来到了矿医院的旁边。

程立远说："你的工作态度比我还认真呢，学习上更是最努力的，看你学啥像啥、做啥是啥，矿医院那么多医生护士，男的女的老的少的，哪有一个人像你这么努力上进的。"

孟亚说："努力又能如何，还不是事倍功半。上进又能怎样，还不是一事无成。你知道我现在的真实想法是什么吗？就是想一下子离开医院，离开绿岭煤矿。"

程立远问："你三年前来绿岭煤矿报到时，就没打算在这里久留吗？"

孟亚说："是的，我现在更想离开这里了。"

两个人转过身往矿办公室和矿宿舍的方向走。程立远沉默了一会儿，说："我能理解。心若不在这里，人在这里又有什么意义呢？"

五四青年节到了。这天下午矿里有通知，三十岁以下的年轻人，可以提前两个小时下班，自己找自己的乐子去。

孟亚本想利用这两个小时的时间，静下心来看看书，但蒋良之来了，说："我带你们去后山吧，现在达子香开花了，很漂亮的。"

孟亚不由得心动，蒋良之知道孟亚最喜欢达子香了。

每天春天的季节，山里最早盛开的就是达子香——乍暖还寒的时刻，逼退了漫长冬季的萧瑟枯槁，率先拉开春天色彩的帷帘大幕。最初的一次是蒋良之上山时采了一束达子香回来，孟亚见了立刻要了过去，插进了水瓶里，在办公桌上开了差不多半个月。后来每年达子香开花的时候，孟亚就会自己上山去采。

孟亚随口问道："'你们'，是谁呀？"

蒋良之嘿嘿地笑了，反问说："你想是谁呢？"

孟亚说："我问一下这几个护士，看谁愿意上山？"

蒋良之说："她们哪有你这么高雅的修养？都是山里的孩子，早都看够了。再说，两个护士都有对象了，人家早想着回去约会呢。"

孟亚正想说什么，蒋良之说："我都安排好了，我一会儿把你嫂子和亮亮接来，程工也来，咱们五个人。"

孟亚有点儿意外："程工也来？你们两个谁联系谁的？"

蒋良之嘿嘿地笑，说："你很关心这个吗？反正他愿意去，你也愿意去，就行了呗！"

孟亚说："应该是你联系的他吧，他应该还没见过达子香呢。"

蒋良之说："算你说对了。"

孟亚想了想说："让晓玲也一起去吧，我问一下她。"

不等蒋良之说什么，孟亚就往住院处打电话。王晓玲接了电话说："我正想回家呢，山上有什么意思。"

孟亚说："那你回家有事儿啊？"

王晓玲说："回家倒是没什么事儿，我正觉得无聊呢，回家也不知道该干什么。"

孟亚说："那我们就一起上山吧，良之哥带我们去，好几个人呢。"

王晓玲就说："好吧，跟你们去热闹一下。"

六个人聚齐了，在蒋良之的带领下，慢慢往医院后山的方向走。上山的路有几米宽，坡度不大也还算平坦，所以走起来不太费力气。蒋良之抱着儿子，指着远处近处的风景给儿子看。山也不算高，走到一半儿的时候，就看到了达子香。

今年的达子香开得格外热烈，一簇一簇的紫色，铺满了起伏的山坡。越往山上走，达子香开得越旺盛。孟亚惊喜地欢呼起来，王晓玲也被感染了，"哇"了一声，弯腰折了两枝花，一枝递给亮亮，一枝自己举在半空中。

很快到了山顶，站在山上，山两边的风光尽收眼底。两边的山坡上，在清澈广袤的绿野中，一尺多高的达子香开得漫山遍野，一束束浓浓的深紫色，在轻风的吹拂下，仿佛一团团热烈的紫色火焰，在山坡上、在树林间、在草丛处，熊熊燃烧着。那里面酝酿着厚重的热情，积累着蓬勃的渴望，享受着久违的自由，捣毁了漫长的禁锢。

孟亚心花怒放，她蹲下身子，仔细地观察着眼前的一束束达子香。达子香花株不高，每株只有一尺左右，冠径也不过半尺多，但它们似乎又是木本植物，每一节花茎都呈深褐色，很细却很坚挺，带着毛毛的小刺，微斜着向外伸展时，略带一点儿向中心弯曲的弧度。每一枝花茎的上端都开着几朵达子香，花瓣呈椭圆形的片状，每朵花有四五片花瓣，长长短短，浓浓的深紫色，既不妖冶也不压抑，恰好就是让你心动爱不释手的浓度。达子香的花茎不像树木上的枝条那样坚韧，折的时候枝木断了树皮却连着；也不像野草那样，摸上去是软的实际却柔中带韧，不容易扯断。达子香的每一节花枝都自成一体，薄薄的皮贴着细细的茎，上手折的时候，它会在每个分枝的地方干净利落地断掉，同时发出一声清脆的响声，给你的感觉是，无论是生长还是分离，它始终都是快乐的。即使是在一朵花的中间折断花茎，它还是如此干净利落。

五月的达子香开花，给孟亚带来了莫大的欢乐，从灵魂到肉体，从内心到外在，这种不畏寒冷与众不同的花茎与花朵，让孟亚感怀颇深。

就在孟亚对着达子香痴迷的时刻，程立远一直与她保持着不远不近的距离，王晓玲跟他说着什么，他也都轻着声音用最短的语言回答她，或者干脆就不置可否地嗯一声。

孟亚收回了思绪，捧着一大束达子香，放在鼻子底下闻着，其实达子香并没有一般野花的香味儿，更多是草木的芬芳之气。

程立远笑着对孟亚说："看你这么投入的样子，我们都不敢打扰你了，是不是下山后又会有一篇美文问世啊？"

孟亚指指自己的脑袋，说："现在，这里都生锈了，哪里还写得出来。"

王晓玲说："孟亚有才。"

李浪花说："小孟和程工……郎才女貌。"

蒋良之说："哪里是郎才女貌啊？你这样说，好像孟亚没有才似的。"

李浪花赶紧又改口说："是……女才郎貌。"

蒋良之又说："也不对啊，你这样说，好像孟亚长得不好看似的。嗨，你这种没文化的人，说话就是不中听。"

李浪花就嘻嘻一笑："那你说。"

蒋良之挠了一下脑袋："哎呀，还真不好说，'郎才女貌'不对，'女才郎貌'也不对，应该是……"

王晓玲抢过来说："应该是……'郎才郎貌，女才女貌'才对。"

蒋良之说："说得倒是挺对的，就是听着有点儿别扭。"

王晓玲挠挠脑袋说："是挺别扭的，嗨，别费这脑筋了，你看孟亚都跑哪儿去了。"

孟亚确实没有听清楚几个人后面说的话，她就是因为不想听，才装着采花的样子，几步就走开了。程立远什么都没说，只是朝她这边望了一眼。

六月中旬以后，李浪花隔一段时间就会去一趟医院，有时开点儿消炎药，有时是去住院处 X 光室找吴有光。

X 室在住院处的西头，外面紧挨着的就是木板搭起来的太平间。李浪花找吴有光是做 X 光检查的，她说自己胸闷，看是不是肺结核的老毛病又犯了。

李浪花每次找吴有光，都会在 X 光室里待上几十分钟才出来。做 X 光检查是在封闭的密室里，吴有光外间办公室的门通常也是紧闭的。李浪花每次从里面出来，都面似桃花，笑眼迷离。

孟亚有一次问蒋良之："我嫂子以前就患有结核病？"

蒋良之说："她患的病多了，不只是结核病。"

孟亚一时未解，就说："咱们医院太小，医生的水平一般，设备条件也不行，你要不要请假带嫂子去大医院检查一下？结核病不及时治疗的话，后果也是很危险的，而且这种病传染性很强，亮亮还这么小。"

蒋良之冲着孟亚笑了一下，这种似笑非笑的表情是孟亚所不熟悉的。

蒋良之说："她的老毛病多了，不光是肺结核，要命的病都有。"

孟亚惊讶地"啊"了一声，不解地说："嫂子看上去挺健康啊！她还有别的病吗？怎么没听你说过呢？那你还不帮她治治？"

蒋良之说："她的病我治不好，总有一天会自己出头的，就像屁股上的烂疖子那样。"

第十一章　一九八五年

从去年下半年开始，绿岭煤矿的井下工人又开始了新一轮的"闹事"，这是绿岭煤矿矿长给工人罢工行动下的定义。矿上的干部们也被矿领导安排了任务，想办法平息工人们的"胡闹行为"。

上百名工人扎堆儿聚集在矿办公楼前，场面相当壮观。工人们主张的仍然是要求妥善解决住房问题，一年前聚众抗议过一次之后，在矿长的承诺下，工人们耐着性子等待矿领导兑现承诺。第一批房子不但数量有限，而且出现了严重的质量问题，墙体裂缝、房顶漏雨，更要命的是供暖和下水管道都有问题。在一年时间里，维修和改造工作迟迟未见效果，而矿长向大家承诺分配的第二批房子也没有按时交付。

绿岭煤矿是个小地方，按照土地用途规划，房屋建设用地极其有限，而且原来建好的房子是清一色的平房，每家每户除了房屋占用了土地，还有房前的院落和房后的菜园子，建造房屋可利用的土地面积就更少了。特别是近些年来，来绿岭煤矿的几类人员不断增加，一是矿机关干部，二是教育工作者，三是医护人员，四是矿工，所有这些人的身份都有一个共同点，就是给国家干活，理应住公房。

来得早的人分到房子的机会就多一些，后面来的人，要么等有调离绿岭煤矿的，腾出公房给你住，要么你自己想办法去租私人的房子。单身的还好办一些，在矿上的宿舍挤一挤，总还能安排一些人，但要结婚的和结了婚的，想一家人团圆过日子，能有个落脚之地就非常困难了。

矿办秘书刘见章住的就是单身宿舍，老婆和孩子都在县城，多年来他就这样夫妻两地分居着，星期天才能回去跟家人团圆。像刘见章这样的情况在绿岭煤矿还有很多，因为条件有限，大家对与住房和分配房屋有关的事情，就格外关心和计较。

这些靠着年轻有气，在上百米暗无天日的地下深处，干着"三块石头夹一块肉"的苦活，养活着一家妻儿老小，他们没有别的要求，只求能在干完一天活后，升到地面把自己洗干净了，回到自己的家里，享受一点天伦之乐。

如果第一批集中建设的公房质量没有问题的话，仅仅是房源数量有限，工人们也不会如此大动干戈地"闹事"。希望变成失望，简单而无奈的办法就是集体罢工，聚众到矿办公楼前抗议。

眼下，正处于冬季，而且是春节前最寒冷的一月份。西北风疯狂地咆哮着，厚厚的雪花漫天飞舞，地面上厚厚的积雪新陈相接，一片白茫茫的世界，与一片黑压压的矿工们的身影，形成了强烈的反差。

孟亚去矿办公楼报销学费，看着眼前这群顶风冒雪的矿工，他们口鼻处呼出来的气体，遇到零下三十几度的严寒，立刻就变成了一道道白雾，这是生命的气息。

自己去年给矿长写了信，要求离开绿岭煤矿，结果石沉大海。现在，看着工人们为争取自己最基本的生存权利，再一次无奈地聚集抗争，看来自己也要再争取一下。虽然以自己的能力，离开绿岭煤矿的希望渺茫，但孟亚不愿意再继续委屈自己的心。

走进矿办公楼，迎面遇上了程立远。孟亚见他神情严肃、一脸沉重，便朝他轻轻地点了一下头，表示让他忙他的工作，不必理会自己。程立远轻声说了句"有时间再聊"，便与孟亚擦身而过，他去的是矿领导办公室的方向。

半个月后的一天晚上，孟亚正在宿舍里看书，敲门声响了，同宿舍的女孩儿闫珍跑过去开门，是程立远。

孟亚赶紧起身走出去，她不想让程立远进她宿舍，而程立远似乎也没有要进来的意思，说："我们去看电影？"程立远的这种问话方式，让孟亚觉得他太聪明了。如果他问："你晚上有时间吗？"孟亚如果不想出去，就会找个理由婉拒，这要是让宿舍里其他女孩子知道了，程立远就会很没面子。如果他问："我们去看电影好不好？"这似乎把主动权交给孟亚了，而且有点儿请求或者讨要的味道。如果他说："我们去看电影。"这种似乎带有强制和命令的口气，似乎又会令孟亚感觉生硬和不舒服。现在说："我们去看电影？"仅仅一个问号，稍稍用一点儿升调，似乎一下子把两个人的关系摆平了，不但身份平等，而且给人感觉他们之间的关系自然而默契。

孟亚略一迟疑后说："好吧。"

其实孟亚平日里根本不看电影的。程立远还是头一次来宿舍找她，如果事先他真有约孟亚看电影的想法，他完全可以在白天的时候往医院打个电话，征求一下孟亚的意见。现在突然来她的宿舍约她去看电影，孟亚觉得这绝不是程立远的心血来潮之举，以他现在的性格和处事方式，他一定是经过考虑的。故意选在这个时间这个地点，不避讳周围人的猜测和议论，或者他原本就希望别人肯定他和孟亚的恋爱关系。

孟亚的脑子瞬间闪过一丝念头："程立远是不是太精明，太工于心计了？"随后孟亚又否定了自己的想法，也许自己真的想多了。

自从两个人在绿岭煤矿重见后，一切似乎都来的自然和顺理成章，程立远没有理由也没有必要跟你孟亚玩什么心计。都是年轻人，虽然他们都对过去的经历讳莫如深，或者是没有回忆的必要，但毕竟两个人之间还是有交往基础的，现在也有很多共同话题可以聊，自己就不要把程立远想得太复杂了吧，这样对他似乎不太公平，毕竟他目前对孟亚所有的举动都是友好善意的。而与一个工程师成为关系很好的朋友，在绿岭煤矿这个小地方，也算得上是一件荣耀之事，至少是值得高兴的。

绿岭煤矿原来有露天电影，就在矿招待所的门口。孟亚在招待所住了一两个月，从来没有看过一场电影。现在的电影院是后来建的，同时也是给矿上开大会使用。电影院建好后，孟亚一场电影都没来看过。绿岭煤矿每年都有一次年终表彰会，但这种会议规模通常很小，一般人是没有资格参加的。矿上的老百姓平日里都是自娱自乐，聊天、造谣、传播小道消息也是娱乐方式之一，看电影算得上是比较正式的活动了。

程立远买了电影票，两个人找到了位置坐下来看电影的时候，孟亚的心思不在电影上，而是想起了四年前在J市的电影院里，自己心不在焉、坐立不安的情形。孟亚又想起了毕业前自己每天不复习，在床上整整熬了两个月，为如何拒绝程立远而辗转反侧痛苦不堪的情形。现在回想起来，孟亚在心里暗自嘲笑了一下自己，四五年的时光过去了，如今的孟亚不敢说自己有多成熟，但了断一段其实并没有真正开始的恋情，不会让人非死即残，天不会塌地不会陷，不至于把自己弄得死去活来的。

再看看今日的自己与程立远，在一起谈笑风生中你来我往的，不更证明过去的自己太幼稚太可笑了吗？成长是要付出代价的，曾经的千斤只是今天的四两而已。如果当时父母能够给一些提醒和指点，或者身边有可以依赖的朋友，作为过来人或者经验者，给孟亚这些陷入迷途的"羊羔"一些教诲和矫正，他们就可以少走一些弯路，少受一些伤害，包括因认识欠缺能力不足的自我伤害。

孟亚微微偏过脸，用眼角的余光瞥了一下程立远，发现他神态安静表情柔和，似乎所有的注意力都在银幕上。今晚的电影是印度影片《流浪者》，异国风情令人心驰神往，正义公平以及纯洁的爱情故事，很快吸引了孟亚，令她的内心起起伏伏。

直到看完电影走出电影院，孟亚的神思还被电影的内容牵引着，感觉恍恍惚惚的。程立远也一直沉默着，几分钟之后他开口说话了，竟然与电影完全无关："告诉你一个消息，矿长在那两栋矿工楼上出了问题，被免职了，而且可能会被追究刑事责任。"

孟亚一下子清醒了，问："受贿？"

程立远说："应该是的。"

孟亚说："那会有新矿长来吧？"

程立远说："应该是的。"

孟亚说："新矿长应该比旧矿长好吧？"

程立远说："谁知道呢。"

程立远的话让孟亚陷入了深思，一方面她觉得矿长罪有应得，同时也同情那些矿工还得为房子的问题继续抗争。另一方面，她也对程立远心生赞赏，男性的思维与女性确实有所不同。刚从电影院出来，他就能完全摆脱电影里悲喜交加的剧情影响，一下子就说到了矿上的事。从这点上看，男人终究比女人大气有度，倒也与影片中那种正义的力量有所契合，这是孟亚自己的感受和想法。

快走到宿舍门口的时候，孟亚想着自己明天要去J市卫校的附属医院，带个护士去那里的手术室实习一周。这件事是孟亚给朱院长提的建议，新来的外科医生工作比较有热情，孟亚也觉得手术室必须要开，便联系好了实习医院的手术科室负责人。孟亚不知道自己该不该跟程立远说一声，想了想，还是不说吧。从自己和程立远目前的关系来看，似乎还没有到这一步，说了反倒显得自己有些自作多情似的。

孟亚到了 J 市，恰好苏英也在附属医院进修，她被单位选送出来学习，进修两年后就由护士升格为医生。苏英还是老样子，瘦胳膊瘦腿的，就是双颊上有两块疙瘩肉，配上那张国字脸，看上去还有点儿立体感，但她的情绪比以前稳定一些了。

两个人就约了高荣荣和叶文竹出来聚一下，高荣荣在附属医院附近的一家餐馆订了位。晚上下班后，孟亚找了苏英，两个人一起来的。高荣荣找了叶文竹，也是两个人一起来的。

见面后，四个人免不了互相观察评论一番，变化最大的是高荣荣，她已经怀孕五个月了，腹部微微隆起，但面色依然红润富有光泽，没有一般孕妇的蝴蝶斑。

高荣荣笑呵呵地打趣苏英说："现在就得叫你苏医生了，医生和护士叫起来，感觉就是不一样哎！"

苏英在座位上扭了一下上半身，挤了一下脸上的五官，翘着嘴唇露出一对门齿说："你以为当医生那么容易啊，进修两年回去后，没个三年五载的，练不出真材实料来。我现在压力好大。"

叶文竹还跟以前一样，皮肤白皙眼睛明亮，文静中带着一点儿矜持，笑起来仍然无声，只露出一半的牙齿。叶文竹已经从档案局调到人事局了，并且有了公务员的身份。如果马莉在的话，说不定牙根又要发酸了。高荣荣也不错，在附属医院依旧搞行政，她跟老乡江松林去年底举行了婚礼，叶文竹参加了。

孟亚说："文竹你参加了荣荣的婚礼，什么时候是你自己的呢？"

叶文竹就微微一笑，却笑而不答。高荣荣说："文竹这么好的条件，追她的人排成队，她随时想结婚都可以啊。"

叶文竹就说："说啥呢。"

高荣荣又说："两厅的大笔杆子不是非你不娶吗？"

孟亚问："两厅是什么部门？"

高荣荣说："就是市委办公厅和市政府办公厅，简称'两厅'。"

孟亚摇摇头说："真不好意思，我太无知了。"

苏英说："咱们这些搞专业、搞技术的，说到行政这一块，简单就是白丁一个。"

高荣荣转了话题，问孟亚："你跟程立远怎么样了？也差不多了吧？"

孟亚有点儿吃惊："说啥呢？莫名其妙的。"

高荣荣呵呵一笑，说："不是四年前的小姑娘了，还害羞啊？程立远不是去了绿岭煤矿？时隔多年还非你不娶，这回你总该动心了吧？"

孟亚说："他去绿岭煤矿是毕业分配的，跟我有什么关系？"

高荣荣说："有这么巧的事儿吗？那么小的地方，别人都不愿意去，偏偏你们两个，你先去他后去，这不明摆着的吗？"

孟亚说："啥明摆着的？我没看出来。"

高荣荣说："你不是吧？跟我们还藏着掖着的，我家那位早都跟我说了！"

孟亚确实想知道程立远为什么要去绿岭，便问："你爱人跟他是同学，知道程立远为什么去绿岭吗？"

高荣荣说："应该是奔你去的，程立远到现在都没跟你挑明这事儿啊？"

孟亚摇了摇头，说："没啥好挑明的，到现在为止，我们两个都没有这方面的意思。"

高荣荣说："你当年拒绝人家，把人家搞得差点儿丢了半条命。那个时候也是年龄小，不会处理感情问题。这一次如果人家再追求你，你总该接受了吧？"

孟亚不知道该如何接高荣荣的话，就转移了话题，说："你应该关心一下苏医生，她比我还大一岁呢。"

高荣荣歪着头，看着苏英笑呵呵地说："需要我们关心一下吗？"

苏英早蹙起了眉头，说："孟亚，你真无聊，又扯我这儿来了。"

叶文竹说苏英："你现在虽然是进修，但也是有单位的，等于工作单位明确了，稳定下来了，也该考虑个人问题了。"

苏英猛地甩了一下头："哎呀，别跟我谈这个问题。"

孟亚看着苏英不耐烦的表情，心里生出疑惑。如果说以前年龄还小，如果说以前还想圆大学梦，如果说现在还是护士身份，那她不谈恋爱不想嫁人还情有可原。可现在一切都改变了，年龄刚好、模样不丑、工作体面、收入稳定，为什么还拒绝考虑个人问题呢？她是活得太清醒太坚定了，还是对现实始终没有一个清醒的认识？她要到哪一年哪一天才能有所改变？还是永远都是我行我素？

　　见苏英这副态度，围绕她的话题也谈不下去，孟亚就问起了马莉和李琳的情况，四个人的关注点终于集中到了一起。

　　苏英先谈起了李琳，说："李琳离婚了。生了女儿之后，她和那个胃切除丈夫经常吵架，后来就离了，现在可能带着女儿去了大连。"

　　孟亚问："去大连干什么？她心脏不好，除了当护士，也没有其他专业特长。"

　　苏英说："不知道，她这些事儿，我也是听同事说的，算是道听途说。"

　　孟亚又问："她妹妹还在美国吗？"

　　苏英说："还在美国，在读研究生，听说以后想在美国发展，不回来了。"

　　孟亚感叹了一声，说："当初李晴跟李琳挤在一个床上，在我们宿舍住了两个月，李琳经常训斥她妹妹，嫌她脑子笨反应慢。现在李晴都快成为华侨了，可李琳呢？真是一个天上，一个地下，命运弄人啊。"

　　大家一阵沉默后，孟亚问谁知道马莉现在的情况，高荣荣说："马莉，可就复杂了。把丈夫和儿子扔在家里，她一个人去了北京。"

　　马莉结婚的事孟亚知道，马莉说婚是给爸妈结的，孟亚说她是"破罐子破摔"，只是不知道这是在摔给谁看。

　　孟亚问："去北京做什么呢？"

　　高荣荣说："好像是做生意吧，去年就去了。那次杨贞子回来，对马莉刺激很大，她本来就不想当小护士，跟丈夫感情又不好，就自作主张去了北京，临走前跟她父母也吵翻了。"

　　孟亚说："那她为什么偏要去北京呢？一走就是那么远，家门口儿也可以做生意啊。"

　　高荣荣说："不是那个姓柳的在北京嘛，就是高考补习的时候，马莉先在实习班上认识了他妹妹，跟他妹妹去家里的时候认识的。人家在北京都结婚了，可马莉还死不认输。"

　　苏英说："马莉儿子才六个月就给断奶了，就这么一走了之的。她现在这个样子，当初就不该跟人家结婚。"

　　孟亚问："马莉去北京做生意，她爱人同意啊？"

　　高荣荣说："哪里会同意？可不同意也没有用啊，马莉根本就瞧不起他，说当初结婚也是父母逼的，在厂里给她找了个工人，就是想她早点安分下来，结果却事与愿违。"

苏英带着气说："马莉和李琳性质上是一样的，对自己不负责，对孩子更不负责任，害人害己。"

叶文竹轻轻地叹了口气，说："其实，何必呢，马莉就是性格太强了，什么事儿都要比别人强。这世上的人和事儿，不可能你自己都占第一的，太过于强求，失去的可能更多。"

孟亚倒是认同叶文竹最后一句话，便说："理想是美好的，现实是残酷的，不知道什么时候，马莉能够面对现实。"

苏英说："人跟人是不同的，或许她还不认可我们呢。"

高荣荣说："那也是的，她可能嫌我们安于现状，没出息呢。"

饭后，与高荣荣、叶文竹告别，孟亚和苏英往矿附属医院宿舍方向走，孟亚说："去卫校里走一走？"

苏英说："去干什么？"

孟亚说："回顾一下过去。"

苏英说："还不如展望未来呢。"脚步还是随着孟亚改变了方向。

孟亚说："才几年的时间，变化就这么大，时间真是让人又爱又怕。"

苏英说："是啊，当初我们几个人信心百倍地要考大学，苦学苦拼了好几年，最后没有一个如愿的，我们太幼稚太理想化了。以前当护士那几年，我天天纠结自己，眼高手低一事无成，现在多少还踏实一些了。我单位虽然也不是很大，但医务人员和医疗设备都是不错的，我们那里人口好几万，学成之后还是有用武之地的。"

孟亚说："我也发现你的情绪比以前稳定多了，你看我呢？"

苏英说："你当然也变了。"

孟亚说："我那里是地方小矿，医院连个手术室都没有，妇产科也没有，你想想这样的医院能干什么？"

苏英说："你的心电和超声不是学得都不错吗？"

孟亚说："那也不能解决实际问题啊，如果突然有个外伤患者，像骨折或者大出血什么的，就得转到县医院去，好几十公里远呢，弄不好就死在半路上了。"

苏英说："那是够落后的，你在那里也没什么发展。"

孟亚说："你是知道的，我当初要求去绿岭煤矿医院，就是想多点儿时间看书考大学。现在考大学无望了，我也不想在绿岭久留了，我想调回家里。"

苏英说："能调回去吗？"

孟亚说："不知道，我只是有这样一个想法，其实一点儿把握都没有。"

苏英说："你如果真的调回去，那么绿岭医院不是又没有心电和超声医生了？"

孟亚说："是啊，这个问题我也考虑过。"

苏英说："比我们聪明的人有的是，我们也不是救世主，你还是先考虑你自己吧。你走了，医院自然会培养新人的。"

孟亚说："我也不是想逃避，绿岭现在的状态，我看不到希望，井下时不时发生事故，让人心都凉了。"

苏英说："我们可能太多愁善感了，想得多却又没有能力解决，到头来辛苦的只有自己。"

说话间已经走进了卫校校园，昔日的教学楼、宿舍楼、解剖室、操场等都一一走过，校园里众多年轻的面孔和身影，一切都这样熟悉又如此陌生。

孟亚说："真是时光不等人啊！"心中就想到了辛弃疾的词《丑奴儿·书博山道中壁》，遂在心里默念："少年不识愁滋味，爱上层楼。爱上层楼。为赋新词强说愁。而今识尽愁滋味，欲说还休。欲说还休。却道天凉好个秋。"

苏英说："你别发感慨了，'百无一用是书生'，别再多愁善感了。"

孟亚说："谁多愁善感？"

苏英说："你。"

孟亚说："我多愁善感吗？"

苏英说："你敢说你刚才没想到什么诗呀词的？"

孟亚就笑了，说："真是知音。我想起了'少年不识愁滋味'。"

苏英说："你现在也未必就识愁滋味呢，脚踏实地做点儿正事儿吧。"

孟亚说："就算我自己多愁善感，我也没有不脚踏实地吧？我也在做正事儿吧？"

苏英想了想说："那倒也是，你断奶了。"

孟亚打趣地说："是，我们都满六个月了。"

孟亚这样一说，苏英又想到了马莉，她不想引着孟亚往下说了，免得两个人心中又生出感伤来，便不再接她的话。

其实，孟亚心里还有一句话，想说给苏英听：在时间和命运面前，我们都是想自己搭梯子，爬出地狱的那个人。

孟亚在J市卫校手术室进修的一周里，绿岭煤矿有一个人正焦急地等待着她，这个人是蒋良之。

孟亚回来上班的第一天早晨刚到医院，走过各个科室时，发现每个科室里的人都在议论着同一件事，蒋良之把吴有光打了，现在只剩下半条命了，等等。

孟亚被大家的讲述吓着了，她一时不明白这到底是怎么一回事，蒋良之平日里是见血就晕的人，怎么会把吴有光往死里打？蒋良之现在在哪里呢？正在这时，一个护士喊她接电话，孟亚没有想到，给她打电话的正是蒋良之。

蒋良之说："小孟，你跟院长请两天假，现在马上回到宿舍，我有事儿找你。"

孟亚又吓了一跳，蒋良之从来没有用过这种语气跟她说话，既生硬又强硬，完全不是在求她或者征求她的意见，而是不容分说地在下命令。

孟亚想着自己刚从J市回来，马上再请两天假，似乎有点儿说不过去，但一想到蒋良之一定是遇到了大问题，十万火急迫不得已才提出这种要求的，便立刻答应说："好，好，我现在就回宿舍。"

十分钟后，孟亚已经等在宿舍了，她坐立不安，猜想着蒋良之要见自己的目的。正这样想着，蒋良之来了，怀中抱着亮亮，小家伙长了一脸的毒疮，脸上挂着鼻涕和眼泪。蒋良之神情非常焦躁，几日不见，他一下子瘦了好多，好像很多天都没睡觉似的。

孟亚刚要开口问什么，蒋良之说："你别问那么多，等我把眼前的事情处理完，回头再跟你说。我现在交给你一个任务，这几天把亮亮帮我照顾好，你一步也不要离开他，三天之后我回来接他。"

蒋良之说话的时候，表情极其庄重严肃。这真是一个艰巨的任务，请假照顾亮亮，这三天时间里蒋良之要做什么？他跟吴有光之间是怎么一回事？吴有光跟李浪花之间真的发生了龌龊之事吗？蒋良之要如何处理跟李浪花的关系？

孟亚说："你总该跟我说一下情况，让我心里有个数。"

蒋良之蹙起了眉头，顿了一下说："那个骚猴子，在我的家里跟李浪花……被我发现了，我把他的脑袋砸开了花……我要离婚，李浪花不想离，她想用儿子控制我……你这几天不要出门，不要给李浪花看到亮亮。我买了这么多吃的，够你们两个吃三天了。"

蒋良之语无伦次地说着，同时卸下身上的一只帆布包。孟亚这才注意到，蒋良之这只包鼓鼓的、重重的，打开一看，里面全是面包罐头之类的食物。

孟亚还想问些什么，蒋良之却截住了她，说道："记住我的话，千万不要离开亮亮，不要带他出门！等我回来，你提什么要求，我都答应你！"他说完就匆匆走了。

蒋良之下了死命令，弄得孟亚如临大敌，好在宿舍里空了两张床，只有刘珍与她同住，而且近几天也回家了，孟亚照顾亮亮还算方便。

第一天白天里亮亮还算乖，见宿舍里的东西什么都新鲜，而且也有电视看，只是一刻不停地乱动东西。可到了晚上，亮亮就变了样儿，闹着要爸爸，孟亚好不容易才把他哄睡了，他不肯独自睡刘珍的床，两个人就挤在一起睡。

到了第二天，小家伙非要到外面玩儿，孟亚锁上房门不让他出去，他就开始哭闹。孟亚把拌了糖的油炸花生米端给他，亮亮就一把抓起来，撒得满地都是。孟亚抱着他哄，亮亮就把沾了一手的油和糖往孟亚身上抹，鼻涕眼泪也蹭了孟亚一身一脸。孟亚一边耐着性子哄亮亮，一边在心里说："良之哥呀，你可快点儿回来吧！"

到了第三天晚上，孟亚正陪着亮亮玩儿，敲门声响了，孟亚第一念头就想，是不是蒋良之回来了？但她不敢贸然开门，便走过去把门帘掀了一条缝，看到的竟然是程立远。

孟亚赶紧开了门，程立远一眼看见了亮亮，表情有点儿意外，说："亮亮怎么在你这儿？"说着便走了进来，孟亚随手又把门锁反扣上了。

程立远注意到了孟亚这个动作，眼神中再一次流露出不解。孟亚不知道该不该告诉程立远，蒋良之家中发生了这么大的事，而且是这么丑的事。但程立远毕竟跟蒋良之也有过交往，跟李浪花也有过一面之缘，而且绿岭煤矿这么小，好事坏事都是瞒不住的，坏事丑事传得更快更远。

想到这里，孟亚说："良之哥跟嫂子……出了问题，他……"

程立远打断说："我知道，他把吴有光大夫打了，伤得不轻。可亮亮怎么会在你宿舍呢？良之哥呢？"

孟亚说："他说要处理一些问题，让我照顾一下亮亮，三天时间就够了。今天是第三天，刚才你敲门，我还以为是他过来了呢。"

正这样说着，亮亮一听到孟亚和程立远说起蒋良之，一下子又哭闹起来，喊着："我要回家！我要爸爸！爸爸！爸爸！"

孟亚赶紧把亮亮抱起来，哄着劝着说："爸爸一会儿就回来了。亮亮乖，不哭啊！"

亮亮在孟亚的怀里乱蹬乱踢，孟亚一下子就浑身冒汗了。程立远试图把亮亮接过去，但亮亮还是闹个不停，不让程立远抱。

正在这时，敲门声又响了，孟亚对亮亮说："爸爸回来了！爸爸回来了！"

程立远走过去开门，刚拉开门栓，门就被外面很大力地推开了，进来的却是李浪花。

孟亚想着蒋良之的话，下意识地用双臂护着亮亮，对李浪花说："嫂子，你坐……"

李浪花从前的那张桃花面，此时已经完全没有了笑容，她瞪着发红的眼睛朝亮亮奔过来，大声说："我是来接亮亮的，把亮亮给我！"

见到李浪花，亮亮像见了瘟神一样，缩在孟亚的怀里，双手抓着孟亚的衣服，大声哭叫起来。

孟亚说："嫂子你干啥呀，看把孩子吓坏了。"

李浪花一边过来抢孩子，一边瞪着孟亚说："我是亮亮的妈！你是他什么人，凭什么抢我儿子？"

孟亚说："我没抢你儿子，亮亮不愿意跟你走，你就是硬把他带走了，孩子也会上火生病的。等良之哥回来，你们好好商量一下该怎么办。现在我答应帮他照顾亮亮，我不能食言。"

李浪花说："你凭什么答应他？你和蒋良之是什么关系？你们两个是不是早就有关系了？我早就看出来了，哥长妹短的，他根本不是什么好东西，现在反倒往我身上泼屎盆子。你也不是什么良家妇女，我还没离婚呢，你就急着要进我的家啊？原来跟李文贤就不干不净，现在又抢我丈夫，一个大姑娘，你怎么这么不知羞耻。程工真是瞎了眼，跟你谈恋爱，你早都不是黄花姑娘了……"

孟亚没想到李浪花如此疯癫，出言如此恶毒，从前孟亚眼中的天使和善人，灵魂竟然如此丑陋不堪，如此没有理性、不念旧情。

孟亚的情绪一下子爆发出来："我一向尊重你，喜欢你，没想到你却是这么没有教养的人，简直就是一个泼妇！我实话告诉你，想把亮亮从我这里带走，你做梦！"

李浪花大喊一声："我跟你拼了！"就一巴掌抓在孟亚的脸上，孟亚的脸上立刻出现了几道血痕。

程立远拦在了两个人中间，此时蒋良之突然现身，他几步蹿了过来，抓住李浪花脑后的头发，一下子把她甩到了旁边的空床上。

蒋良之拿起桌子上的水果刀，呵斥道："你再不走我就要你的命，你信不信？"

李浪花见到蒋良之眼睛里的凶光，顿时花容失色，像一只受惊的兔子似的，飞快地夺门而去。亮亮喊着"爸爸"，扑到蒋良之的怀里。蒋良之紧紧地搂着儿子，看着孟亚说："小孟，太谢谢你了！"

这时蒋良之发现了孟亚脸上的伤，赶紧说："你的脸……"

孟亚坐在床边一言不发，眼里闪着泪光。

蒋良之突然跪在地上，说："小孟，你为我和亮亮受委屈了，对不起，真的对不起！"

蒋良之的突然举动把孟亚吓了一跳，她赶紧去扶蒋良之，说："没什么，良之哥，你没必要这样。"

蒋良之又转向程立远说："程工，真的对不起，我没想到会给小孟带来这种后果，你不要……误会。"

程立远平静地说："良之哥你放心，我没什么好误会的。"

第二天，孟亚带着脸上的抓痕上班了，好在上班可以戴口罩，但也不能时时刻刻都戴着，而且她平时也不是总戴口罩。孟亚知道，用不了一两天，她跟李浪花的冲突就会传遍绿岭煤矿，昨天晚上的争吵已经给矿上宿舍的几十人围观了。蒋良之、李浪花、吴有光三个人之间的故事正传得如火如荼，现在把孟亚也裹挟进去了，说不清楚的事就怎么说都行，你可以把你的想象当成事实，想怎样就怎样。

孟亚心情不悦地整理着机器设备，蒋良之进来了，整个人从表情到行动，都显得局促不安。孟亚说："良之哥，你坐。"

蒋良之说："你忙吗？"

孟亚说："现在还没患者来。你坐吧。"

蒋良之一边坐下来，一边说："昨天……"

孟亚打断他的话："昨天的事儿不说，你把整个事情的来龙去脉给我讲一下吧。"

蒋良之就说："这件事儿，其实已经不止一两年了……

"曲无道比你早几年来到绿岭煤矿，他带着老婆和儿子刚过来的时候非常落魄，医院给他们租了一间房子，但只解决了住的问题，他老婆没有工作，租的房子又没有菜园子，夏天的时候就东家给点儿菜，西家要点儿菜。你知道，我家的菜园子大，看到曲无道这种情况，我就从家里拿菜给他，白菜、萝卜、土豆，经常是一麻袋半麻袋地给他家送，有时候他也自己过来拿。

"李浪花就是这样一个人，爱说爱笑对谁都很热情，如果不是这方面有问题，她这个人还是不错的，我也很念旧情。我们认识的时候，我才十七岁，当时在井口干活儿。我以前跟你说我父母去世得早，其实是母亲去世得早，母亲死后不久父亲就另娶了女人，继母对我们姐弟三个非常不好，后来我们就分开过日子，我姐十来岁的时候，就独立照顾我和我妹妹。姐姐十八岁就嫁人了，结婚后她丈夫经常打她，后来也早早地去世了。

"一个远亲介绍我到了绿岭煤矿，十七岁的我像个被抛弃的孩子一样，没有管没人疼，冬天穿的棉裤又破又旧，棉花都露在了外面。李浪花她爸当时也是井下工人，有一次去给她爸送东西的时候，我们两个认识了，她的笑容和热情一下子就打动了我。

"她看到了我穿的破棉裤，回家后就做棉裤，起早贪黑地赶了三天，给我送来的时候，我抱着那条新棉裤哭。十多年来我活得像个乞丐一样，这么漂亮善良的女孩子这么关心我，你说我能不感动？她在家里包好饺子，三九天冒着大雪跑好几里路，去井口送给我。她怕饺子凉了，把包得里三层外三层的饭盒放在棉衣的胸口处。

"我们两个后来就谈恋爱了，她父亲知道后，宁可把李浪花打死，都不同意嫁给我。我一个穷小子身无分文，也不敢再奢求能跟她做夫妻，几年后她父亲不幸在井下出事死了，她母亲就没再反对我们，我和李浪花就结婚了。

　　"我岳母对我一直还是不错的，后来她跟儿子生活在一起，住另外一个县。我非常珍惜李浪花，珍惜这个家，像我这样一个穷光蛋傻小子，能娶到李浪花做老婆，真是我上辈子修来的福。后来她生了亮亮，你想象不出我有多幸福，每天都像过年一样的开心。

　　"可李浪花生了亮亮不到一年的时候，她的情绪就开始反常了，对亮亮没有耐心经常打他，晚上也不睡觉折磨我，大冬天穿着衬裤往外跑。刚开始我以为她得了什么病，就想着带她去医院看病，绿岭医院看不好，就去市里的大医院看，花多少钱我都不心疼。

　　"后来有一天晚上她穿着衬裤跑曲无道家里去了，我去找的时候，曲无道竟然对我说，你老婆自己往我家里跑，你有本事就把她带回去。

　　"从那以后，我对李浪花的本性就看清楚了，但我还是不甘心，一是念在她当初对我的好，我们两个非常不容易结婚成家。二是亮亮还这么小，我不能让儿子像我小时候那样，缺父少母的没人疼没人爱，我想给李浪花一个改过的机会。

　　"后来她说胸闷不舒服，我就带她去了市里的大医院，医生说肺部有点儿炎症，有点儿像肺结核，建议住院观察治疗一段时间。就在医院里，她又跟一个医生眉来眼去的，我就知道，李浪花这种本性是很难改变了。

　　"这几年里其实我一直在做思想斗争，强迫自己多想想李浪花好的一面，我想她可能是因为没有工作，天天待在家里太憋闷了，就帮她在矿区找了一份零工。我宁可花钱找人照顾亮亮，只要李浪花精神正常就行，可她没干上三天就不干了，嫌找的活儿累。我在井口工作的时候经常上夜班，李浪花白天黑夜发疯胡闹，我一回到家就要照顾她和孩子，饭菜都等着我下班回来做，每天根本就睡不上几个小时的觉，上班总是昏昏沉沉的。

　　"你看看我这根断指，就是在那个时候出的事儿，被缆绳绞断的。你知道我平日里上班的时候喜欢戴着白手套，其实我也不是怕别人看到我手指的残疾，而是我自己一看到这根断指，我的耻辱和悲哀就会刺激折磨我，李浪花真的成了让我又爱又恨的女人。我看在亮亮还小，也看在我们曾经真心相爱过，我想再给她一次机会，等待她能够彻底改变自己，明白我对她对孩子的一片苦心，好好跟我过日子。

"可是现实又一次捉弄了我。李浪花从来没有把我对她的宽容和爱当作一回事儿。去年下半年的时候，她时不时来一趟医院，说是找吴有光拍 X 光片。谁都知道 X 光有辐射，对人体是有害的，谁能十天八天就照一次 X 光呢？而且她进了 X 光室，没有半个小时是出不来的。我就知道李浪花的老毛病又犯了，但我装聋作哑，我内心发誓，这次一定要狠狠地整治一下这对狗男女，让他们无话可说、无理可辩。

"吴有光家离我家不远，有时候他上下班都会绕道从我家门前走，我知道他其实是冲李浪花来的。你去市里实习的第二天，我跟李浪花说我父亲病了，我得回去一趟，中午的火车。我出了自家大门以后，趁李浪花没注意，就拐进了邻居家。我一边坐在邻居家聊天，一边观察外面的情况。下午快上班的时候，我就看见吴有光从胡同里过来了，当时李浪花正在我家的院子里，她冲吴有光招了一下手，吴有光就进去了。

"我在邻居家又坐了几分钟就告辞了，我回家开门的时候，房门从里面锁上了，我就知道这对狗男女一定在干丑事儿。我顺手从院子里拿了一块整砖，用力把房门拽开了。李浪花把孩子放在大屋子里，把吴有光带到小房间里鬼混。

"我当时真是气昏了，血往脑门子上面冲。我把吴有光扯过来，一砖头砸下去，他头上的血立刻喷了出来，砖也断成了两截。我拿着半截砖头，不管他的什么地方，就是一阵狂砸乱打，我当时真的是想砸死他。

"李浪花刚开始吓傻了，等她反应过来的时候，她不敢拦我，也不敢叫人，抓起衣服裤子跑了出去，她带上亮亮直接去了火车站，坐火车回娘家了。"

当蒋良之从这场疯狂中清醒过来时，他明白，自己与李浪花的婚姻不可能再维持下去了，那个风骚的女人很快就与自己没有任何关系了，那么再为她愤怒又有什么用呢？而且蒋良之不再愤怒还有另一个更重要原因，他得想办法，把儿子亮亮尽快从李浪花的手里找回来。

李浪花知道蒋良之肯定会提出离婚，但她不想离，她对蒋良之还抱有幻想，以为蒋良之会永远对她善良，他的软弱会再一次宽容迁就她。李浪花知道，儿子是蒋良之的命，即使蒋良之想离婚，李浪花有儿子在手里，也会逼蒋良之就范，她便带着儿子去了一个平时不太走动的远房亲戚家躲了起来。

而蒋良之最初发现亮亮不见了的时候，他当天就坐上了火车直奔李浪花的母亲家。李浪花的母亲见到蒋良之半夜前来感到很意外，老人当时已重病在床，一副不久于人世的样子，蒋良之不忍心让老人死不瞑目，就谎称李浪花让他回来看看，说平时上班儿没时间，只能晚上回来。蒋良之走时给李浪花的母亲留下了二百块钱，岳母现在喜欢女婿胜过女儿，因为女儿之前的事情也传到了老人的耳朵里。

蒋良之连续几日在外奔波，找遍了他认识的亲属家，但还是没有找到儿子和李浪花，他只得回到绿岭煤矿。蒋良之病倒了，在家整整躺了三天没吃没喝，等他第四天下了炕准备去派出所求助时，李浪花却带着儿子出现在了他的面前。

亮亮的衣服很脏，嘴上鼓起了小水泡，脸上一片火痘痘。一见到蒋良之，亮亮就哇的一声，哭着扑到了爸爸的怀里，蒋良之搂着儿子失声痛哭。如果不是亮亮闹得李浪花坚持不下去了，蒋良之真不知何日才能见到自己心爱的儿子。

蒋良之对李浪花说："你如果还算是个人，还有一点儿人心，就不要这样折磨孩子。不然，我不会放过你。"李浪花一会儿软一会儿硬，就是不肯说"离婚"二字。蒋良之恨不能像对吴有光那样，把李浪花打个半死，让一切恩怨就此了结，但蒋良之对这个从前爱现在恨的女人，始终下不了狠手。

对于蒋良之离婚的要求，李浪花最后找了一个借口，说不想母亲知道这件事儿，等老太太闭眼了之后再谈。蒋良之说："你还有这个孝心吗？你知不知道，你母亲是被你气成这个样子的？"蒋良之说："我对你已经仁至义尽，你不能在家住，你不是有亲戚吗？回你亲戚家里去吧。"

蒋良之像怕儿子被狼叼走一样保护着儿子，他会经常在夜里做噩梦，梦见儿子被强盗抢走了，他在后面怎么也追不上。蒋良之常常被自己的哭声惊醒，醒后的第一个动作就是伸手，猛地抓住儿子细嫩的胳膊。

这个时候蒋良之一定会打开灯，久久地注视着亮亮那张充满稚气的熟睡的小脸，他的眼泪不知不觉滴到儿子的脸上。蒋良之在心里哀叹，儿子同自己一样，过早地失去了母爱，自己的母亲是因疾病离开了人世，而儿子却是被母亲抛弃的，他发誓一定给儿子双倍的爱。

蒋良之看着孟亚说："小孟你不要嘲笑我，我现在真觉得我自己好不称职，不是一个好父亲，更不是一个好丈夫，我没有本事让李浪花把心放在我这里。"

孟亚叹了一口气，说："没想到，你内心还有这么沉重的东西，你对李浪花已经仁至义尽了。不是你的错，别太自责了。"

蒋良之说："我没想到你帮我照顾亮亮，却被李浪花这样作贱，真是对不起，给你雪上加霜。"

雪上加霜？孟亚想到了蒋良之所指，如果说与李文贤之间的事情，艾飞飞给她下了一场寒雪，那李浪花这一次至少可以说是一场霜冻了。

下午的时候，孟亚正忙着给患者做心电图，一个护士过来了，说："朱院长让你去一下他的办公室。"

孟亚给患者做完检查，就摘了口罩出了心电室的门。朱院长的办公室在走廊的最里头，她得一路走过几个科室。每走过一个科室的门口，孟亚用眼角的余光都能够看到，里面有一双双探寻的目光。

敲过门进了院长办公室，孟亚发现夏志辉书记也在里面，她的心里就微微一颤，看来今天又是一场政治对话了。果然，朱院长让孟亚坐下后，一开口就说："今天我和夏书记想找你谈一谈，了解一下你这几天的请假问题。"

孟亚心里立刻就明白了，两位领导想了解的不是为什么请假，而是请假这两天中发生的事情，便说："良之哥家里出了事儿，他要处理一些事情，我帮他照顾一下孩子。"

夏书记说："小孟，我是了解你的，也相信你，但作为医院的领导，职工出现了问题，我们是有权利也有义务把情况调查清楚的。"

一听到"调查"二字，孟亚心里就一阵反感，但她控制着情绪，说："我理解，领导有什么问题，就直接问吧，我有问必答。"

夏书记就问："你为什么跟蒋良之的老婆李浪花打起来了？还是在你的宿舍里。"

孟亚就觉得眼前一阵发黑，"好事不出门，坏事传千里"，昨天晚上与李浪花起的争执，今天一大早医院两位领导就找孟亚谈话了，这消息就像长了翅膀一样，一夜之间传遍了千家万户？

孟亚定了一下心，问道："这消息是谁告诉你们的？"

朱院长听到孟亚的质问，脸上现出了明显的不悦："是你在接受我们的调查，还是我们在接受你的调查？"

孟亚的情绪也有了变化，说："调查？有什么好调查的？良之哥家里出了这种事儿，他是最大的受害者。李浪花为了不离婚，跟良之哥抢儿子。良之哥为了不让李浪花把儿子带走，把孩子交给我了，让我请两天假帮他照看一下。良之哥在绿岭煤矿没有亲戚，孩子也没谁好托付的，交给别人他也不放心。"

两位领导听了孟亚的话，一时沉默了。夏书记说："我也知道你跟蒋良之之间是清白的，可李浪花这样一闹，你能说得清楚吗？"

孟亚心里就想：你这是责怪我，还是爱护我？李浪花无理取闹，我又能怎么样呢？

这时朱院长又说："小孟，我跟夏书记对你的印象还是不错的，虽然我来的时间不长，但对你的工作还是了解和认可的。可咱们医院本来在外面的名声就不大好，你应该积极维护医院的形象，不应该再给医院抹黑啊！"

孟亚终于忍不住了，说："我也知道请假帮良之哥照顾孩子不太合适，但这是特殊情况，确实没有更好的办法。他是咱们医院的职工，家里出了这么大的事儿，作为领导和同事，咱们也不该袖手旁观吧？至于李浪花，她达不到目的就血口喷人胡说八道，我希望你们做领导的，能够明辨是非、主持正义，调查真正该调查的人，而不是给无辜的人伤口上再撒把盐。"

夏书记脸色都白了，话说得也不顺口了："小孟，你……怎么能……这样说话呢？我们不是在关心你吗？谁……往你的伤口上……撒盐了？"

朱院长说："小孟，你是医生，又是护士长，你这样说话符合你的身份吗？你这种认识水平，以后怎么管理你的护士队伍？"

孟亚说："如果两位领导觉得我的水平不够，可以把我的护士长撤了，我没意见。"说完起身走了出去。看见范凤梅和王桂芝几个人正站在走廊里，假装聊天的样子，实际上是在偷听院长办公室里的谈话。

孟亚的倔强脾气上来了，她今天偏要做个样子，那些做了坏事丑事的人都不在乎，自己走得正行得端，为什么要躲躲闪闪不敢见人？她把口罩扔进了垃圾桶，她要看看那些心术不正的人，到底能把她怎么样。

王晓玲看到了孟亚脸上的伤，但她却没有张口问这伤的来由。孟亚心里就明白了，连心直口快、心地单纯的王晓玲，都变得懂事或者世故了，这说明她和李浪花的冲突，医院里已经无人不知、无人不晓了。

上午来打针的患者不少，孟亚和王晓玲在注射室一直忙个不停。有两个人跟孟亚比较熟悉，看到她脸上的痕迹，就问是不是给猫挠了。孟亚就回答说："不是猫挠的，是人挠的。"

人家以为她是在开玩笑，说："人挠的？啥人敢挠你呀？"

孟亚就说："一个疯子。"

中午快下班的时候，王桂芝过来了，她之前已经被孟亚调到了门诊的材料室工作，平时主要负责卷棉签、裁纱布以及消毒等后勤工作。

王桂芝进来的时候，游移的目光中有一丝疑问，也带着一点儿小心翼翼。孟亚看着王桂芝，直接问道："王姐，你有事儿？"

王桂芝舔了一下嘴唇，吞吞吐吐地说："没……没事儿，我看看你们的消毒棉签够不够用。"

孟亚知道王桂芝有话要说，便故意不再接她的话。王桂芝查看了一下消毒罐，自言自语地说："还有这么多呢，我下午再送些过来吧。护士长，你歇会儿吧，我替你。"

孟亚不说同意，也不说拒绝，王桂芝就主动忙了起来。把两个患者处理完了，注射室只剩下她们三个人了。

孟亚见王桂芝欲言又止的样子，便说："王姐，你想问什么就问吧。"

王桂芝就咬了一下下嘴唇，说："李浪花真没良心，良之平时对她多好啊。"孟亚想，王桂芝这句话不过是个开场白，她的真正目的在后面。

果然，王桂芝接着说："李浪花水性杨花、不守妇道已经够过分的了，她怎么能埋汰你呢？你和良之，这不是八竿子打不着的事儿吗？"

孟亚冷笑了一声，说："谢谢啊，咱医院还有像王姐这样的明白人。"

王晓玲说："我也明白啊！那个李浪花，平时看她挺好的呀，没想到是这么个人。"

王桂芝说："她是什么人是她自己的事儿，要是把护士长和程工的关系破坏了，那她就太损了。"

王晓玲说："那不能，程工是那么聪明的人，咋能信一个家庭妇女的胡说呢。"

孟亚说："她能破坏我什么呢？你知道我跟程工是什么关系？"

就在这时，注射室的门口出现了一个人，孟亚扭头一看，却是艾飞飞。

孟亚心头不免一震，这一两年孟亚每次上下班走的都是公路，而艾飞飞通常走小路，两个人基本没有遇到过。今天艾飞飞突然过来，难道是有意为之吗？她很可能是知道了孟亚和李浪花的事，今天专门过来找碴儿的。

王桂芝看到艾飞飞，立刻笑着打招呼："你怎么来了？找李大夫啊？"

艾飞飞甩了一下波浪发，皮笑肉不笑地大着嗓门说："李大夫是我家老爷们儿，我找他不行啊？我不找他，还有谁找他啊？"

王桂芝就说："李大夫好像在住院处那边，我刚才看见他往那边走了。"

艾飞飞说："他去哪儿你都知道啊？你咋那么关心他呢？"

王桂芝就龇牙笑了一下，说："你这娘们儿，心真邪。"

艾飞飞故意抬高声音说话的时候，几个科室的人都站在了走廊里。艾飞飞越发张狂了，双手把着注射室的门框，说："我邪吗？我和李文贤是两口子，他有妇，我有夫，名正言顺的合法夫妻，我可没勾引有妇之夫啊，人家会把我的脸挠成萝卜丝儿的！"

王桂芝知道艾飞飞这些话是冲孟亚去的，她不敢再接话了，只是嘿嘿地干笑了两声。

艾飞飞的话音未落，一只五百毫升的药水瓶子在艾飞飞的脚下炸开了，满满一瓶子紫色的高锰酸钾液体飞溅开来，艾飞飞的两条裤腿被药水洇湿了一大片，她本能地后退了一步。

孟亚转身又拿起操作台的另外一个瓶子，瞪着艾飞飞说："这里面装的是来苏儿，它会让你的脑袋开花！"说完"唰"地一下就甩出去了。

幸亏艾飞飞躲得快，瓶子飞出注射室的门，重重地砸在对面的墙上，褐色的来苏儿消毒水顺着墙面往下淌。

艾飞飞大叫一声，转身跑走了，边走边说："孟亚，你个贱人！我去找院长找书记，我要让你臭名远扬，这辈子都没人要你！别说工程师了，就是断了腿的煤黑子，都不会娶你！"

孟亚冲着艾飞飞的背影吼道："愚蠢的东西！我不会再惯着你了，我不是给你们逆来顺受用的。"

第二天下午，医院召开全院职工大会，朱院长宣布了一个决定，免去孟亚的护士长职务，由王晓玲接任。院长历数了孟亚擅自请假以及与李浪花、艾飞飞发生矛盾冲突的各种错误，认为孟亚工作责任心不强，不遵守规章制度，给医院造成了不良影响。

这时，李文贤站了起来，说："我认为免去孟亚的护士长职务不合适，孟亚与我老婆发生了纠纷，但过错在我老婆，是她主动到医院来找事儿的。我很抱歉，在这里跟孟亚说声对不起，希望院领导慎重考虑对孟亚的免职处理。"

李文贤说完后，蒋良之也站了起来，说："我家里出了事儿，我倒霉我丢脸算我活该，但让孟护士长跟着受牵连受委屈，我良心上过不去。孟医生是好人，最好最好的好人，她没有伤害过任何人，但自己却受到了最大的伤害，这对她不公平。你们院领导怎么处理我，我都没意见，这样对待孟亚，不公平！我不接受！"

夏书记说："免去孟亚的护士长职务，这是院领导统一决定的，今天开会，只是宣布这个决定，有意见的可以保留，但不会改变这个决定。"

蒋良之说："你们如果不改变这个决定，我就去矿上告状。"

朱院长发火了，说："蒋良之，你知道你是什么身份吗？"

蒋良之说："知道，我是绿岭煤矿医院的勤杂工，是医院里排在最末一位的小白丁，但我这里是透亮的——"蒋良之拍着自己的心口，"我的良心是长了眼睛的，我看得清楚谁是明白人，谁是糊涂人，谁是好人，谁是恶人！"

他将自己的右手举起来，伸着那根缺了两节的手指，大声说："老子下过井，也是死过一回的人，以后谁再欺负孟亚，我就让谁的脑袋开花……"

孟亚打断了蒋良之的话，平静地说："各位领导，各位同事，我来绿岭煤矿医院已经四年多了，我原来以为，作为年龄长我十几岁甚至二十几岁的人，你们在座的人生阅历比我丰富，你们分析问题的眼光一定是正确的，你们处理问题的能力和水平一定在我之上。但现在看来，事实未必如此。我一直很渴望在我成长的过程中，能够得到外界的关心、支持和爱护，但眼前的事实让我非常失望。我服从院领导的决定，但我不认同你们的想法和观点。"

这时会计曾明惠也站了起来，说："我想谈一下我的看法。今天开这个会，我刚才一直在做思想斗争，我犹豫着该不该站起来发个言表个态。之所以犹豫，是自己私心在作怪。我来医院工作有一年多了，如果让我在全院二三十个人当中，找出最勤奋最努力，做人做事最认真的人，孟亚让我竖大拇指。我现在已经过了不惑之年，但跟孟亚比起来，我觉得自己很惭愧，没有她这么上进，这么清醒，这么坚定。我希望自己能够向她学习，努力清洗灵魂上的污点，做一个干干净净的人！也希望院领导慎重考虑对孟亚的免职决定。"

曾明惠的一番话引起了会场里一阵小小的骚动，有几个人低声交谈了几句，有的人在点头附和曾明惠的观点。

曾明惠是两个孩子的母亲，小眼睛红鼻头，平时走路从后面看像半个男人，这是个当年下乡的老知青，没能返城就在当地结婚了，或许是因为不漂亮，一个说不清道不明的男人成了她的丈夫。曾明惠来到医院工作以后，有时带孟亚去家里吃饭，或者给她带来一瓶又一瓶自腌的咸菜。只是从只言片语中，孟亚就能感觉出曾明惠与丈夫的关系非常一般，甚至也算得上失败的错位婚姻。孟亚认为曾明惠是个充满智慧的人，就想到了"越聪明的人越痛苦"这句话。不满意归不满意，但曾明惠从来不说"痛苦"二字，她言语中表现出来的，更多是直率和幽默，这让孟亚感受到了她的坚强与阳光。曾明惠曾经让在北京的亲属帮孟亚买过十多本英语书，花了孟亚一个月的工资，其中有两本词典比砖头还厚。曾明惠还会对周围的同事说孟亚是医院里最厉害的人，会好几国英语。孟亚被曾明惠特别的幽默感弄得哭笑不得，英语就是英语，还分好几国英语的吗？

孟亚站起来说："我尊重领导的决定，请大家放心，这个决定不会影响我的工作。如果没有其他事情的话，我现在可以离开吗？"

朱院长和夏书记正尴尬无法收场，见孟亚给了他们台阶下，朱院长手一挥，说道："散会。"

已经到了下班时间了，大家从会议室往外走的时候，都看到了门诊部的门口站着的这个人，是程立远。

曾明惠也看到了程立远，低声对孟亚说："小程来了，快过去。"

孟亚走过去的时候，程立远一脸平静地跟她打了个招呼，说："你好，孟护士长。"

孟亚心里就突然冷了一下，说："你……有事儿？"

程立远的眼睛往孟亚的身后看，似说非说似的："我……等一个人。"

这时王晓玲的声音从孟亚的背后越了过来："小程……咱们走吧。噢，孟亚，我先走了。"

孟亚脸上略现惊愕的表情，说："你们……"

王晓玲说："噢，忘了告诉你，小程是我男朋友。"

"男朋友？"孟亚喃喃地重复着王晓玲的话，看着程立远，说："用四年多的时间潜心谋划，就为了今天……"

程立远说："不是的，一切都是顺其自然。孟护士长，我们走了。"

看着王晓玲和程立远渐渐远去的背影，曾明惠和王桂芝几个人站在孟亚的身边，大家一时全都蒙了。

王桂芝说："小孟，你跟程工这么快就分手了？"

孟亚用力咬着下嘴唇，下唇上立刻现出了两个血印，她从牙缝里挤出一句话："我和他从来就没有牵手过，谈不上分手。"

　

孟亚一个人走上山，又来到了医院后面那个天然的大沙坑。

坐在大沙坑上缘坚硬的脊背上，看着几十米落差起伏不平的坑底，一会儿又放眼去看近处的树木，远处的山岭和云际。

孟亚的心像亿万颗沙粒一样，虽然汇集在一起，却无法真正凝聚起来；又像天边云雾气霭的混合物，蒸腾着翻卷着，白茫茫混沌沌，分辨不出真正的颜色，无法固定它的所在。

孟亚神情恍惚，仅仅几天的时间，竟然发生了一连串的事情，一件接一件，就像一个又一个的梦魇，让她一时间应接不暇。同时孟亚也无力理清这一切的来龙去脉，似乎所有的事情都与她有关，可事实上哪一件事与她有关呢？似乎所有的事件，都有她的问题和过错，可事实上真正有哪一件事，里面有她的问题和过错呢？孟亚不断地变换着角度想这些问题，站在李浪花的角度思考，站在艾飞飞的角度思考，站在程立远的角度思考，站在院长和书记的角度思考……他们的道理是什么？他们的理由站得住脚吗？

程立远——如果说所有的人都有自己的考虑和顾忌，那么程立远的行为和突然改变，是孟亚最难理解和接受的。不管他来到绿岭煤矿出于什么目的，不管他在读大学期间是什么样的感受和状态，曾经被孟亚拒绝过的他，在来到绿岭煤矿以后，再次与孟亚交往的全过程中，由始至终，他对孟亚表现出来的都是友善和好感。

依孟亚的感觉和判断，程立远的这种友善和好感，已经远远超出了同学、老乡或者朋友的尺度。每一次的接触和交流，程立远都做到了不露声色的表态，就是他仍然是喜欢、欣赏甚至是爱着孟亚的，只是没有用直白的语言表达出来而已。

为什么现在突然间来了个一百八十度的改变？而且是选择在火山爆发一切即将崩溃的关键时刻。难道他真的相信那些流言蜚语吗？难道他真的无法承受舆论给他的压力吗？难道他真的对孟亚失望到如此地步了吗？

如果说程立远想改变态度，想跟任何一个人谈恋爱，那都是你的权利，但一定要选在孟亚已经力不支身的那一刻，在她的身上再用力地踩上一脚，带着王晓玲在众目睽睽之下结伴而去吗？仅从程立远这一行为来看，虽然所有事件的局面不是他制造和控制的，但他不用如此避嫌的。

姑且不说程立远与王晓玲之前相交甚少，而且都是因为孟亚的关系，他们两个才接触过一两次，单从两个人的学历教育知识背景以及兴趣爱好等等方面，也是完全的风马牛不相及，天上搭不到地下的。

再退一步讲，即使他们两个人真的是你有情我有意，愿意建立恋爱关系甚至组成家庭，那程立远也犯不着如此迫不及待，要到医院大门口等王晓玲，似乎在向全世界宣告一样，如同向孟亚挑战似的。

孟亚仰望天边变化莫测重重叠叠的云翳，俯视眼前坚硬沉默的沙海，神情漠然淡淡地苦笑了一下：难道一切都是命运的不可抗拒？一切都是宿命在劫难逃？在绿岭煤矿与程立远相处的这段时间，孟亚曾无数次地疑问、审视以及设想过，自己与程立远之间交往的关系，种种原因理由以及未来的发展方向与可能性，等等。

程立远绝口不提过去，却又精心设计现在，一刀斩断从前，却又暗示着它的存在，让孟亚感受到了人的复杂和可怕。现在，这场游戏终于结束了，真相大白，自己再也不用耗费心思，去揣度自己与程立远的关系以及未来了。

孟亚从衣袋里掏出一封信，信是葛立秋寄来的：

孟亚：

你好！时间过得真快，一转眼我调回市里已经快两年了。我现在工作稳定，和丈夫的感情也很好。去年九月份的时候，我生了一个女儿，现在已经能够摇晃着走路了，还可以说几句简单的话。总之，我现在一切都好。

我知道你现在的工作和生活都不如意，我跟你介绍我的生活，也不是让你心里更难受。我知道你现在的遭遇，跟你以前遇到的挫折有关，我当时的无心之举可能也放大了你的被伤害。如果那天晚上，我能够好好劝导一下艾飞飞，以及后来在大家的传言中发挥一点儿好的作用，可能会保护你不受到更大的伤害。

前几天接到王桂芝的来信，她提到了你最近发生的种种事情，说心里话，我很难过。其实当初在离开绿岭时，我就想找个机会跟你表白一下，但你知道我是在那种情况下离开的，我一直没有勇气当着你的面说明一切，以及表达我的歉意。我曾经一度怀疑你是否能够信守承诺，保护我的个人隐私，毕竟你有机会狠狠地报复我。

如今我有了自己的女儿，作为母亲，我希望她的未来健康、快乐、幸福，由此我也想到了你，更加觉得该对你说些什么。虽然你刚到绿岭的时候还不到二十岁，但我一直认为你思想很成熟，人很勤奋上进，与同龄的女孩子很不同。

现在回想起来，我真的很惭愧。我比你大十多岁，从小经历上山下乡以及在绿岭煤矿复杂的人和事，环境和现实对一个人的影响是很大的，我失去了自己的判断和坚持。现在回想起来，真的很后悔，只能在这里说一句谢谢你曾经的帮助，也说一句发自我内心的抱歉。

葛立秋

一九八五年八月十四日

孟亚把信纸在手里翻了几遍，撕成条状后，再扯成细碎的纸屑，然后扬手抛向空中。它们如同冰冷的雪花，如同虚伪的蝴蝶，如同狡诈的承诺，随风狂飞乱舞，散向四面八方，最后慢慢地落下去，消失了，再也找不回它原来的形状。

艾飞飞被孟亚甩了两瓶药水之后，李文贤对艾飞飞终于忍无可忍，他提出了离婚，可艾飞飞坚决不肯。李文贤提出离婚之前，回到县城跟岳父母谈了自己的想法。岳父称得上是李文贤的师父，李文贤结婚后，与岳父家族的人关系一直很好，现在李文贤和艾飞飞的矛盾，也没有破坏他与岳父这种师生加翁婿的良好关系。但李文贤说出离婚的想法时，确实把两位老人给吓着了，他们做梦也想不到，儿女双全、一向恩恩爱爱的女儿女婿，竟然一夜之间闹起了离婚。

李文贤讲述了事情的来龙去脉，追述了三年前的那场风波。当年艾飞飞雪夜回县城的那一次，父母对她的突然回家就曾有过疑惑，但艾飞飞并没有讲明真正的原因，她父母也就不知道问题由来已久，而且两个人的关系日益恶化。如果这次艾飞飞没有趁着李浪花的疯癫举动，继续对孟亚穷追不舍的话，夫妻间的矛盾也许能够慢慢地缓和下来。但艾飞飞一错再错，不但再次伤害了孟亚，还让李文贤在绿岭煤矿颜面扫地尊严皆失。艾飞飞的愚蠢举动，无疑再次做了一次大规模的宣传，证明李文贤和孟亚之间存在暧昧关系，甚至更加丑陋不堪的关系。

岳父母了解了事情的起因和过程，他们也相信李文贤是清白无辜的，岳父甚至还做起了自我检讨，说艾飞飞从小性格就喜欢占上风，个性不够稳重内敛，是父母没有教育好她等等。艾飞飞的母亲一直抹眼泪，请求李文贤看在两个孩子的份儿上，再给艾飞飞一次机会。两位老人说，他们会批评教育艾飞飞，让她向李文贤道歉。

李文贤临走时留下一句话，说："她如果能向孟亚道歉，我可以考虑不离婚。"岳父母当时就傻眼了，他们知道，让艾飞飞给孟亚道歉，比登天还难。

李文贤回到绿岭煤矿后，艾飞飞就回了县城的父母家中。艾飞飞理直气壮，根本不认可父母讲的道理，她父亲就说："既然你听不进我和你妈的话，那就随你的便吧。我和你妈都是土埋脖颈儿的人了，我们两眼一闭，就不用再跟着你操心上火了。你自己好好想想，如果和文贤离了婚，你后半生还能不能找到像他这样的好丈夫？"

艾飞飞的眼泪就下来了，母亲陪着她哭，又讲了一大堆道理，说："你除了有个个头儿有个长相，其他的你都配不上文贤，没多少文化，又不上进，当年你爸教你们两个一起学医，文贤学得像模像样儿，你学出个啥来了？你怎么这么不知好歹，端屎盆子往自己头上扣啊？"

艾飞飞渐渐地不跟父母顶撞了，看得出，她的思想开始转弯了，见时机已经成熟，艾飞飞的父亲说："像个贤妻良母的样儿，回家对文贤好点儿，找个机会给他赔个礼道个歉。做了十几年的夫妻，这点儿相处之道你不难做到。"

艾飞飞没吭声，这句话她似乎也听进去了。父亲又说："你跟文贤商量一下，看用什么方式，找个机会也给那个小孟赔个不是，人家一个女孩子家，努力学习是好事儿，你总是找人家的麻烦，给人家制造不良影响。"

艾飞飞的情绪一下上来了，说道："让我给她道歉？谁的主意？李文贤？"

父亲说："是我的主意。我认为就是你心眼儿小，不会处理问题，都是你的错，你就该给文贤和小孟道歉。"

父亲把李文贤和孟亚放在一起说，再次刺激了艾飞飞，她在房间里跳了起来，咆哮着："我不会给李文贤道歉的，更不会给那个破坏我家庭的人道歉，我死都不会离婚！"说完就冲了出去。

当天晚上回到绿岭，回到家中的艾飞飞彻底失去了理智，她跟李文贤大吵起来。李文贤终于忍不住了，打了艾飞飞一个耳光。

艾飞飞把手边的东西砸了之后，跑到屋外顺着墙边的梯子爬上了房顶，叫嚷着要跳下去自杀。

李文贤情急之中也爬上了房顶，十一岁的儿子也跟着爬了上去，就在李文贤抓住艾飞飞的时候，儿子却一脚踏空，从房顶滚了下去，重重地摔在了地上。

待李文贤和艾飞飞慌忙从房顶下来时，儿子趴在地上已经动弹不得了，左腿流出一大片鲜血，被地面上的残雪贪婪地吮吸着……

儿子刚开始还呻吟，渐渐便没了声音。艾飞飞发疯似地叫着，十几岁的女儿在一边哭，叫道："爸爸，快救救弟弟！快救救弟弟！"

李文贤双手托着儿子，踩着残冰积雪趔趔趄趄地往医院的方向奔。

当晚的值班医生是刘大来，正半躺在值班室里的床上呼呼大睡，值班室里散发着浓重的酒味儿。值夜班的小护士一看见李文贤和他儿子一身的血，当时就吓软了手脚。

半梦半醒的刘大来看着李文贤的儿子，说："赶紧送县医院吧，咱们这儿处理不了。"

小护士说："上哪儿安排车啊？能不能来得及啊？"

李文贤自己做了安排，说："快去叫蓝医生过来。"

蓝医生一家三口就住在医院里，矿里没有多余的住房，只能暂时在医院里空出一间房给他居家过日子。小护士慌慌张张叫蓝医生去了，李文贤又拿起电话打给矿宿舍，叫孟亚过来。

两个小时后，在蓝医生、李文贤和孟亚三个人的相互配合下，李文贤儿子的骨折复位手术完成了——这是绿岭煤矿医院第一例称得上手术的外科手术：诊断，麻醉，化验，输血，手术，术后护理，一套完整的救治程序。

手术前，李文贤儿子的血压在下降，孩子是O型血，艾飞飞在给儿子输了三百毫升血之后，孟亚又给他输了二百毫升血，只有她们两人的血型跟孩子匹配。

一个月后，艾飞飞来到医院的心电室找孟亚，说有事儿跟她谈。

孟亚冷淡地说："没什么好谈的。"这时，李文贤出现在了艾飞飞身后。

艾飞飞说："我是真心地谢谢你，救了我儿子！我也真心地向你道歉，以前都是我不对。"

孟亚说："你的感谢我不接受，我是护士，救你儿子是我的职责。你的道歉我也不接受，早知现在，何必当初！"

李文贤说："小孟，我也向你表示感谢，也说句对不起。"

孟亚说："我和你，谁都不欠谁的！"

快到年底的时候，许中华去世了。这个在病床上躺了八年多，其间没有见过一个天日的年轻人，终于熬到了生命的尽头。

把许中华的遗体从病房里移出去的时候，蒋良之亲自动手搬动着他，没有一丝的恐惧和退缩，就像平日里为许中华擦身按摩一样。蒋良之自言自语地说："兄弟，让我最后再伺候你一回。"孟亚看到了蒋良之眼中的泪光。

许中华的去世让孟亚难过了好几天，她请了假，回家参加二姐孟焱的婚礼，也想调整一下心情。

孟亚这次回家把电视机带了回去，她决定不再跟着电视学英语了，也断了邻宿舍的人过来看电视的念头。电大英语学习已经结束了并通过了考试，就等着拿毕业证了，孟亚每学期的考试成绩都非常好，听说读写每科的成绩都在九十五分以上。冯老师就说孟亚比那些英语老师还聪明还努力，孟亚却认为是考试题太简单了。

从矿宿舍到火车站，还要找蒋良之帮忙搬电视。两个人商量了一下，只能把电视机放到自行车后座上，然后两个人推着电视机去火车站。

到了火车站，蒋良之陪着孟亚在站台上等车，等火车到站后，蒋良之还得帮孟亚把电视机弄上火车。由于到站时间比较早，两个人就站在站台上说话，候车的或者接站的，三三两两成群结队，站台上的人也不少。

孟亚觉得应该再感谢一次蒋良之，就说："良之哥，又给你添麻烦了！"

蒋良之立即打断了孟亚的话，说："你跟我什么时候能不这么客气呢？我一直把你当妹妹看……"

孟亚就笑了一下，蒋良之又说："前段时间的事儿……我还不知道怎么向你赔不是呢……"

孟亚打断了蒋良之的话，说："你什么时候能不这么客气呢，过去就过去了吧，不说它了。"

蒋良之说："那我再跟你讲一件事儿，我……谈对象了。"

孟亚一愣，顿时瞪大了眼睛，看着蒋良之说："谈对象？你？"

蒋良之有点儿不好意思似的，说："让你见笑了，刚离婚没多长时间，就着急谈对象，我……是为亮亮考虑的。"

孟亚问："谁呀？"

这时，火车喷着白色的雾气吭吭哧哧地从远处驶来，轰鸣声越来越响。

蒋良之说："等你回来，再跟你细说吧。"

蒋良之把电视箱子扛上肩，说："你跟在我后面。"挤上火车，蒋良之把电视机举到了头顶的行李架上，然后返身往车厢门口处挤。火车已经启动了，蒋良之才挤到了车门处，接着跳了下去。

冬天里火车车窗都是关死的，透过挂着霜花的窗户，孟亚看到蒋良之站在站台上，朝孟亚的方向挥着手。孟亚知道，他是看不见她的。

回到县城，孟福先和孟波来接站。电视机搬回来了，孟波头一次态度积极地想出点儿力。孟福先推着自行车，孟波扶着放在后座上的电视机，路上积雪很厚路很滑，三个人走得歪歪扭扭的。

想着两年前自己把崭新的电视机从家里带出来，二姐孟焱帮她把电视送上火车的情景，孟亚的眼眶潮湿了。

回到家中，李秀云见孟亚把电视机带回来了，问："你不是说跟电视学英语吗？"

孟亚说："那个节目播完了，没有英语节目看了。"

李秀云就不再问什么了，她眼下的注意力都集中到了孟焱的婚礼上。

明天就是孟焱的婚宴了，可孟亚还不认识未来的二姐夫。孟亚到家的时候，二姐孟焱没在家，李秀云说她在婆家那边布置新房。孟亚问新房在哪儿？

李秀云说："不远，出门过条街走两个胡同就到了。"

孟亚问："上次回来我二姐的对象还没影儿呢，咋这么快就结婚了呢？"

李秀云说："找着了就结婚呗，你二姐都二十八了，哪里等得起啊？再说，这不着急调回县城嘛，你二姐夫是县城户口！"

孟亚问："我二姐的对象……我二姐夫，是干啥的？"

李秀云说："饲料厂的工人。工作一般，长相一般，比你二姐小三岁，家庭条件……比咱家也好不了多少吧。"

孟亚心里咯噔一下，说："我二姐是干部，他是工人，年龄还差这么多……"

李秀云说："你二姐这个年纪，早都高不成低不就了，还能挑出个啥来啊？再过两年，这样的也难找了，不是离婚的就是死老婆的。再说了，不结婚就调不回县城，难不成要在乡下待一辈子？"

孟亚觉得心里憋闷，却什么也说不出来。李秀云又说："你也二十三了，有合适的就处吧，别像你二姐似的，这几年我跟她没少上火，其实她自己对这个对象也不满意，可有啥办法，谁让咱到了这个年龄呢？真是血的教训啊！"

正说着，孟焱回来了，见了孟亚便说："还好，总算回来一个捧场的，那两个是指望不上了。"

李秀云说："小美和小涛不是忙嘛，请不了假。"

孟焱说："无所谓，他们也有结婚的那天，到时候我也可能到不了场呢。"

李秀云说："听你这样说，你好像对他们有意见似的。"

孟焱说："其实我也不希望他们回来，刘金川要个头儿没个头儿，要模样儿没模样儿，人家回来给看个啥啊？"

孟亚看二姐孟焱明显带着情绪，便说："我回来也晚了点儿，不知道该给你买点儿啥。"

孟焱说："啥都不缺了，刘金川家里条件一般，但小的溜的也花了七八千一万块钱了，该有的基本上都齐了，你要真想送我点儿东西……"

孟亚说："我想送你们一台电视。"

孟焱看到了地上的旧电视，孟波急猴似的，早都把电视从纸壳箱子里拿出来了，便说："就这台？"

孟波说："这台我还看呢。"

孟亚说："买新的。"

孟焱脸上有了喜色："真的？我还真就没买电视，我婆婆家有一台旧的。"

孟亚说："你那边新房布置好了吗？你要是有时间，咱俩现在就去商店。"

李秀云说："小亚你要送你二姐一台电视？那可好几百块钱呢，你一年的工资都不够。"

孟亚说："两年的工资总够了吧？当年我二姐凑钱买电视给我看，这份情我得领一辈子。"

孟焱的眼睛就湿了，说："真是我妹妹！"

两个人在商店里挑电视机，挑好后让刘金川骑自行车过来驮。一见到二姐夫刘金川，孟亚的心里瞬间得出了一个结论：孟焱嫁的是婚姻，不是爱情。

婚礼上，孟兰抱着一岁多的女儿小鱼，脸上始终乐呵呵的，高大龙坐到了男人的那一桌。小鱼是孟家孙子辈的长女，长得白白净净，已经咿呀学语了，十分讨人喜欢，大家都争抢着要抱一抱。孟亚看到远远坐着的高大龙，他投在女儿身上的目光多少有些冷淡。

孟亚就问大姐孟兰："我姐夫喜欢女儿还是男儿？"

孟兰低声叹了口气说："喜欢男儿。他说房子有了，还差个儿子。"

孟亚说："你再生一个吗？现在计划生育政策这么严，超生要罚款的，弄不好工作都没了。"

孟兰说："其实我不想生，孩子多了太累人。再说，我这工作来得也不容易，不能轻易丢掉，妈因为工作的事儿跟爸吵了大半辈子了。"

孟亚说："那我姐夫要是坚持再生一个呢？"

孟兰说："我也愁呢。你姐夫读书少、文化不高，脾气也不太好，挺犟的，我也不想像爸妈那样天天吵架。"

孟亚说："那这个事儿就难了，也不可能两全其美啊。"

孟兰又叹了口气说："还是你三姐好，两个人恋爱好几年了还没结婚，互相可以多一些了解。"

孟亚心里就说："本来你也可以像她那样子的。"

孟美毕业后跟麦建伟去了他的家乡，两个人分配到两个国有企业，麦建伟已经升任厂长助理了，孟美从事财务工作，两个人准备明年结婚。

老叔孟福国见到孟亚很高兴，说："我这四侄女有才，会五千多个英语单词，我就喜欢有才华的年轻人。"

孟亚说："老叔，会五千个英语单词就算有才啊？"

孟福国说："你文笔也好啊。四侄女，二十三也不算小了，该处对象了啊！"

孟亚说："绿岭煤矿太小了，找不到。"

孟福国就说："回县城来吧。"

孟亚说："我是很想调回来。"

孟福先接着孟亚的话说："我去找我卫生局的老战友，进县医院吧，我知道心电科的老医生快退休了，正缺人手。"

孟亚没想到，她原本不知道该怎么开口提调回来的事情，觉得比登天还难，现在竟然有了希望，这次回家真是有意外收获。

第十二章　一九八六年

常言道"天意弄人"，谁能想到蒋良之谈的对象竟然是王桂芝呢？

王桂芝的丈夫井下遇难已经七八年了，她一个人抚养着两个儿子，确实非常辛苦。像王桂芝这样的人到中年，长得没有任何姿色，还带着两个累人费钱的男孩子，想再嫁一户好人家，从理论上讲几乎是不可能的事情。

最好的结果，就是矿上给遗孀们安排个工作，但她们大多数没多少文化，只能安排到矿机关、矿宿舍、医院学校等单位，做一般的管理员或者是清洁工。如果矿难继续发生，寡妇的数量继续增多，工作安排也就会成为老大难问题。

现在，王桂芝不仅要再次嫁人了，而且嫁的还是蒋良之这样朴实、勤快会过日子的好男人。王桂芝和蒋良之算不上自由恋爱，虽然两个人都在绿岭医院工作多年，平时也非常熟悉，王桂芝家里有需要男人帮忙的粗活儿，也曾经让蒋良之为她出过力，但婚嫁方面的念头却是突然而起的。

蒋良之离婚后，王桂芝先有了心思，便悄悄地跟贺秀兰说了。贺秀兰说："俗话说，'女人三十豆腐锅，说扑锅就扑锅'，你三十往上四十往下，正是想扑锅的时候。"

王桂芝说："我都八年了，没往哪儿扑吧？"

贺秀兰说："行，那我就去给你说说。你比良之大四岁，单冲这个岁数，我就不敢打包票，何况你还带着两个要账的儿子。"

王桂芝说："你可别跟良之说是我求你的啊？他要是不同意，我这张脸可是丢尽了。"

谁都没有想到，蒋良之会同意跟王桂芝处对象，如此迅速地与王桂芝建立了关系，原因还是出在李浪花身上。

离婚后的李浪花不甘心被蒋良之扫地出门，几次从娘家坐火车跑回来，嘴上说是看亮亮，实际上却是希望蒋良之能够重新接受她，让她继续以前衣食无忧、悠闲自在的生活。李浪花每次回来，晚上都赖着不走，主动往蒋良之身上贴，只要蒋良之有一次把持不住，就将是李浪花重拾好日子的开始。

但现在的蒋良之已非昔日的蒋良了，作为血肉之躯有情有欲的中年男人，他当然渴望与女人两情相悦、肌肤相亲，但李浪花在他的眼中不是女性，而是魔鬼、地狱、罪恶。如果再与李浪花同床共枕，自己就不再是一个堂堂正正清清白白的男人，而是没有尊严不知廉耻的禽兽。

然而李浪花时不时地来一次突然袭击，确实让蒋良之不胜其烦，亮亮也是李浪花的儿子，她以这个借口不定时地过来骚扰一次，来了就连吃带住的，让蒋良之想不出理由不让她进家门。

现在有人给他介绍了王桂芝，蒋良之觉得，如果自己跟王桂芝结婚了，就可以彻底断了李浪花破镜重圆的念想，这确实是一个最好的办法。蒋良之还认为，自己一个大男人，天天一个人带着亮亮，终究不是个长久之计。

蒋良之虽然在王桂芝身上找不到爱情的感觉，但两个人早都过了少男少女的阶段，又都经历过家庭的变故，王桂芝不嫌弃自己窝囊，就已经不错了。自己没有资本挑三拣四的，找一个踏踏实实过日子的女人，真心对待自己和亮亮，这是最重要的。

对于蒋良之和王桂芝之间的关系，孟亚说不出好也说不出不好，她认为，蒋良之和王桂芝两个人之间，谁对谁应该都没有多少爱的成分，他们考虑的是最现实的问题：生存和生活。从这个角度讲，他们又是最理性最聪明的。

当你看到一件事，或者听到一件事，当你去分析一件事，或者去判断一件事，很多时候，你不知道自己存在着先天的局限和后天的狭隘，做着以为正确实际却可能大错特错的事情。

孟亚知道自己太过思虑了，不要说绿岭煤矿，也许这世上都没有几个像孟亚这样的人，似乎什么事情都不是用眼睛在看，而是用手术刀在解剖、在剥离、在切除、在缝合……

孟亚时常提醒自己，甚至强迫自己，可以用自己的眼光去看待周围的一切，但不要用自己的标准要求任何人和任何事。这样想着，她就觉得对于蒋良之和王桂芝而言，家庭比爱情更重要更实在，他们两个人的结合也就非常有价值。

孟亚转而为蒋良之高兴了，当蒋良之告诉她说，已经开始为结婚做准备了，包括收拾房子添置家具及衣物时，孟亚说："需要帮忙吗？不过结婚的事儿我可不懂。"

蒋良之说："方便的时候，帮我照顾一下亮亮就行了，这孩子最近不太听话。"

一天下午，孟亚下了班刚回到宿舍，刘见章就来敲门了。刘见章说话声音嘶哑，他说嗓子发炎了，想请孟亚给他打几天点滴，问孟亚晚上有没有时间。孟亚一口答应下来。

第二天晚上，孟亚吃过饭，便带着输液管和注射器等用品，去了刘见章的宿舍。刘见章把孟亚请进宿舍时，孟亚看见宿舍里还坐着另一个人。

看到孟亚进来，那个人立即站了起来，他的个子很高大。孟亚感觉应该认识这个人，就听刘见章介绍说："郑志平，咱们矿上的团委书记。"

郑志平冲孟亚笑笑，露出一口洁白整齐的牙齿。孟亚说："你是团委书记？那我可能记错人了。"

郑志平说："我们见过面的，不知道你还记不记得，就是去年那次矿难，我的两个好朋友没了。"

孟亚说："我有印象，但当时那种场面……你当时就是团委书记？"

刘见章虽然嗓子发炎了，但说话仍然又多又快："那次矿难的时候，他还在下井呢，他是后来调到井上进了矿机关，当了团委书记的。小郑当过兵，做事儿踏实做人老实，你看那些一起下井的，就他靠自己的能力升井了。"

孟亚说："你们两个在一个宿舍住啊？"

郑志平："不是，我住对门儿。"

刘见章是怕孟亚一个女孩子给他打针不方便，便找郑志平来做个伴儿。

给刘见章用的消炎药是青霉素。青霉素小药瓶铝盖口一圈都是蜡封的，要用医用的小钳子启开。孟亚偏偏忘记了带小钳子，郑志平就回自己的宿舍找了一把剪刀。剪刀有点儿大，孟亚用着不顺手，刚启开了一只小药瓶，郑志平就说："我来吧。"

孟亚说："这个要求很严格，得注意无菌操作，不能把封口的蜡皮掉到药瓶里。"郑志平应了一声，已经启开了一只小药瓶。

孟亚看着郑志平启开另一只小药瓶时，心里不由一动。郑志平的动作非常轻盈稳当，那双大大的手，竟然十分熟练地做着他从来没有做过的事。

孟亚用注射器把稀释过的青霉素打进葡萄糖瓶子里，之后，郑志平又帮孟亚给刘见章静脉注射。孟亚觉得郑志平心很细，做事很有耐心。

为了观察刘见章是否有输液反应，孟亚在刘见章的宿舍里坐了十五分钟，听着刘见章讲他以前下乡以及工作后的曲折经历。

孟亚说："你应该写小说啊。"

刘见章说："哪有这份心思？工作忙得要命。上个月我和小郑写了一个幽默小短文，在市报上发表了，是关于戒烟方面的。"

孟亚惊奇地说："是吗？你们两个还发表过文章啊？不错呀！"

郑志平笑着说："也不过一百来个字，是一篇讽刺小短文。"

孟亚说："讽刺谁呢？"

刘见章说："自讽。我天天下决心戒烟，可没说戒烟的时候，一天抽一包，准备戒烟了，却一天抽两包。"

孟亚不解地问："那是为什么呢？"

刘见章说："是为了早点儿把这些烟抽完，这样才能戒烟。你说这是真戒烟，还是假戒烟？"

孟亚感觉真是挺有意思的，三个人同时笑了起来。

一星期后，孟亚去水房打开水时碰到了郑志平，郑志平正在洗衣服。有了前一次的正式接触，孟亚就跟郑志平打了个招呼，并问刘见章的病是不是好了。

郑志平说："他带队上县里参加乒乓球比赛去了。"

孟亚说："他的爱好这么广泛？真是多才多艺，能文能武。"

郑志平说："刘秘书还说你是矿上的才女呢。你喜欢看书吧？我那里有一些小说，你想看的话，可以到我宿舍拿。"

孟亚随口说："看得书越多，想得就越多。"

郑志平边洗衣服，边应了一句："越聪明的人越痛苦。"

孟亚听了一愣，她没想到在这个又小又暗满地流着脏水的水房里，竟然能听到这样一句深刻而充满哲理的话，而这话竟然是郑志平说出来的。"越聪明的人越痛苦"，郑志平的这句话使孟亚想去他宿舍坐一坐，看一看他那里到底有些什么书。

当天吃过晚饭，孟亚敲开了郑志平宿舍的门，正巧郑志平一个人在。郑志平笑着客气地让孟亚进，脸甚至还红了一下。

郑志平脱掉鞋子站到自己的床上，从墙上的吊柜里往外拿书，孟亚接过来放到另一张床上。她拿起一套包了白色书皮的小说《约翰·克利斯朵夫》，封面上的几个钢笔字非常漂亮。

孟亚问："这是谁的字？"

郑志平说："是我随便写的。"

孟亚惊讶地说："你的字这么好？"

郑志平笑着说："不好。"

孟亚拿着几本书回到了宿舍，刘珍看着她手里的书问："上哪儿去了？"

孟亚说："去郑志平那儿借了几本书。"

刘珍说："郑志平啊？不就是跟崔小红处对象的那个矿团委书记嘛。"

孟亚说："郑志平跟崔小红处对象？不可能！"

刘珍说："有啥不可能？两个人都在大街上肩并肩走了好几次了。"

"崔小红？矿上的那个打字员？不可能。我不相信！"

刘珍就笑："人家处对象还得你相信才成？你一天到晚学习都学呆了，矿上的什么事儿都不知道。"

孟亚拿着那几本书，站在宿舍里面，好半天都不知道该把书放在哪里。

此后的几天里，孟亚的心里一直悬着一个想法，她想求证一下郑志平与崔小红之间，是不是真的如刘珍所说。但孟亚转念又想，他们两个人的关系如何，与自己有关系吗？自己正在为离开绿岭煤矿努力着，这里的一切可能很快就与自己没有任何关系了。

但事实上，孟亚又违背不了自己的内心，她感觉自己的心与以前已经不同了，一种丝丝缕缕的情感，隐隐地牵扯着她的神经和思绪。回想起五年前，当十八岁的孟亚对程立远开启了朦胧的情感之门时，是这种感觉吗？是这种状态吗？

孟亚有时粗略地感觉一下，有时则细细地体味一番，她觉得对郑志平的这种感觉，与当年对程立远的感觉不同，与一年前和程立远别后数年重见后的感觉也不一样。

从郑志平在医院门前与两位矿友的生死告别，到在刘见章宿舍里用钳子开启青霉素小瓶的轻柔稳重，再到郑志平的存书以及他那手漂亮的钢笔字……一个男人的品质和特质，孟亚一眼就洞察到了，她的心动了。

孟亚非常想知道郑志平是不是在跟崔小红谈恋爱，或者说，她必须证实一下，郑志平没有跟崔小红谈恋爱。

孟亚在心里把这件事装了好几天，终于等到了与郑志平单独碰面的机会。走在通往食堂的路上，孟亚看到了郑志平，她放慢脚步，说："晚上有时间吗？能不能来我宿舍坐一下？"

郑志平说："有时间。"

到了晚上，孟亚宿舍的女孩子们都出去看电影了，郑志平如约而至。孟亚坐在郑志平对面的床边，两个人的眼睛都看着别的地方。

孟亚说："想问你一件事儿，听说你跟崔小红处朋友了，是真的吗？"

郑志平想了一下说："目前可以这样说吧。"

孟亚的心就摇晃了一下，有些不解地问："怎么这样讲呢？"

郑志平又想了一下说："我现在只能这样说，至于将来，我现在还不能断言。"

孟亚就觉得脑子里的空间一下子大了，大得像天空一样，有许多云在飞。

孟亚说："我不知道。听别人说了，我还不相信呢。我去你宿舍借书，不太好吧？真对不起。"

郑志平这一次没犹豫，说："那没什么，很正常。"之后，再没什么可说的了，郑志平起身告辞。

孟亚站在宿舍门口，看着身材高大腰背笔挺的郑志平走远，她的心中突然悲如潮涌，这个男子今生永远不会再走向她了。

孟亚之所以感到悲哀，不是因为郑志平已经情有所属，而是因为他的情有所属在孟亚看来，是完全不应该不合理的事情：崔小红根本就不适合做郑志平的恋人。她还不是依仗着父亲是绿岭煤矿的林业科长。还有，崔小红比郑志平整整小了七岁。

孟亚觉得这个世界上的事情真是不讲道理，凭借郑志平的个人条件，如果要谈崔小红这样的女朋友，真是几个崔小红加在一起都抵不上一个郑志平，可郑志平竟然真的就找了这样一个将来要相伴一生的人。

二十四岁的孟亚，此生第一次为爱一个人而陷入了欲爱不能的痛苦中，她每天都要写上一篇长长的日记，在日记中反反复复地写着这样一句话：她不配！她不配！她不配！

几天后，孟亚根据医院的安排，到外地医院参加B超培训班。B超是一种新的诊断技术，操作方便，观察直观，诊断准确，它将逐渐取代A超诊断技术。在培训的一周时间里，学资料、听讲课、看专业医生进行B超的实际操作，每天马不停蹄紧紧张张。

在陌生的地方上课，在陌生的地方吃饭，在陌生的地方睡觉，孟亚感觉自己不过是个行尸走肉而已，存在得毫无意义。真正的生活在孟亚的心里，真实的生活在孟亚的日记里，她的思维萦绕在欲罢不能的感情漩涡里，她的痛苦只有在睡着时可以暂时忘记。

有一天孟亚突然发现，她走了好几天的那条路，很像是绿岭煤矿的那条路，一个长长的上坡，路的两旁长满了荒草。孟亚放慢脚步往前走，她觉得自己的人生正在爬坡，不知道能够走到哪里，不知道前方有什么在等待着她。

七天学习结束后，孟亚回到绿岭煤矿的第二天，正在心电室里看书时，王晓玲过来说："小孟，你晚上去矿办公室李主任家出诊，给他爸打点滴。"

自从孟亚被免除护士长职务后，孟亚的身份就一直处于非常尴尬的地位。本来她完全可以以医生的身份为患者做心电图和超声波检查，以前做护士长是因为她是护士，现在院领导撤销了她的护士长职务，由王晓玲取而代之，孟亚就不可能再兼职护士的工作了。

书记和院长对此事又未明确，所以王晓玲安排工作时不会把孟亚排除在外。孟亚虽然心里很不舒服，但她嘴上不会说什么。

孟亚对王晓玲没有意见，王晓玲与程立远谈恋爱不是她的错，王晓玲取代孟亚当上了护士长也不是她的错。孟亚回想起这两件事，有时感觉真是如同梦里。当年自己来绿岭煤矿的时候，王晓玲给她的第一印象就是单纯，一辈子会单纯得像一张白纸一样的人，天性赋予了她这种世间最美的品质。可是现在，仅仅五年的时间，孟亚为王晓玲下了一辈子的断言和评价，是否就改变了呢？到底是王晓玲单纯，还是孟亚幼稚呢？

晚上，孟亚去了李主任的家。孟亚看得出，其实给老人家打针用药，也不过是例行公事而已，李主任也早有心理准备似的，跟孟亚谈到老人的病情时，一副很淡然的样子。给老人打上点滴后需要观察一会儿，孟亚就在旁边坐了下来。

李主任说："天这么晚了，又要走这么远的路，麻烦你了。"

孟亚也客气地说了句："没什么，早都习惯了。"

李主任又说："我父亲年纪大了，常年的老病号，血管不好找，其他护士我不放心，点名让你来的。"

孟亚心里就明白了，怪不得王晓玲跑到心电室来给她安排出诊的工作。李主任接着谈起了工作上的事，问孟亚："上次在我们那里帮了一个月的忙，感觉怎么样？"

孟亚不知道李主任是什么意思，说："那一个月也没做什么，没帮上忙。"

李主任说："你很有才华，人又积极上进，矿里像你这样的年轻人不多。我们想把你调到矿办公室来，你愿意不？"

孟亚感觉很惊讶："我到矿办公室？"

李主任笑笑说："上次让你过来帮忙，其实就是想检验一下，我们大家对你是很认可的。"

孟亚就想，我的那些绯闻没有吓到你们吗？正这样想着，就听李主任说："你与同龄人非常不同，你很优秀，身上有一股正气，你的同事对你的评价很高。"

孟亚一时摸不着南北，用不解的表情看着李主任，就又听他说道："你们医院的人给矿上写了联名信，要求解除院长和书记的职务，他们说院领导免了你护士长的职务是错误的。"

孟亚问："多少人写了联名信？"

李主任说："有十四五个人吧，很多老同志，都摁了手印的，一片红彤彤的，很壮观，所以矿领导对这件事儿也很重视。朱院长……可能快免职了，这个人还有其他问题！"

孟亚心里想了一下，差不多占到了医院职工的二分之一了。

李主任问孟亚："你不知道这件事儿吗？"

孟亚摇摇头说："我还真是不知道。"

李主任就说："你们医院职工还是挺有正义感的，我记得签名的有蒋良之、李文贤、曾明惠、蓝志刚、古文学、范凤梅、刘大来、贺秀兰、王桂芝……"

孟亚的心就颤了一下，眼中有了泪光。平静了一会儿，她问："那医院又要调新院长来吗？"

李主任说："听矿领导的意见，这次可能要在医院内部选拔院长，也可能是采用竞争形式，你觉得医院里谁最适合当院长？"

孟亚想了想，吐出了三个字："李文贤。"

去年李文贤的儿子摔断腿时，李文贤在手术室内外的镇定和冷静，作为内科医生和蓝志刚为儿子成功地进行了一场外科手术，孟亚开始对李文贤刮目相看，她感受到了外表文弱的李文贤，内心里坚定强大的一面。

听到孟亚说到"李文贤"，李主任微微愣了一下，然后看着孟亚说："我的想法跟你一样。李文贤业务好，人又正派，这样的人当领导才能树立正气。绿岭煤矿和医院都要扶持正气，多为老百姓造福。"

孟亚想着李主任的话，他跟自己说了这么多，真的是超出了他的工作范围，她心里一点点温暖起来。

李主任又回到了老话题上，说："如果到了矿办，我相信你会有发展的。"

孟亚问："到矿办公室做什么呢？就是上次做的那些事？"

李主任说："大同小异，但比那些事儿还重要，还要更辛苦些，不知道你喜欢不喜欢。"

孟亚说："谢谢李主任能想到我，只是我觉得自己不胜任这种工作，我喜欢的是文学写作，和行政上的公文写作不一样。而且，我也不准备在矿里长期做下去，我想调回家乡那边。"

李主任就一副可惜的表情，摊开双手说："我知道，有才华的人早晚都得走，这里留不住好人能人。"

离开李主任的家，在回宿舍的路上，孟亚仰头看着满天的星斗，她在心里问自己：我是好人吗？是！我是能人吗？不是！

在绿岭煤矿，一年中最大的盛事，就是六月份的运动会。

在这个缺乏娱乐活动的年代，寻找快乐的方式，更多的是来自体力而非智力，通过参加运动会的各种比赛以及观看比赛项目，就成了最简单最原始也最健康的娱乐方式。在绿岭煤矿，只要你是个成年人，不论男女老少，任何人都可以报名参加比赛。

从单位来讲，矿机关和医院报名参赛的人数最少，这些人基本上都属于手无缚鸡之力一类的，只是医院要出几个医护人员，对现场的意外事件进行救急。能够暂时放下医院里的工作，出来换一种新的工作内容，孟亚也是乐在其中的。

清晨一大早，绿岭煤矿就开始热闹起来，天气晴朗空气清新，远山近岭绿色苍茫。蔚蓝色的天空下，朵朵白云轻盈飘动。锣鼓声和人们的欢笑声交汇在一起，简直和过年一样热闹。

与寒冷的冬季相比，春末夏始万物勃发的时节，更能使人们在舒适中感受快乐，释放情怀。运动会现场彩旗飘飘人山人海，似乎全矿的男女老少都来了。孟亚想看和不想看的人都在现场，她远远地看到了艾飞飞站在人群当中，与旁边的伙伴不时说说笑笑，表情和动作依然夸张。

郑志平先是以大会工作人员身份入场的，不一会儿却换上短衣短裤，跑进了田径场地，他似乎要参加跳远比赛。崔小红右胳膊上是运动会工作人员的红色套袖，头上戴着红色的遮阳帽，在跑道间走来走去的，她与郑志平相遇的时候，两个人并没有什么交流，但孟亚的心还是一阵一阵的痛。

程立远也是现场工作人员，手里拿着本子在百米比赛场地忙碌着。孟亚和另两位医生穿着白大褂，在运动场里比较醒目，程立远很快便看到了她，两个人远远地对视了一下，没有做任何交流。

入场式结束后，比赛正式开始了，大家的注意力都被吸引了过去。进行到着装比赛的时候，几组参赛队员聚拢到比赛场地，孟亚发现了胡琴的身影，她穿着短衣短裤，长发挽在脑后，人依旧青春美丽。孟亚没想到胡琴会参加比赛，这不但需要热情，也是需要勇气和胆量的，一般的女孩子会害羞。

着装比赛项目有两个要点，一是技术，二是速度。技术难度不大，一百米的距离，中间的地上放一件衣服，跑过去捡起来穿上身，一边跑一边把五个扣子系好，谁第一个冲到终点，谁就是冠军。终点处站着三位工作人员，分别负责确定冠亚季军的，而负责确定冠军的正是魏步平。

胡琴前面的跑道上放的是一件军绿颜色的男士上衣，比赛用的衣服一定要宽大，瘦小的衣服影响系扣和奔跑的速度。胡琴的速度很快，第一个跑到了终点，但孟亚发现她把扣子系错位了，第四个扣眼扣到了第五个扣子上。当魏步平一把抓住胡琴，确认她为本组第一名的时候，胡琴迅速把扣子全部解开了，随后跟在魏步平身后，去旁边的登记处登记名次。孟亚想除了自己，可能只有两个人对胡琴犯规心知肚明，一个是参赛者胡琴本人，再一个就是裁判魏步平。

运动会进行到上午十一点多钟的时候，气温明显升高了，在场不管是参加比赛还是看热闹的，人人都顶着一脑门子的汗。孟亚几个医护人员并不忙，偶尔有一两个运动员比赛时跌伤了，也都是小打小闹的皮外伤。

孟亚等着看郑志平的跳远比赛，跳远场地离她的位置比较远，但郑志平矫健的身影仍然清晰可见。一米八的身高，长长的双臂，笔直的双腿，身体比例非常匀称，飞跑起来浑身充满了张力，他的身影吸引了很多人的目光。孟亚发现，比赛结束后坐在离她不远处的胡琴，目光始终看着郑志平的方向。

这时，场上突然一阵骚动，原来一百米比赛的现场有人晕倒了。两位医生急忙往出事地点跑，孟亚也跟着跑了过去。跑近才发现，晕倒的不是运动员，而是程立远。躺在地上的程立远双眼紧闭，苍白的面孔上，两颊部位微微泛着红点，额头渗出大颗大颗的汗珠。

一名医生立即解开程立远的上衣，用听诊器听他的心脏，另一名医生用力掐程立远的人中处，孟亚给程立远查脉搏，她发现程立远的脉搏快而无力。医生初步诊断程立远是由于紧张劳累导致的虚弱，加上天气炎热，应该是中暑了。

经过简单的救治后，程立远清醒过来了，随后被送到了医院住院处，开始输葡萄糖液体。两个小时后，输液结束了，但程立远的情况并没有好转，没有力气下不了床。

整整一个下午，王晓玲一直在病房里陪着程立远。快下班的时候，程立远突然发起了高烧，双颊的红斑越来越明显。程立远是矿上的工程师，朱院长不敢怠慢，赶紧把全院的医生都叫到了病房，让大家一起研究程立远到底得了什么病。内科的外科的五官科的，大家面面相觑，谁都不敢坚持自己的判断。

这时，李文贤到了，他看到程立远双颊的红斑，又检查了程立远的手掌身体等其他部位，说："可能是患了红斑狼疮。"

王晓玲一听到李文贤说出"红斑狼疮"四个字，她大叫了一声，说："'狼……疮'？是不是传染病啊？好可怕啊！"一下子跳到了病房最远处的角落里。

李文贤说："还是送程工去县医院，做进一步检查确诊吧。"

考虑到送到县医院需要一个小时左右的路程，要准备打针输液等急救措施，在安排内科周医生的同时，还需要有一名护士随同。

大家一致认为派王晓玲去是最合适的，她在医院工作五六年了，算得上是个老护士，而且又是程立远的女朋友。可王晓玲一口拒绝了，说："我害怕！我真的害怕！我不是他女朋友！"说话间声音已经带了哭腔。

这时，孟亚轻声说了一句："我去吧。"

大家对孟亚的自告奋勇感到很意外，都用一种复杂的眼神看着她。孟亚又一次说："我和周医生一起送程工去县医院。"

程立远在县医院住院治疗近半个月。

这一天，书记夏志辉派人叫孟亚去他的办公室，孟亚心里又是一阵疑惑。

夏书记一见孟亚就说："程工治疗的情况不太好，你去了解一下情况吧。"

孟亚问："情况不太好？有危险吗？"

夏书记说："县医院的医生说，红斑狼疮不好治，死亡率很高。"

孟亚说："我去了能做什么吗？"

夏书记沉默了一会儿，说："其实，是程工提出来的，他想见你。那天程工突然发病的时候，我没想到你会主动提出来送他去县医院，你能这样做……挺难得的，很不容易。"

孟亚说："他是病人，我是医护人员，这是我的职责。"

夏书记说："那这一次，纯粹是私人之间的事儿，与工作无关，你去还是不去，你自己有权决定。"

孟亚说："我去，他现在还是病人。"

夏书记冲孟亚伸出了右手的大拇指："小孟，以前我错看你了，我向你道歉！"

孟亚让蒋良之把自己送到火车站，晚上六点左右的时候，她就到了县医院。她跟主治医生打过招呼后，进了程立远的病房，房间里只有程立远一个病人。

孟亚发现程立远似乎睡得昏昏沉沉的，左手上挂着点滴，手上脸上胳膊上的红斑越发广泛明显，人也更瘦了，身体像一个扁片一样贴在病床上。

孟亚在程立远右侧的一张空床上坐了下来，静静地审视着程立远那张瘦削的脸，心中五味杂陈。往事一幕幕开启、闭合、再开启、再闭合……他们是陌生的同学，陌生的恋人，陌生的朋友，陌生的路人……可两个人之间又有多少共同的东西？对知识的追求，对工作的认真，对现实的认识，对彼此思想的深度了解……在绿岭煤矿，还能找出第二对年轻人，有着他们这样的成长背景，交流交往的深度和契合度吗？没有。

到现在为止，孟亚都说不清自己对程立远到底是一种什么样的情感，有爱吗？似乎有，似乎又没有——如果多了一个条件，比如程立远再主动一点儿，事情的性质可能会发生改变。有恨吗？似乎有，似乎又没有——如果不要强加给对方责任和义务，感觉味道就会完全不一样。现在，程立远主动提出来要见孟亚，他是怎么想的呢？他知道孟亚会满足他的要求吗？

"我知道，你会来的。"孟亚看见程立远的嘴唇动了一下，闭着眼睛轻轻地说出了这句话。

孟亚问："你对自己这么自信？"

程立远说："我不是对自己自信，是对你自信，我了解你。"

孟亚说："真的吗？我还不敢说我了解我自己呢。"

程立远说："经常质疑自己的人，一定有一颗博大和包容的心。孟亚，我……我……"

孟亚沉默着，等待着，程立远说："我……不是真心要伤害你。其实，我自己也受伤了，也许这次的病，就是老天对我的惩罚，只是这个惩罚……太重了！"

程立远又说："我没有你想得那么坏，虽然我不敢说自己有多么好。当初分配到绿岭煤矿的时候，我……并不是奔着你来的，当然也并非完全没有这个意思。……我真正的想法是通过绿岭煤矿，再调回咱县工作。其实，我并不满意当时考取的煤矿学院，就像你当年被录取到卫校当了护士一样。有些时候，我们无力改变命运的安排，我们能够做的，就是通过努力无愧于命运交给我们的使命。……在绿岭煤矿与你重逢后，你的勤奋与努力，对我来说是一个动力和鼓舞……青春的活力和资源，我们没有权利践踏和浪费。我……每一次与你相处交流，内心里都有幸福感和安慰感，我知道你并不排斥我，我甚至认为如果我向你提出重新建立恋爱关系，你一定不会像几年前我们都是少男少女时那样拒绝我。但……我内心里，一直有一种挫败感，我很希望你能够主动一回，补偿一下我当年的失败，这种虚荣心让我们失之交臂。至于矿上关于你的那些流言蜚语……我根本不相信。与王晓玲所谓的恋爱，也完全不是出自我的内心，我和她根本不可能的，我那样做……其实是想看看你的反应。都是男人的虚荣心害了我，从这一点讲，我还不是一个真正的男子汉，狭隘、小气、爱面子……给你雪上加霜。"

孟亚说："成长，是要付出代价的，从这个角度讲，我还要感谢让我付出代价的人。你知道吗？这些年来，我夜里做梦经常梦到同样的场景，要么是坐着一只用木头钉起来的笼子满天飞，风吹得我呼吸都困难。要么就是不知道走到了一个什么地方，房子里面站着躺着一些人，骷髅一样的脸上涂着白粉。"

程立远说："日有所思，夜有所梦，我能体会你这些年所承受的压力。"

孟亚说："也许，这也是成长和发展的一种必然吧，无法逃避。"

程立远说："成长，靠先天的个性和悟性，也靠后天的环境培养，每个人都有不同的发展轨迹，坚守真理，人心向善，不是一件容易事儿。你可能还不知道，咱们的初中同学李成德，现在变成了什么样子。"

孟亚心里就想，这个穿着齐膝的大水靴子去她家里的农家子弟，五六年的时间会变化很大吗？程立远说："他为了毕业后能够留在北京，跟当地一个女孩子结了婚，进了北京的机关坐上了办公室。"

孟亚就想，这不跟马莉追的柳君是同一种情况吗？程立远又说："李成德结婚不到半年就离婚了，女方闹到他单位，他办公室也坐不成了，现在自己搞运输，从东北往各地贩卖黄豆，赚了很多钱。"

孟亚的脑子一下子转不过来，她确实很难接受李成德的这种变化。程立远又说："后面还有故事，你都可以写小说了。李成德跑运输的时候认识了一个人，一个有夫之妇，两个人现在的关系不清不楚的。你能想到这个女人是谁吗？"

孟亚看着程立远，一脸的不解。程立远说："是你的好朋友，你卫校的同学。"

孟亚叫出了两个字："马莉？！"

程立远微微点了点头。孟亚的心翻腾着，好半天说不出一句话来。程立远说："俗语说'人各有志'，但这个世道应该有规则，每个人也应该有道德底线，跟很多人相比较，你更值得赞美和推崇。"

孟亚想缓和一下气氛，便半开玩笑地说："你对我的评价还蛮高的嘛，

313

那我付出的代价，也值了。"

程立远苦笑了一下，说："如果让我再练二十年，我还是说不过你。"

孟亚说："那你就再练六十年，咱们比比看。"

程立远沉默了好久，似乎是累了，孟亚说："你睡一会儿吧，我就坐这儿看着你。"

程立远说："我怕自己一闭上眼睛，就再也见不到你了。我……这一辈子……只爱过一个人，可到现在……我连她的手都没有牵过。"

孟亚说："你是说我吗？我可不想自作多情。"说着，伸出自己的右手，碰到了程立远的右手手指。

程立远的手布满了红斑，他把手缩了回去，回避着说："这个病……不好，不要传染给你。"

孟亚慢慢地将程立远的四根手指握在自己的手掌里，他的手似乎只有骨头没有肉。孟亚轻声说："不传染。就是传染，我也不怕。"

程立远闭上眼睛，泪水从他的眼角慢慢地溢了出来。

孟亚说："你知道我们认识多少年了吗？"

程立远喃喃地说："十二年，我们上初一的时候才在一个班。"

孟亚说："是啊，十二年了。上初一的时候，我像个小呆瓜似的。"

程立远说："十二年一个年轮。小亚，我真希望你将来能成为一名作家，把我们这个时代的青春故事写下来，记下我们成长过程中的挫折、迷茫、探索和自我觉醒。"

程立远说："我死后……想把骨灰留在绿岭煤矿，就埋在……井区对面的那片山坡，达子香开花的那片山坡……"

孟亚说："我……答应你。"

程立远说："我现在……是幸福的！小亚，谢谢你！"

蒋良之的婚礼定在六月二十六号，他和王桂芝提前两天请了假，计划准备几桌酒席，就在蒋良之自家的院子里摆酒。这是北方婚宴的习俗，大多数普通百姓之家，都愿意选择在家里摆酒席，省钱方便，同时也热闹些。虽然是再婚，但蒋良之不想与王桂芝简单成婚，一来是王桂芝寡居多年，一个女人带着两个儿子不容易，二来自己与李浪花离婚的原因很尴尬，蒋良之想把婚礼办得热闹喜气一些，冲一冲往日的郁闷和晦气。

亮亮对王桂芝一家三口很抗拒，尤其讨厌王桂芝的两个儿子。在蒋良之与王桂芝交往的这段时间里，亮亮与王桂芝的两个儿子已经发生了几次冲突，小家伙年纪小但脾气倔，每次都被那哥儿俩欺负，哭得鼻涕一把泪一把的，这也是蒋良之最担心的事情。

这几天准备婚宴，买米买菜汤汤水水的杂事很多，蒋良之不想再节外生枝，就跟孟亚说："亮亮跟你亲，这两天我把他送医院来，你帮我照看一下，我怕这几个孩子再打起来。"

孟亚答应了，说："亮亮放我这儿，你放心。"

亮亮跟着孟亚果然听话，孟亚没事儿的时候就给他画画讲故事，带他到后山上采花找野菜，去那个大沙坑里扬沙子。两个人大手牵小手，就像有着血缘亲情的姑侄一样，甜甜蜜蜜、亲亲热热的。

孟亚带着亮亮在医院里的时候，一些人看到亮亮就逗他，问："爸爸是不是要结婚了？"亮亮就点点头。

有问："你想不想要新妈妈呀？"亮亮又点点头。

有问："你想要谁做你的新妈妈呀？"

亮亮仰着头看着孟亚的脸，说："孟姑姑。"

大家就一齐笑起来。

孟亚说："亮亮，孟姑姑是姑姑，不是妈妈，不许再乱说了。"

亮亮就噘着嘴不吭声了。

正日子这天，蒋良之家的小院子四周都挂满了小红灯笼和彩色的纸条，里里外外十分喜庆。蒋良之只有一个妹妹，王桂芝的父母都过世了，有两个哥哥，其他的都是医院的人和左邻右舍，六桌酒席和几十个前来贺喜的人，已经把小院子挤满了。王桂芝的两个儿子正是淘气的年龄，在酒桌间跑来跑去，急着要先吃先喝，被王桂芝不断地训斥着。

亮亮一直被他亲姑姑看着，孟亚看得出，由于姑姑远道而来，平时几乎没有接触，亮亮根本不听姑姑的话，姑姑对他也没有多少耐心。

酒席正式开始后，孟亚突然发现亮亮不见了，就问蒋良之亮亮哪儿去了。蒋良之说："今天他姑姑管着，你就别操心了，好好吃饭吧。"

孟亚说："亮亮刚才还在他姑姑那儿，现在没在她那里呀！"

蒋良之扭头往他妹妹的方向看了一眼，便立刻奔了过去，问："亮亮呢？"

没等妹妹回答，蒋良之又跟了一句："你连个孩子都看不住，就知道吃。"

孟亚一望兄妹两人的表情，就知道亮亮不见了，便赶紧四处张望寻找，一眼便看见了王桂芝的两个儿子从菜园子里走出来，带着胜利的姿态。

孟亚抓住王桂芝的大儿子问："亮亮呢？"

大儿子不吭声。王桂芝也走了过来，厉声问道："看没看见亮亮？"

小儿子嗫嚅地说："在后面。"

几个人赶紧往房后的菜园子里跑，拐过房子的一角，发现亮亮正躺在小道上，鼻孔和额角都流着血。

蒋良之把儿子抱在怀里，气急败坏地说："这结的是什么婚啊！"

烈日炎炎的夏天，孟亚的精神世界里却是枯叶萎地，她强制自己习惯不再奢望爱情的生活。平日在路上见到郑志平时，两个人很平静地打一声招呼，十分友善地冲对方笑一下，好像从来没有发生过任何事情，好像他们的相识还只停留在刘见章生病的时候。

只有在孟亚突然看到郑志平的背影，而郑志平又没有看到她时，她才会长长地叹出一口气，心里悲悲地想：我连叫他一声的权利都没有，这世上为什么有那么多的规矩和隔阂呢？

到了那一天，又一次在路上遇到了郑志平。孟亚准备再一次重复她的招呼时，郑志平突然说："晚上有时间吗？我有点儿事儿找你。"

孟亚没有太多的想法，机械地应答："有时间。六点钟你来我宿舍吧。"

孟亚不知道郑志平有什么事，她也没有做任何猜想，不管郑志平有什么要求，她都会像普通朋友一样对待他，就像刘见章求她取药打针一样。

郑志平第二次坐在孟亚宿舍对面的那张床边儿，他们的眼睛仍旧看着别的地方，但孟亚的心却十分平静，好像忘记了她在日记中有过翻江倒海般的情感波澜。

郑志平说："我来是想告诉你，我和崔小红的事儿结束了。至于你我之间是否可能，我想请你考虑一下。"

瞬间，天翻下来了！地飞上去了！宇宙间的一切都变得轻飘飘的，思绪里有千万只飞碟，在脑海中朝着亿万个方向飞来飞去，停不下来。

　　孟亚从来没有幻想过再去追逐甚至得到郑志平的爱情，所以，郑志平的这句话，让她突然间无法适应和接受不了。孟亚把头左右转了一下，她看见自己身后的墙壁特别的白。许多天后，那种耀眼发光的白都一直印在她的脑子里，而在这之前的几年里，她从未觉得宿舍的墙壁有光泽。那一刻，孟亚感觉这一切都不是真的。

　　孟亚说："你说什么？我觉得不可能。"

　　郑志平说："还记得上次我跟你说的话吗？我现在就是来告诉你这样一个事实，结束了。"

　　孟亚说："不是因为我吧？"

　　郑志平说："当然不是。这个结局在我的预料之中。"

　　孟亚说："我好像一下子接受不了。"

　　郑志平说："你考虑一下吧。"说完，便起身告辞了。

　　第二天，孟亚约郑志平晚饭后出去走走，两个人是在灯光夜色中走出宿舍的。上了公路，孟亚第一句话是："这真像是一场梦。"

　　郑志平说："其实，人生就像一场梦。"

　　郑志平说："不知道是不是有必要让你了解我的情况。在崔小红之前，有人还给我介绍过胡琴，胡琴自己也找过我，但我没有接受。我今年虽然已经二十八岁了，但也只是与这两个人有过个人问题方面的交往。"

　　孟亚没让郑志平再说下去，说："你不用跟我说这些事儿，这些都是你的权利。"

　　郑志平说："如果我们之间可能的话，我觉得应该让你知道。"

　　孟亚说："没有必要。倒是我有事儿想告诉你，只是可能你听了会害怕。我因为学习的事情，在医院里有一场风波，那件事儿为医院的名声锦上添花了，你应该有所耳闻吧？"

　　郑志平说："那是根本不可能的。"

　　郑志平说这句话的时候，就像听人说有一只鸭子在天上飞，他不相信，也根本用不着抬头看天来证实。

　　孟亚的心突然间涌起了巨大的波澜：郑志平认为根本不可能的事，为什么却被艾飞飞想得坚定不移？为什么会被医院的老姑娘葛立秋大肆渲染？为什么会被绿岭煤矿的人们津津乐道？郑志平，你是什么人？你哪来的这种修养，这种胸襟，这种觉悟？孟亚在心里对自己说：孟亚啊孟亚，你曲曲折折地来到绿岭煤矿，是不是命中注定来寻找郑志平的？

事实上，郑志平与孟亚是在同一年来到绿岭煤矿工作的，但他们在这个偏僻无名的小煤矿各自度过了五个春夏秋冬后，才偶然相识了。而在相识之前，他们都在各自的人生旅途中挣扎着。

郑志平是军人出身，在部队当过班长，父亲是普通的退休工人，母亲虽然天生一副女强人的性格，却命中注定只能是一个家庭妇女，把一生都耗在了丈夫和七个儿女身上。因为没有给安置办的主任送礼，郑志平和几个战友迟迟得不到工作安排，后来还是几个人一起投诉后才有了下文，郑志平被报复安排到了绿岭煤矿下井。当时，郑志平的父亲正要退休，父母都主张让退伍的郑志平接班，但郑志平坚决不肯，而是要把这个位置让给了大妹妹。母亲对郑志平说："你是个男孩子，将来要娶妻生子、养家糊口的，这是个正式工作，你还是接了吧！你大妹一个女孩子，工作没你那么重要。"郑志平说："我当了四年兵，回来还跟妹妹抢这个班儿？我如果连找工作的本事都没有，将来还能有什么能力养家糊口？我就是当临时工出苦力，也不会接这个班儿的。"

后来，有关部门落实退伍政策，给郑志平安排了煤矿的工作。接到通知后，郑志平二话没说，在家人的不平与担忧中，他带着行李乘长途汽车来到了绿岭煤矿，开始了煤矿工人的生涯。

郑志平对孟亚说，他看过一篇写煤矿工人生活的小说《八百米深处》，这篇小说还获过奖。其实，煤矿工人生存生活的真实，远不止小说中所描述的那样。血与火，灵与肉，悲惨与欢乐，惋惜与沉痛，命运与抗争等等，许许多多的因素交织在一起，或者偶合在一起，冲撞在一起，沉重而深刻，艰辛而曲折，具有震撼山河的力量，具有血泪交融的悲壮。

郑志平说："绿岭煤矿十名矿工遇难的那次事故，我下井的时候，一左一右就坐着我的两个好工友，我们三个人说笑着下了井。几个小时以后，他们两个是横着被抬出井口的。那些天我经常做梦，梦见我们三个人一起下井，他们两个都想抽烟，我不让他们抽，说井下有明火容易引起爆炸，他们两个就不高兴跟我吵。"

这些话引起了孟亚思想上的强烈共鸣，她的心灵受到了强烈震动，在绿岭煤矿五年来的各种经历和感受，似乎都在这一刻找到了归宿。

郑志平说："矿里发生这两次大事故的时候，我刚好都在井下作业。虽然出事地点是在另外一个巷道，但爆炸时的气流非常强，有一次把我的安全帽都掀掉了，巷道里一片煤尘烟雾，头上的矿灯照不出两米远。当时我家人知道事故的消息时，都不知道我是生是死，他们的眼睛都哭肿了。"

郑志平对孟亚讲他这些经历的时候，语气是平淡的，没有任何的铺垫和渲染，好像他对人生的沉浮有着一种极强的耐受力。临危不惧，处变不惊，孟亚看到了一个真正的男人，一个值得信赖和依靠的男人。

孟亚不知道郑志平为什么同崔小红突然分手，担心是不是自己的原因，如果是这样的话，她孟亚绝不会心安理得地霸占别人的爱情。郑志平坚决地否定了孟亚的想法，并进行了简单的解释。

那次孟亚询问郑志平是否在同崔小红谈恋爱之后，没过多久，郑志平和崔小红约好了时间去见他的家人。中午十二点出发的火车，崔小红让郑志平在公路旁等她，她的家离公路不到几十米的距离。那个中午，郑志平在崔小红家门口的那段路上来来回回往返了三次，直到看见远远的青山脚下喷着白烟的火车蛇一样的没了踪影。崔小红进了自家门后就再没有出来，她的父亲，那个林业科长成功地阻止了女儿与郑志平的恋爱。一个毫无背景的穷人家孩子，在井下当了两年煤黑子，虽然现在是矿团委书记，但日后绝对不会有太大出息的，根本当不了科长之类的。父亲高瞻远瞩的预测轻易地说服了女儿，林业科长早就心仪的是程立远。但程立远并不喜欢崔小红，或者说，当初的程立远自然会把孟亚和崔小红进行对比，他也同样违拗不了个人的情感和选择。这世上的事情就是这样阴差阳错，大多是事与愿违。

孟亚不明白的是，为什么郑志平看不上胡琴呢？孟亚对胡琴的印象还是不错的，除了那一次运动场上的弄虚作假。郑志平给孟亚的回答是"爱不起来"。孟亚理解不了郑志平这句话，她认为对胡琴这样的女孩子，不存在爱不起来的问题。

郑志平就给孟亚讲了胡琴的故事，说："你可能不知道，胡琴和她妹妹都想接她父亲的班儿，她父亲同意她接，可她母亲却想让她妹妹接，一家四口分成两派，为了接班的事儿打得头破血流。这样的人我不喜欢。"

孟亚说："我怎么不知道？看不出来她会这样啊！"

郑志平说："她就是这样，我了解她。"

孟亚说："那你了解我吗？你怎么会相信我呢？"

郑志平说："我相信。"

孟亚说："这样说太简单，也太草率了吧？"

郑志平说："我们可以互相了解。"

第二天晚上，孟亚和郑志平沿着公路走了很远，公路是绕着一座大山修的，他们绕过了这座大山。两个人保持着半米宽的距离，慢慢地说，慢慢地走，直到眼前突然出现了一个村庄，村庄里闪烁着灯光。他们停住了脚，看了好半天。

郑志平说："不知不觉走了这么远。"

孟亚说："从来不知道这儿还有一个村庄。"

郑志平说："你没来过这里，肯定不知道了。"

孟亚说："我以前早晨出来学英语，先是顺着这条路跑五分钟，等头脑清醒了再开始背单词和课文，但是没到过这么远的地方。"

郑志平说："我知道你熟悉这条路。"

孟亚问："为什么？"

郑志平说："我以前经常看见你到了吃早饭的时候，从这个方向回来去食堂，手里拿着一本书。"

孟亚说："那样子很可笑是不是？我觉得自己为学习经历了很多的波折，好像不值得。"

郑志平说："我不这样看，我相信你不会白学的。"

第三天晚上，还是在这条公路上，郑志平说："如果你同意我们之间建立这种关系，我想请你考虑一下，我们是不是可以快点儿结婚？"

孟亚不禁哑然失笑："结婚？我们才谈了三天，怎么可能？"

郑志平说："有什么不可能？我已经快二十九岁了，你也到了谈婚论嫁的年龄。你看我们都没有多少时间，总这样下去也挺耽误工作的。"

孟亚还是觉得可笑，说："我听你这话，好像在说别人的事情，我从来没想过这个问题。"

郑志平也笑了，说："那你现在可以想一想了。"

孟亚说："你说的……'快一点儿'是什么概念？"

郑志平说："当然是越快越好，一两个月吧。"

孟亚这一次笑出了声，她觉得郑志平简直是在开玩笑。

孟亚说："这怎么可能？我至少在三年内都没有结婚的想法。"

郑志平说："你可以考虑。"

孟亚说："这已经是我的考虑了。"

结婚？三天前与郑志平还是毫无瓜葛的人，三天后就突然平地响了一声炸雷，脑子里钻进了一个赶不走的问题：结束这种单身生活，与一个你相识不久的男人在一个屋檐下相伴下去。这太不可思议了吧。三个晚上的交谈就能把一生交付出去？我们连手都没有拉一下。

我的理想是考大学，即使没有这个机会的话，我孟亚也绝不准备在绿岭这个地方坚持很久。对于绿岭煤矿，我已经没有多少忍耐力了。但这个时候偏偏从天而降了个郑志平，又偏偏提出马上要结婚。孟亚，你该怎么选择？

孟亚真的很爱这个人，可又非常难以接受他的想法。但郑志平有自己的权利，他的要求也是合情合理的，可孟亚能如此轻易地放弃自己苦苦追求而又不得的目标吗？她觉得自己一直在向一条曲折的山路攀登，虽然艰辛，虽然压抑，但她从未放弃并且心存希望。

现在立刻为人妻、为人母，孟亚能适应这种突然的转变吗？孟亚的心里总像有一片阴云笼罩，背上总像有千斤重担压着，她能保证会给郑志平带来快乐和幸福吗？能肯定未来不是悲剧吗？不能！孟亚对自己没有这个信心。

得到了郑志平的爱情，孟亚没有想到自己竟然还会有这么多的苦恼，准确地说是痛苦。

孟亚剖析着自己，她觉得自己生来就是与痛苦相伴的人，凡事都求一个准则，把自己圈进责任、义务、良知、道义的枷锁里，做不成一个轻轻松松的人，做不成一个糊里糊涂的人。她真的像一块海绵，只要不停地挤，那痛苦的水滴总是会落下来。她又自傲又自卑，这种尖锐的矜持与冲突时刻在她的意识深处，不停地交锋着，让她在面对这个世界时，表面上看到的是不以为然、冷静沉稳，实际上却是紧张不安、手足无措。

对于郑志平，孟亚认为没有资格让他为自己承受晦暗的心理。在人生的跋涉中，特别是在得到了郑志平的爱情后，孟亚越来越不能坦然地面对自己，她不断地感伤自己不够美丽动人，不够乐观开朗，不能对周围的人和事应付自如。总之，自己像被这个世界淘汰的人一样，她不愿意也不能够简简单单，进入到那些普普通通为生活忙碌着的人群中去，不能够让自己简简单单、毫无意义地学着别人的样子喜怒哀乐。

爱情到底是什么？孟亚一次又一次郑重地思考这个问题，一个左右一生情感和生活的问题。看看周围的人，没有哪一个人愿意无人陪伴终老一生，医院打更的瘸腿老头儿，一辈子没有娶妻生子，每天晚上都要靠到住院处聊天打发时光。再看看周围的这些人，到了结婚的年龄，没有哪一个人没有七情六欲，不谈情不恋爱的。

可他们幸福吗？快乐吗？谁能保证一生的情感真像书中写的那样，恩恩爱爱、白头偕老？有多少假象蒙蔽了我们？有多少伪装欺骗了我们？有多少变化伤害了我们？有多少意外打击了我们？孟福先和李秀云、李文贤和艾飞飞、蒋良之和李浪花、古文学和范凤梅……人生是这样的变幻莫测，哪一对夫妻身上能让你看到永久的爱情和感动？即使郑志平永远爱着自己，但孟亚不敢保证自己具有同样的热情，对得起他的这份爱，自己没有权利带着这种想法和情绪跟他走进婚姻。

在孟亚艰难地下定了决心，准备与郑志平分手的时候，郑志平正在县里开团工作会议。临走前，郑志平带上了孟亚在绿岭煤矿工作五年时间里写下的十本日记。孟亚不让郑志平拿这些东西去开会，说她都不愿意看自己写的东西，有时未免偏激，而且经常是心情不好时写的，字写得特别潦草，怕耽误了郑志平的正事儿，但郑志平还是如获至宝地把孟亚的日记带走了。

这一日，胡琴突然来到孟亚的宿舍，说过来聊聊天，自从运动会之后，两个人一直没有机会见面。

胡琴单刀直入地说："还是你读书多的人有头脑，不声不响地就直奔目标去了。"

孟亚明白胡琴说的是郑志平，便说："我没有什么目标，如果以前有的话，现在已经没有实现的可能了。"

胡琴说："你这话什么意思？"

孟亚说："你可以直奔你的目标去，我不会影响你的。你这么漂亮，连我都被你征服了。"

胡琴苦笑了一下，说："你总夸我漂亮，可我怎么觉得自己一点儿魅力都没有呢？"

孟亚说："你别骗我了，不是有人在追你吗？"

胡琴说："哎，这世上的事儿可能就是这样的，月老总是乱点鸳鸯谱，你爱的人不爱你，爱你的人你又不爱。你是说魏老师吧？他是在追我，可实话跟你说，我喜欢郑志平。"

孟亚说："那你就去追嘛，你一向很勇敢的。"

胡琴看着孟亚，说："这可是你说的？"

孟亚说："是我说的，你追吧，这是你的权利。"

说这句话的时候，孟亚的心狠狠地痛了一下。

郑志平回来后，孟亚发现爱情在一个人身上产生的巨大作用：被阳光雨露滋润的禾苗，充满了翠绿的生机，苗壮地成长着。郑志平的眼角里都是笑，浑身上下似乎都在放射出一种光芒。

但这种光芒照耀不到孟亚的身上，孟亚躲在心灵阴暗的角落里，像一只害怕阳光的老鼠一样，啃啮着自己的痛楚。孟亚把自己的想法对郑志平讲了，渴望在爱情道路上大步向前的郑志平却不以为然。

孟亚说："胡琴找过我了，她说非常喜欢你。她性格开朗，人又漂亮，我觉得她能够配得上你。"

郑志平说："你不要胡思乱想折磨自己，我只喜欢你。"

孟亚就在公路旁停了下来，伤心地哭了。

孟亚说："我真的对自己没有信心，我不能害了你。"

郑志平说："你要是不想害我，就答应和我结婚，做我的妻子。你不会害我的。你如果觉得是我配不上你，我不会勉强你的。"

孟亚哭得说不出话来，郑志平一把搂住她，说："别哭了，咱们回去吧。"

孟亚不回去，还是站在风中哭，郑志平就往回半推半抱地挪着孟亚。孟亚心里想：别人谈恋爱都是甜甜蜜蜜、欢天喜地的，唯独自己这样痛苦不堪，这不正是郑志平不幸生活的开始吗？

孟亚说："你回去吧，我不用你管。"

郑志平不说话，连抱带拖把孟亚弄回了宿舍。郑志平坐在孟亚的身边，看着她说："你要我怎样做，你才能相信我，相信我对你的感情？你要我怎样做，你才能不这样痛苦？都是我不好，没有能力让你快乐。"

孟亚顿时泪如雨下。郑志平用一只大手给孟亚擦眼泪，眼泪越擦越多，他拿过了孟亚的毛巾，把孟亚拥在自己的胸前。

郑志平说："我知道你以前经历了很多事情，你不要想得太多。我相信自己会是一个好丈夫，给我一次机会，行不行？"

郑志平说："在县里开会的那几天，我每天带着你的日记进会场，领导在台上讲话，我就在台下读你的日记。旁边有个团干部问我看什么，我就把你的日记端给他看，他摇着头说你的日记是'天书'，他根本认不出你的字。可我都认识，不但认识，你在日记中写的都能引起我思想上的共鸣。那几天，我体验到了从未有过的幸福和快乐，我知道自己是幸运的，遇到了这样一个有头脑有才华，感情丰富自尊自强的好女孩儿。我从来不相信所谓的命运，但我庆幸自己能够与你相识，我相信这是上天给我的机会。"

郑志平说："很多人羡慕我，刘见章说我是大浪淘沙，终于淘到了你这块金子。相信我，我不会让你失望，我会是一个好丈夫的。"

孟亚说："我知道你会是一个好丈夫，可我不会是一个好妻子，我怕自己以后会愧对你。我不喜欢这个世界，我觉得自己的人生太苍白太灰暗，我走不出这种阴影，以后会连累你。"

郑志平说："不会。答应我，我们结婚吧。孟亚，勇敢点儿。你知道吗？胡琴前天又托人来找我了，她还是不甘心。我告诉你，你比她优秀多了，你应该对自己有信心。"

孟亚突然发了脾气。"你不要再说了，是我不喜欢你，你走吧，不要再勉强我。谁喜欢你，你就找谁去吧！我以后怎么样，都跟你没有关系。你怎么还赖在这儿不走？"

郑志平的脸一下子白了，他站起身，一声不吭地开门走了出去。

孟亚躺在宿舍里已经两天了，她感觉死亡离她越来越近。孟亚清醒地体验着告别世界前的那种感受，没有恐惧，没有留恋，只有悲哀层层包裹着自己的躯体和大脑，她想尽快走进一个什么都不存在的世界。

孟亚这个时候已经没有想念，不想父母，不想同学，不想她苦苦追求的过去，不想曾经不肯放弃希望的未来，只想用一个办法让自己不再知道这世界曾经存在过一个叫孟亚的女孩子，一个原本就不该存在的人。

当三天后郑志平再次走进孟亚宿舍的时候，他看见这个既坚强又软弱，既豁达又偏执的女孩儿，已经走到了生命的悬崖边。郑志平这时才意识到情况的危急与严峻，这个时候的孟亚，对郑志平已经什么话都不说了，只有泪水还在。

郑志平去了绿岭煤矿唯一的商店，买来水果罐头和肉罐头，让孟亚吃一点儿。郑志平用勺子把东西送到孟亚的唇边，孟亚张开嘴，把东西含进去，然后再吐出来。

郑志平在孟亚的宿舍坐了一天，孟亚没吃一口东西。天黑的时候，孟亚让郑志平回去休息。郑志平蹲在孟亚的床前，目不转睛地看着孟亚红红的眼睛。郑志平说："今天晚上我不走了，在这里陪你，行吗？"

孟亚说："你陪我也没有用，我的心已经不在这里了。"

郑志平说："你的心在，孟亚不会丢下我不管，我跟孟亚在一起很快乐。孟亚，你笑一下给我看看。"

孟亚躺在床上，看着眼前的郑志平，什么话也不说。

郑志平弄了一盆温水，把孟亚从床上拉起来，他让孟亚坐在床边，给她脱掉袜子，孟亚的脚就落在了郑志平那双温暖而柔软的双手里——一个男人的手，一个她既爱又怕的男人的手。

郑志平一边给孟亚洗脚，一边扬脸笑着看孟亚，说："你笑一下，给我看看。"

孟亚说："我丑，笑也不好看。"

郑志平说："好看，我喜欢看你笑。"孟亚就勉强咧了一下嘴。

郑志平说："再笑一下。"

孟亚的声音就有点儿耍赖的味道："人家不想笑嘛。"

郑志平说："那就不笑。你呀，真像个小孩子。"

郑志平把被子打开，对孟亚说："我跟你睡一张床，行吗？我们俩就穿着衣服睡。"

孟亚不吭声。郑志平说："你放心，我这个大男人，绝对不会欺负你的，我会对自己的行为负责。"孟亚就随着郑志平的手老老实实地躺下了。

突然和一个男人躺在一起，孟亚没有惊喜，没有羞涩，没有恐惧，没有盼望，她只是觉得奇怪，这么一个活生生的男人，她要经历过多少个日日夜夜，多少次默默企盼，才会出现呢？她等待的是今天这样一个事实吗？这一切都是真的吗？为什么自己总像是在看别人的故事，而把自己清醒地推到故事之外？

床的上方是墙壁柜，柜底吊着一盏乳白色的小灯泡，不是很亮，但光线很柔和，孟亚喜欢那种柔和给她的宁静感。

郑志平说："这只小灯开着吧？"

孟亚就点点头。郑志平的一只胳膊伸在孟亚的颈下，另一只手揽着孟亚，轻轻地拍着她。

孟亚把自己的脸埋在郑志平的胸前。郑志平说："闭上眼睛。"

孟亚就像小孩子一样，乖乖地把眼睛闭上了。两人静静地相拥着，好久不动。孟亚偷偷地睁开眼睛，她看见郑志平闭着眼睛，一脸的平静与安宁。那张男人的面孔很生动，有一种让孟亚感动的那种安详。孟亚就动了一下，郑志平睁开眼睛，抬起身，俯下来看着孟亚，两个人的呼吸都吹到了对方的脸上。

郑志平的眼睛里含满了笑意，说："我想亲你。行吗？"

孟亚说："不行。"把脸转向了一边。

郑志平说："行。"又把孟亚的脸转了过来。

郑志平把孟亚的嘴含在自己的嘴里，很响地亲了一下，说："真香！"说着，又亲了一下。

孟亚静静地看着郑志平，看着他一会儿亲自己一口，说一句"真香"，然后静静地躺一会儿。

这一夜就是在郑志平不断地亲吻中度过的。

到了早晨，孟亚洗漱时对着镜子叫了起来："你把我的嘴都亲肿了，这下更难看了！"

郑志平过来抱住孟亚，又在她的嘴唇上亲了一下，说："好看！我爱看！"

白天，孟亚就和郑志平面对面地坐着。

郑志平说："这回你相信我对你的感情了吧？你也了解了我这个人了。"

孟亚说："我不用了解你，我是不相信自己。我总是感觉很沉重，我生来性格就不好，多愁善感。"

郑志平说："是你太聪明了。"

郑志平把孟亚的手放在自己宽大的手掌里，说："你看你的手多漂亮，又细又长，一看就是拿笔拿书本的手。"

孟亚说："你不是吗？矿团委书记呢。"

郑志平说："我算什么。那个工作谁都能干，跟你比起来，我的文化太浅了。我觉得我挺有福气的，找了你这么个好妻子。"

孟亚就嗔道："谁是你妻子？"

郑志平就伸出一根手指头刮孟亚的鼻子，说："都陪你一个晚上了，还不是吗？"

孟亚说："那不算。"

郑志平说："算。"

孟亚说："你怎么这么大年龄了，才想起来找对象？"

郑志平说："找不着。没人看得上我，也就你将就我了。"

孟亚说："我又不是捡破烂儿的。"

郑志平说："我是破烂儿吗？"

孟亚说："你是好破烂儿。"

郑志平就笑了，说："你这话不是矛盾吗？好破烂儿，既然有个'好'字，怎么还能叫破烂儿呢？"

孟亚说："当然是'好破烂儿'，不好的话，就不会捡了。"

郑志平把孟亚拉进怀里，用手拍着她的头："你这个小脑瓜太聪明了，我说不过你。"

郑志平说："你睡一会儿吧，昨晚没睡好。"

孟亚说："谁让你不规规矩矩的？"

郑志平说："今天晚上规矩，不闹你了。"

孟亚说："谁说今天晚上还让你在这儿睡了？"

郑志平说："真的？那我先走了？"

孟亚说："你走吧。"

郑志平说："我走了，你不想我？"

孟亚说："不想。"

郑志平说："真不想？"

孟亚说："真不想。"

郑志平做出起身要走的样子，说："那我……"

孟亚一下子扑到了郑志平的怀里。

郑志平说："我是想说，那我……还想你呢。"

孟亚的鼻子皱了起来，说："你挺坏的。"

郑志平说："我一点儿都不坏，昨天晚上你都知道了。"

第二天晚上，两个人还是穿着衣服躺在了一起。郑志平还是昨天晚上的姿势，只是他搂着孟亚时，果然静静地不再动弹。

孟亚却不时地动一下，郑志平就问："你不舒服吗？是不是我挤了你？要不，我到那张床上去睡吧。"

孟亚说："那是别人的床。"

郑志平说："你困吗？"

孟亚说："不困。我想听你说话。"

郑志平说："说什么呢？"

孟亚说："说什么都行。"

郑志平说："那我问你一个问题。"

孟亚"嗯"了一声。郑志平说："我睡在你这里，你不怕我伤害你吗？"

孟亚说："怎么伤害？"

郑志平说："你是学医的，不懂男人和女人之间的事儿吗？"

孟亚说："男人和女人？是怎么一回事儿？"

郑志平想了想说："我不会伤害你的，睡觉吧。"

两个人都闭上了眼睛。

星期天回到家里，孟亚只简单跟父母说了郑志平的情况，并通报说郑志平想早点儿结婚。李秀云和孟福先都没有什么明确的表态，可能他们没有理解孟亚所说的"早点儿"是个什么样的时间概念。对于婚姻这样的事情，一般人看来肯定是件大事，至少应该受到自家人的高度重视，商量并决定一下与结婚有关的方方面面。但孟亚认为这件事就像她每次坐火车回家与离家一样，不需要同家人郑重其事地商量和决定什么。

之后不久，当孟亚把郑志平带回家，并向家人宣布两个人即将结婚时，孟福先当时就离家出走并住到了单位，对女儿自作主张、无视尊长的叛逆行为表示了最强烈的抗议。孟亚的七八个长辈也闻风而来，见了孟亚就是一顿劈头盖脸的斥责，中心意思是，至少得组织一支十几位亲属参加的送亲队，把孟亚送到绿岭煤矿，让郑志平准备好酒席和旅馆。

　　两天后，孟亚去单位把父亲请了回来，孟福先还是很生气。孟亚觉得自己上次回来跟爸爸妈妈沟通得不够，便试着多说了几句。孟福先不听孟亚的解释，却说起了五年前孟亚刚上中专时候的事，说："你从小就不懂事儿。我大老远把你送到卫校，晚上在招待所冻了一夜，第二天我走的时候，你连宿舍门都没出，一步都没送。你说你懂事儿吗？你从来就没替别人考虑过。"

　　孟亚一听爸爸翻起了陈年旧账，而且这样曲解她当时的情况，一下子就很生气，说："你根本就不知道我当时心里多难受，两眼哭得跟桃似的，怎么下楼送你？送你我会哭得更厉害。"

　　李秀云对丈夫不满意了，说："瞧瞧，这么点儿事儿能记上一辈子，就想自己的理儿。"

　　孟福先噘着嘴，斜眼看着李秀云："这孩子还能教育好？你总是不分青红皂白地护着她。"

　　孟亚没有料到，原来平时对她及家人漠不关心的亲属们，现在竟然这样严肃认真，为首的是远房"磕巴大爷"，在乡下生活了七十多年，没有进过几回县城，一说话急得听话的人都要掉下巴。老叔孟福国也不高兴了，老婶说："这么简简单单的结婚，好像咱家的孩子嫁不出去似的。"

　　这股势力好强大，强大到她孟亚也不知道该如何应对。孟亚认为七大姑八大姨送她去绿岭煤矿实在没有必要，而且最重要的是，郑志平根本没有这个能力安排他们连吃带住的。孟亚觉得结婚是他们两个人的事情，呼呼啦啦一大帮人跟着他们，又烦又闹纯粹是负担，有什么意思？

　　对于孟家人的要求，郑志平只是平静地说了一个字："行。"

　　孟亚一个人面对郑志平的时候说了很多话，说到最后，用这样的话结了尾："我真不想听他们的。"

　　郑志平慢慢地说："不听也就不听了。"

　　孟亚一下子就来了决心，说："那就这样定了，不听他们的。"

　　郑志平看着孟亚说："你能决定吗？"

　　孟亚说："能。"

　　回到绿岭煤矿后，两个人又往郑志平的家里走了一趟。见到郑志平的母亲，孟亚先喊了一声"妈"，郑志平的母亲一声悠长的高调"哎——"，让孟亚感受到了这是一位开朗又善良的老人。临走时，郑志平的母亲包裹好了准备多年的丝绸被面和褥子面，又拿出四百块钱。孟亚只接了包裹，不要钱。老人再三坚持，孟亚还是不要。最后，郑志平把钱接了过去。

回到矿里，两个人开始准备结婚的具体事项。首先得租一间房，他们好不容易找到的那间房子，矿里人有多种说法。医院的人告诉孟亚，住过那房子的人先后有三家，都出事了，而且都是新婚不久。其中一个是在井下被石头砸死了，另外一个在井下受了重伤，还有一个结婚不到半年出了车祸。

医院的人问孟亚："这样的房子你敢住吗？"

孟亚说："敢住，我不信这些。"

在准备买窗帘时，孟亚问郑志平买什么样的好，郑志平说："什么样儿的都行，只要你喜欢。"

孟亚说："我喜欢白色的，我想买白窗帘。"

郑志平说："行。"

孟亚就和郑志平去商店买了二十尺白色的窗帘布，把房间的两扇窗和两个小壁柜全都挂上了白色窗帘，加上墙壁，整个房间一片洁白。

医院同事三三两两来看他们的新房，都说房子里的装饰太素淡，没有结婚的喜庆气氛，连曾明惠都说："你就是喜欢白色，这白色的窗帘里层也可以衬上红色或者粉色的窗纱，多少有点儿感觉。"

孟亚说："我不喜欢。"

曾明惠就说："五百年才出这么一个绝世的'孙悟空'，就是与众不同。"

两个人又从商店买回了棉花套，拿到郑志平的一位同事家里，郑志平自己动手，把那些需要合在一起的被子，拿到缝纫机上，"突突突"地蹬起了女人专用的缝纫机，着实让孟亚吃了一惊。两位帮忙的大姐一会儿夸郑志平手巧能干，一会儿又夸孟亚有福气。

郑志平和孟亚结婚的有声家当，只有孟亚在卫校学英语时买的一台收音机，还有两年前买的一把吉他，用"家徒四壁"来形容孟亚和郑志平的家，一点儿也不过分。但两个人很满足，他们的第一餐是用电炉子煮的两碗面条，家里锅碗瓢盆还没有备齐。

当一个新生命在体内孕育的时候，孟亚开始体验一个女人艰辛的使命，她经常一两天不能吃喝，五脏六腑都快吐出来了，最后不得不用了几天药。躺在家里出不了门，只有等到郑志平晚上下班回来，才会感到有一点儿安慰。

孟亚在家里待烦了，就想让郑志平陪她出去，可她浑身又没有力气，走不了几步，郑志平便背着她到外面去。他们租的房子门前不远处有一片田地，虽然是晚秋时节，但孟亚在郑志平宽大温暖的后背上，享受着痛苦中的幸福。郑志平不紧不慢的脚步，不高不低的话语，让孟亚感觉自己就像黄昏时刻一个长途归来的人，在极度倦怠的跋涉中，看到自己家的烟囱袅袅地冒出白云般的炊烟，有种鸟儿归巢的感觉。

在家里的时候，郑志平做完家务后，就把孟亚抱在怀里，两个人慢慢地聊天。

郑志平说："将来，我们的孩子像你一样聪明就好了。"

孟亚说："肯定是个傻儿子，我用了那么多药。"

郑志平说："你怎么肯定是儿子？"

孟亚说："我想要儿子。"

郑志平说："为什么？你还重男轻女？"

孟亚说："我不是重男轻女，我是觉得女人活在世上，承受的痛苦太多了，男人会轻松一些。"

郑志平说："那如果是女儿呢？"

孟亚扭着郑志平的鼻子说："是儿子。"

蒋良之出事是在九月底，北方第一场雪落下的时候。

蒋良之在井下作业时，被一块大石头砸中了头部，虽然当时戴着安全帽，但他没有逃过这一劫，被送到医院时，已经陷入深度昏迷。

王桂芝看到蒋良之这个样子，当时就瘫在了地上。而孟亚似乎早有预感，她悔恨自己当初没能成功阻止蒋良之重新下井的想法。

与王桂芝结婚后，亮亮跟王桂芝一家三口依旧难以融合。王桂芝和蒋良之两人的关系，因为孩子间的打架也时有不快。两家变成一家，三个男孩子能吃能喝，以后花钱的地方更多，蒋良之和王桂芝心里面都得有个考虑。王桂芝的前夫也是矿工，井下比井上的挣钱多，这谁都知道，还有一个小的福利待遇，上夜班的矿工下班时，会领到一个半尺见方的大面包，这个大面包是许多家庭的口福，特别是孩子们最渴望的美味。

蒋良之对孟亚讲了他要下井的种种理由，说："我现在组织了新家庭，我是这个家的一家之主，三个儿子在我心里都是一样的，都是我的孩子，我得为他们的未来考虑。我在医院当清洁工这点儿工资，攒不下几个钱，将来怎么给这三个儿子娶媳妇？"

孟亚说："你的手有残疾，再说这么多年没下井了，井下干的都是力气活儿，你的体力能顶得住吗？"

蒋良之说："我还没到四十岁，正是有力气的时候，现在不出力，再过几年，可能真的干不动了。"

孟亚说："你是不是替嫂子和孩子考虑得太多了？我觉得你这样做，是在为难自己。"

蒋良之说："是我自己愿意的。以前也不是没下过井，每个月还有面包领，有好东西给他们吃，几个孩子可能也会和气点儿。我现在不怕出力，只是希望家里大人孩子，都能和和气气平平安安的。"

孟亚说："井下出事不看日子不看人的，你也不是不知道，那么危险的活儿，但凡有其他的工作可做，谁愿意下井？"

蒋良之嘿嘿一笑，说："有的老矿工干了一辈子了，汗毛都没伤过一根儿，如果真是我的命不好，躲也躲不过去的。我现在考虑的，就是能让全家人过上更好一点儿的生活。我不会总这么倒霉吧？都说好人有好报，我这个人……不坏吧？"

孟亚没想到蒋良之这么快就出事了，他下井还不到一个月。命运真的就是这样无情，老天爷真是有眼无珠啊！蒋良之升井后被紧急送往县医院，李文贤和孟亚一路护送。

在县医院做开颅手术的时候，李文贤也一直跟台配合，他之前就在这里进修过三个月，跟医院的领导和外科手术室的医护人员都很熟悉。在手术室外面的走廊里，孟亚等了三个多小时，才见到李文贤走出来，说："命可以保住，但很可能成为植物人。"

孟亚身体摇晃着，已经快站不住了。李文贤说："别太难过了，你自己也要注意身体。以后我们一起想办法，但愿能够创造奇迹。"

手术后治疗了二十多天，蒋良之还是没有苏醒过来，医生说也许后半生就是这个样子了。这二十多天里，王桂芝一直在医院照顾蒋良之，孟亚也往返了几次县医院，这对于有孕在身的她简直是雪上加霜。

一个月后，蒋良之被送回了绿岭煤矿医院，就住在许中华曾经住过的病房，躺在那张许中华躺过八年的病床上。

孟亚重新走进这个病房时，她的眼前便产生了幻觉，许中华和蒋良之两个人的影像交替着，在她的眼前变来变去的。当孟亚定下神来，看清楚双眼紧闭、毫无反应的蒋良之时，她的眼泪唰地一下就流了出来。

孟亚也没有想到，王桂芝会这么快就跟她摊牌了。虽然之前孟亚就已经心生忧虑，但半路夫妻如此绝情，还是让她始料未及。

王桂芝说："……我真的没办法，一个人带着三个孩子，前一窝儿后一块儿的。亮亮现在天天闹，我管不了他啊！良之现在这种情况，时时刻刻都需要有人照顾，我班儿也不能上……我真的没有办法啊！"

孟亚说："良之哥如果当初不下井，今天就不会这样倒霉，他是替你们一家三口考虑，想多挣点儿钱给孩子将来用。他如果不跟你结婚的话，绝对不会重新下井的。"

王桂芝说："这我也知道，可我也没逼他下井，我更不愿意他出事儿啊！"

孟亚说："你的两个儿子天天闹着要吃面包，不下井不上夜班儿，哪来的面包吃？良之哥要是有一点儿私心，他就不会选择下井，他在医院做清洁工，跟亮亮两个人一起生活，他有什么负担？现在他出了事儿，你这么快就想放弃他和亮亮，说得过去吗？"

王桂芝说："我知道你对良之很关心，可这种关心说在嘴上有什么用啊？我的前夫去世后，我带着两个儿子有多苦多难，只有我自己知道。说句难听话，良之现在这个样子，真的是生不如死。"

孟亚说："良之哥是工伤，矿上已经派了专门的护理人员，如果治疗照顾得好，他也许能醒过来呢。他才受伤多久啊，你怎么就想放弃了呢？"

王桂芝说："说着容易做着难，我带着三个天天打架的孩子，还要照顾他这个没有知觉的人，如果换作你在我的位置上，你会咋想咋做？这种日子什么时候是个头？"

孟亚说："可你们毕竟是夫妻啊！虽然是半路夫妻。"

王桂芝说："你没有我这种经历，体会不到我的苦和难。不用说别的，如果你现在带着亮亮，再照顾蒋良之，你能做到什么程度？你现在就把亮亮接走，放到你家里，你自己体会一下。如果你对蒋良之感情这么深，你愿意为他尽义务，我也没有意见，至于我的事儿，我自己决定好了。"

孟亚一时哑言。

站在蒋良之的病床前，看着这个只剩下一口气的人，想着王桂芝的一番话，孟亚内心痛楚不已。婚姻！婚姻！人生！人生！孟亚的心痛到血液凝固，脑子乱到思维停滞。

与王桂芝一番对话的当天，孟亚就把亮亮带回了家，她理解王桂芝的不容易，可因为不容易，就有权利轻易放弃吗？自己这个时候不把亮亮带出来，孩子的日子会更难过。而这个时候，李浪花根本不肯过来看一眼蒋良之，也不愿意把亮亮接过去照顾。蒋良之的妹妹来过一次，同样不愿意照顾亮亮，说自己家里也是一窝乱。

孟亚把亮亮带回家时，郑志平已经下班先回到了家中，他见到亮亮便愣住了，问："你带他回来……做什么？"

孟亚就讲了一些大致情况，说："即使别人愿意照顾他，我也不放心。"

郑志平说："你怎么照顾他？你自己怀孕了，妊娠反应又大，每天还要上班，你怎么照顾他？"

孟亚说："我不照顾他，谁照顾他？"

郑志平说："你不是救世主，不能包打天下。"

孟亚说："我们是不能包打天下，但可以力所能及。"

郑志平说："我们？……你代表不了我吧，你要考虑一下我的感受。"

孟亚沉默了一会儿，说："那依你的意思，该怎么处理？"

郑志平说："孩子有生母，有继母，有姑姑，蒋良之又是工伤，无论是孩子的亲人还是矿上和医院，他们都有义务为孩子负责，轮不到你，更轮不到我。如果是十天八天的困难，我也愿意跟你一起分担，可眼前根本不是这样的情况。如果再有像蒋良之和亮亮这种情况的人，你就算浑身是铁，又能打几颗钉儿呢？"

孟亚想了想说："你说得有道理，我会考虑的。"

当天晚上，亮亮发起烧来，孟亚起身给孩子量体温找药吃。她披着衣服冻得瑟瑟发抖，亮亮哭闹着不肯安静下来。

郑志平终于忍不住了，说："你我是新婚，你把别人的孩子带在身边，这日子怎么过啊？你考虑过矿上的人会怎么说吗？"

矿上的人会怎么说？孟亚的心被狠狠地抽一鞭子，问："你想怎么说？"

郑志平说："小亚，我知道你心地善良，可你顾及不相干的人，却伤了最亲近的人，你这样做……也是一种自私，没有人生来就是为别人活着的。"

郑志平说："你不好好休息，肚子里的孩子也不得安生，难道别人的孩子比自己的还重要吗？蒋良之……比我还重要吗？"

郑志平说："你这么……固执，我真是没想到……"

孟亚平时稍有不舒服，郑志平就赶紧嘘寒问暖，今天他却躺在炕上一动不动，任凭孟亚一个人跟着亮亮折腾。孟亚突然感到一阵恶心，她跑进厨房呕了半天，回到炕上时感觉头晕目眩。郑志平冷眼看着她不再说话，孟亚的眼泪无声地流了下来。

第二天上班时，孟亚接到了来自内蒙古的信，一看信封上的字体，她就知道是陆玉珠写的。

…… ……

也许命中注定我是个悲剧人物吧，如果没有不幸的事情时常降临到我的头上，我就不是陆玉珠了。

为了爱我的人，也为了我爱的人，多少艰辛我都能够承受，多少屈辱我都可以忍受，但当我没有能力给爱我的人幸福和快乐的时候，我的幸福和快乐又在哪里？

我又一次怀孕了，远桥高兴得像个孩子。他是家中唯一的男孩，在乡下人的眼中，接续香火是天大的事情。远桥对我保证说，只要我能给他生个儿子，他与父母亲朋之间的疙瘩一下子就能解开，我们两个大家庭的成员就能够和睦相处下去。我知道生儿子是远桥最关心的事，也知道他在意的不仅仅是别人，更是为了满足他强烈的自尊心。

天知道是男是女，我的心时刻忐忑着。就在我企盼男孩的时候，命运却毫不留情地又一次嘲弄了我：我流产了，怀孕不到两个月就流产了。那个小小的红色膜囊连性别都不肯让我知道，就一下子离开我的身体，冷却了。

这个玩笑太残酷了。人们常说"十月怀胎，一朝分娩"，可作为女人，

不要说我完成不了 "生儿子"的艰巨任务（这在别的女人那里是多么容易的一件事），如今我连三个月的怀孕都做不到。前不久，我第三次流产了，医生诊断说"习惯性流产"，以后生育的希望渺茫。这次流产我血小板减少性紫癜的老毛病又犯了，差点儿丢了命。

爱情是什么？它生自天上，还是长在地上？是虚的还是实的？婚姻又是什么？注定谁和谁要有婚姻？离了婚姻谁就别无他路？如果人生有许多的因素会影响到爱情，我的婚姻生活又能维持多久？从内蒙古到黑龙江，再从黑龙江到内蒙古，对我而言，你说这像不像宿命中的一个轮回？

十几年来，我的脑子里经常缠绕着这个问题：我们来到这个世界，是为了享受快乐的，还是为了承受苦难的？如果是为了享受快乐，我为什么没有？如果是为了承受苦难，那又是为了什么？是不是我们不该走这一遭？来到这世上原本就是一个错误？

这个错是我的父母造成的，可是他们已经不可能弥补过错了，而只能靠我自己来纠正它。我认为这确实是一个错误，纠正了，我会是快乐的！想着离开是一种快乐，孟亚，我现在一点儿都不痛苦，只是做不到"质本洁来还本去，一抔净土掩风流"，心里有一点儿遗憾罢了。

父亲早就走了，母亲也去了，兄弟姐妹的事与我无关，这个世界上仍然活着的人，与我都毫不相干了。就这样吧，不说再见了！

1986 年 11 月 12 日，孟亚和郑志平第二次去了民政办。

从民政办走出来的那一刻，郑志平把孟亚揽在怀里，久久不愿放手，他贴着孟亚的耳边说："也许我们还需要时间，互相再等两年，好吗？我等你！"

生与不生，这是一个问题！活着还是死去，也是一个问题！如何活着，更是一个问题！

给蒋良之按摩完身体后，孟亚坐在他的床前，看着他安静地沉睡着，黑黑的眉毛，略翘的鼻头，厚厚的嘴唇。孟亚的心透明得如同一块钻石。

"孟姑姑，爸爸会醒过来吗？"亮亮依偎在孟亚的怀里，仰着稚嫩的小脸问。

孟亚坚定地点了点头。